二 見 文 庫

夜風のベールに包まれて

リンダ・ハワード／加藤洋子＝訳

Veil of Night

by

Linda Howard

夜風のベールに包まれて

登　場　人　物　紹　介

ジャクリン・ワイルド	ウェディング・プランナー
エリック・ワイルダー	刑事
マデリン・ワイルド	ジャクリンの母
ジャッキー・ワイルド	ジャクリンの父
キャリー・エドワーズ	ジャクリンのクライアントである花嫁
ショーン・デニスン	キャリーの婚約者
フェア・メイウェル・ジョンストン・デニスン	ショーンの母
ダグラス・デニスン	ショーンの父
ディードラ・ケリー	ジャクリンのアシスタント
ジョージア(ピーチ)・レイノルズ	マデリンのアシスタント、友人
グレッチェン・ギブソン	ドレスメーカー
ビショップ・ディレイニー	フラワーデザイナー
アンドレイ・ウィゼナント	パティシエ
アイリーナ	ケータラー
エステファニ・モラレス	ベールデザイナー
メリッサ・デウィット	宴会場の支配人
テイト・ボイン	キャリーの友人
ニール	警部補
ランダル・ガーヴィー	巡査部長

1

五日間で結婚式六つ。ぜったいに無理。

ジャクリン・ワイルドは思った。イベント企画会社、プレミアの共同経営者である母のマデリンは予約の電話を受けたとき、シャンパン・マティーニを二杯、いえいえ十二杯は引っかけていたにちがいない。こんなにたくさんの予約を、どうしたらこんな短期間に詰めこめるの？　たしかにプレミアは、大都会アトランタで招待客をうならせるパーティーを開きたいならあそこに頼むといい、と評判にはなっているけれど。これが結婚式でなければまだなんとかなる。結婚式に比べたらただのパーティーは楽だ。感情の嵐が吹き荒れることはあまりない。結婚式では人間のあらゆる感情が交錯する。感情的になるのは花嫁だけにかぎらない。花嫁の母に花婿の母、ブライズメイド（花嫁の付き添い人）、メイド・オブ・オナー（ブライズメイドのなかで花嫁といちばん親しい女性）、あどけないフラワーガールとリングボーイの親たち、披露宴に招待されていない親戚。そのうえ決めなければならないことは数かぎりなくある。使う色、日取り、場所、しちめんどくさい招待状の書体……

「ジャクリン・ワイルド」事務員の声が、ジャクリンのどんどん追い詰められ、どんどん過激になってゆく物思いを断ち切った。

事務員の声はあまりにも陽気すぎる。交通違反の罰金を払う人間にとって、陽気な声がどれだけむかつくかわからないの？　陰気な声を出せとまでは言わないが、せめて感情のこもらぬ声にしてほしい。人の金をふんだくるのに、小躍りしないでほしい。

ジャクリンは苛立《いらだ》ちを抑えた。スピード違反で罰金を払うことより、こなすのが不可能にちかい仕事量からくる苛立ちだ。それも一週間で。そもそも仕事が忙しすぎて、スピード違反の罰金を郵送するのを忘れたのだからよけいに頭にくる。罰金の納付期限はきょうだから、仕事を抜けるか――それで仕事が滞《とどこお》るからストレスは増すばかり――逮捕状を突きつけられるかのふたつにひとつだった。ストレスが溜《た》まらないほうがおかしい。

遅れたのは自分が悪い。自宅があり、スピード違反のチケットを切られた町、ホープウェルがオンライン支払いシステムを導入していればかんたんに納付できたのに、まだ導入していない。彼女は立ちあがり、しぶしぶ罰金を支払い、一分後には廊下をすたすた歩いていた。スピード違反はすでに〝やるべきことのリスト〟からはずされたのだから、きれいさっぱり忘れた。

腕時計に目をやった。つぎの約束になんとか間に合う――相手はキャリー・エドワーズ、札付きの性悪女。五日で六つの結婚式が〝ミッション・インポッシブル〟のようにのしかかってくる理由のひとつだ。キャリーの結婚式は六つのうちには含まれない。一カ月も先だ。それなのに、キャリーは芝居がかったふるまいと移り気な性格で、人の時間を無駄にしまくっていた。すでにブライズメイドのひとりが彼女に――キャリーにだ、ジャクリンにではなく――くたばっちまえ、と言った。ジャクリンにとってははじめての経験だった。ふつう、花嫁がなにをしようと、結婚式の準備に携わる人たちは歯を食いしばって見て見ぬふりをするものだ。我慢できずに準備から抜ける場合でも、もっともな理由をつけて抜けるものだ。ところが、この娘はそうしなかった。キャリーをぎゃふんと言わせたくて、ずばっと本音をぶつけた。

その場に居合わせたジャクリンは、そっと人目につかぬ場所まで移動し、にんまり笑ってガッツポーズを決めた。それから無表情を装い、髪の毛を引っ張り目玉を抉《えぐ》る女のつかみ合いの仲裁に入った。目のまわりにあざを作ったキャリーを見物したい気持ちは充分にあったけれど、仕事は仕事だ。

物思いに耽《ふけ》っていたせいですぐに反応できなかった。急に開いたドアから出てきた長身で黒髪で黒っぽいスーツを着た男性に、あっと思う間もなくぶつかっていた。「ウグッ！」と声を発し、手からブリーフケースが落ちて、グレーのタイル張りの床をクルクル回りながら滑っていった。優雅な七センチのヒールの片方が滑り、とっさに男の腕をつかんで体を支えた。もう一方の手は男のはだけた上着のなかに滑りこんでシャツをつかみ、必死に握り締めていた。腕がなにかとても硬いものを擦《こす》り、つぎに一瞬だが革が見えた。もしかして〝ホルスター〟？　だとすると拳銃、だったら警官。市庁舎にいるのだから、その結論は論理的かつ妥当だ。

つかんだ腕が鉄と化した。男が彼女の重みを支えようと腕に力を入れたせいだ。彼は体をねじってもう一方の腕をウエストに回し、支えてくれた。とてもあたたかく、とても硬い、これぞ男という体にもたれかかったまま、ジャクリンがバランスを取るのに一秒とかからなかった。

彼女がちゃんと立てるのがわかると、男は腕を離したが、体は離さなかった。すぐには。彼女はフーッと息を吐いた。ぶつかって倒れそうになったせいで心臓はハイピッチで拍動し、肋骨《ろっこつ》を叩く音が聞こえそうだ。市庁舎の床で滑って転びそうになるとは、まったくきょうはどこまでもついていない。足首を骨折でもしたら大変だった。たとえ捻挫《ねんざ》ですんだとしても、いまの状況ではプレミアは立ちゆかなくなる。

「大丈夫ですか、マム？」

彼が覗《のぞ》きこむようにして話しかけてきたので、スペアミント・チューインガムの匂いのする息がこめかみを撫《な》でた。その声はあたたかなバリトンだった。心持ち掠《かす》れているせいか、やさしいだけではない、なにか……もっと、その、ちがうなにかがあった。その〝なにか〟がなんなのかわからないけれど、たしかに――ちょっと待って。彼は〝奥さん《マム》〟と呼びかけた？

所帯やつれしたおばさんに見えるってこと？

ジャクリンは不愉快な思いを頭のなかで握りつぶした。彼がつけているバッジが、女性に対する敬称〝マダム〟を縮めた〝マム〟を使った理由を物語っている。南部ではそれこそ誰でもこの言葉を口にする。べつに彼女の外見がどうこうと言っているわけではない。彼は警官で、つまり公僕なのだから礼儀正しくてあたりまえだ。ジャクリンは息を吐き出し、そこで気づいた。彼の腕とシャツを握ったままだったことに。こんなふうにしがみつかれたのでは、彼だって体を離すことはできない。シャツと腕から指をなんとか離し、一歩さがって距離を取った。

「大丈夫です」彼女は言い、見あげた。「受け止めてくださってありがとう。ちゃんと前を見ていなかったもので」脳みそのごく一部、ホルモンと馬鹿《ばか》げた決断を司《つかさど》る部分が口笛を吹いた。ふいに体が火照って興奮してきた。やだ、いい男じゃないの。少年っぽさはまったくなく、顔立ちのよさよりも、強さや能力に裏打ちされた自信が漲《みなぎ》っている。男には二種類ある。少年と男。この人は断然、男だ。セックスアピールと男らしさと力強さがひとつに混じり合った、曰《いわ》く言いがたい魅力を備えていた。

彼がほほえんだ。唇がやさしい弧を描いて、なんとも自然ですてきな笑顔だった。「人の往来を考えたら、ここはけっしてレイアウトがよいとは言えませんからね」

「車の往来で痛い目に遭ったばかりなのに」ジャクリンはぼそりと言った。

彼女がやってきたほうをちらっと見て、彼は笑顔を大きくした。ほんとうにすてきな笑顔だ。

仕事柄、多くの男性に会う。これから結婚する男性がほとんどだが、それでもこんなふうに気持ちが惹《ひ》きつけられることはめったになかった。好みの外見もあるけれど、それは思いがけない化学反応のようなもの……正直に言えば、男性に見惚《みほ》れるなんてこと、久しくなかった。

こんなことをしている暇はないのだ。急がなければ約束の時間に遅れてしまう。

「ありがとうございました。あなたを押し倒しそうになって、ごめんなさい」礼儀正しい警官に向かって軽く頭をさげた。にこやかな――だけど、にこやかすぎない――さよならの挨《あい》拶《さつ》。それから落としたブリーフケースを捜してあたりを見回した。

ブリーフケースは広い廊下を横切って遠くの壁際で止まっていた。彼女が拾いに行く前に、しみだらけのジーンズに薄汚いTシャツが太鼓腹の上で伸びきった男が苦労してかがみこみ、ケースを拾いあげた。「さあ、どうぞ、マム」男は言い、ぽってりした手で薄いケースをつかんで彼女のほうに差し出し、ごつい顔に似合わぬかわいらしい笑みを浮かべた。

「ありがとう」ジャクリンはケースの取っ手をつかみ、大男にほほえみ返した。警官のときよりにこやかな笑顔だった。大男にはまったく心を惹かれていないから、にこやかに接しても害はない。それって屁《へ》理《り》屈《くつ》なんじゃない、と思いながら廊下を進んだ。でも、生理的レベルでの女の直感を侮ってはいけない。あの警官のために割ける時間はないし、思いを寄せる時間はないのだから、魅力をふりまいてもなんの意味もない。

警官はきっとこっちを見ている、と歩きながら思ったが、振り返ってたしかめたりはしなかった。振り返る必要もなかった。背中に彼の視線を痛いほど感じていた。

駐車場に出ると、スチールグレーのジャガーに向かう途中、リモコンでドアロックを解除した。一連の動作でドアを開け、ブリーフケースを助手席に放り、運転席に滑りこむ。まずドアをロックする。安全のために行なう動作で、すでに習い性になっていた。片手でキーを回し、もう一方の手でシートベルトを締める。

また違反チケットを切られてはたまらないので、スピードメーターをつねにチェックした。キャリー・エドワーズに会いに行く途中だから、べつにスピードを出したいとも思わなかった。目的地目指して車を進めるしかないのだが、それでも母に電話で言いたかった。「気分が悪くて吐きそう。蕁麻疹《じんましん》が出てるし、麻疹《はしか》かもしれない。キャリーと会う約束、代わってもらえないかしら?」母があすの結婚式の最終打ち合わせの最中で、そのあとにリハーサルがあろうとそれがなに? そもそもキャリーの結婚式を引き受けたのは母なのだから、彼女と渡り合う楽しみを共有してくれてもいいんじゃない?

ジャクリンはため息をついた。いいえ、母にそんなことは頼めない。たぶんできない。この仕事をしていると、女のなかの最悪な面を見せつけられることはしょっちゅうだが、それにしてもキャリーは最悪すぎる。最初から最後まで感じのいいクライアントもたまにはいる。でも、たいていは花嫁か花婿のどちらかがごねるので、いっそ郡庁舎からラスベガスのオールナイト・チャペルで式を挙げたらどうですか、と言ってやりたくなる――むろん口に出して言うほど馬鹿ではない。結婚式は生活の糧なのだから。

キャリーとはバックヘッドにあるプレミアのオフィスで会う約束をしていた。あすはホープウェルの披露宴会場で打ち合わせの予定だ――ケイタラーとパティシエとフラワーデザイナーが顔を揃《そろ》える。数カ月前に注文を入れていたが、最終的に決断を下すべきことがいくつかあり、〝ブライジーラ（はた迷惑な花嫁を表わすブライドとゴジラを組み合わせた造語）〟はわざとそれを先送りにしてきた。ふつうは花嫁のほうが出向いていって決めるものだが、キャリーは女王さま気分でみなを呼びつける。自分を重要人物だと思っている彼女にとって、みずから出向くなんてもってのほかなのだ。

お金をかけた盛大な結婚式なので――花婿が州上院議員の息子――誰も文句は言えなかった。そして当然のことながら、花嫁はジャクリンに同席を要求する。キャリー・エドワーズはなにしろ要求が多かった。あすもまた大変な一日になりそうだ。キャリーのお守《も》りをするだけでなく、〝五日で六つの結婚式〟のひとつめがある。母が担当だが、土壇場で緊急事態が発生し、人手が必要になるに決まっている。たとえそれが、頼んでおいたリムジンの色がちがっているか、エンジンがかからないかして、べつのリムジンを手配するため電話の前で時間を費やすだけにしても。あるいは、フラワーガールが花婿の上に吐いて、あたらしいタキシードが必要になるかもしれない。結婚式の当日は、それこそなんでも起こりうる。

ジャクリンは約束の時間の五分前にオフィスへ戻った。むろんキャリーはすでに来ていて、ジャクリンのオフィスで待っていた。アシスタントのディードラはドアの脇《わき》に置かれたデスクに座っており、デスクの上にはカタログや織物見本や写真が積みあげられていた。ディードラは同情と苛立ちが綯《な》い交《ま》ぜになったおおげさな表情を浮かべ、オフィスのドアを顎でしゃくった。

ジャクリンは肩を怒らせてドアノブを回した。オフィスに足を踏み入れる間もなく、キャリーが振り返った。美しい顔に不満の表情を浮かべている。はっとするような美人だ。メリハリのきいた完璧《かんぺき》なプロポーション、輝くブロンドの髪、滑らかな肌、澄んだグリーンの瞳。だが、その性格ときたら、意地悪から卑劣までなんでも揃っていた。「このコーヒー、いったいなんなの？　もっとましな銘柄のを使ったらどう？　苦すぎるわよ。それに、言わせてもらうと、あなたの秘書――」

「ディードラは秘書ではありません。アシスタントです」ジャクリンは相手の言葉を遮り、オフィスに入ってドアを閉めた。コーヒーについての意見は無視した。個人的に気に入っている。誰もキャリーを押さえつけて喉にコーヒーを流しこんだりしないのだから、味が気に入らないなら飲まなければいいだけの話だ。ほかにもフレーバーティーやソフトドリンクといった選択肢はあるのだから。

「つまりね、彼女は無作法なのよ」キャリーは話を遮られるのが嫌いだ。すべてが自分の思いどおりにならないといやなのだ。ジャクリンが披露宴にマイケル・ブーブレ（カナダ出身の人気シンガー）を雇えなかったことを、いまだに根に持っていた。いいかげん目を覚ましたらどうよ。マイケル・ブーブレに披露宴で歌ってくださいなんて、ジャクリンには口が裂けても頼めない。

「どういうことでしょうか、ディア？」なだめるような口調で言い、〝ディア〟まで付け加えた。無理に〝ディア〟を絞り出したものだから、後味が悪くて舌がひん曲がったけれど。相手を持ちあげる〝ディア〟や〝ハニー〟で、気難しいクライアントもたいてい気持ちを和らげる――むろんなかには麻酔矢が必要なクライアントもいる。キャリーの場合、暴走するサイに使うのと同量の麻酔薬が必要だ。

「彼女ったら、あたしをここではなく外で待たせようとしたのよ」

「それは、留守のあいだオフィスに人が入ることをわたしが嫌っているからですわ」ジャクリンは穏やかに言った。「ご理解いただけますわよね」

「冗談よしてよ。どうしてそんなこと気にするの？」

「なぜなら、ここにはマル秘情報をしまってあるからです。どうやらドアに鍵《かぎ》をかけたほうがよさそうですね。そうしておくべきでした」マル秘情報といっても、セキュリティやクレジットカード番号にまつわるものではない。結婚式の詳しい情報だ――そして、そう、クライアントのなかには、誰それがどんな計画を立てているかとか、誰それがいくら払ったかとかいう情報を探り出すのに大枚をはたく人もいる。結婚式は熾烈《しれつ》なビジネスだ。

キャリーは冷ややかな一瞥《いちべつ》をくれたが、この話題にたいして魅力を感じないことに気づいたらしく、つぎのいちゃもんに移った。「ブライズメイドのドレス、変えることにしたわ。色合いが地味すぎるもの。グレー一色じゃまるで陸軍士官学校《ウエスト・ポイント》の行進みたい。あたしにいちばんちかい人は黒にして、だんだんあかるめの色にしていくの。すごくドラマチックだと思わない？　それと、サッシュはピンクじゃなくてティール（濃い青緑色）にしたいわね。ピンクってもろパリス・ヒルトンの色でしょ。ティールみたいなもっと洗練された色にしたいのよ。でも、あまり緑が強くないティール。青みが勝っている色。そのあたり、手配しといてくれるかしら？」

ジャクリンは舌を嚙《か》んだ。哀れなブライズメイドたちは、ひどいドレスのためにすでに散財している。キャリーが選んだのは、当然ながら安くない布地だった。色はひどくないけれど、デザインはたしかにひどい。ひだ飾りや蝶《ちょう》形リボンからキャリーの気を逸《そ》らそうと努力はしたのだが、人のアドバイスによってなんとなくであれよい方向に向かいそうになると、彼女は逆方向へと進んでゆく。不運なブライズメイドがこの変更を耳にしたら――さらに一着分の費用を負担しなければならず、しかも急ぎの注文だからその費用まで上乗せされると知ったら――おそらく全員が怒って部屋を飛び出すだろう。キャリーをぎゃふんと言わせた例の女性は、いいときに辞めたものだ。

「キャリー」ジャクリンはなんとかなだめようとした。「これから変更するのはちょっと間に合わないと思います。いまのままのドレスを着たブライズメイドが、あなたの選んだ花を持つ姿を見たら、きっとこれでよかったんだと思うに決まっていますわ」

「花も変えようと思ってるのよ」キャリーが言った。彼女の目の輝きから、ごねることを楽しんでいるのだと、ジャクリンにはわかった。「あれじゃだめだわ。ゆうべ、見本の写真をじっくり眺めてみたら、まるでペプトビズモル（胃腸薬）を吐き出したみたいだって思ったの。雑誌にすごくすてきなアレンジメントが出てた。花を変えるとしたら、ブライズメイドのドレスだって変えなくちゃね」

「お友だちに大きな負担を強いることになるんですよ」

キャリーは口もとを引き締め、目を細めた。「彼女たちなら気にしないわよ。あたしにとって特別な日なのよ。あたしの望みどおりにしてくれるわ」その口調から、口に出さない〝さもないと〟が聞き取れた。

「そこまでおっしゃるなら、あなたからドレスメーカーに電話して――」

「あなたにやってほしいの」キャリーがこともなげに言った。「あたしにはそんな暇ないもの」彼女は高価でばかでかいハンドバッグを開き、織物見本を取り出してデスクに放った。ジャクリンはひと目見ただけで、上等のどっしりとしたシルクだとわかった――ブライズメイドひとりひとりの肩にさらに数百ドルが、へたをすると千ドルがのしかかることになる。
「それに、けさ、このことを話そうと思って彼女に電話したら、すごく感じ悪くて、非常識なこと言うのよ」

ドレスメーカーとの交渉は、厳密に言えばジャクリンの仕事ではない。でも、彼女はグレッチェンをよく知っていた。仕事のテリトリーが重なっているし、一緒に仕事をすることも多い。グレッチェンはけっして感じが悪くないし、非常識でもないが、キャリー・エドワーズは人の最悪の部分を引き出す才能に恵まれている。

「できるかどうか訊《き》いてみますが、約束はできません。時間が迫っていますからね、ブライズメイドのためにできあいのドレスを買う羽目に——」

「いや。そんなのいやよ」

「それなら、最初に決めたとおりにしましょうよ。花のことも、結婚式と披露宴のあらゆる場面で、あなたの要望どおり調和があってかつ独創的なものにしようと、フラワーデザイナーが長い時間を費やしてきたんですもの。ブライズメイドのブーケのデザインをここで変更したりしたら、花嫁のブーケと花婿のブートニエール（上着の襟のボタンホールに挿す花）も、披露宴のアレンジメントだって変えなければなりません」ビショップ・ディレイニーはフラワーデザインのカリスマだ。それにけっして忍耐強くないから、彼が怒って辞めてしまったら、彼に匹敵するほどの有名デザイナーを短期間で見つけるのは至難の業だ。「それでも変えたいとおっしやるなら、最初に提示した金額よりもっと多く払っていただくことになりますよ」

「どうして？」キャリーが言う。「最初に決めた花は使わないんだから、どうしてその分も払わなきゃならないの？」

「なぜなら、デザイナーはいろいろな手配をするのにすでに多くの時間を費やしているからです。あなたの気が変わったからって、彼が損失をかぶる必要はありません。すでに注文を出していますから、いまさらキャンセルはできないと思いますよ」あす、ビショップから全体のプランを示す写真と図面が届くことになっており、いまさら振り出しには戻せなかった。ビショップとキャリーが角突き合わせる場にはいたくない、とジャクリンは思った。まるでわがままで強情な子どもを相手にしているようなものだが、キャリーの目に宿る光は計算高い大人のそれだった。これほど要求が多いのは、たいていの場合、それが通ってきたからだろう。キャリーとこれ以上関《かか》わるぐらいなら、損失を自分でかぶってでも手を切ったほうがいいと、多くの人たちが諦《あきら》めてきたにちがいない。つまり、無理を通せば道理が引っこむ、を彼女は地で行っているわけだ。それで欲しいものを手に入れてきたのだろう。

彼女はいま、鼻にしわを寄せ、手を振ってジャクリンの言い分をあっさり切り捨てた。

「その件はあしたフラワーデザイナーと話し合えばいいわ。彼ならきっとわかってくれるわよ。いま決めなきゃならないのは、ブライズメイドのドレスをどうするか」

ジャクリンは大きく息を吸いこみ、吐き出した。性悪女の好きにさせてなるものか。「あした、ドレスデザイナーに会って、どんな選択肢があるか話し合ってみませんか？」グレッチェンとふたりがかりなら、もう変更はきかないとキャリーを説得できるかもしれない。いまから生地を注文し、ドレスを縫いあげるだけの時間は残っていない――でも、ブライジーラに道理が通じるかどうか。そういうものとは無縁で生きてきたのだろうから。キャリーからの電話でグレッチェンを悩ませないように、ジャクリンから切り出した。「きょうの午後にでもわたしから電話を入れておきます」

キャリーは目をくるっと回した。「あたりまえでしょ。それがあなたの仕事だもの」

これまでにも難しい花嫁の相手をしてきたが、キャリーほどむかつく花嫁にはお目にかかったことがなかった。自分で商売をやっている利点のひとつは、もううんざり、と思ったら自分の判断でおりられるところだ。ゆっくりと立ちあがり、両手をデスクに突いた。「この仕事をこちらから断わることもできるんですよ。これ以上理不尽なことは言わないでください。うちのアシスタントにも。おわかりですね？」

キャリーはきょとんとした。「理不尽なこと？　言ってないわよ。あたしはただ、自分の結婚式をすばらしいものにしたいだけよ。それなのに――」

「そんなふうに気がころころ変わったら、すばらしいものにするどころか、台無しにしかねませんよ」ジャクリンはずけずけと言った。「こんなことを言うのは、準備を滞りなく進めるのがわたしの仕事だからです。あなたが道を逸れそうになったら、ちゃんとそう言いますからね。こんなに間際になって、フラワーデザイナーが花を変えることはぜったいにできないと言っているのではありません。そんなことをすれば、あなたの出費が増えると言っているのです。ただし、花を変更する前に、ブライズメイドのドレスをあたらしくすることが、実際問題として可能かどうかグレッチェンに尋ねるべきです。それから、ブライズメイドたちに確認を取ったほうがいいですよ。あなたがどんな色に決めたとしても、二度と着ないドレス二着分のお金を払うぐらいなら、ブライズメイドをおりると言う人がひとりふたりは出るかもしれません。もっとも、あたらしいドレスの費用はすべてあなたが負担するというなら、誰も文句は言わないでしょうが——」

「馬鹿言わないでよ」キャリーが吐き捨てるように言った。「ブライズメイドのドレス代を、なんで花嫁が払わなきゃならないの」

「状況によっては、払うことになります。ぎりぎりで花嫁が気持ちを変えれば、そういうことになるでしょう」ジャクリンは楽観的すぎるのかもしれないが、こちらが強気に出れば、キャリーはごねるのをやめるか、プレミアに依頼するのをやめるだろうと思ったのだ。そうなったら、ジャクリンは安堵《あんど》のため息をつき、キャリーはべつの哀れなイベント・プランナーを血祭りにあげるだけのこと。大金をちらつかされれば、いやなことには目をつぶろうと思うのが人情だ。

「友だちのことはよくわかってるわ」キャリーが言った。「誰もそんなみみっちいこと言わないわよ」長いブロンドの髪を搔《か》きあげ、ハンドバッグに手を伸ばし、披露宴用にすでに決めてあるメニューのサンプルを抜き出した――あとはケバブの肉をどうするか決めるだけなのに。牛か羊か。そんなに難しいこと？「それともうひとつ……」

ジャクリンは穏やかな表情を崩さなかったが、これは受け入れられるけどこっちはいやと、キャリーが御託を並べるあいだ、頭のなかでずっと思っていた。きょうは強いお酒でも飲まないと、眠れるわけがない。

2

エリック・ワイルダー刑事は、行きつけのバー、サディーズにいた。この店が気に入っているのは、市庁舎と警察署にいちばんちかくて便利だからだ。細長くて薄暗いバーにたむろするほかの警官たちにとっても、そこがこの店のいちばんの魅力だった。

店の客筋は固定していくもので、いまやサディーズは警官御用達《ごようたし》となり、警官たちは痩《や》せた南部人バーテンダーの〝サディ〟の馴染《なじ》み客となった。〝サディ〟は彼の名前ではない——ウィル・アスターというちゃんとした名前がある——が、女名前にすることで、彼が醸したかった店の雰囲気は、制服と武器と男性ホルモンの波に呑《の》まれて跡かたもなく消えてしまった。女性警官もやってくるし、ときには警官が妻や恋人を連れてくることもあるし、民間人がふらっと入ってくることもあるが、サディーズは正真正銘、男の警官のバーだ。

ウィルはもっと垢抜《あかぬ》けた店にしたかったのかもしれないが、努力することをとっくに諦めている。提供される酒はもっぱらビールとバーボンで、料理も品数よりは量で勝負だ。チキンフィンガーやフライドポテトはあっても、サラダはない。ピーナッツはあっても、ポップコーンはない。ウィルの気が向くと、〝ウィング・ナイト〟なるものが催される。メニューはホットウィング（チキンを揚げて辛いソースを絡め、オーブンで焼いた料理）のみとなる。べつにかまわなかった。サディーズに食事をしに来るわけではない。

エリックはこの店が好きだった。リラックスできるのがいい。照明は薄暗く、暗い赤煉瓦《れんが》の壁に粗面タイルの床が洞窟《どうくつ》みたいな雰囲気で、壁際に小さな黒いテーブルが並んでいる。長いバーカウンターとテーブルのあいだには、ふたりのウェイトレスが歩き回れるように二メートルほどの幅の通路がある。片隅に置かれたジュークボックスが、娯楽を提供する唯一の手段だ。ダンスフロアはないが、みんながその気になるとテーブルを店の奥に片付けて、勝手に踊るスペースを作った。大きな笑い声ときついジョークで店内はいつも騒々しい。しんどい仕事を終えた警官は、そうやって緊張をほぐすのだ。エリックはいつも店に入ったとたん、首筋や肩の凝りがほぐれていく気がした。カウンターにちかづくと、ウィルがバドワイザーの栓を抜いて泡立つグラスを滑らせてよこす。そこまでされたら誰だってまいる。

法廷で一日証言台に立っていたので、帰宅する前にビールを飲みたかった。たとえ望みどおりの判決が出ても、弁護士や裁判システムには苛立ちを覚えるものだ。口の達者なやり手の弁護士にかかって、〝i〟の点が抜けていたというだけで麻薬事件が立件できないこともあり、怒りに任せてつい願わずにいられない。麻薬常用者が弁護士の家に押し入り、金目のものを盗んで売りさばき、常用癖を満足させてくれ、と。きょうの事件はそれほど重要なものではなく、正義が勝ったものの、それでも五分の証言を行なうために何時間も拘束され、捜査に費やす時間がなくなった。それも仕事のうちだが、好きな部類の仕事ではない。

カウンターに座って十五分ほどが経《た》ち、なにもしないでいい喜びが全身に染み渡りはじめたころ、ドアが開いて通りの騒音とあたたかく湿った空気が流れこんできた。警官たちがいっせいに目をやり、入ってきた客をチェックした。無意識に脅威の程度を測っているのだ。いま入ってきた客は仲間か敵か、警官か民間人か？　エリックもおなじことをやり、見覚えがあると即座に思った。鳩尾《みぞおち》のあたりがカッと熱くなった。たしかにそうだ。その日の朝、市庁舎の廊下でぶつかった女だ。市裁判所の法廷から出たときのことだ。彼女はあのときとおなじ、洒落《しやれ》た黒いスーツを着ている。つまり、彼と同様、長い一日だったということだ。

市庁舎の廊下でもそうだったが、好ましい女だと思った。全身から〝上品さ〟が匂いたっている。着ているスーツも後ろで結った艶《つや》やかな黒髪も。それにあの脚。〝おれの体に絡ませてくれ〟の見事な脚だ。長くて形がよくて程よく筋肉がついている。男たちが彼女を品定めし、関心の度合いが数メモリあがったのをエリックは肌で感じた。ここに来る女性警官はわざと地味な格好をしている。女らしさを抑えるのは、男たちにうまく溶けこむためでもあるが、彼女たちが相手をする物騒な連中になめられないためでもある。だが、この女は女らしさを抑えたりしていない。それでいてこれみよがしな派手さはなく、だからいっそう魅力的だ。なにしろ〝上品さ〟と〝サディーズ〟が出会うことはめったにないのだから。

彼女は入口でちょっと立ち止まり、人を捜しているのかテーブル席のほうを透かし見てから、奥のトイレにちかいテーブルに向かった。七センチのヒールでは走れないだろうが、歩き方はわきまえているようだ。揺れるヒップから目が離せない。けさも市庁舎で、歩き去る彼女の尻に目が釘《くぎ》づけになったが、ああいうものはじっくり味わってこそ価値がある。

彼女は空いたテーブルを選び、椅子に腰をおろした。その位置だと、彼からは横顔が見える。カウンターに背中を向けているということは、ドアを見張る生存本能を備えていないか、誰とも目を合わせたくないかのどちらかだろう。彼女はフーッと息を吐いて肩を回し、頭を右に左に倒して筋肉の凝りをほぐした。つまり、彼女がここに来た目的は、店の客の大半とまったくおなじということか。

カウンターの隅に座るエリックからは、わざわざ顔をそっちに向けなくても彼女を視界におさめることができた。彼女はほかの客に注意を払わない。払いたくてもあの場所では、椅子の上で体をひねらなければ誰も見えない。おそらく人と待ち合わせをしているのだろう。警官が集まるバーで、いったい誰と会うつもりなのかひどく興味を引かれる。警官とデートなのか？　それとも、便利だからここで待ち合わせ、場所を移して一緒に食事をするのだろうか。

エリックはちらっと腕時計を見た。いま八時十一分だ。約束はふつう正時か正時半にするものだろう。だとして、待ち合わせなら、約束の時間より二十分も早く来たことになる。頭のなかでピッと警戒信号が鳴った。ほんの少しでも通常とちがうものに気づいたとき、かならず鳴るのだ。恋人や約束した相手が来るまで、女はたいてい車のなかで待っている。人目を気にして、あるいは身の安全を考えて、それとも望みもしない関心を引かないために、ひとりでバーには入ってこないものだ。この女はふつうに考える約束の時間より二十分も早くひとりで店に入ってきた。彼があたりまえと思う行動の尺度からずれている。

無意識に彼女を品定めしていた。身長は百七十センチ、体重は五十六キロから六十三キロのあいだ。黒とブルー。髪はほんものの黒、いまは見えないが澄んだブルーの瞳と肌の白さは憶《おぼ》えていた。アイルランド系でも最高級の黒髪の女。背が高くてスリムで、高価なスーツに身を包み、やっぱりこの表現に戻ってしまうが、上品だ。

結婚指輪はしていない。薄型の金の時計、耳には小さな金のフープイヤリング。指輪はなし。もっとちか寄れば、左手の薬指に白い指輪の痕《あと》があるかないかわかるのだが。ここからではそういったしるしは確認できない。

ウェイトレスが彼女のテーブルにやってきて、紙ナプキンを置き、ペンを手に注文を待った。彼女が注文する声はエリックには聞こえなかったが、じきにウェイトレスが伝票をカウンターに置いてウィルに言った。「マルガリータ、ロックで」

サディーズでは気取った酒はあまり出さないが、エリックが思うに、マルガリータのロックは中間あたりだ。男は飲まない軟弱な酒ではないが、バーボンのコーラ割りと同等ではない。酒が運ばれてくると、彼女は味を楽しむようにひと口飲み、緊張を解いて椅子にもたれた。

マルガリータをゆっくり味わっている。待ち合わせの相手が来るまで持たせるつもりだろう。彼は時計に目をやった。もうじき八時半。ところが、八時半を過ぎても誰もやってこなかった。彼女も時計を気にしない。約束の時間が過ぎても気にならないのか、ドアが開いてもそっちを見ようとしない。ははあ。おれの思いちがいで、彼女は誰も待っていなかったのだ。酒で緊張をほぐしたかっただけかもしれない。このバーのほかの連中とおなじように。

彼女のテーブルにちかづいて話しかけようかと思ったが、関心は高まっているとはいえ、昔より女に対して慎重になっていた。三十五にもなると、欲望の赴くままに行動したりはしない。それに離婚を経験して、慌てるとろくなことはないとわかった。

だいいち、彼女は見るからに金がかかっている。エリックはいま、金のかかる面倒に巻きこまれたい気分ではなかった。女は面倒だと相場が決まっている。女の天《あま》の邪鬼《じゃく》なハートに幸あれ。いろいろな意味で女といると楽しいが、独身の身軽さも楽しい。快適な独身生活を捨ててまで、結婚する必要はない。ステディな関係を築こうとすれば、時間を相手に合わせようと四苦八苦することになる。まちがってもステディな関係になってはならない。結婚する羽目に陥《おちい》るのだから。いろんな形を試してみたからよくわかっていた。結婚も、同棲《どうせい》も、ステディな関係も、半分ステディな関係も……そしてすべてがおなじ方向へと、たがいの人生を絡み合わせる方向へと転がってゆく。いまは誰とも人生を絡み合わせたくなかった。いずれは、そう、いずれは再婚するだろうが、急ぐつもりはなかった。別れた妻のときよりもっと仲むつまじくやっていける確信が持てなければ、その段階には進めない。二十五歳未満は結婚できないという法律を作るべきだ。

このミズ・上品がこの場にいる理由にはもうひとつ可能性があり、それは彼に警戒心を抱かせるものだった。警官グルーピー。女のなかには警官とセックスしたがるのがいる。制服と武器が鍵なのだろう。ホルスターにおさまっている武器なのか、ジッパーの奥におさまっている武器なのか、どっちもなのか。警官のなかには、とくに新人のなかには、女にちやほやされて舞いあがり、キャリアも結婚も棒に振る奴《やつ》がいる。エリックは制服警官だったころから、そういうのは避けて通った。刑事になり、さらなる昇格を望んでいるいま、たとえ上等な女であろうと、女のせいで正しい判断力や良識を失うなんてまっぴらだ。

だが、ほかの誰かがそういう誘惑に引っかかったようだ。椅子が引かれる音がして、制服姿のままのパトロール警官、ブレーク・ギレスピーがミズ・上品のテーブルにちかづいていった。エリックはつい顔をしかめそうになった。ギレスピーが運試しをしようが、彼女が警官グルーピーだろうが関係ない。ほかの警官よりギレスピーのほうが、独身なだけましだ。だからといって、こっちが最初に見初《みそ》めた女に、ほかの男が言い寄るのを眺めたいとは思わない。たとえこっちには言い寄るつもりはなくても。オーケー、男というのは縄張りを主張したがる生き物だ。新聞に情報を流したり、テレビ局に電話したりして、人が吠《ほ》え面をかくのを眺めている。

気さくな笑みを浮かべ、一緒に飲まないか、とギレスピーが彼女を誘う。ミズ・上品は顔をあげ、表情をまったく変えず、穏やかに頭を振って言った。「いいえ、けっこうです」これで一件落着というように、顔をそむけた。エリックには彼女の声は聞こえなかったが、きっぱりとわかりやすい口の動きでわかった。

オーケー、彼女は警官グルーピーではない。ギレスピーは若いし、制服を筋肉でパンパンにするため日夜トレーニングに励んでいる。それに、けっして不細工ではない。彼女が警官を漁《あさ》りに来たのなら、いまごろギレスピーはかたわらに座っているはずだ。肩をすくめて自分のテーブルに戻るのではなく。彼女に拒絶されても怒らなかったのだから、若いパトロール警官もたいしたものだ。

彼女は誰かを待っているのではないし、男に声をかけられるのも待ってはいない。酒を飲みたかった女、ただそれだけなのか。だったらおなじだ。女という部分ではなく、酒を飲みたいという部分が。

エリックは意識を手もとのビールに戻し、琥珀《こはく》色の液体をしばらく見つめていた。飲み干して家に帰るべきだろう。一級品の脚と垂涎《すいぜん》ものの尻を持っていようが、女がなにを考えているのかたしかめるために時間を潰すのだけはやめよう。だが——「なんてこった」声に出さずにつぶやく。欲望が股間《こかん》を鷲《わし》づかみにして放してくれない。腰を滑らせてスツールから立ち、ビールのグラスをつかみ、〝上品で金のかかった厄介〟に向かっていった。

べつの男がちかづいてくるのを、ジャクリンは目の端で捉《とら》えた。声をかけてきませんように、奥のトイレに行く途中でありますように、と祈ったが、男はまっすぐこちらに向かってくるようだ。手にグラスを持っているから、トイレに行くのではない。男から――みんなとは言わないけれど――誘いを待っていると思われずに、どうして女は仕事帰りに一杯やれないの？　少なくとも最初の男はまともだった。ノーと言ったらあっさり引きさがった。こんどの男もそうであってほしい。意識して見ないようにしているのだから、こっちの気持ちを察して行き過ぎてよ。

「世間は狭い」

思いがけない言葉にハッとなった。冷静な表情を崩さずに顔をあげたが、目の前に立っているのが誰だかわかったら、頭のなかが真っ白になった。さすがに飲み物を吐き出しはしなかったが、それにちかかった。なにか言わなくちゃと内心で慌てふためき、出てきた言葉は冷ややかな拒絶とはかけ離れていた。「二度と〝マム〟って呼びかけないで」彼女は言い、警告するように目を細めた。

警官はほほえみ、あのときとおなじように、唇が楽しげな弧を描いた。するとジャクリンのなかでなにかがほどけた。彼には〝ほんもの〟らしいなにかがある。遊びで女を〝引っかける〟のではない実直さが――それに、なんてすてきなんだろう。そう表現する以外に言葉が思い浮かばない。ハンサムではないが、彼女のなかのホルモンとささやかな化学反応を起こす部分が、いっせいに活性化して彼を意識しまくっている。大声で叫んでいる。〝男！〟って。最高の意味での男。男にぼうっとなるタイプではないし、クスクス笑ったり媚《こび》を売ったりも――あまり――しないけれど、それは男の体や顔を惚《ほ》れ惚《ぼ》れと眺めないということではない。眺めるに値する体と顔なら眺める。

この警官はどっちもいい。

気がつくと情けない笑みを返し、言い訳していた。「ちょっとその……くさくさする一日だったし、同年代の人から〝マム〟って呼ばれると自分が老けた気になるし。あなたは礼儀を守っただけなんだから、文句を言う筋合いじゃないんだけれど」

「市庁舎を出たあとのきみの一日が上向きになることを願っていたんだけどね」

「そうはいかなかったの」彼を見るには顔を上向けなければならない。ただでさえ薄暗いのに、彼が灯《あか》りを遮る場所に立っているので表情をはっきり見ることはできないが、記憶力はたしかだ。長身なのはわかっている。ヒールを履くと百七十七センチになる彼女より十センチは高かった。肩幅が広いのも、大人の男の引き締まった胸の厚さも好ましい。ぶつかったとき感じた体の硬さとあたたかさが鮮やかによみがえり、それが意味する親密さから、頭のなかで身を引こうとした。

あの衝突は事故だったことを、ホルモンは知らない。体が接触したことを単純に喜んでいる。肉体的に強く惹きつけられる感じは前にも味わったことがあるけれど、いつだったか思い出せない。そういう感覚は抗《あらが》えないと同時に不快でもあった。彼女のなかの興奮する部分は反応しろと言う。行き着くところまで行ってしまいたいと思う。べつの冷静な部分は、一目散に逃げ出せと命じる。男性との関係に求めるものは、慰めとむつまじさ、安心感、一体感——それにもちろん肉体的に惹かれること、もある。けれど肉体的関心が強すぎると、物事を冷静に考えられなくなるからだめだ。

「それは残念だ」

彼女の思いを見透かしたような彼の言葉に戸惑い、どう返したらいいのかわからなくなる。

「でも、午後は誰ともぶつからずにすんだわ」

「それはよかった。またぶつかっていたら、きみを〝歩く交通違反〟と呼んでいるところだ」彼のにこりともしない言い方に、ジャクリンはまた笑った。そのあいだも自問自答は繰り返していた。彼のことはなにも知らない。肉体的に惹かれているという事実を除けば——まさかそんなことは口に出せないし——ふたりのあいだに話題はまったくなかった。そういう場合は天気の話とか、誕生月の星座はなにかとか話すのだろう。そんな〝お付き合い入門編〟みたいなことはしたくなかったけれど、彼にはほかの男性とはちがうなにかがあるから……それで、すぐにさよならが言えなかった。いまも言えない。

「どうぞ、お座りになって」彼女は言い、空いた椅子を勧めた。

彼は腰をおろし、持っていたグラスをテーブルに置いた。コトンと音をたてて、まるでこの場所はおれのものだと主張しているみたい。それから、彼女の目を見つめた。立っていたときとちがって、顔が陰になっていない。くっきりとした顎の線、まっすぐな鼻、黒くまっすぐな眉、心に突き刺さるような鋭い視線。黒い髪、目ははしばみ色だろうが、薄暗いのでよくわからない。それよりなにより、自信が漲っている。自分の意見を通すことに慣れており、ときにそれが反感を買うかもしれない。でも、傲慢《ごうまん》とは受け取られずに意見を通せる、それが彼の人柄なのだろう。ふと思った。彼の礼儀正しさは一種のカモフラージュなのかも。その奥に危険さを秘めていて、それが刺すような鋭い視線に表われている。

「誰かと待ち合わせ？」彼は尋ねた。椅子に腰をおろしておいて、いまさら尋ねることでもないだろうに。

「いいえ」

「よかった」椅子に腰を落ち着け、手を差し出す。「エリック・ワイルダーだ」

愉快に感じられて、握手する前からジャクリンの顔はほころんでいた。彼の大きくてあたたかな手に包まれると、その感触に呑みこまれまいと必死になった。心地よさに溺《おぼ》れるのはあまりもたやすい。「ワイルダー？」

「おれの名前だ。性格やライフスタイルがワイルドなわけではない」

「お会いできてうれしいわ、エリック・ワイルダー。わたしはジャクリン・ワイルド。名前ですから。性格やライフスタイルがワイルドなわけじゃありません」彼がちょっと手をひねった。そのほんのわずかな動きで、握り合った手が握手からもっとべつのなにかに……親密なものに変わった。心拍が跳ねあがり、唇をなめたい衝動をなんとか抑えこむ。

目もとにしわを寄せ、頭をちょっと後ろに倒して日に焼けた力強い喉を見せ、彼が笑った。

「ほんとうか？」

「ほんとうよ」

「まったく世間は狭いな」彼が手を離した。ぬくもりと力強さを、彼女は手放したくなかった。まさかこちらから手を握るわけにもいかない。すると、彼がゆっくりと彼女の左手をつかみ、薬指を調べた。彼女は眉を吊りあげ、涼しい顔で彼の左手を調べた。お返しだ。結婚指輪をしてないから独身とはかぎらないが、念のためだ。

彼は椅子にもたれてビールを飲んだ。「それで、ジャクリン・ワイルド、くさくさする一日だったのはどうしてかな？」

ジャクリンはため息をつき、彼を真似《まね》てマルガリータに手を伸ばした。彼はきっとお酒を楽しんでいるのだろうけれど、彼女のほうは、キャリー・エドワーズのことを思い出し、お酒の力を借りずにいられなくなったのだ。「わたし、ウェディング・プランナーなの。それで、きょうは、この仕事で出会った最低のクライアントとの、長くて惨めなミーティングがあったというわけ。どんなにやさしい人間でも、彼女を相手にすると頭から火を噴いて怒らずにいられなくなるのよ」

「きみは頭から火を噴くようには見えない」

「そうね、でもそれにちかいわ。ブライジーラのせいで、帰宅途中に一杯やらないと気持ちがおさまらなかったんですもの。いつもはそんなことしないのに」彼に酒飲みだと思われたくなかった……彼がどう思おうと関係ないと言えばそうなんだけれど。彼とお酒を飲んで、家に帰る。それだけのことだ。

　男性といても不安になったりはしない。自分がどういう人間かわかっているし、大事なのはそこだから……いつもは。でも、エリック・ワイルダーは人を不安にさせる。びくびくしたり、不愉快になったりというのではないが、ひどく意識している自分がいた。肌がぴんと張り詰めて感じやすくなっている。急に彼を見ていられなくなり、無関心を装って店内を見回した。無関心どころではなかったけれど。

「ウェディング・プランナーか」彼が言った。「おもしろそうな仕事だな」

「正確に言うとイベント・プランナーなんだけれど、扱うのは主に結婚式だから。それから、いいときもあれば悪いときもあるわ」無関心を装うことも忘れ、彼をまっすぐに見つめていた。彼が目を逸らさなかったので、全身がまたピリピリした。彼の鋭い目――そう、やっぱりはしばみ色だ——は揺らぐことがない。

「おれの経験から言うと、結婚生活をスタートさせるのに、結婚式ほどうんざりするものはないな」エリックが言った。

「その意見はなにに基づいているの?」少しむっとすると同時に、おもしろいとも感じていた。彼の言うことにも一理あると思うから。

「おれの結婚式だ」彼がぶっきらぼうに言う。「その週末は悪夢だった。泣かなかったのはおれだけだったな。しかもここで言ってるのはうれし涙じゃないから」

彼女の胃がでんぐり返った。背筋が強張《こわば》るのが自分でもわかった。思いのほか楽しかった会話が、とたんにつまらないものになる。「結婚しているの?」

「いまはしていない。離婚した。六年になる」彼はグラスを掲げた。「きみは?」

「わたしも離婚したわ」

細かなことは言いっこなし。ふたりとも離婚していて、いまは自由の身だ。おしゃべりするだけなのだから、自由の身である必要はないが、わかってよかった。

「結婚したとき、もうウェディング・プランナーの仕事はしていたのか?」

「していたわ。母とふたりでこの仕事をはじめたの」

「そういう仕事をしているんだから、自分の結婚式はさぞ念入りに計画を立てたんだろうな。それとも、人の結婚式をプランニングするだけでもううんざりだったとか?」

「うんざりではなかったし、念入りに計画を立てたわ」彼女は皮肉っぽく言い添えた。「結婚生活は式そのものよりほんの少し長くもっただけだったけど。でも、自分の仕事にうんざりしてはいないわ。なにもかもうまく運んで、みんなが楽しんでくれたら、思い出に残るものになるもの……。それから、訊かれる前に言っておくと、わたしは自分の結婚式で泣かなかった」からかうように言った。

「きみが泣くところは想像できない」

彼女はマルガリータをもうひと口飲んだ。エリックがウェイトレスに合図した。「一杯おごらせてくれないか」

ちかづいてくるウェイトレスに、ジャクリンは頭を振り、グラスに手で蓋《ふた》をしてお代わりはいらないと伝えた。それからエリックに言った。「わたしは一杯だけ。運転するから」

「ライムとテキーラの霧のなかでわれを忘れるために来たんじゃないのか？」

「どんな霧のなかだろうと、われを忘れたことはないわ」

「だったらどんなときにわれを忘れる？」彼が尋ねた。その鋭い視線が肌に突き刺さるような気がした。

「仕事してるとき」彼女は正直に答えた。でも、彼女のなかの、長いあいだ休眠中だった部分が、エリック・ワイルダーと一緒ならかんたんにわれを忘れられる、と気づいていた。

「あなたは？」

「仕事をしているときだな」

「アルコールに依存するより仕事に依存するほうがましよね」ジャクリンは言い、父が酒と格闘していることを思い出した。自宅に酒がないのはたまたまではないし、飲んでも一杯だけと決めていた。飲酒の問題を抱えたことはないが、強迫観念に取りつかれる体質を受け継いでいるかもしれないことが、自分の弱みだとわかっていた。依存体質と言ってもいい。でも、父のことは考えたくなかったし——父を愛していたが、酒癖はいっこうにあらたまらなかった——自分のことばかり話していた。彼のことをもっと知りたかった。「警官になってどれぐらい？」

「十三年。高校を出てそのまま軍隊に入って、そこで学位を取って、除隊するとすぐに公務員試験を受けた」

「あなたの仕事のほうが、わたしのよりおもしろそうだわ。少なくとも、わたしが相手をする人たちはたいてい、罪を犯す手前で踏みとどまるもの」

「たいてい？」彼が黒い眉を吊りあげた。

「知らぬが花よ」

ところが、エリックは知りたがった。ジャクリンは気がつくと、とっておきの逸話を残らずしゃべっていた。式の直前になっても煮え切らない花婿の態度に怒った花嫁の母が、バッグからナイフを取り出し、さんざんお金を使わせておいて、いまさらやめるなんて言ったらあんたのいちばん大事なところをひと突きにしてやる、と脅した話や、ほかにも物騒な話を。彼はいいところで笑い、その心から楽しんでいる笑い声に誘われて、彼女の舌の滑りはますますよくなった。彼も戦争体験を語ったが、軽い話だけにとどめ、暗く心塞《ふさ》がれる部分には触れなかった。

エリックとなら気楽におしゃべりできる。その気になったら体が燃えあがりそうなほどの激しい欲望をなんとかなだめて、彼と一緒にいることを楽しむことができた。初対面の人間同士にありがちな気まずい沈黙もなかった。彼とおしゃべりする喜びと、ゾクゾク感があるだけだ。けさ、彼とぶつかった瞬間に生まれたゾクゾク感は、親しくなったことで鈍りはしなかった。サディーズにふらっと入ったのは、前を通りかかったら駐車場が空いていて、心安らぐ一杯とともにひと息つきたい気持ちに抗えなかっただけのことだ。抗わなくてよかった。あのまま通り過ぎて、もっと洒落たバーに行かなくてよかった。

ちょっと考えれば、ここは警察署にちかいのだから警官の溜まり場だろうと気づいたはずだ。エリックに会えることを期待して、潜在意識が彼女をここに導いたとは思わない。消耗するばかりの一日だったから、彼のことはちらっとも思い出さなかった……もし潜在意識が働いたのだとすれば、よくやったと褒めてやりたい。ここに寄ってよかった。彼とまた会えてよかった。

マルガリータを飲み終えても席を立つ気になれなかった。ウェイトレスが通りすがりに空いたグラスをさげようとしたので、ジャクリンはディキャフ（カフェイン抜きコーヒー）を注文した。エリックはビールをちびちびやっていた。ひと息で飲み干してお代わりを頼まないのが好ましい。彼女とおなじで自制がきくのだ。

こんなにすぐに男性と打ち解けるなんて自分らしくなかったが、気が置けないのは相手もおなじみたいだ。彼の戦争の話が終わると、彼女がまた仕事の話や母親兼ビジネスパートナーの話、これから数日つづく目が回りそうな忙しさの話をした。

彼が空になりかけのグラスを両手で挟んで回し、ジャクリンを見つめた。「だったら、電話するのはそのつぎの週にしたほうがいいね？」

はしばみ色の瞳の激しさに、心臓の鼓動がまた速くなり、口のなかが乾いた。これで男日照りが解消されるかも、とまず思った。つぎに、彼に日照りを解消してもらえたら最高だわ、と思った。ああもう、いやになる、そんな暇なんてないじゃない、とそのつぎに思った。でも、口から出てきたのは「あら、かまわないわよ」だった。だがそこで理性が働き、ため息をついた。「そうね、つぎの週のほうがありがたいわ。五日で結婚式を六つ抱えていたら暇な時間はないもの。母と仕事を分担していてもね」

「食っていかなきゃならない」エリックが気楽な口調でややぶっきらぼうに言った。低いその声で命じられたら、それこそなんでも従ってしまいそう。ああ、彼って好ましい相手なのか危険な相手なのか、それとも両方？

「ええ、そういうこと」彼が発散する男性ホルモンから離れないと、ちゃんと物事を考えられない。でも、どっちにしてもきょうはもう遅いから、家に帰って眠らなければ。ためらった末、バッグを開いて金の名刺入れを取り出した。「わたしの名刺」言わずもがなのことを言い、クリーム色の名刺――金の文字で社名のプレミアと、彼女の名前と電話番号が刷ってある――をテーブルに置き、彼のほうに滑らせた。「会社と携帯の番号が載ってるわ」

彼は名刺を灯りに掲げて読んだ。「ワイルド・ウェディングズじゃないね?」

ジャクリンはほほえんだ。「そういうイメージで売りたくないから」

彼は名刺をじっくり眺めた。「上品だ」ちらっと彼女を見る。「きみとおなじで」

唖然《あぜん》とする彼女を尻目に、彼は上着の内ポケットに手を入れて自分の名刺を取り出した。白い紙に黒い文字、平凡なフォント、飾り気はいっさいなし。彼女の名刺が彼女を表わしているように、彼の名刺も彼らしかった。エリックは名刺を裏にし、ポケットからペンを取り出して書きこんだ。「おれの携帯の番号。いつでも電話してくれ」

彼女はその名刺をバッグのなかに落とし、立ちあがっておやすみと言った。「きっと連絡する」彼が言う。待ってるわ、とジャクリンは思った。出口に向かって歩くあいだ、やはり背中に彼の視線を感じた。今度は振り向いてほほえんだ……やっぱり、彼はじっと見つめていた。その眼差《まなざ》しに、体がバターのようにとろけた。

まいったわ。

3

平日だし、夜のこの時間ともなると道はすいていたから、運転にそれほど意識を向けなくてすむ。無理な割りこみをかける車や不注意な歩行者がいれば、そっちに注意を向けていただろうが、誰も車の前にふいに飛び出してはこなかった。べつに事故を起こしたいわけではないけれど、割りこみをかける車がいれば、あの警官から気持ちを逸らすことができるのに。いくら頭から追い出そうとしても、エリック・ワイルダーは頭の真ん中にでんと居座って動こうとしない。彼のすべてが気になる。彼の声も目も、それに、自分に嘘はつけないから言ってしまうと、彼の体も気になってたまらない。背の高さが好ましかった。広い肩も、なにもかもが。どこにいても目立つタイプの男性だ。法廷でもバーでも……それこそどこででも、彼女の視線を引きつける。ところがいまは、どんな種類のものであれ人間関係を築いて人生を複雑にすることだけは避けたかった。ロマンティックな関係であろうと、友人関係であろうと敵対関係であろうと——たとえ問題の男が、家に向かって車を走らせるあいだじゅう、彼女の頭のなかに居座っていようと。男性のことで思いわずらう暇はなかった。彼のことでも、男性一般のことでも。翌日の仕事の段取りを頭のなかでつけておく必要がある。彼女も母も、殺人的スケジュールの一週間に突入しようとしているのだから。しかもそこには、キャリー・エドワーズと、彼女にきりきり舞いさせられている哀れな業者たちとのミーティングも含まれる。キャリーの結婚式が終わったら、業者たちに謝らなければ。

殺人的スケジュールをべつにすれば、男性と人生をともにする気持ちがないわけではない。実を言えばそうしたい。ひとりで生きていくつもりはなかった。いつか結婚して子どもを産みたい。長期の人生設計にそれは含まれている。いつか愛し愛される相手を見つけ、ふたりの人生を築いて子どもをひとりかふたり儲《もう》け、一緒に年老いてゆきたい。最初の結婚には失敗したけれど、男性を諦めたわけではない。以前より慎重になっているだけだ。オーケー、たしかに慎重になりすぎている。でも、いつか……

けれどエリック・ワイルダーは〝いつか〟ではなくて、〝いま〟の話で、いまは手いっぱいだった。彼のような男性には時間を取られる。一緒に過ごした時間は一時間にも満たないけれど、直感的にわかった。女性の関心が自分だけに向けられることを求めるタイプではなさそうだが、彼が発するすさまじい力は、リビングルームにいる象のように、とても無視できるものではない。今夜の彼はとてもお行儀がよかったからといって、礼儀正しい見かけの下に潜む力に気づかないわけにはいかなかった。だいたい、意気地がなくておとなしい人間は警官にならない。それに、警官は非番の日でもいつ呼び出しがかかるかわからず、勤務時間は長くて不規則だから、警官と付き合うならその仕事も受け入れなければならない。医者と結婚するのとおなじだ。エリックにまわりをうろうろされたのでは、彼女の日常生活はめちゃくちゃになる。

彼にならめちゃくちゃにされてもかまわない気がしないでもない。

馬鹿言わないの！

彼のことにばかり思いが向くことに苛立ち、ジャクリンはバッグを掻き回して携帯電話を取り出し、短縮ダイヤルで母にかけた。

母のいつものハスキーで自信に満ちた「マデリン・ワイルドです」が耳に飛びこんできた。母の南部訛《なま》りはジャクリンのより心持ちきつい。マデリンの訛りは二音節の言葉を四音節に発音する、ゆったりとして思わせぶりで気だるい魅力があるが、彼女の性格がそこに反映されているわけではなかった。マデリンはたしかに魅力的だが、タフで度胸がある。ジャクリンの結婚が崩壊しつつあった辛《つら》い時期に、母は拠《よ》り所だった。もっとも母からすれば、お返しの意味もあったのだろう。娘がいてくれたからこそ、母は辛い離婚を乗り越えられたのだ。

「リハーサルはうまくいった？」ジャクリンは尋ねた。暇なときには、ひとつの仕事を分担することもあるが、忙しくなれば別個に動く。今週は忙しいどころではなかった。

「あんなものなんじゃないの」マデリンが穏やかにのんびりと言う。おもしろがっているようにも聞こえる。「花婿は遅れてくるし、花嫁はヒステリーを起こすし。自分を祭壇の前に置き去りにして彼が逃げた、と花嫁は思ったみたい。まだ祭壇の前に立ってもいないのにね。それから、ブライズメイドのひとりが目のまわりにあざを作ってきたわ。ドアにぶつかったって言い訳していたけれど、誰もそんな話は信じやしない。シャワーパーティーで飲みすぎて、パンチのボウルをひっくり返して、レードルが目に当たったらしいわ」

その場面を想像したらつい笑い声になった。「そのことで電話をくれなかったんだから、花婿はやってきて、結婚式は無事に挙げられそうなのね」

「ええ、ピーチがメイクの天才の友人に電話して、その彼女のために予約を取ってくれたわ。あすの夜は、ブライズメイドのひとりが目のまわりにあざを作ったなんて、誰も気づかないでしょうね」

ピーチは母の友人でアシスタントだ。ふたりで奇跡を起こす。プレミアが生き残っているばかりか、繁盛している最大の理由がそれだった。バックヘッド地区に住むいっぱしの人間はみな、ふたりと知り合いで——バックヘッド地区の住人はみないっぱしの人間だった。どんな状況にも冷静に対処できることが、プレミアの〝売り〟で、ジャクリンはその点では母の血を受け継いでいた。

週の半ばの結婚式は珍しいが、前代未聞ではない。幸せなカップルは目当ての披露宴会場を割引価格で借りられるし、式を挙げる教会の予約を何カ月も待たされることもない。プレミアにとってはあまり儲かる仕事ではないが、どんな予算の結婚式も引き受けてきた。ジャクリンとマデリンの仕事量は、花嫁が式にどれぐらいお金をかけるかによって決まる。
マデリンはため息をつき、避けて通れない質問をぶつけてきた。「最悪の花嫁とのミーティングはどうだった？」

「彼女を殺さなかった。訊きたいのはそういうことなんでしょ？」ジャクリンは辛辣《しんらつ》に言った。キャリー・エドワーズの結婚式の担当は彼女だが、情報は共有しているので、マデリンもピーチもキャリーのことはすべて知っていた。

「きょうの午後、ディードラから最新情報を聞いたってピーチが言っていたわ。花嫁をよく言う人がひとりもいないのはいいことじゃないわね。花婿がほんとうに正気かどうか疑いたくなるわ。たとえ彼女の口技が、バンパーの合金からクロムだけ吸い出せるほどすごいものだとしても、彼女と一緒に暮らす価値があるほどではないでしょ」下半身をネタにしたきわどい冗談と、母の気だるい南部訛りの取り合わせの妙に、ジャクリンが鼻を鳴らしながら笑っているあいだも、母はしゃべりつづけた。「盛大な結婚式だから実入りもいいけど、こんなに面倒だって最初にわかっていたら、腐った魚みたいに投げ返していたわね」

キャリーの結婚式が終わる日を、みんなが指折り数えて待っていた。いままでにも、手ごわい連中を相手にしてきた。怒れる花嫁、要求のきつい花嫁、だしぬけに泣きだした花嫁、殺してやるという声を聞いたと言い張る花嫁。花嫁よりも質の悪い母親たち《たち》、悪意剥《む》き出しのブライズメイド、花婿、花婿の両親、ギャーギャー泣くフラワーガール、ギャーギャー泣くリングボーイ……数えあげたらきりがない。でも、関わった人全員が仕事をおりたいと願うようなクライアントはいなかった。キャリー・エドワーズは長く語り草になるだろう。未来のブライジーラがみんな霞《かす》んで見える、ブライジーラのなかのブライジーラだ。

ジャクリンはため息をついた。花嫁の多くがとってもすてきで幸せな女性たちだ。一緒に仕事をすることが喜びだった人もいる。わずかばかりの腐ったリンゴのせいで、全体の評判に傷がつくのは残念なことだ。

「携帯からかけてるのね。運転中なの？」母が尋ねた。

「帰る途中よ」

「とっくに帰っていると思ってたわ。残業したの？」

「バーで一杯やってたの。憂さ晴らし」

「リハーサルのあと、わたしもそうしたい気分だったけど、一刻も早く家に帰って靴を脱ぎたかったのよ。足にマメができてね。わたしがネイビーブルーの靴を履いているのを見たら、叩いていいから」

マデリンはリハーサル・ディナーに招待されていたが、いつものように断わった。長い一日を終えて、足にマメができていようといまいと、テレビを観《み》ながら冷凍ディナーをいただくほうが、さらに数時間〝仕事モード〟でいるよりずっといい。それに、リハーサル・ディナーに出席すれば、結婚式が終わったら二度と会うこともない人たちと世間話をしなければならず、仕事でもないのにそこまでしたくはない。花嫁のたっての望みでないかぎり、ふたりとも出席しないのがふつうだった。

ジャクリンは母に、エリックのことを話そうかと思った。でも、いったいなにを話すの？　羊よりも狼《おおかみ》にちかい、すてきな男性と知り合ったわ。彼女はぶるっと身震いした。もっと正確に言うと、そばにいるだけで爪先がキュッと丸まる男性と知り合ったわ、だ。母親とする会話ではない。仕事のことならなんでも話すけれど、私生活となるとべつだ。母親に性生活があるなんて考えたくなかった。母がデートしているのは知っていたが――実を言えば、ジャクリンよりもデートする頻度は高い――母も娘の性生活なんて知りたくないだろう。

あすの朝、仕事が忙しくなる前にオフィスで会いましょう、と言って電話を切り、タウンハウスのガレージに車を入れた。車一台分の駐車スペースが確保されているのだから、高いお金を払うだけの価値はある。お金がありあまっているというほどではないが、プレミアのおかげで母娘ともにいい暮らしをしていた。タウンハウスは広くはないけれどゆったりしていて、言うなればアッパーミドルにふさわしい家だ。おしなべて人生に満足しているし、住む場所にも、自分たちで築いた仕事にも満足していた。

仕事の内容も、人に満足感を与えるものだ。華やかで美しく、心配事のなにもない形で、結婚生活のスタートが切れるようお手伝いをする仕事。すべてうまくゆけば楽しい思い出になるような結婚式と披露宴を計画し、滞りなく進行するべく、すべてに目を光らせる仕事だ。

ある意味、人間関係を潤滑にする仕事と言っていい。それなのに、自分自身の人間関係を築くための時間は取れなかった。

彼女の人生を言葉で表わすとそうなるけれど、それがどういう人生かは自分でもはっきりとわかっていなかった。

ジャクリンが去ったあとも、エリックはテーブルに居残って空のグラスを見つめながら、お代わりを注文しようかどうしようか迷っていた。いや、車の運転がある。一杯が限度だ。お代わりを注文しないなら、いろいろと注文してくれる客のために、テーブルを空けるのがウェイトレスへの礼儀というものだ。

向かいの椅子に誰かが腰をおろした。顔をあげると、ギレスピーが機嫌のいいいたずらっ子みたいな表情で身を乗り出した。「ねえ、おやじさん、いったい彼女になにを言ったんですか？　おれを袖《そで》にして、彼女みたいな女があんたみたいな野郎とおしゃべりする気になったんだから」

エリックは鼻を鳴らした。おやじさんだと。ギレスピーとは七つか八つしかちがわない。ふたりのまわりだけがしんとしたところを見ると、あす、ロッカールームでギレスピーをからかうネタが拾えるんじゃないかと、みないっせいに耳をそばだてているのだろう。ギレスピーが好かれていないわけではない——好かれている——が、誰が標的であろうと、からかう機会を逃す手はない。

「いいか、よく聴けよ」彼は抑揚をつけて言い、ぼんやりした学生の注意を引きつけるとき教師がやるように指を一本立てた。

「聴いてますよ、マスター」ギレスピーが裏声で言った。

「女には細かな気遣いが大事だ」観客が一語一句聞き取れるように、声をわずかに張った。

「細かな気遣い」ギレスピーがクスクス笑いながら言う。自分にどれほどの気遣いがあるのか、エリック自身もわかっていなかった。どちらかと言えば荒っぽいタイプで、自分を抑えるのに苦労するほうだ。

「あからさまなのはだめだ。〝おれと一発やろう〟なんてのはもってのほかだ」

「ズボンの裾《すそ》をまくりあげとけよ。たわごとのクソがだんだん積もっていくからな」観客から野次が飛んだ。

「急ぎすぎですよ。メモを取るから待っててください」ギレスピーが手帳とペンを取り出し、なにも書かれていないページを開いて書き留める。「オーケー。細かな気遣い。わかりました。ほかには？」

「おれには強みがひとつある。でっかいやつが」エリックが言うと、まわりの連中がプッと噴いた。

「おいおい、ワイルダー、それほどでかくはないだろう。一緒にシャワーを浴びた仲だろ、忘れたか？」

「そうだそうだ」黒人の刑事が言い、にやりとした。「色もあんまりよくなかったな」

エリックは真面目《まじめ》な口調を変えなかった。「孔子曰く、眠れる虎《とら》は小さく見える。攻撃する虎はサイのように大きく見える」みんなが笑いながら野次るのを尻目に、彼は椅子を引いて立ちあがった。まわりがある程度静かになると、彼はギレスピーを見て言った。「だが、おれはイチモツのサイズの話をしたのではない。ほかのことだ」

「へえ？　なんですか？」

「おれたちは初対面じゃなかった」エリックは言い、にやっとしてバーを出た。笑い声とうめき声を背中で聞きながら。

夏の夜のじっとりと熱い夜気を身にまとって歩道に立ち、都会の灯りや通り過ぎる車をしばらく眺めていた。長い一日だった。ジャクリン・ワイルドのせいで、思いのほかバーで時間を費やしてしまった。さっさと帰って寝るべきだとわかっていたが、神経が昂《たか》ぶったままだ。

まだ家に帰りたくなかった。いつもは平和と静寂の時間が待ち遠しいのに。リクライニングチェアを倒し、テレビをつけて野球か釣り番組かスリラーを観たり、朝、時間がなくて読めなかった新聞に目を通したりする。でも、今夜はちがう。今夜は、なにか……べつのものが欲しかった。

ああ、欲しいものはわかっている。彼女だ。ミズ・上品。ジャクリン・ワイルド。金のかかる面倒な女だろうが、彼女を裸にしたかった。目の保養になるし、話しやすいし、思いちがいをしているのでなければ、彼女もまんざらではないはずだ。その証拠に、最初に名刺を出したのは彼女のほうだった。暇になったら、彼のために時間を割いてもいいようなことを言った。

キーをジャラジャラいわせながら車に向かっていく。警官の例に洩《も》れず、まわりに注意を向けた。物音にも、通り過ぎる車にも、通りで見かけた人間にも。もっとも、そういうことは無意識にやっていた。脳みその大部分では、いまもジャクリンの脚を見つめ、その脚に黒いスカートを滑らせて持ちあげることを考えていた。

勝手にしやがれ。

携帯電話と彼女の名刺を取り出し、番号を押した。呼び出し音が二度鳴ったあと、きびきびした「もしもし」という声が聞こえた。

「一週間も待てない」名乗りもせず、ぶっきらぼうに言った。「訪ねていってもいいかな」

沈黙があった。彼女は、イエス、と言いたいはずだ。その、イエスを待つあいだ、心臓はバクバクいい、イチモツがどんどん重くなっていった。沈黙が長引くにつれ、彼女は、ノー、と言うつもりなんだという気がしてきた。

「いいわ」彼女の声は低かった。「ええ。どうぞいらして」

なんてことをしたの？

ジャクリンは手のなかの携帯電話を見つめた。どうしよう。頭がどうかしてるんじゃない、と彼に尋ねもせず、礼儀正しく「だめです」と言いもせず、どうぞいらして、なんて言っていた。頭とは関係なく口が勝手に動いたみたいで……そして、脳みそは体とつながっているとはとても思えなかった。

本気で考えた。彼に電話して気が変わったと言おうかと。妄想に駆られていて、いまさっき正気に戻ったところだ、と。なにを言おうと結果はおなじだ。彼はここではないべつの場所に行ってしまう。機能している脳細胞のすべてが、といってもいまの時点でそうたくさんあるとも思えないが、そのすべてが、彼と関わりになるなんて正気の沙汰《さた》とは思えないと言っていた。彼でなくても、男性と関わりになるなんて。出会ったばかりの男性を信用するなんて、常軌を逸している。警官であろうとなかろうと、礼儀正しかろうとそうでなかろうと、彼は他人だ。

でも、彼女の直感がべつのことをささやいていた――いや、もう、歌っていた。彼に体を押しつけてほしい、入ってきてほしい。このまま終わりにする覚悟が、彼を失う覚悟ができていなかった。良識を無視して直感に従うことはめったになかったけれど、今夜は直感に従うつもりだ。

脳みそがささやく。あなたが耳を傾けているのは、直感じゃないでしょ。どうだっていい。今夜はそんなことどうだってよかった。ここ数年で、衝動的に行動したのは、母と会社を起こす決心をしたときだけだ。あたらしい会社が五年以内に潰れる可能性がとても高いことは承知のうえだった。プレミアを立ちあげてもうじき七年になり、業績はずっと上向きだが、それは七年間、母とふたりでがむしゃらに働いてきたからだ。今夜、分別を働かせたくなかった。慎重に行動したくなかった。いまはただ……そう、彼が欲しかった。

なんとなくぼうっとしたまま携帯電話をテーブルの端に置き、バスルームへ向かった。急ぎはしないが、かといってぐずぐずもしなかった。帰宅してすぐにビジネススーツを脱ぎ、メイクを落として顔を洗い、さっとシャワーを浴び、着心地のよい薄手の白いパジャマを着た――飾り気のないタンクトップにルーズフィットのパンツだ。髪をおろして丁寧にブラシをかけた。ブラシの動きが頭皮の緊張をすっかりほぐしてくれた。今夜の楽しい計画は、一時間ほどテレビの前でリラックスして、肩の凝らない番組を観て、それから電気を消す。忙しいあすに備えて。

ところが……これだもの。エリックが訪ねてくる。バスルームの鏡に映る自分を眺め、メイクをしなおそうかと思った。香水も少し吹きかけて、服に着替える？　決めるのに時間はかからなかった。いいえ、このままでいい。すっぴんで肩までの長さの黒い髪を垂らした、飾らない自分。視線をさげて素足に目をやり、ペディキュアをしたばかりでよかったと思った。色は鮮やかな赤、ただひとつの彩り。

服を着るかどうかだけれど……着てどうなるの？
歯を磨き、リビングルームに戻って彼を待った。ディキャフを淹《い》れておく？　いいえ。服を着てメイクをしなおすのとおなじくらい馬鹿げている。エリック・ワイルダーはコーヒーを飲みに来るのではないし、おしゃべりをしに来るのでもない。セックスしに来るのだ。彼に求められ、彼を求めている。ふたりとも大人だ。どういうことになるかわかっている。楽しむのに理由はいらない。

期待で爪先が丸まった。

玄関のベルが鳴ったとき、彼女は飛びあがらなかった。心臓が飛びあがった。体の奥深くのなにかが飛びあがった。深呼吸して玄関に出て、念のため覗き穴から見て彼であることをたしかめてからドアを大きく開いた。

まるで敵対するガンマンが通りで睨《にら》み合うみたいに向かい合って立ち、相手が動くのを待った。エリックはネクタイをゆるめていたが、それ以外はさっき見たときのままだった。いまジャクリンは裸足《はだし》なので、彼のほうがずっと背が高い。正確に言えば、彼女が低くなったのだが、結果はおなじだ。彼女より十七、八センチは高くそびえたっている。

彼はじろじろとジャクリンを眺めていた。慎みも、心遣いも、てらいもあったものではない。彼女の左の薬指を見たときと一緒だ。その視線が上へ下へと旅をして、最後にゆっくりとのぼってきて、彼にとっていちばん興味深い場所でぐずぐずとしていた。ジャクリンは大きく息をついてドアからさがって脇によけ、彼を招き入れた。彼は二歩で玄関に入り、彼女の間近に来て、それから後ろ手にドアを閉めて鍵をかけた。

うつむき加減の目で彼女を射抜く――そのときは顔だった。エリックのお行儀がよくて助かった。なぜって、ツンと立った乳首が白いタンクトップの薄い布地を突きあげているのが、自分でもわかっていたから。考えてみれば、布地でおおわれているとはいえ、彼は見るべきものをすっかり見てしまっていた。「きみのことを考えるのをやめられなかった」彼が言った。

わたしも。「そう……わたし」自分がなにを言いたいのかわからない。わかっているのは、体のなかにこもった熱のせいで肌が火膨れになりそうということだけだ。すべてがあまりにもゆっくりと、あまりにも速く動いていた。あれよあれよという間にこういうことになっていて、でも、時間はのろのろと過ぎてゆく。

彼がまた全身を眺めまわす。視線が爪先に留まった。「まいった、きみを貪《むさぼ》ってしまいそうだ」

ジャクリンの胃のなかで蝶々が羽ばたく。こんなふうに不安になり、心配になったことは、何年もなかった。どうなってもいいと思ったことは、何年もなかった。「どうすればやめられる？」

「どうにもならない」彼はぞんざいに言うと彼女の手首をつかみ、掌《てのひら》で撫であげて肘を包みこみ、引き寄せた。筋肉質の体に当たって動きが止まった。薄地のパジャマではぶつかった衝撃を和らげる役にはたたないし、彼の熱から守る役にもたたない。まるでずっと一緒に暮らしてきたような自然さで、彼の手が肘から背中へと動き、尻をつかんで持ちあげた。屹《きっ》立《りつ》したものに彼女がちょうどよく寄り添える位置まで。

震えながら息を深く吸いこんで、彼の感触を味わい、顔を仰向けて爪先立ちになると、頭をさげてきた彼と出会った。最初のキスのはずなのに、まるで稲妻みたい。輝かしく熱い爆発。ふたりとも行き着く先がわかっているからだろう。止める手立てのないことがわかっているからだろう。キスは深く貪るようで、舌を絡ませ、大きな手が彼女の髪をつかみ、彼女の指は力強いうなじに食いこんでいた。彼が膝を折って片方の腕を尻に回し、もう一方を背中に回して抱きあげたので、顔の高さがおなじになった。自然に両脚が開いて彼に絡みつく。

「ベッドルームはどこだ？」彼が尋ねた。低くごつごつした声はまるでうなっているみたいだ。彼が喉の奥で荒々しい声を発し、脚のあいだのやわらかな部分をぐいぐい押した。彼の手が背筋を滑り、綿のパジャマのパンツのゆるいウエストバンドに潜りこんで尻を撫でた。

「奥よ」彼女は言い、片手を自由にして〝奥〟がどこか示した。彼は体の向きを変えてそっちのほうに歩きだしたが、そのあいだもみだらな指の探索はやめなかった。彼女は最後の言葉を呑みこんだ。ああ、彼はいったい——ああ、すごい！　両脚にぎゅっと力を入れ、とっさに体を少し持ちあげていた。逃れるつもりか、彼の指が入りやすくするためだったかわからない。乳房が彼のシャツに擦れて、乳首が痛いほどだ。彼がいましていることは、全身の神経の通り道に爆弾を仕掛けているようなものだ。まだベッドまでたどりついてもいないのに、彼女は身悶《みもだ》えし、弓なりになり、メソメソしていた。

彼はなんとかベッドルームのドアを抜け、ベッドに片膝をついて彼女をマットレスにおろしたものの、彼女がしがみついたままだったのでそのまま倒れこんだ。ランプはつけたままだった。淡い光を浴びながら、彼のシャツを引っ張る。彼がタンクトップを脱がせ、パンツに移った。パンツを引きさげる途中で、飢えたように片方の乳首を口に含み強く吸った。ツンと立った乳首のまわりを舌で擦られるうち、彼女はもうどうにも我慢できなくなった。言葉にならない掠れ声を発して背中を弓なりにし、彼のシャツから両手を離して顔を挟みこんだ。彼の肌の熱い香りに包みこまれて、ジャクリンは高まりゆく激しい欲望の波に引きずりこまれた。

エリックがどうにか服を脱いだので、ふたりともようやく裸になった。ずっとずっと待っていたような気がする。肌に触れる彼の熱い肌の感触は、彼女が狂おしいまでに求めてきたものだ。あえぎながらしがみついて腰を浮かせた。貫かれてひとつになりたい。

「ちくしょう！」

爆発的なひと言とともに、エリックが彼女から離れていった。なんなの？　お尻をつかんで引き戻そうとしたとき、彼が自分のズボンに手を伸ばし、ポケットからコンドームをいくつか取り出したことに気づいた。彼はそのうち二個をベッドサイドテーブルに放り、手に持っていたひとつの袋を破った。よかった。ぼんやりと思い、初歩的な安全策を講じもしなかった自分が恐ろしくなった。ふたりのうちのひとりの脳みそはまだ働いていたわけだ。そのひとりでいたかったが、それでも感謝していた。ピルを呑んでいても、コンドームは必要だ。

彼がジャクリンの位置をずらして脚を開かせ、片手で上体を支え、もう一方の手でペニスを誘導した。ああ、ついに、ついに。濡《ぬ》れていた。準備ができていた。ぎりぎりまできていた。急いでくれないと、彼抜きでいってしまうかもしれない。すばやく短いひと突きで、彼が先端を押しこみ、ジャクリンはあえいだ。思っていたほど準備はできていないかも。

最後にしたのはずいぶん前のことだから、いつだったかも思い出せない。ひどく痛むのはそのせいかも。ほんの一瞬、彼を押しのけてしまおうかと思ったのはそのせいかもしれない。でも、そんな思いを差し迫った欲望が吹き飛ばした。痛みに泣きそうになりながらも、彼にしがみついた。唇を嚙んで声を呑みこみ、肩に爪を立てると、突きが深くなり動きがゆっくりになってさらに奥まで入ってきた。リラックスしようと息を吐き出す。根元までおさまると、彼が体重をかけてきて、両手で顔を挟み、指を髪に絡ませた。「大丈夫？」低い声で発せられた言葉が、彼女の唇をかすめた。

「ちょっと待って」彼女はつぶやき、顔を動かして彼の唇を見つけ出した。こんなにすてきなのに、それでいて……こんなにうろたえているのはなぜ？　体にかかるあまりの重さに、いまにもばらばらになってしまいそうだけれど、彼にやめてほしくなかった。

彼は言われたとおり待ってくれた。それ以上のことをしてくれた。すでにもうなかに入っているのに、誘いかけるようなキスをして、体の奥がほぐれて硬くなったものを包みこむのを促した。彼女の呼吸が規則正しいあえぎとなり、お尻が動きだす。「いいわ」掠れ声で言い、彼にしがみついて、彼以外のすべてを心から閉め出した。

今夜だけは、いまだけは、ほかになにもいらない。男と夜があるだけで充分だった。

4

翌朝、ジャクリンは五時にベッドを出て、しばらくその場にたたずみ、エリックがたてるかすかないびきに耳を傾けた。いびきというほどではないが、呼吸音でもない。喉の奥でたてるやわらかなゴロゴロ音。無意識のうちに、ちかづく捕食者を威嚇しているのだろうか？

そっとパジャマを拾い、バスルームのナイトライトのかすかな灯りを頼りに爪先立って歩いた――彼を眠らせておいてあげたいし、驚かせたくなかったから。ゆうべ、家に入れたときには、彼の感触や匂いや味わいと、信じられないほど強烈な性欲を満たすことばかりに気を取られ、ほかのことには注意が向かなかった。でも、二度めのセックスのあと、バスルームを使って戻ったとき、ベッドサイドテーブルに置かれた大きな黒い拳銃が目にとまった。ふたりで服を脱がせっこするのに奮闘しているあいだ、どうして気づかなかったのだろう？まるで知らないうちにガラガラヘビをまたいでいたような感じだ。

銃を見ると不安になる。銃のことはなにも知らないし、知りたくもなかった。生粋の南部人なのに。狩りはやらない。劇場や買い物には行くし、それも一種の狩りだが、クレジットカード以外の武器は必要としない。

父はアウトドア派ではなかった。元夫もだ。元夫のアウトドアライフは、フットボールの試合を観に行くことだ。スタジアムに座ってビールを飲んで、フットボールがとくに好きでもないのにそうすることで男らしい気分を味わっていた。それが弁護士の考える気さくな南部人の姿だったのだ。彼の唯一の取り柄は、そういうことをする自分を笑えるところだった。スティーヴは悪い人ではなかった。ただ自分に合わなかっただけだ。

身近で銃を目にしたことはないし、武装してベッドにやってくる男と寝たことはなかった。いま彼を揺すり起こしたらどうなるの？　拳銃をつかむ？　知りたいとも思わないから、音をたてないよう特別の注意を払ってドアを開け閉めした。

さて、どうする？

タマネギみたいにたくさんの層を持つ質問だ。真っ先に浮かぶ、いちばんあたりまえの答えは、もうひとつのバスルームを使うこと。用を足してから――セックスは運動とおなじで、定期的にやっていないと筋肉痛になる――パジャマを着て水を飲み、髪を指で梳《す》いた。ブラシはベッドルームだ。

つぎにやること。コーヒー。

コーヒーが入るまで、キッチンに立っていろんなことを考えた。エリックのことを考えると落ち着かないので、仕事に意識を向ける。きょうはやることが山ほどあるから、早くから仕事にかかりたかった。早くから仕事をするためには、警官をベッドから追い出す必要がある。彼がいたのでは出掛ける支度ができない。ベッドから追い出すためには、まず起こさなければ。しかし彼を驚かさないようにしないと、こっちの命が危うい。でも、すぐに銃に手が伸びるわけではないだろう。警官がベッドをともにした女性をそのたびに撃っていたら、ニュースになっているはずだ。

そう思ったら元気が出るかと言えば、そうでもない。

ベッドから出る前にエリックを起こせばよかったといま気づいたが、あとの祭りだ。あのときは頭がぼうっとしてなにも考えられなかった。彼に寝起きの顔を見られたくなかったし、歯磨き前の粘つく口に、彼はキスしようとするかもしれないし、用を足す音を聞かれるかもしれない。ぜったいにいや。男性はそういうことを気にしないだろうけど、女は気にする。用を足す音を聞かれてもいいほど、彼と親しくはない。たとえ三回セックスをしていても。最初のは熱くて濃厚なセックス、二度めはリラックスしていて、三度めは夜中の二時の眠くて寄り添うようなセックス——それでも、彼のことはよく知らない。肉体レベルではわかったことがいっぱいあるけれど、彼のことはわからない。

わかっているのは、シャワーを浴びて出掛ける支度をする必要があるということ。七時にはオフィスに着いていたい。てきぱきと支度をしなければ。警官をベッドから追い出し、家から追い出せばそれができる。おしゃべりしている暇はなかった。

コーヒーメーカーからボコボコシューシューいう音がしなくなり、ピーッと鳴ってコーヒーが入ったことを知らせてくれた。カップを二個手に取り、そこでひらめいた。そう、これならうまくいく。騒ぎを最小限に抑えて、彼を追い出すことができる。

ジャクリンがベッドルームを出たときに、エリックは目を覚ました。彼女が視界から消えてベッドルームのドアがそっと閉まる前に、薄目を開いてそのほっそりと優雅な体のラインを堪能《たんのう》した。豊満というのではないが、キュッと締まった乳首がついている小さくて高い乳房から丸い尻まで、どれもいい形だ。それに脚……まったく、あの脚は垂涎ものだ。スリムできっちりと筋肉がついていて、シルクのように滑らかだ。あの脚に絡みつかれて締めあげられたときの恍惚《こうこつ》感は、そうかんたんに忘れられるものではない。

だが、彼女のベッドで朝を迎えるべきではなかった。さてどうする？　女と過ごした翌朝の気まずさがいやだった。朝の慌ただしいセックスを彼女は望んでいるのだろうか？　彼女がそうしたいのならやぶさかではないが、家に帰ってシャワーを浴びてひげを剃《そ》って、服を着替えて仕事に出なければならない。どんな立派な理由があろうと、男がそれを断わると、女は膨れるものだ。あるいは、ただ抱き合って――そんなことで満足できるわけがない――ゆうべのことを話したいだけかもしれない。女っていうのは、セックスをするとどうして翌朝その話をしたがるのだろう？　さらっと水に流せばいいじゃないか。市庁舎でぶつかった瞬間から、強く惹かれ合い、誘うと彼女はイエスと言った。それだけのことだ。

もう一度会いたいとは思う。たしかに。だが、ゆうべ自分が言ったことやしたことをすべて、事細かに分析されたくはない……もっとも、彼はほとんどしゃべらなかった。ふたりともだ。セックスとセックスのあいだは眠っていた。バーで会ったとき、彼女は気軽にゆったりとしゃべっていたが、ベッドに入ってからのおしゃべりは最小限になった。それはいいことだ。セックスしているあいだは、深い話をするときではないと考えている女はいい。そういうところが好きだ。彼女が好きだ……いまのところは。

また会いたいとは思っているから、ただ起きて服を着て玄関を出るわけにはいかない。つぎにつなげるためには、彼女を怒らせるようなことをしていないかたしかめておく必要がある——起きて服を着て玄関を出るだけではだめだ。だからゆうべのうちにここを出るべきだったんだ。彼女を抱きしめてキスをし、また電話すると約束して。どういうわけか、男が夜のうちに引きあげることを、女は気にしないようだ。ところが、朝までいると、妙ちきりんなルールができあがるみたいだ。それがどんなルールかはわからないが。

寝返りを打ち、時計を見て眉を吊りあげる。五時を回ったばかりだ。今週は忙しい、とたしかに彼女は言っていたが、五時に起きなければならないのだからよっぽど忙しいのだ。ウエディング・プランナーの仕事がどれほど時間を食うものかわからない——それほど大変な仕事なのか？——が、仕事に一所懸命なのは好ましかった。いまの時代、仕事に全力を尽くすなんて馬鹿がやることだとばかり、ちゃんと責任を取ろうとしない人間が多すぎる。まあたしかに、警官というのは人間のクズを相手にする商売だが、〝偉いおれさま〟面をした思いあがりもはなはだしい連中にもよく出くわす。陰で馬鹿にされているのに気づかない、愚かな奴らだ。

家のなかで彼女が動き回る音は聞こえないが、かすかに淹れたてのコーヒーの匂いがしたので誘われるようにベッドを出た。急いで用を足して服を着る。下着とズボンを穿《は》き、ベッドに腰かけて靴下と靴を履いているときに、ドアが開いてジャクリンが入ってきた。片手にコーヒーの大きなマグカップを、もう一方の手に……携帯用のカップを持っている。

「コーヒーの好みがわからなかったから、お砂糖ふた袋とミルク二個、それにマドラーを持ってきたわ」彼女は言い、携帯用カップを差し出した。彼は驚いて思わず受け取っていた。砂糖とミルクとマドラーはご丁寧に保存バッグに入れてあり、きれいに畳んだ紙ナプキンまで添えてあった。「ほんとうに時間がないの。大急ぎでシャワーを浴びなくちゃ」彼女がつづけて言った。「玄関を出るとき、ドアの鍵を確認してくださる？　ありがとう、あなたってやさしいのね。一週間ほどしたら電話をちょうだい」かがみこんで彼の額にキスし、バスルームに消えた。カチャリとドアの鍵がかかる音がして、水が流れる音がつづいた。

フーン。

彼はベッドに座ったまま、手のなかのカップを見つめた。立ちあがって、服を着て、出ていって。彼を玄関のドアから押し出すことを除けば、これ以上ないぐらい単純明快な意思表示だ。

彼女には前夜のことを話す気がないのだろう。一瞬、彼の気持ちが揺れ動いた。安堵と……それから、えい、クソッ！　少し腹がたっていた。女は話したがるものなんじゃないのか？　男に関心を持っている証《あかし》として。おおいに感じた証として。いったいどう受け止めればいいんだ？　ジャクリンが欲しかったのはセックスだけで、用済みの男にはさっさと出ていってほしい？

ベッドサイドテーブルにコーヒーを置き、残りの服を着た。ベルトのホルスターに拳銃を差しこみながら、こいつのせいで彼女は怖じ気《おけ》づいたのだろうかと思った。彼女は警官グルーピーではないから、彼が無意識に拳銃を手の届く場所に置いたことが気に入らなかったのかもしれない。アトランタ市警察に入ってからこの習慣を身につけるようになり、いまでは考える前に体が動くようになっていた。

ジャクリンは怖がりには見えないが、判断を下せるほどよく彼女を知っているわけではない。理由はどうあれ、彼に朝食まで居座られたくないのだ。オーケー、それならそれでいい。こっちも望むところだ。

閉じられたバスルームのドアを睨んでつぶやく。「なんだか利用された気がする」にやりとして肩をすくめ、カップを手に階段をおりた。

タウンハウスを出て、ドアに自動的に鍵がかかるのを確認した。小雨が降っており、濡れた舗道に街灯が照り返す。夜明けの空気はひんやりとして、湿った西風が吹いていた。きょうは曇り空のままで、日中もひどい暑さにはならないだろう。天気予報を聞かなかったので、雨が降っていることに驚いたが、うれしい驚きだった。交通巡査たちは異を唱えるだろう――交通巡査だったころは雨の日が大嫌いだった――が、いまは酷暑から逃れられるからうれしい。

屋根のある狭い玄関ポーチにたたずみ、異状はないかとあたりを見回し――疑わしい車も人も目に入らなかった――階段をおり、短い私道を歩いて車に向かった。住宅街なのでポンコツ車は人目を引く。まだ誰も家から出てきていないが、ほかのタウンハウスにも灯りがついており、早起きの連中がいることがわかる。

車に乗りこむとカップの蓋を取り、砂糖ふた袋とミルク一個を加え、小さなプラスチックのマドラーで掻き混ぜた。カップを口に当てて傾け、コーヒーが味蕾《みらい》を直撃したとたん中身をカップに吐き出した。なんだこれ？

なにかの匂いがする。それもいい匂いではない。女ってやつは。コーヒーになにを混ぜたんだ？　コーヒーの味がするコーヒーのどこが悪い？　メープルやらストロベリーやらピーナッツみたいな代物を加える必要がどこにある？　それだけじゃない。香りがひどいうえに味が薄い。たしかに脚はすばらしいが、あの女にはちゃんとしたコーヒーの淹れ方がわかっていない。

おかしなことに、彼女のことをもっと好きになった。これでうまいコーヒーを淹れたら完璧すぎる。このほうがいい。こっちが完璧じゃないことは神さまもご存じだ。彼女のコーヒーがまずいということは、ふたりはおなじレベルだということだ。

だが、いまは真剣にコーヒーが飲みたい。こんなまずい代物はひと口だって飲みこめない。道の先に終夜営業のガソリンスタンド兼コンビニエンスストアがあり、そこならコーヒーを売っている——淹れたては望めなくても、煮詰まって苦くなったコーヒーには慣れている。それを飲めるようにするために砂糖とミルクを加えるようになったのだ。ジャクリンのコーヒーのおぞましい味は、砂糖とミルクでもごまかしようがなかった。これからデートするようになるなら、コーヒーを淹れる役を買って出なければなるまい。それが礼儀だと言われても、こいつは飲めるわけなかった。

コンビニエンスストアでは、建築作業員のような格好の男が汚れたフォードのピックアップ・トラックにガソリンを入れていた。その隣に十年ものの黒の小型車が駐《と》まっていた。店員の車だろう。エリックが駐車場に乗り入れると、建築作業員はガソリンを入れ終え、クレジットカードの伝票が出てくるのを待っていた。出てきた伝票を切り取って丁寧に折り畳み、財布に入れてからトラックに乗りこみ、走り去った。

エリックは店内に入り、店員に会釈した。引っこんだ顎のひょろっとした男で、建築作業員がガソリンを入れ終わるまで窓から見張っていた。エリックはまっすぐ店の奥のコーヒーカウンターに向かった。カウンターの奥の棚には、モーターオイルやガソリン添加剤やフロントガラス用の液体洗剤が並んでいる。店員はちょっと警戒した顔でレジの前に戻った。

エリックはコーヒーマシーンの磨かれた表面に映った自分の姿を見て、顔をしかめた。店員が警戒するのも無理はない。無精ひげが生えているうえに、ジャクリンの家を出る前、手櫛《てぐし》で髪を整えることもしなかった。シャツの裾をズボンに入れてもいない——どうせ家に戻ってシャワーを浴び、服を着替えるのだからその必要もないと思った——が、拳銃を隠すために上着は羽織っていた。それでも、まるで指名手配の犯人そのものだ。

棚からトールサイズのカップを取り出し、砂糖をふた袋とミルク一個を入れ、そこにコーヒーをなみなみと注《つ》いだ。カップに黒い蓋をしているとき、エンジン音もけたたましく車が一台やってきて停まった。エンジンはかけたままだ。

クソッ。可能性は？　どうなんだ、可能性ありか？

入ってくる客に姿を見られないよう、反射的にかがんでいた。なんでもないかもしれない。エンジンがかかりにくいかバッテリーがあがりかけているかで、エンジンを切りたくても切れないのかもしれない。

ドアが開くとチャイムが鳴り、エンジンの音が一瞬大きくなった。なんでもない、と彼は思った。ドアの真ん前に車が停《と》まっていれば馬鹿でも気づくし、店にほかに客がいることがそれでわかるだろう。エンジンをかけっぱなしにして車を離れる人間がいたら、すぐに逃げ出すためだと思うのは警官ぐらいなものだ。熱い一夜を過ごしたあとだけに、いつもより敏感になっている、それだけのことだ。夜明けも間近で車の往来も多くなるいまの時間は、強盗を働くのに適さないことぐらい馬鹿でもわかる。

なんでもない――

ガシャン！

なにかが倒れる音が狭い店内に響き渡り、悲鳴と罵声《ばせい》がつづき、男が掠れた声で要求した。

「金をよこせ、もたもたすんな！　さもないと頭を吹き飛ばすぞ！」

クソッ。これだもの。

わかっていたんだ。車がちかづいてきたときに、わかっていた。拳銃が手のなかにあった。抜いた覚えはなかった。面倒なことになると直感的に気づき、抜いていたのだ。おなじように直感的に店員がいる位置を察知していた。強盗は彼と店員のあいだにいる。撃てる位置だが、はずした場合、弾が店員に当たる可能性がある。

それに、拳銃を発射したら、一カ月費やしても終わらないぐらい大量の書類を書かなければならない。強盗に弾が当たっても当たらなくてもだ。それで、もし弾が命中したら、内部調査が行なわれるあいだ、デスクワークに回されることになる。

武器を抜いたときとおなじ早業でそれをホルスターにおさめ、目の前の棚からモーターオイルの缶をつかんで振りかぶり、ありったけの力をこめて強盗の頭めがけて投げた。強盗は黒いフード付きのスウェットシャツを羽織り、フードを目深にかぶっていた――さぞ暑かろう――が、フードが衝撃を弱めたにしても、マスクメロンが床に落ちたぐらいの音をたてて缶は頭に命中した。強盗はまるで斧《おの》で殴られたかのように倒れた――というか、この場合は、モーターオイルの缶で殴られたのだが。

エリックはまた拳銃を抜き、ドアに肩から体当たりして逃走車の横で急停止し、開いた窓越しに運転者に拳銃を突きつけた。運転者はなんと、ちっぽけなグリーンのタンクトップにデニムのショートパンツ姿の娘だった。「警察だ！」彼は大声で身分を明かした。「エンジンを切って両手を頭の後ろに回せ」

彼女は自分に向けられた拳銃の立派な銃口を見つめた。下唇を震わせ、顔をくしゃくしゃにして泣き叫ぶ。「彼がやれって言ったのよ！」娘がわめく。

「ああ、そうかい」エリックはつぶやいた。せっかくのコーヒーが冷めてしまった。シャワーを浴びたくても家には戻れない。きのうの服のまま出勤したら、誰になにを言われることやら。だが、〝ボニー＆クライド〟を放っておくわけにもいかない。肩越しにちらっと見ると、店員がカウンターの奥から出てきて、電話でしゃべっていた。強盗は床に倒れたままだ。

「エンジンを切れって言っただろ！」

娘はすすり泣きながらエンジンを切った。

「オーケー、それじゃ車を降りろ。あんたの恋人のところに行こうじゃないか」

「恋人じゃないわよ！」彼女は車を降り、手錠をかけられるあいだじゅうぶつぶつ言っていた。男のことはなにも知らない、赤信号で停まっていたら車に乗りこんできて銃を突きつけ、ここまで運転させられた、彼がなにをするつもりかなにも知らなかった――

「それなら彼が店に入ったあと、どうして車を出さなかったんだ？」エリックは冷ややかに言い、彼女を監視していられるよう店に連れて入った。店員がぎょっとして振り返り、手錠をかけられた娘を見ても少しも安心した様子は見せず、エリックの手のなかの拳銃に目を見張った。「警察だ」エリックは言い、バッジを見せた。手錠に拳銃にバッジまで揃ってんだから、〝警官〟だということぐらい見当をつけろよ。

床に伸びていた男がうめき、動きはじめた。脳震盪《のうしんとう》を起こしたにちがいないからさぞ頭が痛むだろう。それでもエリックは予備の手錠を出して男にはめた。すでにサイレンが聞こえていた。反応時間は悪くない。だが、ホープウェルはアトランタではないし、夜間勤務は手薄だからいつでも対応できるわけではない。

三十秒後、二台のパトカーがライトを点滅させ、サイレンを鳴らして駐車場に入ってきた。エリックはふたりの逮捕者とおたおたしている店員に目をやり、大きなため息をついた。なによりもコーヒーが飲みたかった。

5

ジャクリンは出掛ける支度をしながら、エリック・ワイルダーのことは考えまいと――あまり考えまいと――必死になった。彼を頭から完全に消し去るのは不可能だ。乳房はひげで擦られた痕がピンク色になっているし、顎もおなじようにヒリヒリしている。アロエジェルを塗り、顎の擦り傷はコンシーラーで隠した。男性と肉体的に親密になることは、アメフトとおなじ接触競技で、女性にはヘルメットやプロテクターが必要だ。彼はけっして乱暴ではなかった。それどころかすばらしくやさしかった。あれだけ激しく求め合ったのに。わたしも嚙むぐらいはしてもよかったのかも。それで五分五分だ。

ただし、彼女は嚙むタイプではない。大声をあげたりもしない。それほど騒がないタイプだ。ごくふつうの女で、生まれつき慎重で、ドラマクイーン（自分をドラマ化するヒステリックなタイプ）の要素はまったくない。父は充分すぎるほどドラマクイーンだったし、仕事柄、向こう十年間、ブロードウェイの舞台を埋め尽くせるぐらいのドラマを目の当たりにしてきた。たぶんそれが彼女のいちばん大事な役割なのだろう。すべてが悪いほう悪いほうに向かい、みんながヒステリーの発作を起こしているときに、ひとりだけ冷静でいること。イベント・プランナーは代替案を見つけ出し、物事を円滑に進め、やるべきことをやるプロだ。

〝慎重〟が彼女のミドルネームだった。たとえばはじめて車を買った十年前、転売価格や修理費用を調べるのに半年費やした――二年前、ふたりともジャガーを運転するのはなによりの宣伝になるからと、ジャクリンに車を買い替えさせるのに、母は一年がかりで説得に当たった。むろんそのとおりだ。バックヘッド地区では、ステータス・シンボルがものを言う。世間をあっと言わせるイベントならプレミアにお任せ、と二台のジャガーが触れ回ってくれているようなものだ。母娘が買ったジャガーは中古車だったが、それでもジャクリンはいざ買う段になると指で十字を切って幸運を祈り、小切手帳を握り締めて店に向かった。二年経ったいま、総体的に見れば母の言うとおりだとは思うが、どちらの車も気難しくて年じゅう修理に出していた。

つまり、会ったばかりの男とベッドインするなんて、慎重な彼女にはあるまじき行為なのだ。元夫にだって、婚約するまで体を許さなかった。母が父と離婚して粉々になった心のかけらを拾い集めるあいだ、ジャクリンは母と一緒に暮らし、父が性懲りもなく継母選びで失敗を繰り返すのを見てきた。いまのところ、父は五回結婚し、五回離婚し、どうやら六人めをせっせと探しているらしい。

間接的にでもめちゃくちゃな人生に関わってきたせいで、男選びにはますます慎重になった。にもかかわらず、自分の結婚生活は石鹸《せっけん》の泡のようにはかなく消え去った。いったいなにがいけなかったの？　スティーヴとは生涯連れ添うものと思っていたのに、惹かれ合う気持ちはあっけなく立ち消えとなった。いまでは自分の男を見る目が信用できないから、最後にセックスしたのがいつか思い出せないほどで……あら、それって結婚していたときじゃないの。つまり、離婚してから誰とも付き合わなかった。スティーヴに未練があったわけではない。お高くとまっているわけでもない。少なくとも自分ではそうは思わない。忙しかっただけ。すごく忙しかっただけだ。

男性と関わり合わなかった理由はたくさんあるし、その大半が正当な理由だ。用心深いから。利口だから。衝動的な行動も向こう見ずな行動も、柄に合わないから。

エリックとベッドに飛びこんだのは柄でもないことなのに、そうしてしまったのだから柄に合っていたということで、だから怖かった。自分で思っている以上に父に似ているの？　なにがいやかって、父のような欲望の奴隷にだけはなりたくなかった。父にとって〝欲しい〟は〝必要〟と同義語で、その行動にぶれはなかった。

父を愛している——愛さずにいるほうが難しい。意地悪なところがまったくなく、人を傷つけるつもりもない人だ。魅力的で生き生きとしていて、無責任きわまりなく、自分勝手だ。むろん人を傷つけるが、それが自分の移り気のせいだとは思っていない。ジャクリンと父の関係に持続性はなく、それは物心ついたときから変わらなかった。安心感を与えてくれたのは母のマデリンだった。おなじ家に住んで、まがりなりにも娘に安定した生活を送らせるため、父との結婚生活を必死に維持しようとしてきた。ついに母の我慢が限界に達して離婚を申し立てたのは、ジャクリンが十三歳のときだった。父の金に対する無頓着《むとんちゃく》さが、家族共倒れの危機を生んだからだった。

ジャクリンは鏡のなかで顔をしかめながら、髪を後ろで結って長いピンを刺して留めた。たしかにできそこないの父親と、自分自身の離婚が人生に影を落としていた。誰だってそういう苦労のひとつやふたつはしているのだから、彼女だけが特別ではない。心に深い傷を残すようなひどい経験をしたかというと、そうは言えなかった。ただ、あのジャッキーの娘であるために、用心深く慎重になったことはたしかだ。父はまさに反面教師だった。もしかしたら、父にはまるで似ていないのかもしれない。用心深さや慎重さは生まれつきのもので、だから父と会い、父を愛せるのかもしれない。父に騙《だま》されずにすんでいるのかもしれない。ほんとうのところは誰にもわからないのだろう。

でも、そういうことは、人生で初のつかの間の恋をしたこととはまるで関係がない。自制心を失ったとか正気を失ったとは思いたくなかった。来週、彼がほんとうに電話してきたら、どうするつもり？　彼と交際したいと思っているの？　男女交際は可能性として残っているの？　それとも、セックスだけの付き合いにかぎるつもり？

そりゃあもちろん、彼とほんものの関係を築く努力はしてみたい。いまだかつて、男性にあれほど瞬時に燃えあがったことはなかった。自分が空っぽになってしまいそうで怖いけれど、行き着く先を見届けたかった。それにもし彼のほうが、セックスだけの付き合いだと思っているのなら、じきにわかるだろうし、それなら早くわかったほうがいい。

二度深呼吸をして肩を怒らせ、時計を見てうめいた。自己反省は時間を食う。

キッチンのフルーツボウルからバナナをつかみ、残ったコーヒーを携帯用カップに注ぎ、電気機器とライトをすべて消し、ガレージに出てドアの鍵をかけた。ガレージのモーションライトがついて車までの道筋を照らしてくれた。バッグとコーヒーとバナナをなんとか持ったまま車に乗りこみ、ドアをロックしてからガレージの扉を開くリモコンを押した。やっぱり〝慎重〟はジャクリンのミドルネームだ。

ガレージからバックで車を出すと、フロントガラスで雨粒が躍った。ブレーキを踏む。動揺が声になる。天気予報では雨が降るとは言っていなかったのに、降っている。結婚式に雨が降って喜ぶ花嫁はいない。きょうの結婚式は戸外ではないので助かる……それに母がなんとかしてくれるだろう。でも、今週最初の結婚式が雨なのはなにかの前兆なのでは？

家に戻って、キトンヒール（華奢でフェミニンなロウヒール）のサンダルからもっとしっかりした靴に履き替えようか迷ったが、時計を見てこのままで行くことにし、ガレージの扉をさげ、バックのまま通りに車を出した。足が濡れたらそれはそれでしょうがない。履き替えている時間はなかった。

住宅街を抜けてバックヘッドに通じるメインストリートに出ても、あたりはまだ暗く、街灯が濡れた通りを照らしていた。ホープウェルには産業らしいものがない。商店とオフィスビルがあり、医者や歯科医がいて、レストランやクリーニング店はあるが、工場を構えるほんものの産業はなかった。ホープウェルはバックヘッドより近年に開発されたので、古く荘厳な邸宅はない代わりに、あたらしい立派な邸宅はたくさんある――大邸宅とまではいかないが、広い庭は塀で囲まれ、門からドライブウェイがつづいているほんもののお屋敷だ。

ホープウェルにはまた、ジャクリンが厳密にミドルクラスと呼んでいる地域があった。地価が高騰する前にできた住宅街だ。彼女はその一角で育った。母がそこに持っていた家を手放したのは、プレミアが人生のいちばん大きな部分を占めるようになり、庭仕事や家の維持にかける時間がなくなってからだった。ジャクリンは口を挟まなかったが、生まれ育った家の買い手が決まった日、こっそり涙を流した。こぎれいな煉瓦造りの家は、彼女にとってずっとわが家だった。いまではタウンハウスがわが家だ。仕事を終えて戻る場所、リラックスできる場所、安心とくつろぎを覚える場所だ。でも、心の奥底ではただのタウンハウスだと思っていた。たとえ引っ越すことになっても、荷物を作ったりほどいたりする煩わしさ以外、とくに感慨もないだろう。

わが家とは家族だ。ジャクリンは自分の家族を持ちたかった。われながらひねくれていると思う。人生でいちばん手に入れたいものを得るには、人と感情的にちかづくことが不可欠なのに、ガードを低くして男性を受け入れられるほど自分を信頼していないなんて。セラピーを受けるべきなのかも。もっとも、現実を直視していないわけではないし、過度な慎重さの裏にある心理をよく理解できているのだから、あとは自分で自分の尻を蹴飛《けと》ばし、思い切ってあたらしい人生を踏み出すべきなのかもしれない。そのほうが手っ取り早いし、うじうじと悩むこともない。

プレミアのオフィスは、かつて歯科医院だった煉瓦造りの一軒家だ。駐車場が広くてよく整えられており、まわりの景観も落ち着いているので、彼女もマデリンもここが気に入っていた。プレミアを立ちあげて四年めにここを買い、内装を一新して住み心地のよい高級住宅のようにした。見たところなかにオフィスがあるとは思えない。セキュリティの面から、商業ビルに部屋を借りることを考えたが、コストが高いので一軒家を探すことにした。その選択は正しかった。建物すべてがプレミアのものだから、堅実な商売をしている感じを与えるし、高級感も醸し出している。没個性の商業ビルではこうはいかない。

ここで働くのは女ばかり四人で、ときには夜遅くまで——きょうの場合は朝早くから——仕事をすることになるため、安全にはとくに気をつけていた。ドアや鍵は頑丈なものにして、入口に設置された防犯カメラなどのセキュリティシステムを完備し、開き窓はイバラの茂みで守られている。これまでのところ問題はなかった。治安のよい地域だし、そもそもイベント企画会社に押し入る馬鹿がどこにいるというの？　支払いはすべて小切手かクレジットカードで行なっているので、会社にある現金はそれぞれの財布の中身だけだ。盗む価値のあるものは自動販売機ぐらいだろう。

ジャクリンが裏口の横の専用駐車スペースに車を駐めて数秒もしないうちに、母のジャガーが入ってきた。まるで巨大な南国の花みたいにピンクの傘が開き、マデリンが車から降りてきた。ジャクリンは母の動きをバックミラーで眺めた。彼女の傘はふつうの黒いやつだ。たいした雨ではないが、一日を濡れた服と乱れた髪ではじめたくなかった。

「プロテイン・スムージーを持ってきたわ」マデリンが言い、腰をかがめて問題の飲み物を取った。

「何味?」

「もらい物にケチはつけないこと。バニラよ。イチゴを切らしていたから」

「バナナを持ってきたからおすそ分けするわよ。切ってスムージーに入れて、もう一度ミキサーにかけたらいい」

「決まりね」

荷物をいっぺんに持って出られないので、まずブリーフケースだけ持って出て、バナナとコーヒーは取りに戻ることにして、急いでドアの鍵を開けた。セキュリティ・システムが作動し、彼女は狭い玄関ホールの半月形のテーブルにブリーフケースを置き、暗証暗号を打ちこんでシステムを解除した。マデリンが傘とブリーフケースとスムージーのカップ二個を持って、横を擦り抜けていく。

五分後、ふたりはバナナを加えたスムージーを手に会議用テーブルに向かい、その晩の結婚式をチェックし、プランに見落としはないか確認した。マデリンが隅に置かれた小さなテレビをつけ、地元の天気予報で昼ごろには晴れるとわかり、ふたりでほっとため息をついた。

「ああ、よかった」ちょうど天気予報の時間に会議室に駆けこんできたピーチ・レイノルズが言い、なにはさておきコーヒーを淹れはじめた。彼女は一日じゅう、休みなくコーヒーを飲むタイプだ。「神さまに感謝するのもだけれど、エアコンにもおなじように感謝しなくちゃね。雨があがったらどれだけ蒸すか。あなたたち、またスムージーなんていうおぞましいものを飲んでるの？」

ピーチ――むろんジョージアというちゃんとした名前がある――は、健康的と名がつくものはすべて馬鹿にしており、買ってきたチョコレートたっぷりのクリスピー・クリーム・ドーナツをこれみよがしに掲げてみせた。ふわふわの鮮やかな赤毛、吊りあがったグリーンの目、余分な七、八キロの脂肪が官能的と言えないこともない。これが男性にはたまらないらしく、デートの相手に不自由することがなかった。むろんそれには人を愉快にするあかるい人柄もひと役買っている。マデリンのほうがほんの少し控えめだ。外見も態度も。ふたりが一緒にいるところを見たら、人気取りにあくせくする政治家たちは嫉妬《しっと》に駆られるだろう。

「そうよ」マデリンが言った。「でも、コレステロールが高くなりすぎて、あなたが六十歳で心臓発作でぽっくりいったら、冷たくなった亡骸《なきがら》を前に、栄養たっぷりのスムージーで乾杯するような真似はしないであげるわよ。それじゃ踏んだり蹴ったりだものね。あなたは友だちだもの、とっておきの上等なウイスキーの封を切るわ」

「あたしを慰めるつもりなら」ピーチはドーナツにかぶりつき、染み出したチョコレートをきれいになめた。「あたしは火葬にしてもらうつもりだから、乾杯《トースト》するのはあたしがこんがり焼《トースト》かれる前にすることね。そのアイディアをどうしても実行に移したいなら」

「そうじゃないでしょ」

「そうじゃないってなにが？」

「火葬にしてもらうってこと。あなた言ってたじゃない。盛大なお葬式にしたいって。棺《ひつぎ》に横たわる美しい亡骸のまわりに、元恋人たちが群がってわーわー泣くようなね。ところで、あなた、白ユリの花綱で飾ってもらいたいって言ってたけど、お葬式に花綱って趣味が悪いわよ。バグパイプを奏でたり、砲車を白い馬に牽《ひ》かせて墓地に向かったりするのとおなじぐらい趣味が悪い。棺に美しく横たわるのと火葬は両立しないわよ。たがいに相容《い》れないものだもの」

「砲車なんて使わせてもらえない」ジャクリンが言う。「使えるのは大統領のお葬式ぐらいでしょ。交通渋滞を引き起こすし。知事の許可がいるし」

「人の夢をぶち壊さなくたって」ピーチがぶつぶつ言う。「せめてお葬式ぐらい、自分の好きにしたっていいでしょ。だったらせめて、あたしの好きな歌を演奏してちょうだい、いいわね?」

「もちろん」マデリンが言った。「ケニー・ロジャーズの『なにもこんなときに別れ話を持ち出さなくたって、ルシル』以外ならね」

「しらけること言わないでよ。わかった。だったら、フロイド・クレイマーの『ラスト・デート』は? いいでしょ? だってそうなるんだもの」

「あなたって変よ。ほんとに変。あなたはもうこの世にいないんだから、どうだっていいことでしょ? プレミアの評判と水準に合った美しいお葬式を出してあげるわよ」

「あたしのお葬式をイベントにするつもり? あたしの死を宣伝に使うなんて、得意がればいいのか怒ればいいのかわからない」

「あら、ハニー、約束するわよ。あなたのお葬式は一大イベントになるってね。趣味のいいお葬式になるよう、ちゃんと目を配ってあげるわ」

「趣味っていえば……ジャクリン、土曜の結婚式、大騒動になりかねないってわかってるわよね?」

ジャクリンは顔をあげた。すでに口もとがひくついていた。「花嫁が生後十一カ月の娘を、ちなみに花婿の子どもではないんだけど、その娘を赤いワゴンに乗せて通路を引いて歩くって言い張ったとき、いやな予感がしてはいたの」彼女はつい笑いだした。結婚式は大騒ぎになるだろうが、結婚するふたりがそれで満足なら、彼女の仕事はふたりに望みどおりの式を挙げさせることだ。趣味がいいとか悪いとかは、彼女が言うことではない。「今週は予定がぎっしりだからディードラにも手伝ってもらうことにしたんだけど、土曜の結婚式本番ではなくてリハーサルを担当することになって、彼女、ほっと胸を撫でおろしてるわ」

「今週が終わったらどんなにほっとするか」マデリンが言い、予定表に目をやった。仕事がびっしり詰まっているので、人と会う約束もできない。結婚式が六つということは、リハーサルも六つだから、みな手いっぱいだ。彼女は手を擦り合わせて言った。「でも、銀行口座には順調にお金が入っているわ。不渡りになる小切手は一枚もないもの」

「グローリー、ハレルヤ、だわね」ジャクリンは皮肉交じりに言った。「きょうのキャリーとの約束を、わたしを含めて誰も辞めずに乗り切れたら、あとの仕事はちょろいものだわ」

「辞めてもいいのよ」マデリンが言い、唇を引き結んだ。「彼女のたわごとをいちいち聞く必要ないわ。彼女をお払い箱にできるなら、払い戻し金なんて安いもの」

結婚式の費用は日割り計算なので、プレミアはいままで働いた分はもらえる勘定だ。土壇場でクビを切られ、仕事を完結していないからという理由で支払いを拒否される危険は避けられる。倹約家の、というか詐欺師の——こっちがどう受け取るかによる——花嫁やその母親が支払いを拒んだことが何度かあった。多額の払い戻し金を受け取れないとわかると、プレミアのやり方でいいから進めてくれ、と言うようになる。

「彼女の気がまた変わっても、望みどおりにやりなおさせる時間がもうないというところまできてしまえば、こっちのものよ。愉快ではないけれど、なんとかやれるわ」

マデリンは目をくるっと回した。「もうそういうところまできてるでしょう」

「彼女のなかではまだなの。きょうの午後に、彼女がそれに気づいてくれることを願っているわ。でも、理屈が通る相手じゃないから」〝今年いちばんの控えめな表現〟を口にした。この十年でいちばんかもしれない。エリックに背後に立って、あの大きな拳銃をちらつかせてもらえたらいいのに——

そう思ったとたん、ジャジャーン、彼が頭のど真ん中に登場した。まるで彼がほんとうに体のなかにいるような、それは生々しい感覚だった。全身がカーッと火照り、顔が熱くなる。慌てて顔を伏せた。母親がそばにいるときに、こんなことを考えるなんて。仕事に集中しなくちゃ。

ゆうべのことはなかったかのように、彼を頭から閉め出すことはできなかった。そんなふうに人生を区分けすることはできない。彼のような人に会ったことがなかったから、ふたりのあいだに一瞬のうちに生まれた激しいものを、感情的にも精神的にも制御できるようになるまで、考えないようにしよう。そう思っても考えてしまうけれど——どんなに考えまいとしても。

今週をなんとか切り抜けたら、彼のことを考える時間が持てる。

予報どおりに雨はあがった。風が雨を西へと追い払い、青空が広がった。ジャクリンは顔が自然にほころぶのを感じた。キャリーと哀れな業者たちに会いに行く途中だというのに。これからの数日はてんてこ舞いの忙しさだが、いまのところ順調にいっていた。一番めの結婚式は比較的小規模だから、困った事態が起きないかぎり、母ひとりでこなせるだろう。予想外のことは起きるものだから、いつも備えは怠らなかった。

昼食はテイクアウトのサラダをデスクで食べた。二十分ほど電話も鳴らず、ゆっくり食べることができた。

空は澄んだブルーで車の量も少なく、全身が満ち足りて躍動している感じだった。朝からずっとそうだ。

「彼のことは考えないの、考えちゃだめよ」ジャクリンは自分に言い聞かせた。今週最後の結婚式がすむまでの数日間は、気を抜くわけにいかない。注意が散漫になれば細かいことを見逃し、まちがいを犯す。五日後には少しは暇になるから、決められる……なにを決めるにしても。彼は電話をよこさないかもしれない。くれると思ってはいるが、そんなことは誰にもわからない。彼は特別なのかもしれない――そう思うととても怖くなる一方で、わくわくして幸せな気分にもなった。とても重大なことがいまにも起こりそうだ。彼が電話をくれて、彼が自分にとって特別な人だとしたら――まただ。考えまいとしているのに、彼のことを考えてしまう。

でも、キャリーの相手をする以上に彼女を現実に引き戻してくれるものはなかった。

宴会場は円柱や壺や壁を這う蔦《つた》が、まるでギリシャの宮殿のようだ。十年前に建てられ、予約がなかなか取れないことから、所有者にとってよい投資だったと思われる。キャリーはここで結婚式を挙げると言い張り、選んだ日取りはすでに予約が入っていると知ると予定を変更したほどだった。さすがの彼女も、癇癪《かんしやく》を起こして自分の都合を押しつけるわけにはいかなかった。

平日なので広い駐車場はそれほど混んでいなかったが、横の出入口ちかくに数台が駐車していた。キャリーの車に気づいて、ジャクリンの顔から笑みが消えた。キャリーには、一分を一時間に、一時間を永遠に感じさせる特別な才能がある。哀れな花婿は花嫁のどこがよくて結婚する気になったのだろうと思うときがあるが、キャリーの場合は、花婿に電話して、できるだけ早くできるだけ遠くに逃げなさい、と言うべきではないかと思う。

ブリーフケースをつかみ、バッグを肩にかけてジャガーを降りると、グレッチェンの車が目に入った。とたんに気が重くなる。グレッチェンとの約束の時間まで三十分もある。業者とブライジーラが会う場合、プレミアの誰かが同席してあいだを取りなせるよう約束の時間を決めていた。キャリーがドレスメーカーに電話して会う時間を変更したにちがいない。ジャガーを賭《か》けてもいい。これはまずい。

ジャクリンは足を速めて横の出入口に向かいながら、取り返しがつかないことになっていませんようにと願った。六段の階段をおりて廊下に着いたとき、遅すぎたことを悟った。

グレッチェンが廊下の角を曲がり、駐車場に向かって走ってくる。顔は真っ赤で手には布地を握っていた。ジャクリンに気づくと足を止め、歯を食いしばった。

「たとえ百万ドル出すって言われたって、ブライズメイドのドレスを作りなおす気はないから。いくらお金を積まれても、あの女には我慢できない」グレッチェンは背が低くふっくらした、五十代の魅力的な女性だ。髪をブロンドに染め、いつもすてきな格好をしている。それに、いつも穏やかでほほえみを絶やさない。でも、きょうはちがった。「ブライズメイドが裸で式に出ようが、あたしの知ったことじゃないわ」

そこまで言うとは。ジャクリンは大きく息を吸った。「彼女、なんて言ったの？」

グレッチェンは目をしばたたいて涙を払った。「言うにことかいて、あたしの仕事ぶりは標準以下だって。彼女にクビにされなかったのは運がよかっただけ、手抜き仕事をしているくせに、二週間であたらしいドレスを仕立てられないと言うわけがわからない、それでも繁盛しているのは、ろくな競争相手がいないからだって言われたわ」顎が震えるのを、グレッチェンはすぐに抑えた。「彼女の言うとおりにしなかったら、悪い噂《うわさ》を流して大きな結婚式の注文を取れないようにしてやるって」

ジャクリンはなだめるようにグレッチェンの腕に手を置き、低い声で言った。「短気を起こさないで。聞き流せばいいのよ。彼女の言うことをまともに取り合う人なんていないんだから」

「そうだといいけど」グレッチェンは落ち着きを取り戻した。「じきにわかるわ。いずれにしても、あたしはおりる。彼女みたいな人間と関わり合うのは時間の無駄だもの」

ジャクリンもそう思うが、なんとか踏ん張るつもりだった。花婿は家柄がいい。母親は大金持ちの旧家の出で、父親は州政界に身を置いている。この一カ月を乗り切ることができれば、プレミアの前途は洋々だ。

でも、キャリーが今度プレミアに仕事を依頼してきたら、予約がいっぱいだからと断わるつもりだった。どんなに困窮していようと、どんなに暇を持て余していようと、忙しいふりをする。

キャリーはメインの式場で、ミーティングのために置かれたテーブルのちかくの椅子に腰かけていた。大きな部屋にはほかになにも置いてなく、がらんとしている。部屋の奥のステージは暗くてうらぶれた感じだ。堅材の床は掃除されたばかりでピカピカに光っているが、テーブルや椅子が並んでいないのでなんとなく寂しげだ。リネンがかかったテーブルに芳しい盛り花が飾られ、熱々のビュッフェ料理とケーキが並び、明滅する蠟燭《ろうそく》が魔法の光を投げかけ、音楽が流れれば、結婚式にうってつけの場所となる。

いまはがらんとしており、花嫁の足もとから一メートルほど離れた床に布地のサンプルが投げ捨ててあった。

「遅いわね」キャリーがジャクリンを見もせずに言った。

あと一カ月の辛抱……

「約束の時間まで五分あります」ジャクリンは穏やかに言った。「グレッチェンとのミーティングの時間を変えたことをなぜわたしに黙っていたのですか?」

ようやくキャリーが視線をあげた。「言っとくけど、あんな無分別な女、クライアントに紹介しないほうがいいわよ。だから、あたし言ったじゃない――」

ジャクリンはブリーフケースをテーブルに置いた。「わたしはグレッチェンを高く評価していますし、これからもそうするつもりです」

「彼女は無能よ。手抜きをするじゃない」

「わたしがあなただったら、そういう意見は軽々しく口にしませんね。名誉棄損で訴えられますよ。あなたにはコネがあるかもしれないけれど、彼女が勝つでしょうね。グレッチェンはこの町やこの州の有力な女性たちの服を作っていて、みんなが彼女を弁護するでしょう。ひとつ警告しておきます。彼女には同業者の友人がたくさんいます。組合のようなもので、彼女はとても尊敬されています。とくに南東部では。もしまたドレスを誂《あつら》えたいと思われるなら、これぐらいでやめておくことです。ブライズメイドのドレスはできあがっています。美しいドレスがね。そろそろ先に進みませんか」

キャリーがむっとした顔をした。殴りかかられるのではないか、とジャクリンは一瞬思った。自分の思いどおりにならないと我慢できない女だ。これからやってくる業者たちがかわいそうだった。彼らにちかづくなと警告できるものならしたいが、ジェットコースターはすでに坂をくだりはじめている。落ちないようにしがみついているしかない。

6

キャリーは無表情な顔で、試食品の残りが散らばっているテーブルを睨んでいた。ケーキに、海老《えび》とホタテガイのケバブ、ビーフのケバブ、ラムのケバブ、ミートボールのケバブ。ミートボールとはまあ。結婚式に低級な料理ばかり揃えるつもりだろうか。それ自体はべつに悪くないけれど、ミートボールはミートボールだ。どんなに珍しいスパイスを使おうと、どんな肉を使おうと。ウナギとエミュー（ダチョウに似た飛べない大鳥）のエキゾチックな合《あ》い挽《び》きだろうが、ミートボールに変わりはない。

「ミートボールはだめ」キャリーはそっけなく言った。「あなたがなにを考えて持ってきたのか知らないけど。女性の半分が黒い靴下に白い靴を履いてくるような、品のない中流の結婚式じゃないのよ」

「ミートボールはいちばんリクエストが多いアイテムなんですよ」ケータラーが答えた。短い鉄灰色の髪と厳《いか》めしい顔の、痩せた男みたいな女だ。「でも、いちばん高いんです。手間がかかりますから。たいていの人がもっと安あがりなものを選ばれますけれどね」

キャリーはケータラーを平手打ちにするのを堪《こら》えるのでせいいっぱいだった。遅まきながら価格表をちらっと見て、彼女が嘘を言っていないことを確認した。分厚いクリーム色の紙に黒々と書いてある。ミートボールは海老とホタテガイのケバブの三倍の値段だ。安いものを選ぶしかない。いまさら引きさがれなかった。こうなったら、いくつか足せばミートボールよりも高くなるもので満足するしかない。

「三種類は出したいわ。ホタテガイとラムとビーフ。招待客がちゃんと選べるでしょ」

お金の心配はしていなかった。ショーンの親が費用の大半を負担してくれる。彼女の両親には、とてもこんな派手な金遣いはできない。むろんいくらかは払う。未来の姑《しゅうとめ》にたかり屋だと思われるなんてまっぴらだもの。いまのところ、ショーンの親とはうまくいっているから、しばらくはこの関係をつづけるつもりだ。それから先は……誰にもわからない。

ケータラーはキャリーの選択に意見を挟まずメモを取っただけだった。それがキャリーをよけいに苛立たせた。女なら――女の範疇《はんちゅう》にかろうじて入るぐらいだけど――お目が高いですね、ぐらいは言いなさいよ。べつのケータラーを探してちょうだい、とウェディング・プランナーに言うべきかもしれない。でも、ジャクリンはますます言うことを聞かなくなっている。きっと、一流のケータラーは何カ月も前から予約が入っている、みたいなことを言うだけだろう。

今年いちばんの結婚式にしたかった。これから結婚する花嫁が式のプランを立てるとき、羨《うらや》ましがって話題にするような結婚式にしたい。スタイリッシュかつエキゾチックで、すごくお金がかかるけれど趣味がいいから、誰もあたしの好みをからかったりしないような式、という考えを誰もわかってくれないのが頭にくる。あたしだけが輝くべき日なのに、みんなで寄ってたかってほかの人たちを輝かせようとしているのが頭にくる。

たとえばブライズメイドのドレス。並んだときに花嫁よりも魅力的に見えないぐらいには野暮ったくて、でも、文句が出るほどは野暮ったくないスタイルをわざと選んだのに――まあ、テイトの馬鹿が癇癪を起こしたけれど、それは結婚式とはまったく関係のない理由でだ。式が終わって時間ができたら、彼女のほうはうまく片を付けよう。実を言えば、テイトをこらしめる最初の罰をすでに与えていて、その結果にキャリーは充分満足していた。

痛い目に遭うのは自分のほうだとわかったときの人それぞれの反応が、キャリーにはおもしろくてたまらなかった。たいてい相手が泣き寝入りする。こっちの意志のほうが強いとわかると、みんなくしゅんとなるからありがたい。こっちが困ることはなかった。人が動揺したり、傷ついたりするのを見るのは楽しかった。彼女を怒らせたら大変とあたふたするのを見るのは楽しい。

実を言えば、キャリーはけっして動揺しない。動揺するのは、気にしているということだ。彼女は気にしない。少なくとも感情的には。彼女が気にするのは、相手に与える自分の印象だ。物事が思いどおりに運んでいるかどうかは気になる。欲しいと思ったら、その場で手に入れたい。彼女の態度はむちゃくちゃかもしれないが、頭のなかはしごく冷静で、相手の反応を細かく観察し、計算し、自分の意見を通す最善の方法を見極めていた。

ショーンの父親が上院議員選挙で勝ったら、一生お金に困らないだろう。むろん金目当ての結婚だけれど、首都ワシントンで上流社会の一員になれるなんて期待していた以上だ。あっちで地歩を固めたら、ショーンの妻のままでいるかどうかは、巡ってくるチャンス次第だ。でも、いまは彼が必要だった。それに彼は人がいい。つまり扱いやすい。

ショーンの母親のフェア・メイウェル・ジョンストン・デニスン――〝Ｆａｙｒｅ〟で〝フェア〟と発音するなんて、もったいぶるのもいいかげんにしてよ――がことあるごとに四つの名前を全部並べて使うのは、ジョンストン家とメイウェル家の出だということをみなに思い出させるためだ。彼女はダグラス・デニスンと結婚し、夫を助けて市から州の政界に送りこみ、いまや国レベルに手が届くところにまで来た。ミセス・デニスンは穏やかな女だが、キャリーは甘く見ていない。彼女は金に裏打ちされた陰の実力者だ。いずれは弱体化させる方法を見つけなければならないが、いまのところ、彼女はいろいろな意味で役にたつ。

それよりもまず、結婚式にまつわる煩《わずら》わしいごたごたを片付けなければならない。テーブルは試食品をすべて並べるには小さすぎる。せっかく来てやってるんだから、もっと融通をきかせてよ。小さなテーブルがものでいっぱいになったので、ウェディング・プランナーのブリーフケースをちょっと動かして、テーブルの下に落としてやった。床に転がっているのはブリーフケースだけではない。ほどいたリボンだの布地のサンプルだのが落ちたけれど、大事なものじゃないのでそのままになっている。まるで掃除するためにここに来たみたいじゃないの。

なにもかも気に入らないが、ドレスのことはとくに頭にくる。最初に色を思い描いたとき、グレーのドレスにピンクのサッシュはとてもクールでスタイリッシュに思えた。でも、いまになると、ピンクは洗練されているというよりごてごてしている。グレーのストライプもさえない。フラワーデザイナーのビショップ・ディレイニーは、まるであてにならなかった。彼は肩をすくめてこう言った。ぼく個人の好みを言うと、ダークグレーのドレスに真っ赤な花束だけどね、と。ピンクのサッシュではそういう取り合わせはできないし、浅ましいドレスメーカーが辞めてしまったいま、ほかの誰かに頼んでサッシュの色を変えることも、あるいはドレスに合わせてグレーでまとめることも時間がなくてできない。どうして彼は最初にダークグレーと赤の組み合わせを提案してくれなかったの？　いまやピンクでいくしかない。ああ、むしゃくしゃする。ハサミでなにかを切り刻みたい気分だ。浅ましいグレッチェンを切り刻んでやれたらどんなにいいか。ジャクリンがこっちの要望に従わないつもりなら、いますぐ代わりを見つけてやる。

もっと機嫌がよいときなら、こっちを喜ばせようと集まった連中を見て楽しめるのに、ドレスのことで一日が台無しになった。これからベールデザイナーとパティシエと話し合い、バンドの演奏曲目を決めなければならない。誰も彼もが口を揃えて、時間がないのだから早く決めろと言う。ほかにも仕事があるのだから、早くしてくれと言う。こっちのやりたいようにやらせまいとして、よくもまああれだけ言い訳を思いつくものだ。

結婚式がすんだら、彼らの無能さを書きならべて投書してやる。仕事が落ち目になったらいい気味だ。いちばん問題にしたいのはプレミアだ。プレミアはこのあたりのイベント企画会社のなかではもっとも優秀だと、みんなが言っていたが、いざ付き合ってみると、ジャクリン・ワイルドはいちばんの頭痛の種だった。キャリーが望むとおりにはできないと言い張るうすのろたちの肩ばかり持って。ジャクリンはこっちの言うとおりにして、連中の言い訳に耳を貸す必要なんてないのに。思い描いていた結婚式を実現させたいのに、まるで力になってくれない。

ベールデザイナーは、背が低くて太ったヒスパニック系の女で、エステファニという名前だ。ただのリボンから凝ったティアラまで、かぶり物の写真が載った本と織物見本をテーブルに並べた。ベールにもこんなにたくさんの種類があるなんて。まるで浮かんでいるみたいに軽い、透き通った薄物もある。「どれもこれもつまらない」キャリーは言い、本を押しやった。「もっと垢抜けたのはないの？　黒とか？」ウェディングドレスにはバストラインの下に、細い黒のリボンが縫いこんであるので、黒はあながち見当ちがいでもない。むろん黒いベールなんてかぶる気はないけれど。女が恐怖で目を真ん丸にし、なんとか表情に出すまいと必死になるのを眺めるのはおもしろいので、しばらくからかってやることにした。そのあとで結局、なにかもっと古典的なものに落ち着く。でも、ティアラは冗談じゃなくいやだった。まるで美人コンテストみたい。キャリーがイメージしているのはヨーロッパの王室だ。

「黒ですか？」エステファニが声を震わせる。「白いドレスに？」

「ええ、白いドレスに」キャリーは怒鳴りつけるように言ったが、エステファニが餌《えさ》に食いついてきたので内心ではほくそ笑んでいた。少なくともいまは標的がいる。「いつもやっていること以外に目を向けないなんて、あなたたちってあまりに単純すぎない？」

驚いたことに、エステファニは肩を怒らせて茶色の目を輝かせた。「あたしは単純じゃありません。趣味がいいんです」

「あたしは趣味が悪いって言いたいの？」キャリーはきつい口調で言い、目を細めた。辛辣な言葉でさらに攻めようとしたところ、携帯電話が鳴った。出るつもりはなかったが、表示された番号を見てショーンだとわかり、エステファニに待ってなさいと指を立てて合図した。深呼吸して笑顔を貼《は》りつけ、甘い声で電話を受けた。

「ハイ、ハニー」

ショーンはキュートでお金持ちで騙されやすい。夫としてそれ以上なにを望むというの？いまは彼の言いなりになっているが、結婚したらそうはいかない。式が終わったら、運転席に座るのは彼女のほうだ。もっとも、いまだってそうだった。ショーンにプロポーズさせるのが第一段階で、ついきのう、第二段階に突入した。お金の段階に。彼女の計画どおりに進んでいる。
ハネムーンの計画はショーンが立てていた。それにかかりきりだから、煩わしくまとわりついてこない。自分が責任を持って完璧なハネムーンの計画を立てようと夢中になっていた。しかも、彼女がそれとなくほのめかしたことを、ちゃんと胸に刻んでくれる。きょうは最終打ち合わせで、彼女の意見を求めてきたのだ。彼の言うことを、キャリーはなんでも受け入れ、笑顔を絶やさない。ショーンをつなぎ止めておくために彼女が作りあげた別人格のなかで、笑顔は大事な部分だからだ。笑い顔になると声の調子も変わって、軽やかで甘くなる。

顔をあげると、ウェディング・プランナーとベールデザイナーがじっとこっちを見ていた。まるでキャリーの首からもうひとつ頭が生えてきたとでも言いたげに。まったく頭にくる。でも、じきにお払い箱だ。ショーンの計画に耳を傾け、彼の言うことがおもしろくてたまらないというように笑い、あなたってほんとうにすてきだわ、とか、すごく愛してる、とか、いつものおべんちゃらを口にした。

彼女がショーンとおしゃべりしているあいだ、ジャクリンとエステファニは部屋の隅に行って、そこにいるビショップ・ディレイニーやパティシエのアンドレイ・ウィゼナントと話をはじめた。ケータラーのアイリーナは、ひとり離れた場所でメモを取っていたが、宴会場の支配人――メリッサとかいう名前――が彼らにちかづき、なにか言った。用件を伝え終わってもだらだらおしゃべりをするショーンの声に耳を傾けていたので、キャリーにはなにを言ったのか聞こえなかったが、エステファニがこっちを見る表情から誰の話をしているのかはわかった。ジャクリンはなだめるような口調でしゃべっているから、キャリーが文句を言っても自分がなんとかするから、と彼らを言いくるめているのだろう。

人から甘く見られていると思ったら、冷たい怒りが血管を駆け巡った。まるで駄々っ子扱いだ。ジャクリンの滑らかな肌や艶やかな髪や、良家の子女風の装いを見て、さらに怒りが倍化する。ただのウェディング・プランナーのくせに。ジャクリンがいなかったら、もっとべつの展開を見せていただろう。彼女は最初から助けになるどころか邪魔だった……そしていま、彼女はこっちの評判をさらに傷つけようとしている。そんなこと、ぜったいに許せない。

「特注のクリスタルガラスの花瓶をまだ頼んでいないなら、ぼくはおりてもいいよ」ビショップ・ディレイニーがジャクリンに言った。「でも、あれだけの費用をかぶるんじゃたまらないから、最後までやる。デニスン家の仕事は二度と引き受けるつもりはないけどね」

「我慢してくれてありがとう。みんなに申し訳ないわ。こんなにごたごたするなんてね」ジャクリンはここに足を踏み入れたときからずっと、謝りつづけている気がしていた。実際そうだ。いまのところ辞めたのはグレッチェンひとりだけ——もっとも、ブライズメイドのドレスはできあがっているのだから、彼女は途中で投げ出したわけではない。エステファニはいつ辞めるかわからない。彼女のベールとかぶり物は芸術の域に達しているし、仕事に誇りを持っている。注文が途切れることはないから、この仕事で収入が得られなくても困らないだろう。電話の一本か二本かければ損失は埋められる。キャリーには、一流の業者を相手にしているという自覚がない。すでに評判を確立している人たちだから、彼女の要求や侮辱に我慢する必要がないということがわかっていないのだ。

「こんなに難しい相手、はじめてよ」メリッサがささやいた。彼女がここの支配人になって八、九年が経つから、変わった連中はたくさん見てきているだろう。彼女の基準に照らして難しい相手なら、キャリーは相当なものだ。メリッサが同情の視線を向けてきた。

「彼女に馬鹿呼ばわりされる覚えはないわ」エステファニがきっぱりと言った。「馬鹿なのは彼女のほうじゃない。白いドレスに黒いベールですって！ それから、あたしの作品はつまらなくない」

「彼女の挑発に乗らないほうがいい」ビショップが声をひそめて言った。「ほんとうに趣味のよいものを、彼女は知らないのよ。目の前に突きつけられてもわからない」エステファニの腕を軽く叩いた。彼は背が高く筋肉質で、染めたブロンドといいエキゾチックな黒い山羊《やぎ》ひげといい、背が低くてやさしいおばあちゃんのようなエステファニとはまるで正反対だ。彼らは仕事で一緒になるので、たがいをよく知っていた。ビショップとエステファニのあいだには、ほんものの愛情が通い合っているようだ。ジャクリンがかける慰めの言葉よりも、彼に言われることのほうが心に染みるのだろう。

パティシエのアンドレイ・ウィゼナントが、盛りあがった肩をすくめた。彼女はかつて水泳のオリンピック選手で、いまも長い時間を水中で過ごしているが、銅メダルを取ったあと、人と競い合うことは自分に向いていないと思ったそうだ。それで、もうひとつの大好きだったことに打ちこんだ――お菓子を焼くこと。彼女が作るケーキも芸術作品だ。ふつうのウェディングケーキよりずっと軽くて、舌触りはシルクのように滑らかだ。パティシエはふつうデコレーションは下の者に任せるが、彼女はすべて自分でやる。「ケーキのフレーバーと詰め物を、彼女にここで選んでもらえるかしらね。まだ二週間ほど余裕があるけど、細かいところまで詰めておきたいの。来週、休暇を取るつもりなのよ」

「だったら、あなたとの打ち合わせに移りましょうか。ほかはちょっと時間を置いて、彼女が冷静に――」

どこからともなく手が飛んできた。キャリーに左頰を叩かれ、ジャクリンはよろめいた。ショックと驚きが強すぎて、一瞬、現実から切り離された気がした。気がつくと、彼女はヒリヒリする頰に手を押し当てて立ち、ビショップの筋肉質の腕が体を支えてくれていた。

「クビよ！」キャリーが怒鳴った。美しい顔は怒りで歪《ゆが》んでいるが、その目は恐ろしいほど冷たく落ち着いていた。まるでひとつの体にふたりの人間が棲《す》んでいるかのようだ。「よくもあたしの陰口を叩いたわね。あたしの仕事をさせるためにあたしが選んだ人たちの前で、あたしのことをぼろくそに言って。一日めから、あんたはあたしの結婚式をぶちこわすためにやれることをすべてやってきた。でも、これまでね。あたしの結婚式が終わるころには、貧弱な結婚式でも請け負えればラッキーってことになってるわよ。バックヘッドの誰もあんたを使わないでしょうね。どういう意味かわかるわよね。あたしのお金は返してもらうから。あんたはそれに見合う仕事をしてない！」

ジャクリンは頭がくらくらしていたが、背筋を伸ばし、ガクガクする膝に力を入れた。痛みはおさまっていなくても、頬に手を当てたままなのは誇りが許さなかった。心臓が激しく打ち、呼吸もままならない。右の拳《こぶし》を握った。腕の筋肉が勝手に緊張して、制御がきかない感じだ。ところが、ビショップがそれに気づいて警告するように彼女の手首に触れ、もう一方の手をエステファニの肩に置いた。「やめなさい」キャリーに聞こえないように低い声で言った。「あの女なら暴行罪で訴えかねないよ」アイリーナが動いてキャリーの真後ろに立った。いつでも襲いかかれる体勢だ。

彼の言うとおりだ。ジャクリンは深く息を吸いこんだ。このままなら、訴える立場にあるのはジャクリンのほうだ。キャリーがエスカレートしてほかの人を殴らないかぎり、そうするつもりはないけれど。それでも、ここは賢く立ち回って法律上有利な立場を守っておこう。それにプレミアのことを考えれば、穏便におさめるべきだろう。

「きょうの打ち合わせはまた日をあらためてということで」彼女は冷静に言い、ビショップとアイリーナに目顔で、エステファニをここから連れ出して、わたしは大丈夫だから、と伝えた。

「あんたにそんなこと言う権利あるの？」キャリーが怖い顔で尋ねた。「この連中はあたしが雇ったの、あんたじゃなく！」

そうかもしれない。だが〝この連中〟は、ジャクリンの指示どおりに動いて、床に散らばったものを拾い集め、テーブルに置いた。メリッサがジャクリンの手帳を拾いあげ、勇敢にもちかづいてきて彼女に手渡した。「ありがとう」ジャクリンは手帳を受け取った。メリッサは、殴られては大変とキャリーから距離を取った。まるでジャクリンの手から手帳を叩き落とそうとするようにキャリーが手を動かしたので、ジャクリンは鋭く言い放った。「もしまたわたしを殴ったら、警察に訴えます。おわかりですか？　新聞の一面を飾りますよ」

「書類仕事があるから」メリッサが言った。ジャクリンは小さくうなずき、ここは黙って引きあげるのが得策よ、と声に出さず伝えた。メリッサは踵《きびす》を返した。じきに宴会場から人がいなくなり、請負業者たちの緊張した、けれども抑えた話し声が廊下を遠ざかっていった。

残った女ふたりは向き合って立っていた。どちらも攻撃の構えだ。

キャリーが歯を食いしばった。両手を脇に垂らしたままだったのは、訴えられるより、新聞沙汰になることを恐れたからだろう。「あたしの結婚相手が誰かわかったら、アトランタの警察は便宜を図ってくれると思わない?」

「図ってくれないかもしれないし、あなたがいるのはアトランタじゃありません。ここはホープウェルで、わたしは刑事とお付き合いをしています。彼があなたの言い分を聞いてくれるかどうか」ジャクリンはエリックを武器として持ち出した。もっとも彼は、〝お付き合い〟の部分には異を唱えるだろうけれど。「そのことはべつにして、もしわたしをもう一度殴ったら、ただじゃすみませんよ。わたしが叩き返したとしても、ここにいる全員が、正当防衛だったと証言してくれるでしょう。叩く前に言っておきますけれど、わたしはキックボクシングを習ってますからね。お尻で床を磨かせてあげるわ」

まあ、ちょっと大人げないかもしれない。キックボクシングを習っているというのは嘘だが、キャリーにお尻で床を磨かせるというのは本気だ。これだけ怒っているのだから、それぐらいしてやれる。キャリーを怖じ気づかせたのがジャクリンの表情だったのか、脅し文句だったのかはわからないが、彼女が思いなおしたことはたしかだ。

「酔っぱらいの喧嘩《けんか》みたいに怒鳴り合っててもしょうがないわね」彼女がせせら笑って言った。「とっとと出ていきなさいよ。今週中に払い戻し金の小切手を送ってちょうだい」

「すぐに手配します」ジャクリンは言った。「でも、金額はこれまでに働いた分を日割り計算で差し引きますし、ほとんどがすでに完了しています」

キャリーの顔が怒りで醜く赤らんだ。「全額払い戻してちょうだい。あんたがちゃんと仕事をしていれば、クビになることもなかったはずでしょ！」

「署名した契約書をよく読んでください。払い戻し金は千ドルぐらいにはなるでしょう」プレミアが受け取る報酬の額を考えれば、キャリーに千ドルの小切手を送るぐらいなんてこともない。これですっきりする。

「さあ、どうなるかしらね！」キャリーが吠えた。「弁護士から連絡がいくから」

「できるだけ早くお願いします。それから、あなたが叩くのを目撃した人間が五人いたことを、弁護士にちゃんと伝えてくださいね。きっと震えあがるでしょうね」全身を駆け巡るアドレナリンのせいで、ジャクリンは歯を剝き出して笑っていた。笑顔とは言えないかもしれない。これまで人と争ったことはなかった。少なくとも暴力沙汰になったことはないのに、キャリーがもう一度叩いてくれるのを望んでさえいた。クソッたれ女の鼻に一発お見舞いしてやれたら、どんなにスカッとするだろう。

「あの連中は仕事をつづけたいだろうから、きっとよけいなことは言わないわよ」キャリーが言い返したが、冷ややかで油断のない視線がやや揺らいでいた。

ジャクリンは鼻を鳴らした。「みんないつ辞めても一時間後にはつぎの仕事が決まっています。わたしもそうですけどね。それに、誰と仕事をするにしても、あなたよりはましに決まっているわ。どうぞお幸せに。結婚式には誰かしら来てくれるでしょうから、哀れな犠牲者が……おっと、花婿以外にも」

子どもじみた意地悪を言っても怒りはおさまらなかったが、少し気分がよくなった。踵を返し、大股で会場をあとにした。キャリーがなにも言い返さなかった理由がなんであれ、ジャクリンは言いたいことを言って満足だった。

一歩歩くたびに肩の重しが軽くなる。自由だ！　ひどい結末を迎えたけれど、二度とキャリーの相手をしなくてすんでほっとしていた。これから先、なにが起きようとこっちの責任ではない。車に着くころには、これで終わったんだから、頬の痛みぐらいなんでもないと思いはじめていた。

車のロックを解除し、ドアを開け、車内にこもった熱気が抜けるまでしばらくたたずんでいた。携帯電話を取り出して母に電話した。あかるい声ですぐに電話に出たのだから、どうなったか気になっていたのだろう。もっとも、宴会場に見に来るほど心配はしていない。

「終わったの？」マデリンが尋ねた。

「ええ――いろんな意味で」

マデリンの声が変化し、警戒する口調になった。「なにがあったの？」

「いろいろ。キャリー・エドワーズのことで請負業者に借りがいっぱいできてしまったから、当分は仕事をたくさん回してあげないとね。グレッチェンが辞めた。ほかの人たちも辞めるでしょうね。それよりなにより、キャリーがわたしをクビにしたわ」いまはまだ感情が昂ぶっているので、細かい話をする気になれない。自制は働いているものの、危なっかしいものだし、母にすっかり打ち明ける前に気持ちを落ち着かせる時間が必要だった。

「ハレルヤ」マデリンが小声で言った。「すっかり話して。クレアズでコーヒーでもどう？今夜の結婚式の最終打ち合わせまで一時間あるのよ。時間を潰さなきゃ」

一杯のコーヒーと、クレアズのとびきりおいしいブルーベリー・マフィンは、張り詰めていた気持ちをほぐすのにもってこいだ。

「わたしは五分以内。なにを食べたいか言って。注文しといてあげるわ」

ジャクリンは食べたいものを言って電話を切り、車に乗りこんだ。エンジンをかけたとき、シルバーのセダンが右隣のスペースに入ってきた。ジャクリンはすぐに車を出さず、セダンから出てきた男に目をやった。キャリーはほかにも会う約束をしていたのだろうか。その可能性はある。でも、グレーの髪の男に見覚えはなかった。仕立てのよいグレーのスーツに白いシャツ、赤いネクタイ。宴会場を予約するのでメリッサに会いに来たのかもしれない。脇の出入口に向かって歩きながら、男はちらっとこっちを見たが、いかにも心ここにあらずな感じだった。キャリーと遭遇せずにすめばいいけれど。遭遇したら、運が悪かったということだ。

こっちに責任はない！

7

ジャクリンは短いドライブのあいだ、頭をすっきりさせて気持ちを鎮める努力をした。話を聞いたら母は動揺するに決まっている。こちらが取り乱したら、母をますます動揺させることになる。頭にくる出来事だったけれど、穏やかな気持ちで結果を受け止めたかった。

キャリーのことは考えないようにした。それより熱いコーヒーとあたたかなブルーベリー・マフィンを思い浮かべた。マフィンはたまに食べるからおいしい。きょうの一個は自分へのご褒美だ——ご褒美というよりは慰めかもしれないけれど。コーヒーとの連想でエリックを思った。彼はブルーベリー・マフィンが好きだろうか。好きだとして、クレアズのような洒落た店に買いに寄ったりするだろうか。きっとしない。警官が立ち寄るような店ではない。女性客ばかりだ。でも、コーヒーはおいしいし、焼き菓子もすばらしくおいしいから、彼にも勧めてみよう。朝からずっと、彼のことを無理に頭から追い出そうとしてきたけれど、いまは気を紛らしてくれて、気持ちを落ち着かせてくれるものならなんでも大歓迎だ——ただし、エリックのことを考えると、まったくべつの意味で気持ちが動揺してくるが。

混んだ道を折れて小さな駐車場に入ると、テラス席に母が座っているのが見えた。どのテーブルも大きなパラソルで日が遮られている。テーブルの上にはコーヒーのカップが二個とマフィンが二個。そのうちの一個は食べかけだった。ジャクリンは車を降り、足早に鋳鉄《ちゅうてつ》製の門を抜けた。ぶらぶらと歩いているように見えるかもしれないけれど、つい腰が揺れてしまうのはエリックを思い出したからだ。

もう。いまなら〝さかりがつく〟の意味がわかる。いま考えるようなことではないのに。それよりここの小さな中庭に咲く華麗なバラや、今夜、ちかくのプールでひと泳ぎすることを考えよう――なにか心を穏やかに、落ち着かせてくれることを。エリックのことを考えるとそうはならない。

盛大にため息をついて腰をおろし、母が糖衣のかかったマフィンを注文して自分を甘やかしていることに気づいてほほえんだ。母が鋭い視線をくれ、サングラスをパッと取ってジャクリンの顔を覗きこんだ。「そのほっぺた、どうしたの？」ジャクリンは気を逸らすことに夢中になっていたので意味がわからず、ぽかんとして母を見返した。

それから、頬が赤くなっているにちがいないと思い至った。「忘れていたなんて信じられない。あの女に叩かれたの。彼女と手を切れてほっとしたしうれしかったから、すっかり忘れていたわ！」

「彼女が叩いた？」マデリンが恐ろしい口調で言い、すごみのある形相で腰を浮かせたので、ジャクリンは落ち着いて、とその腕に手をやった。「腸《はらわた》を抉り出して靴下留《ガーター》めにしてやる！」

「汚らわしくて、卑しくて、臭いガーターができるでしょうね」ジャクリンは言い、ほほえんだ。「叩かれてうれしくはなかったけど、二度と彼女に会わなくてすむことを考えたら、怒るよりもうれしくなるわ！」

「あなたにとってはそうかもね」母はそう言って腰を浮かせた。「告訴しに行くわよ。警察には通報したの？　目撃者はいるの？」

「お母さん、もうすんだことよ。通報していないけれど、目撃者は五人いるから、彼女がプレミアの評判を傷つけるようなことをしても、わたしは法律的に守られるわ」

「プレミアなんてどうでもいい！」マデリンは怒りに目を細めた。息遣いが荒くなっている。「ひねくれた根性曲がりの薄情女があなたを叩いたですって？　それですむと思ったら勘ちがいもはなはだしいわ！」

「お母さん」ジャクリンは冷静な声でもう一度言った。「もうすんだことなの。彼女に言ってやったわよ。もう一度叩いたりしたら、あなたにお尻で床を磨かせるってね。殴り合いになる前に、請負業者たちにはお引き取り願ったわ。エステファニはいまにも殴りかかりそうだったけど。彼女も辞めるでしょうね。誰が辞めても責めるつもりはない。ねえ、ドラゴンみたいに口から火を噴くのはやめてくれない？　さあ、座って。お祝いしましょうよ！」

マデリンは座ったが、怒りはおさまらなかった。「フェア・デニスンの知り合いを知ってるから、彼女にかならず伝えてやるわよ。息子が結婚しようとしているのは、性悪であばずれの勃たせ屋《フラッファー》だってね」

ジャクリンはショックで目を見開いた。母親が——自分の母親が！——〝フラッファー〟とはなにかを知っているなんて。口を開いて閉じて、また開いた。「お母さんったら！」そう言うのがせいいっぱいだった。

「なに？」マデリンがうなる。

「フラッファー？」

「あら」母が頬を赤らめ、鼻を鳴らした。「あなたも意味がわかってるから、なにも言えないのね」

「ブログで読んで、それで知ったの。お母さんはどうして知ってるの？」

「あら、一緒よ」マデリンがこともなげに言った。

「あらあら。そうなの」

「わたしを年寄り扱いしないでよ。あなたに代わってあのあばずれをやっつけようと思ってるんだから」

「威勢のいい悪口を連発してくれてありがとう。フラッファーの意味を知ってるおかげだとは思いたくないけど」

マデリンが厳めしい顔で言う。「あなたを大人扱いしてあげただけよ。フラッフするってどういうことか、おたがいに経験からわかってるわけだしね。この話題はこれまで」腕時計を見る。「道が混んでるといけないから余裕を見ても、まだ十分ぐらいはいられるわ。あなたはほかにやることがあるの？　それともきょうはこれで終わりにする？」

「終わりにする。洗濯物が山ほど溜まってるから、家に帰る。キャリーの相手をしてもうくたくた。ＨＧＴＶ（家のリフォームやガーデニングを扱うチャンネル）かヒストリー・チャンネルを二時間ほど観て気分転換をするわ」

「あの女がなにか言ってきたら、すぐに電話してね。あなたが相手をすることはないから。プレミアに連絡をよこしたら、わたしが対処するから」

「助かるわ」ジャクリンは言った。きょうのところはなんとか自分を抑え、やり返さずにすんだが、もう一度そうできる自信がなかった。でも、キャリーが連絡してくるとは思っていなかった。哀れなお人よしの結婚相手に、自分の行状がばれるのはいやだろう。ショーン・デニスンはとてもやさしい人だから信じようとしないだろうが、ジャクリンが聞いた話を総合すると、ショーンの母親はちがうようだ。フェア・デニスンは手ごわい。キャリーは彼女と角突き合わせたくないにちがいない。ショーンと結婚する前だからなおさらのこと。さもないと結婚式自体がお流れになるかもしれない。

十分後、ジャクリンは母と別れた。気分はだいぶよくなっていた。母が連発した悪態が、ジャクリンにユーモアのセンスと物事を正しく見る目を取り戻させてくれた。キャリーは過去の人だ。バックミラーにへばりついた小さなハエの死骸《しがい》みたいなもの。

キャリーが人生から消え去ったことで、気持ちにゆとりが持てるのもおかしな話だ。キャリーの結婚式は今週ではないのだから、予定がびっしりなのは変わらない。それでも、ストレスは半減した。エリックのことを考える時間だって持てるかもしれない。それがキャリーを頭から完全に消し去る力になってくれるなら。でもそのためには、彼がほんとうに特別な人なのか、ただの男なのかを見極める勇気を掻き集めなければならない。

彼に電話しようかしら。いいえ、まだだめ。決めかねて唇を噛む。来週、彼のほうから電話をしてくるまで待つべきだろう。自分を疑ったりしないで楽しめばいいのかもしれない。ゆうべはなにも考えずに彼とセックスした。彼に恋していなかったし、どちらも相手に責任を感じていなかった。それでもこの世の終わりにはならなかった。かといって、これからは誰彼かまわず寝ることにしたわけではない。刹那《せつな》的な恋に身を焼くほど若くはなかった。

とはいえ、おもしろい夏になりそうだ。

メリッサ・デウィットはデスクの上の契約書から顔をあげ、窓越しにキャリー・エドワーズの車がまだあるかどうかたしかめた。そうするのはこれで五回めだった。車はまだある。ため息が出る。どうしてあの女はさっさと引きあげないの？

窓から見えるのは広い駐車場の一部、四分の一ほどだ。キャリーは日陰になるいちばんよい場所をちゃっかり占拠していた。車を乗り入れて、さてどっちを選ぼうかさぞ悩んだのだろう。玄関にいちばんちかい場所にする、それとも日陰になっている場所？　両方を兼ね備えている場所がないと花嫁が文句をつけなかったことが、メリッサには意外だった。キャリーはそれこそなににでも文句をつけるのだから。

宴会場から物音が聞こえなくなってだいぶ経つが、たてつづけに電話をかけて——受けて——いたので、あのあとでさらにひと悶着《もんちゃく》あったとしても聞き逃していた。ジャクリンがまだあの底意地の悪い女と話をしているとは思えないが、だったらどうしてキャリーは居残っているのだろう？

キャリーがジャクリンを叩いたとき、メリッサはショックで気絶しそうになった。かわいそうなジャクリン！　でも、ジャクリンの目が怒りで燃えるのを見て、甘ったるい同情は消えうせた。かわいそうなジャクリン、なんてくそくらえ。キャリー・エドワーズのような連中に対等に立ち向かえる人間がいるとすれば、それはジャクリン・ワイルドだ。ふだんは穏やかで冷静で駆け引き上手だからといって、その裏に激しいものを隠していないわけではない。危うく殴り倒されるところだったと、キャリーは気づいていたのだろうか。ジャクリンは叩き返さなかったが、本気で殴り合う心構えはできていた。

それにしても、キャリーはなぜまだいるの？

メリッサはデスクを離れ、開いたままのドアから顔を出して廊下を覗き、声が聞こえないかと耳を澄ました。静かだ。彼女のオフィスは宴会場とは反対側にあり、あいだには狭いミーティングルームがふたつとトイレがある。キャリーが到着してからずっと、ときおり大声が聞こえていた。結婚式の打ち合わせが行なわれているときは、たいてい笑い声や楽しげな冗談が聞こえるものなのに、きょうのそれはちがっていた。

キャリー・エドワーズとふたりきりで会いたくはないが、そろそろ仕事を終えて戸締まりをしたいのに、花嫁がまだ打ち合わせ中だとそれもできない。こうなったらキャリーに会ってたしかめるしかなかった。あの女はきょう一日、盾突く者をことごとくやっつけていたから、メリッサとしてはおなじ目に遭いたくなかった。

深呼吸して背筋を伸ばす。もしあの女が暴力に訴えたら、反撃するまでだ。メリッサは暴力的な人間ではない——まったくちがう。それでも、ジャクリンのように自分を抑えられるかどうかわからなかった。ジャクリンがいくじなしだと言うつもりはない。表情で人が殺せるとしたら……

なにか聞こえないかと耳をそばだてながら宴会場に向かったが、しんと静まり返っていた。なんだか妙だ。キャリーは建物のなかにいるはずなのに、居場所がわからない。宴会場のなかを覗きこむと、試食品や書類が散らばったままのテーブルが目についた。廊下を進んで脇の出入口まで行く。キャリーや請負業者たちのためにドアは鍵をかけていない。

キャリーは日盛りに外で誰かと立ち話をしているのかと思い、ドアから出てみた。誰もいない。駐車場に残っているのは、キャリーの車とメリッサの車だけだった。なかに戻り、顔をしかめる。キャリーはトイレにいるのだろうか？　自分の車はあとから取りに来るつもりで、誰かに車で送ってもらったとか？　どうしてそんなことするの？　そういうこともないわけではないが、それならそれでメリッサのオフィスに立ち寄り、ほかはみんな帰って、自分は友だちと飲みに行くからそのあいだ車を置かせてくれ、と断わるのが礼儀だろう。

でも、キャリーに礼儀は通用しない。それに、彼女に友だちがいるとも思えなかった。だったら、ただの知り合いと飲みに行ったのでもかまわない。いちゃもんをつけようとトイレに潜んでいられるよりはずっといい。キャリーは、いちゃもんをつけることを生き甲斐《がい》にしているとしか思えない。メリッサは人と衝突することを生き甲斐にしてはいない。キャリーのつぎの標的にされるのかと思ったら、胃が痛くなりそうだ。メリッサはきょうの打ち合わせにずっと同席したわけではなく、ときおり顔を出しただけだが、それでも充分だった——充分すぎた。

キャリーが残したごみを片付けようと、自分に気合いを入れて宴会場に足を踏み入れた。テーブルの上は散らかり放題、床にも布地が山になっていた。長いテーブルクロスの陰になっていたが、一部は見えた。キャリーがまだここにいるとしても、後片付けをするような夕イプではない。

宴会場に入ったとたん、いやな臭《にお》いがした。足を止め、頭を掲げ、鼻にしわを寄せてもっとよく嗅《か》いでみた。いやだ。まるでトイレが溢《あふ》れたときのような臭い。でも、トイレは廊下の先で、前を通ったときには臭いはしなかった。奥に行くにつれ臭いはきつくなる。下水管が破裂したの？

歩みがゆっくりになる。手で鼻をおおった。心臓がバクバクいう。なにか変だ。とても変だ。腕に鳥肌が立った。さらに三歩進み、息が喉につかえた。

テーブルの陰になった床にあるのは布地の山ではなかった。キャリー・エドワーズだった。顔にかけられたベールの細かな網の奥から、見開いたままの虚《うつ》ろな目でこっちを見ている。床には血溜まりができ、ケバブの串が何本か――海老とビーフが刺さったままなのもある――彼女の体からおかしな角度で突き出ていた。

けたたましい悲鳴がするとぼんやり思い、それが自分の声だと気づいた。どんな危機にも冷静に対処すると評判だったのに。お葬式以外でほんとうに死んでいる人間を見たことはなく、テレビで見るのとはまったくちがっていた。冷静さは窓から飛んでいった。どうしよう！　臭い、固まりかけた血、床の上のあきらかに死んでいる女、どれもこれもおぞましすぎて、リアルすぎた。

悲鳴が喉に詰まり、彼女は死体を見つめたまま一歩さがった。脈を取るまでもない。死体を見るのははじめてだが、キャリーが死んでいることに疑いの余地はなかった。彼女に触れるなんてとんでもない。

わかった。わかったわ。それでどうすればいい？　ここに突っ立って死んだ女を見つめているわけにはいかない。本能の命じるままにするわけにもいかない。ドアに鍵をかけて家に帰り、ほかの人が処理してくれるまで彼女をこのままにしておけ、と本能は告げていた。ほかに処理してくれる人はいない。

誰かに電話しなければ――そう、九一一。警察だ。警察に電話すべきだ。

振り返ってオフィスまで走った。管理者としての自覚にスイッチが入った。週末には予約が入っている。高校の卒業二十五周年の同窓会だ。こんなことで中止にはできない。それまでに、警察がここをきれいにしてくれるだろう。彼女のきちんとした宴会場は、ふたたびきれいに整えられる。ほんとうにそうなるのだろうか。最後の最後まで、キャリー・エドワーズは人の人生をめちゃめちゃにしてくれる。

そのとき、ふと思った。殺人鬼がまだ建物内にいたらどうするの？　彼女の様子を窺《うかが》って、廊下の角を曲がったあたりで待ち伏せしているかもしれない。ケバブの串とケーキナイフと花柄のステッキで武装して。メリッサはよろけ、ハイヒールを蹴飛ばして脱ぎ、足を速めた。角を曲がり、トム・クルーズみたいにオフィスに滑りこんだ。ドアをバタンと閉めて鍵をかけ、狭い部屋を見回してほんとうにひとりかどうかたしかめ、それから電話機に飛びついた。

8

エリックは午後遅くの熱い日差しをもろに目に受けながら、混んだ道で駐車スペースを探していた。宴会場の駐車場はパトカーや救急車や、それに消防車までやって来てごった返している。消防車がどうしてここにいるのか理由がわからなかった。どの車もライトを点滅させているので、よけいに目がチカチカする。オーケー、通りにいるパトカーはライトを点滅させる必要がある。だが、ほかの車はどうしてライトを消さないんだ？　通りの反対側には、丸い衛星放送用パラボラアンテナを屋根に載せたテレビ局のトラックがすでに駐まっていた。車の鼻面を突っこめるスペースを見つけ、車を降り、ふたりのパトロール警官に会釈して、犯罪現場を仕切るテープをくぐった。

ホープウェルではめったに殺人は起きない。住民は富裕層が多く、ギャングがはびこる土壌はなく、出回るドラッグもクリスタル・メス（合成麻薬で日本ではシャブとかスピードと呼ばれる）やクラック（安価な濃縮コカイン）よりは処方箋《しょほうせん》薬だ。だからといって、警察が殺人事件の扱いに慣れていないわけではない。日常茶飯事ではないというだけだ。アトランタ市警察にいたころは、ギャングもドラッグもそれこそなんでもありで、暴力沙汰はとめどなく起きた。まるで交戦地帯で働いているようなものだった。ホープウェルは税収が多いので、警察署にも資金が潤沢に回ってくる。つまり、人材もサービスも装備も揃っているということで、当然ながら検挙率も高くなる。

警部補と巡査部長までお出ましとわかり、警戒レベルがぐんとあがった。彼は午前中に警部補と顔を合わせていた。未遂に終わったコンビニ強盗事件のネタをつかんだマスコミが、めったにないことだからと、署を通して彼にインタビューを申しこんできたのだ。むろん断わった。そんなものに付き合っている時間はない。だが、警部補はそうは思わなかった。事前に短い打ち合わせをしたとき、ニール警部補は怪訝《けげん》な顔で彼に尋ねた。「ところで、どうして武器を使用しなかったんだ？　どうして物を投げつけたんだね？」

「書類仕事を避けるためですよ」エリックが答えると、ニールは理解を示しつつも諭すような表情を浮かべた。「それに、おれは四つのときから野球をやっています。物を投げれば命中させられるとわかってました」

しぶしぶのインタビューはすんなりいかなかった。おなじ質問が繰り返され、彼はおなじ答を繰り返した。それから、レポーターが言った。「被疑者は脳震盪を起こして病院に担ぎこまれたそうですね。そこで質問なんですが、オイルの缶よりもっと軽い物を投げつけることはできなかったんですか？」

「そうだな」彼は答えた。「だが、おれはスープの缶が並んでいる通路に立ってはいなかった」

　この発言のせいで、ガーヴィー巡査部長から小言を食らうことになった。その内容はだいたいこんなふうだった。減らず口ばかり叩いていると、いまにとんでもないことになるぞ。はあ、だからどうした。

　ガーヴィーが彼の行く手を遮った。険しい表情だ。「支配人が被害者の身元を確認した。キャリー・エドワーズ、ダグラス・デニスン州上院議員の息子、ショーン・デニスンの婚約者だ」

「クソッ」エリックは言った。有力者が絡む事件は嫌いだった。家族が出しゃばって事態をややこしくするし、要求ばかり突きつけて捜査の邪魔をするし、メディアの注目度が高くなって時間を取られる。困ったことに、彼より年配で経験があり、こういう事件の扱いに慣れていて、人あしらいもうまい――なんと控えめな言い方――刑事のフランクリンは、家族とディズニー・ワールドへ遊びに行っている。好むと好まざるとにかかわらず、エリックが担当しなければならない。

「被害者の家族にはこれから知らせる。彼女の名前はまだマスコミに流さない」ガーヴィー巡査部長が、宴会場に向かって歩きながら言った。鑑識課員が写真を撮ったり、痕跡《こんせき》を捜して徹底捜索を行なったりしていた。エリックは両手をポケットに突っこみ、死体をよく見ようとちかづいた。ただし、鑑識課員の邪魔にならない程度にだ。ガーヴィーが横に並んだ。

被害者は血溜まりのなか、仰向けに横たわっていた。靴の片方は履いたままで、もう片方は数メートル先に転がっていた。顔にはベールがかかっている。体から突き出しているのは、数本の長くて細い――

彼は目をしばたたき、目に入ったものがほんとうに自分が考えているものなのかどうか確認した。

「人間ケバブか」

背後からパトロール警官ふたりが、堪え切れずに笑い声を洩らした。ガーヴィーが渋面を浮かべる前に、ついにやりとした。「おいおい、ワイルダー」

エリックはかがんで死体をよく見た。頭の先から爪先まで細かく観察する。「ほかにどう呼ぶんですか?」

「刺されている。刺されている、が正しい言い方だ。憶えておけ。彼女の家族やマスコミの相手をする場合はとくに」

彼はうなり、観察をつづけた。彼に言わせれば〝人間ケバブ〟はぴったりの表現だ。死体から突き出した金串は角度がそれぞれちがっていて、そのうち二本は深く刺さっているが、ほかのは皮膚に刺さっただけであることは遠目からもわかる。金串の数以上の刺し傷があった。犯人は彼女を繰り返し刺した。それも両手を使ったことは、角度のちがいからわかる。心臓に突き刺さっている串は柄まで埋まっており、柄からは小タマネギらしきものと一緒に血まみれの肉がぶらさがっていた。

フランクリンが休暇とはかえすがえすも残念だ。彼ほど経験を積んだ刑事でも、こんな殺し方を見るのははじめてだろう。

この殺人事件が与える動揺はどれほどのものか、エリックにもわかっている。死は被害者だけのものではない。家族は長く深い悲しみを引きずることになる。キャリー・エドワーズは美しい女だ——女だった。結婚式の準備のさなかに殺された。両親も兄弟も友人もいるだろう。婚約者もいて、これから事件のことを知るのだ。彼女を愛した人たちがどこかにいる。だが、いちいち事件に感情移入していたら職分を果たせなくなることは、経験からわかっていた。だから、同情しすぎてはならない。遺された者たちの心痛や悲しみに共感しすぎてはならない。警官はみな、ブラックユーモアで対処する。ブラックであればブラックであるほどいい。だが、遺族の前では〝人間ケバブ〟は封印しなければならない。

この女の死が与える悲しみを癒《いや》すのは、ほかの連中の仕事だ。牧師や精神科医や友人たち。彼の仕事は犯人を見つけて法の裁きを受けさせることだ。

死体のまわりには料理やリボン、花とベールの写真、さまざまなパンフレットが散らばっていた。彼女は抵抗したのだ。死体の手前にあるテーブルは斜めに傾き、死体の腕には防御創《そう》がある。床にはブリーフケースもあった。鑑識課が仕事を終えたら、ブリーフケースがどんな情報を提供してくれるか調べてみよう。もっとも、犯人が身元の割れるような品を残していると期待はしていない。死体のかたわらにある被害者の携帯電話のほうが手掛かりになる。このiPhoneからどんな情報が得られるだろう。

被害者の身元がわかったいま、胃の強張りがほぐれていくのを感じた。彼女のことはなるべく考えないようにしていたとはいえ、〝宴会場〟と聞いたとき、反射的にジャクリンが犠牲者かもしれない、と思って身構えた。ここは彼女の仕事場だし、結婚式の準備となると常軌を逸する人がいる、と彼女は言っていた。

おそらくそういうことなのだろう。常軌を逸した人間がいた。

彼は立ちあがった。とりあえず見るべきものはすべて見た。「支配人はどこですか？」

「事情聴取を受けている。彼女が死体を発見し、通報した」

最初に到着したパトロール警官が、現場保全と、彼女に電話をかけさせないためにずっと付き添っていた。メディアや友人たち、あるいはほかの誰かに連絡されては困るからだ。現場を保全することもだが、外部に出る情報を制限することも重要だ。

「ヒステリーを起こしかけていた」ガーヴィーが不機嫌に言った。「オフィスに鍵をかけて閉じこもっていたんだ。『エルム街の悪夢』のフレディ・クルーガー張りの連続殺人鬼がクロゼットに隠れていて、覗きこむ人間がいたら切り刻もうと待ち構えている、と信じこんでね。警官がすべての部屋を調べて、彼女もようやく落ち着いたが、それでもヨーヨーの糸みたいにピンと張り詰めている」

彼女は安心していい。これは連続殺人鬼の仕業ではない。顔にベールがかけてあり――状況から見て被害者が死んだあとでかけた――怨恨《えんこん》による殺人だとわかる。犯人は被害者を知っていた。それもよく知っていた。複数の傷跡も、怒りに駆られた者の犯行を示唆している。無差別殺人とはちがう。

最初に駆けつけた警官からかんたんに説明を受けた。支配人の名前はメリッサ・デウィット。開いたままのドア越しに見ると、彼女はだいぶ落ち着いたようだが、それでもティッシュで目もとを拭《ぬぐ》っていた。

自分に疑いがかけられていると知れば、とても落ち着いてはいられないだろう。犯人が死体の〝発見者〟というケースは驚くほどよくある。警察の注意を引きつけるような真似を犯人がわざわざするはずがないし、発見者なら現場に痕跡が残っていても当然だ、と警察が考えると思ってのことだ。支配人がシロにせよクロにせよ、捜査の取っ掛かりであることに変わりはない。

説明を受け終わるとエリックは、彼女の言うことをすべて書き留めるつもりで手帳とペンを手にオフィスへ入った。「ミセス・デウィット、ワイルダー刑事です。いくつか質問に答えていただきたいのですが、大丈夫ですか?」

「ええ、もちろん」支配人は目を閉じて深呼吸し、振り返って背後の窓から外を見た。「あれがキャリーの車です」シルバーのトヨタ車を指差した。「ここで彼女が帰るのを待っていました。帰ってくれないと戸締まりができませんから。ほかの人たちは帰ったあとで、というか……帰ったと思っていました」彼女はぶるっと震えたが、取り乱すことはなかった。

「ほかの人たち？　名前を教えてもらえますか？　きょうの午後、ここに誰がいたのか知りたいので」

支配人はうなずいた。「わかりました。頭をすっきりさせたいので、ちょっと時間をください。なんだか混乱してしまって」ミセス・デウィットがもう一度深呼吸をして自分を落ち着かせるあいだ、エリックは彼女を観察した。犯人はおびただしい返り血を浴びているはずだ。警察に通報する前に血を洗い流す時間はあっただろうが、服に一滴の血もついていない——それに、白いブラウスを着ている。職場に着替えを置いているかどうか、調べてみなければ。

「キャリーは大勢の請負業者と会っていました」彼女がやっと口を開いた。

「請負業者？」

「ほら——結婚式のために働いている人たちです。ケイタラーもフラワーデザイナーもみんな請負業者です。よく知っている人もいれば、ファーストネームと業種だけしか知らない人もいます。きょう集まっていた人たちはみんな、その……不満そうでした。キャリーは誰がなにをやっても満足しなかったから。時間が迫っていて、みんな、早く決めてほしがっていました。でも、彼女ははぐらかしてばかりで。いずれにしても、プレミアが取り仕切ってましたから、ジャクリン・ワイルドに訊けば連絡先がわかります。彼女に訊いてみてください」

いや、まいった。エリックのなかですべてが一瞬固まった。〝ジャクリン・ワイルド〟という名前のウェディング・プランナーがほかにいるわけがない。

「ジャクリン・ワイルド、ウェディング・プランナーです」ミセス・デウィットが顔をしかめる。「その、彼女はウェディング・プランナーでした。でも、キャリーがきょうの午後、クビにしたんです。ひどいことになって。キャリーはジャクリンの顔を叩いたんですよ、請負業者が数人いる前で。大喧嘩になるんじゃないかって思ったぐらいで」

「ジャクリン……ええ、ミズ・ワイルドが、きょうの午後、クビになった？」まいったなんてもんじゃない。しかも、被害者が彼女を叩いた。彼女はやり返すタイプなのか？　なんとも言えない。そこまで彼女のことを知らなかった。記憶がよみがえる。〝どんなにやさしい人間でも、彼女を相手にすると頭から火を噴いて怒らずにいられなくなるのよ〟ジャクリン自身がゆうべ言った言葉だ。集まった人たちはみな不満そうだった、とミセス・デウィットからいま聞いたばかりだ。ジャクリンの話に出てきた〝彼女〟がいま、廊下の先の宴会場で串刺しにされて横たわっている死体と同一人物であることに、年金をそっくり賭けてもいい。いやはや、まいった。

「ちょっと失礼」

「どうぞ」支配人は言い、オフィスの電話に手を伸ばした。「じゃあわたしは夫に電話を――」

「それはちょっと待ってもらえますか」エリックは言い、ドアの外に立つ警官に目配せして、引きつづき情報流出を制限するよう命じた。「動揺しているときにうっかり口にしたことが、捜査の妨げになりかねませんから。ミズ・エドワーズの家族にもまだ知らせていないんです。彼らがテレビで知ることになったらまずいでしょう」

「まあ！」彼女は受話器からパッと手を引っこめた。「わかりました」

エリックは立ちあがり、手帳を閉じてガーヴィーを捜しに行くと、彼はニール警部補と一緒にいた。「ひとつ問題が」エリックは言った。

ふたりとも耳をそばだてた。

「きょうの午後、ウェディング・プランナーとひと悶着あって、被害者がそのウェディング・プランナー、ジャクリン・ワイルドの顔を叩き、そのうえクビにされたそうです」

「それで？」ガーヴィーが尋ねた。

「ジャクリン・ワイルドを知っています」

ニール警部補が顔をしかめる。「どの程度？」

「付き合っているわけではありません。よく知っているとは言えない仲ですが……」クソッ、言いづらいが事実は事実だ。「一夜かぎりの相手です」

「いつ？」

のか？」

「ゆうべ」

ガーヴィーはいつもよりひどい悪態を吐き散らし、ふっと黙りこんだ。「うまくさばけるのか？」

「はい」エリックはためらうことなく答えた。できるとも。不本意ではあるし、まったくもって気に入らないが、仕事として割り切ることはできる。ジャクリン・ワイルドに……心を動かされはしたものの、執着はしていなかった。

ガーヴィーは警部補をちらっと見た。ニールは顎を擦りながらため息をついた。「とりあえず捜査を進めろ。彼女が好ましく思えて捜査に支障をきたすようなら、担当をはずすからな。うまくやれよ、ワイルダー。おかしいと思ったら、彼女のことをじっくりと時間をかけて調べろ。私情を交えずにきちんと見極めろ」

「わかっています」よくわかっていた。ホープウェルに刑事がうじゃうじゃいるわけではない。六人がふたりひと組で捜査に当たっている。エリックの相棒のフランクリンは、日曜の夜にならないとディズニー・ワールドから戻ってこない。エリックが、うまくさばける、と明言している以上、フランクリンを世界一幸福な場所から呼び戻す必要はない。担当からはずさないのは、上司がそれだけエリックを信頼している証だ。彼が、利害の抵触はない、と言えば、上司は信じてくれる。

さて、あとは自分をどう納得させるかだ。

9

タウンハウスの涼しくて静かな聖域に足を踏み入れると、安堵のため息がでた。母の手前勇ましくふるまったが、もうそれもしなくてすむと思うとストレスがさらに溶けてゆく。穏やかな気分にさえなる——といっても怒りはまだ燻《くすぶ》っていた。ほんとうは仕返しにキャリーをぶちのめしてやりたかったけれど、もうすんだことと受け入れられる心の余裕が生まれた。あれが対処の仕方としては最良のものだった。満足のいくものだったとは言えなくても。

ジャクリンは疲れ果てていた。骨の髄まで疲れていた。今夜は雑用をふたつ、みっつ片付ける以外、家でのんびりできるかと思うとまるで楽園気分だ。カプリパンツと袖なしのブラウスを脱ぎ、汚れものをそっくり洗濯機に放りこんだ。ベッドのシーツを取り換え、汚れたシーツはつぎの洗濯に回した。あとはシャワーを浴びてパジャマを着るだけだ。

シャワーを浴びているあいだに電話が鳴ったが放っておいた。大変な一日だったのだから、誰がかけてきたにしろ待ってもらおう。時間をかけて髪も洗った。髪をブローして、よい香りのパウダーをはたき、パジャマを着る。留守番電話にメッセージは残っていなかったので、発信者番号を見てみる。

父からだった。顔をしかめる。父は「やあ、ハニー、最近おしゃべりしていないね」だけでもかならずメッセージを残すのに。つまり、彼女に話があるということだ。それも頼みごとが。

どんな頼みごとなのかわからない。父ならなんでもありだ。父の番号にかけると、最初のベルが鳴り終わる前に父が出た。「やあ、ベイビー」陽気な声がした。「おれの娘は元気にしてるか？」

「疲れてる。仕事が大変だったの。電話をくれたとき、ちょうどシャワーを浴びてて。なにかあったの？」

「どうしてなにかなきゃいけないんだ？　おしゃべりするだけに電話しちゃいけないのか？」

父の声から疾しさが混じった憤りを聞き取り、彼女はにんまりとした。父は陽気なパーティー野郎で、心から娘を愛し、とんでもなく魅力的で、まったく頼りにならない。父の愛を疑ったことはないけれど、溺れそうな娘を助けるか、自分の命を守るかという選択を迫られたら、娘の葬式で泣き崩れるほうを選ぶに決まっている。

「いけなくはないけど」彼女は言った。「それだけで電話してくることなんてないじゃない。それで、なにがあったの？」

「ああ……その、少々頼みたいことがある」

少々頼みたいことはたいていの場合お金だ。父はいつもお金に困っている。お祝いに高いシャンパンを買うことのほうが、公共料金を払うことより大事なのだ。お金の無心をされてもたいていは断わるが、金額がそう大きくなくてほほえましい理由の場合、たまに融通してあげることもあった。チャリティーのアヒルレースに出るために、小さなプラスチックのアヒルを買うから百ドル貸してくれと頼まれたことがあった。アイディアが気に入ったので、小さなプラスチックのアヒルを二百ドル分買いこんで、ふたりでレースに出た。全戦全敗だったが、楽しい時間を過ごせた。

「いくら？　なにに使うの？」

「金じゃない」父が答えた。「おれならちゃんとやってる。ただ、ある人に出会って、それで――」

「よしてよ、十一人めの継母ができるんじゃないでしょうね？」

短い沈黙のあと、父が言った。「十一人？」ショックを受けた声で。「そんなに何度も結婚したか？　おまえの母さんだろ、それからブリジッタ、クリステン、それから……」声が尻すぼみになる。

「エリエルも」ジャクリンが間髪をいれずに言う。父が忘れるのも無理はない。エリエルとは二週間ともたなかったのだから。

「ああ、そうそう。彼女の記憶は消し去ってしまっていた。一緒に暮らす相手じゃなかった。彼女のあとは……そうそう、タリーだったか？　それで五人だ。ほかには思い出せない」

「からかっただけよ。全部で五人」タリーとは意外にも長つづきした。長さで言えば、マデリンのつぎだ。実のところ〝タリー〟は〝タリーワッカー（イチモツの意味）〟を縮めたものだ。彼女の才能を物語るニックネームで、結婚生活が長つづきしたのはそのおかげだった。タリー本人がニックネームに隠された意味を教えてくれたのだから、この話は事実だ。

「なんだ、そうか」父が考えこむ。「思い出せなくなったらおしまいだ」

「ラスベガスで付きまとって離れなかった人がいるんじゃないの？　でも、思い出せないとなると、重婚罪で訴えられるかもしれないわよ。わたしが知っているのは五人だけど」

「おまえが五人とも知ってるんだから、おれは無実さ」

父は結婚に何度も失敗したことをいっこうに恥じてはいない。言い訳をする必要もないと思っている。父にとって楽しいかどうかが、したいことをする充分な理由になるのだ。

「再婚するつもりがなくて、お金も必要ないなら、頼みごとってなんなの？」

また短い沈黙。「ある人と出会った。あすの晩、彼女を食事に連れていくことになってて、いいところを見せたいんだ。それで、おまえのジャガーを貸してもらえたらと思って——」

「無理です」ジャクリンは父に最後まで言わせなかった。「ぜったいにだめ」

「注意すると約束する——」

「だめ。お父さんの言う〝注意する〟は、車から降りたらドアを閉める程度のことだもの。キーをイグニッションに差しっぱなしで降りて盗まれるか、ぶつけるか、車内でセックスするのがおちでしょ。だめ」

「キーを差しっぱなしになんかしない」父が反論した。ほかのふたつの可能性を否定しないだけの正直さは持ち合わせている。

「それでもだめよ。ジャガーでデートしたいのなら、レンタカーを借りればいいじゃない」

「その場合は、おまえに借金しなきゃならない」

「だめ」

「ジャクリン、ベイビー――」

父も頑固だ。それから二十分、あの手この手で説得を試みられたが、彼女は突っぱねつづけた。いいところを見せられなくて、あたらしいデートの相手が〝過去の人〟になったとしても、彼女には関係ない。このすばらしい愛を失ったら、胸が張り裂けて死んでしまうかもしれない、と父に脅されても突っぱねた。隅々まできれいに掃除して返すから、と言いだされても突っぱねた。父の言うことを信じないわけではないし、彼は約束は守るだろうが、貸すわけにはいかない。電話を切るころには頭にきて、父が投げかけてくる申し出を断わるのに声を荒らげていた。

もうほんとうに疲れた。今夜、また電話が鳴ってもぜったいに出ないし、かけなおしもしない――もちろん母はべつだ。

それに、エリックも。

いいえ、彼は電話してこない。してくるわけない。来週なら……もしかしたら。まぁ、いまは静観することにしたのだから。

擦り切れた神経をなだめてくれるのは、HGTVを二時間ほど観ることだ。視聴者参加型番組『ハウス・ハンターズ』で、家探しをする参加者と一緒になって家選びを楽しんだ。

夢中になって観ていると携帯電話が鳴った。とたんに緊張する。携帯電話はもっぱら仕事用だからだ。うんざりしてディスプレイを覗く。ビショップ・ディレイニー？ いったいなんの用？ 通話ボタンを押す。

「ハイ、ビショップ。なにかあったの？」

「宴会場で殺人事件だって」彼が挨拶抜きで言った。「詳しいことはわからないんだけど、あんたを肉食獣のエドワーズとふたりだけ残して、引きあげてしまったもんだから、もしかしてと思って」

彼の言ったことを理解するのに一瞬の間が必要だった。むかむかしてきた。「どうしよう。まさかメリッサが――」言葉がつづかなかった。メリッサが襲われて殺されたなんて、ひどすぎる。事件があった場所を考えれば、彼女が被害者である可能性は高い。「殺人事件があったって、たしかなの？」

「ぼくの友だちが聞いた話ではね。家に帰る途中であそこの前を通ろうとしたら道が封鎖されていて、回り道をさせられたって。ちかくのガソリンスタンドに車を停めて訊いたら、女が殺されたって言われたらしい」

「いつ？　何時ごろ？」今夜、予約が入っていたのかもしれないが、メリッサはなにも言っていなかった。大勢の人が集まる場所ではなにが起きるかわからない。今夜、予約が入っていたとすれば、メリッサが被害者である可能性はぐんと低くなる。

「なにもわからない。十一時のニュースでやるんじゃないかな」

ジャクリンはその時間まで起きているつもりはなかったが、殺されたのが誰か突き止めるまでは寝るわけにいかなくなった。ビショップとさらに数分ほどあれこれ推理してみたけれども無駄だった。ふたりとも確認する手段を持ち合わせていないのだから。電話を切ると、地元のテレビ局にチャンネルを合わせてみたものの、レギュラー番組を流すばかりでテロップも流れなかった。有力者が関わっているか、特別におぞましいものでないかぎり、アトランタで殺人事件が起きても大きなニュースにはならない。

九時四十五分に玄関のベルが鳴った。神経が昂ぶっていたのでその音に飛びあがり、心臓がバクバクいった。いったい誰が——？

ブラジャーをつけていないことに気づき、玄関のクロゼットからセーターを取り出して羽織ってから覗き穴に目を押し当てた。

エリック？

玄関ポーチに立っている男のひとりはまちがいなく彼だった。最悪の事態が頭をよぎり、キャリー・エドワーズの平手打ちの千倍の威力がある一撃を食らった気がした。まさか、そんな。お母さん。母になにかあったのだ。殺人事件――

震える手で鍵を開け、ドアをパッと開いた。彼を見あげる。唇の感覚がなかった。「母が？」か細く張り詰めた声で尋ねた。「母は無事なの？」

エリックともうひとりの男は顔を見合わせた。「われわれの知るかぎりは、無事です」エリックが言った。ジャクリンは安堵で脚の力が抜け、ドア枠にもたれかかった。

「こちらはガーヴィー巡査部長です」彼がもうひとりの男を紹介した。「お邪魔してもかまいませんか？　キャリー・エドワーズの件で尋ねたいことがあります」

ドアを開けた彼女の顔面は蒼白《そうはく》だった。いまにも気を失うのではないか、とエリックは思った。一歩さがったときも震えているようだった。「キャリーの件？　ああ、はい、どうぞお入りになって。だったら、母ではないのね――それにメリッサでもない。……そうなんですか？　キャリーがメリッサを殺したんですか？」まるで祈るように、彼女は両手を組み合わせ、狭い玄関ホールに立っていた。青白くやつれた顔のなかで、ブルーの目がやけに大きく見えた。

洗顔をすませたのだろう、化粧っ気はなく、ゆうべとおなじように大胆なまでにセクシーだったが、今夜はタンクトップの上にセーターを羽織っていた。ガーヴィーとともに玄関へ入ると、クロゼットのドアが開いていることに気づいた。ハンガーがわずかに揺れているところを見ると、ドアを開ける前にセーターを取り出したのだろう。彼女の乳房をまた見たい気持ちがあったので残念に思う反面、ガーヴィーにはぜったいに見せたくないから、セーターを羽織っていてくれてよかったと思った。彼女を自分のもののように思うのはよくないと頭のどこかで思ったが、それはあとで考えればいいことだ。

ガーヴィーが鋭い視線でスタイリッシュなタウンハウスとジャクリン自身をつぶさに眺め、情報を頭のなかに取りこんでいく。巡査部長は犯罪が頻発する都市で刑事として経験を積み、ホープウェルに落ち着いていまの地位まで昇った。ジャクリンとああなった以上、彼女に質問するのは自分の役目だとエリックは思っていたし、そうさせてもらえてありがたかった。彼女がクロにせよシロにせよ、この場にいるガーヴィーが研ぎ澄ました勘を働かせ、事情聴取が適切に行なわれたことの証人になってくれる。

「キャリー・エドワーズがきょうの午後殺されました」エリックは言った。「そのことを、あなたはどうして知ったのですか？」

「知りませんでした」彼女が言う。「キャリーだったということは知らなかったという意味です。電話があって――」彼女が手を振ってリビングルームを指し、大きく息を吸いこんだ。

つまり、電話はそこにあると言いたいのだろう。「ごめんなさい。どうぞおかけになって。コーヒーはいかが？　ポットを火にかけるだけですから」

「いいえ、けっこうです」エリックは慌てて言った。ガーヴィーが申し出を受け入れたらかなわない。出されたら口をつけるのが礼儀だが、ほんのひと口だって飲むのはごめんだ。三人とも腰をおろすと、ジャクリンはリモコンを取りあげてテレビを消した。エリックは上着の内ポケットから手帳を取り出し、メモを取った。

「誰が電話してきたんですか？」なるべく打ち解けた口調で彼は尋ねた。

「ビショップ・ディレイニーです。キャリーの結婚式の花をアレンジしています。というか、していました。彼が噂を耳にして――宴会場で女が殺された、と彼の友人から電話があって、それで彼がわたしに電話してきたんです」

「どうしてあなたに電話を？」

「どうしてって、きょうの午後、彼やほかの請負業者たちは、わたしとキャリーだけを残して先に引きあげたので、彼はてっきり――あっ」最後の言葉は小さなあえぎ声となり、彼女は凍りついた。いっそう青ざめた顔で彼を見つめた。唾《つば》を呑みこみ、唇を動かしたものの言葉にならなかった。

　彼女が必然的に導き出される結論に達するのを、エリックは見つめていた。茫然《ぼうぜん》とした表情を浮かべていた目に、ほんの一瞬だけ怒りが浮かび、そのあとまたもとの茫然とした表情に戻った。だが、今度のそれは意図的に内心の思いを隠すためのものだった。

「きょうの午後、なにがあったか知っているんですね」彼女が抑揚のない声で言った。「わたしが彼女を殺したと思っているんでしょう」

10

「みなさんに事情を聞いています」彼はなだめる口調で言った。「それで、ビショップ・ディレイニーはどうしてあなたに電話してきたんですか？」

信じられなかった。きょうの午後、宴会場にいた人全員に話を聞くのはほんとうだろうが、ああいうことがあったのだから、彼女が容疑者リストのトップにきているにちがいない。

驚きと落胆で胸が締めつけられる。傷ついたとは思いたくなかった。馬鹿みたいだ。エリックは仕事をしているだけだと頭ではわかっていたし、ほかになにかしてくれるのではと期待してはならないこともわかっていた。ふたりのあいだに絆《きずな》は結ばれていない。デートすらしたことがない。ひと夜の情事以外になにもなかった。

頭ではわかっていても、気持ちのうえでは、鳩尾に一撃を食らった気がした。なにがというのではなく、すべてにおいて。宴会場で人が殺されたと知り、被害者はメリッサかもしれないと思ったときのショックと不安はあまりも大きかった。メリッサとはそれほど親しくはなかったが、友人だ。母になにかあってそれでエリックが訪ねてきたと思い、身も世もなく慌てふためいた。自分を根は強い人間だと思っていたが、あのときは激しい恐怖に膝を突きそうになった。ようやくショックから立ちなおったときに、今度はボディースラムを食わされた。たったひと晩で元夫にも見せたことのない自分をさらけ出した相手に、人殺しではないかと疑われているのだ。

　母の身になにかあったと思った恐ろしい瞬間、彼の胸に飛びこんで慰めと安心を求めたかった。彼の膝の上で子どもみたいに丸くなって、広い肩に顔を埋《うず》めたかった。彼に守ってほしかった。まったく、なにを考えていたの？　ひと晩一緒に過ごしたことが、セックス以上に意味のあることだと思ったの？　もしそうなら、彼はその冷静さでこっちの迷いを解いてくれたわけだ。彼から慰めをもらう代わりに尋問されている。これで目が醒《さ》めなければどうかしている。

　胸が潰れそうで息もできない。裏切られたと思うのは理屈に合っていないとわかってはいても、心の痛みは和らがない。悔しさのあまり泣き崩れたりしたらどうしようと思った。だから、ごくりと唾を呑みこんで、もうひとりの男性に顔を向けた。名前を聞いたのに思い出せない。エリックより年長で背が低く、髪には白いものが交じっているが、肩は張っているし、その目は油断なく警戒していた。

「ごめんなさい」声はまだか細く震えていたが、なんとか言うことができた。「お名前が聞き取れなかったもので」

「ガーヴィーです。ランダル・ガーヴィー巡査部長」

「ガーヴィー巡査部長」彼女はまた唾を呑みこんだ。胸を締めつけられるような感覚がゆるみ、やっと空気を吸いこむことができた。頭も少しすっきりした。エリックはおなじ質問を二度していた。三度めともなると、彼もガーヴィー巡査部長も嫌気がさすだろう。「ビショップは——わたしになにかあったんじゃないかと心配になったんだと思います。キャリーとの打ち合わせはひどいことになって、それで彼やほかの請負業者たちは先に帰り、わたしと彼女だけが残りました。メリッサはいましたけれど——メリッサ・デウィット——でも、彼女は自分のオフィスにいましたから」

「どうして彼が心配するんですか?」

「彼女がわたしを叩いたことを知っているくせに、なぜそんなこと尋ねるんですか?」ジャクリンはむっとしたが、ガーヴィー巡査部長から目を離さなかった。エリックと話をしているのに、ガーヴィーと目を合わせるのは妙だからネクタイに視線を向けた。

「なにが起きたか知りたいだけです。どうして彼女はあなたを叩いたんですか?」

「よくわかりません。彼女はベールデザイナーのエステファニ・モラレスを侮辱して、それでエステファニは辞めそうな雲行きになりました。すでにドレスメーカーが辞めていますから。わたしが宴会場に着く前に、彼女は辞めてしまいました。キャリーに婚約者のショーン・デニスンから電話がかかってきて、彼女がおしゃべりしているあいだに、わたしはエステファニをなだめにかかりました。ビショップとわたしとで彼女を説得して、それでわたしから、ベールはあとで決めることにして、ウエディングケーキについて打ち合わせをしましようって言ったんです。するとキャリーが電話を切って、テーブルの上にあったものをすべて叩き落とし、わたしに飛びかかってきて叩いたあと、クビだって言いました」痛みは引いていたが、とっさに頬に手をやった。

「デニスン家の結婚式なら、あなたは相当な報酬を受け取ることになっていたんでしょうね」

「ええ、そうです」彼が話をどっちに持っていこうとしているのかわかった。ありがたいことに、契約によって損失はカバーされる。

「クビにされたら、その金は払い戻さなければならないんでしょう?」

彼女の立場は盤石だから、声に少し自信が戻ってきた。「いいえ。契約が解除された場合は、報酬はそれまでに行なった仕事をもとに日割り計算すると契約書には書いてあります。キャリーの結婚式の日取りは迫っていますから――いましたから――式の段取りはあらかた決まっていて、当社が払い戻す金額は千ドルぐらいだと思います。あとは彼女がまだ決めていなかった細かなことを詰めていくだけだったんです。契約書に日割り計算の条項を入れてあるのは、土壇場で契約を破棄されて支払いを拒否されるのを防ぐためです。そういうことがありましたから」

「ドレスメーカーは……」

「グレッチェン・ギブソン。彼女はすでにドレスを仕上げていたのに、きのうになって、キャリーが、気に入らないから変えたいって言いだしたんです。そんな時間はないし、ブライズメイドたちもあたらしく作るドレスの代金までは負担できないだろうって、わたしから彼女に言いました。グレッチェンもおなじことを彼女に言いました。キャリーは〝ノー〟と言われるのが嫌いな人です――人でした」つい過去形を使うのを忘れてしまう。キャリーが死んだことを、誰かに殺されたことを、まだよく理解できていないのだ。彼女はいやな女だったが、傷つくことをわたしは願っていたわけではない……彼女が廊下で転んで頭から突っこむぐらいのことは、願っていたにしても。あるいは、ピンク・シャンパンを頭からかけられるぐらいのことは。さぞ愉快だっただろう。でも、殺される？　まさか。

エリックはメモを取っていた。彼のほうを見ていなくても、目の端で動きを捉えることはできた。ガーヴィー巡査部長が胸を見つめられていると誤解するといけないので、視線を膝まで落とし、それからさらに足もとへとさげた。彼の靴は先が擦り切れていた。

「ミズ・エドワーズに叩かれて、あなたはどうしました？」

「なにも」

「なにも？」彼は疑わしげに言った。「そんな、ミズ・ワイルド、なにかしたはずでしょう」

「叩き返したりしていません。あなたが言いたいのがそういうことなら」ガーヴィーの靴に向かって言った。そろそろほかに視線を向けるべきかも。いつまでも人の靴を見つめているのもおかしいでしょう？　テレビを消さなければよかった。つけっぱなしにしておけば、エリックの質問に答えるあいだ、画面を見ていられた。一番か二番か三番か、視聴者代表の買い手がどの家を買うかに意識を集中できないにしても、靴フェチみたいな真似はせずにすんだ。「わたしだってそうしたかったです。顔を殴ってやりたかった。でも、しなかった。イベントのプランニングで生計を立てているんですもの、クライアントを殴ったりしたら評判に傷がつきます」これから仕事を依頼してくる人たちみんなが、キャリーを知っているなら話はべつだ。それなら彼女を殴れば評判があがるかもしれないけれど、そんなことは口にできない。

「それで、正確にはなにをしたんです？」

彼女は深呼吸して、あやふやな記憶を整理した。たとえ自分に不利になることでも、思い出したことはすべて話したほうがいいのだろう。ほかの人から聞くより、彼女から直接聞いたほうが警察の印象もよくなるに違いない。「キャリーはプレミアの評判を落としてやると脅しました。二度と仕事ができないようにしてやるって。そのときは、本気で殴ってやろうかと思いましたが、ビショップに止められました。そんなことをすれば、彼女に暴行罪で訴えられる、と。このままなにもしなければ、彼女がわたしを叩いたのだから、もし訴えられてもわたしのほうが有利だと思いました。だから、なにもしなかったんです。ひとまずはプロに徹することにしました。請負業者たちに、日をあらためて打ち合わせをするから、きょうのところは引き取ってくれと言いました。それからキャリーに、もしまた叩いたら、警察に訴えると言いました」その記憶は鮮明に焼きついていた。エリックに関係することだから。刑事と付き合っていて、彼があなたの言い分を聞いてくれるかどうかわからない、と言ったのだ。見当ちがいもはなはだしい。

彼女は咳払《せきばら》いした。「それに、わたしはキックボクシングを習っているから、また叩いたら、お尻で床を磨かせてやる、と彼女に言いました。キックボクシングを習っているというのは嘘ですけど。彼女がまた叩くことを思いとどまるだろうと思って、嘘をつきました」これ以上ガーヴィーの靴を見つめていられない。仕方がないので彼の左手に目をやった。結婚指輪がはまっていた。太い指にしみがあるようだが、ランプの薄明かりではっきりそうとは言えない。

「それから、なにがあったんですか？」

「ええと……弁護士に頼んで、全額を払い戻させてやる、と彼女は言いました。どうぞご勝手に、とわたしは言いました。あなたは契約書に署名しているし、わたしを叩くのを目撃した人間が五人いる、とも。すると彼女が、五人は仕事をつづけたいからよけいなことは言わないだろうって言って。彼らはあなたの仕事など必要としていない、とわたしは言いました。それから、お幸せに、あなたと結婚する哀れな犠牲者以外にも、結婚式には誰かしら来てくれるでしょうって言いました。まあ、それにちかいようなことを。それでその場をあとにしました」

「五人の目撃者というのは？」

彼女はあの場にいた四人の請負業者と、メリッサ・デウィットの名前をあげた。

「ミセス・デウィットは自分のオフィスにいた、とさっき言いましたね」

「そのときはそうです。キャリーに叩かれたあとで、彼女は、書類仕事があるからってオフィスに引きあげました。それから、わたしは請負業者たちを帰しました。喧嘩になったら困るので。キャリーとふたりきりで話をして、わたしが先に帰りました」

「それは何時ごろですか？」

「正確にはわかりませんが、母に電話をしました――プレミアの共同経営者なんです」エリックには話してあったが、ガーヴィーのために言い添えた。「母とクレアズで待ち合わせてコーヒーを飲んでマフィンを食べながら、午後の出来事を報告しました。電話をした時間は携帯電話に記録されています。それから、ビショップが電話してきた時間も。興味がおありかもしれないので言っておきますが」

エリックはたしかに興味を示した。彼女の携帯電話を取りあげ、手を止めて言った。「いいですか？」

「どうぞ」見られて困るものはなかった。証拠がなければ、警察も彼女がキャリーを殺したと立証はできない。でも、状況証拠という厄介なものがあるし、それに動機。もしかしたら、面倒なことになっているのかもしれない。心が傷ついたことはひとまず忘れて、自分が置かれている深刻な状況に意識を集中すべきだ。

彼は携帯電話を開けて通話履歴を調べ、時間と番号を書き留めた。「あなたが帰るところを誰かに見られましたか？」彼はさりげない口調で言い、携帯電話を閉じてテーブルに戻した。

「ちょうど男の人が運転する車が入ってきましたが、その男性に見覚えはありません」

しばらく間があった。「男？」

「グレーの髪の男性です。スーツ姿の。これで全部お話ししました」

「車は見ましたか？」

「ええと……色はシルバー。セダン。どこ製の車かはわかりません」

「男は建物のなかに入りましたか？」

彼女はしばらく考えこんだ。「さあ、どうでしょう。脇の出入口に向かって歩くのは見ましたが、なかに入ったかどうかまでは」

「宴会場からまっすぐクレアズに行ったんですか？」

「ええ。母は今夜の結婚式の最終打ち合わせまで時間があったので」ジャクリンは無意識に時計に目をやり、ガーヴィー以外に見るものができてよかった、とぼんやり思った。「結婚式はそろそろ終わります。そうしたら母から仕事の報告が入るはずです」

「クレアズを出てからなにをしましたか?」

「家に戻りました。洗濯物が溜まっていたので」

「誰かに会いましたか? 話をしましたか?」

「いいえ、ビショップが電話してきて、宴会場で人が殺されたと教えてくれるまで、誰とも話をしていません」

「宴会場に引き返しましたか?」

「いいえ、どうしてそんなことを?」彼女はきょとんとして尋ねた。

「あなたのブリーフケースが床に落ちていました。取りに戻ったら、ミズ・エドワーズがまだいて、また口論になったんじゃありませんか」

「わたしのブリー——」ジャクリンは驚きに目をぱちくりさせた。ブリーフケースを忘れるなんてどうかしている。どうしていままで気づかなかったの? ブリーフケースを手に持っていることは、服を着るのとおなじぐらい自然なことなのに。魔法かなにかで現われないかとまわりを見渡す。彼の言うとおり、ブリーフケースはなかった。

宙を見つめながら、頭のなかで自分の行動をたどってみた。「ブリーフケースはテーブルの上に置きました。キャリーが動かしたにちがいありません。でも、アシスタントからスケジュールのことで電話を受けたので、手帳は取り出してテーブルに置きました。キャリーが怒りを爆発させてテーブルの上のものを叩き落としたとき、メリッサが手帳を拾って渡してくれて、それから彼女はオフィスに引きあげました。帰るときには手帳を持っていたので、それでブリーフケースを持っていないことに気づきませんでした」

ああ、どうしよう、ブリーフケースを忘れたのはまずい。宴会場まで引き返す理由ができるし、引き返していないことを証明してくれる人もいない。

「きょうはどんな服を着ていましたか？」

唐突な質問に驚き、ジャクリンはエリックを見そうになって思いとどまり、コーヒーテーブルに目をやった。なにを着ていたか思い出すのに時間がかかった。そのあいだに、彼女がなにを着ていたか警察はすでに知っていることに気づいた。メリッサに事情聴取し、ジャクリンの服の特徴を聞き出しているはずだ。背筋が冷たくなった。

「黒のカプリパンツに黒の上着です」

「見せてもらえますか？」

これもまずい。彼女は唇を噛んだ。「洗濯しました」

「洗濯した？　洗ったんですか？」

もうたくさん。怒りが燃えあがってショックも心痛もどこかへ行ってしまった。「汚れた服を洗うのはあたりまえでしょう」ぶっきらぼうに言う。「あなたは知らないかもしれないけど」言ったあとからしまったと思った。親しげな口をきくべきではなかった。ジャクリンはだしぬけに手を振った。「ごめんなさい。よけいなことを言いました。服は洗濯機のなかです。まだ乾かしていませんから」

「見てもいいですか？」

「どうぞ。ご自由に」

ジャクリンは狭い洗濯室に案内し、ふたりが濡れた服を洗濯機から取り出してカプリパンツと上着を選《え》り分けるのを眺めた。「漂白剤は使いましたか？」エリックが尋ねた。

「黒い服に？　布地を傷めてしまうでしょう」洗濯について尋ねるの？　独身男だから洗濯ぐらいするだろう。漂白剤については知っているはずだ。

「漂白剤は使わなかったんですね？」

「ええ、使うはずありません！　それがグレーに見えます？」

「いいえ」彼はおもしろがっているの？　さあ、どうだろう。いずれにしても、蹴飛ばしてやりたい。「さしつかえなければ、これらの服を持ち帰らせてもらいます。だめだと言うなら、捜索令状を取るまでです」

「どうぞ、持っていってください」彼女はうんざりして言った。気に食わないけれど、事情聴取を終わらせられるならなんでもやる。でも、まさか彼らが、洗濯機の中身をすべて持ち帰るとは思っていなかった。これで着る服がぐんと制限される。服が押収されるのを、見守るしかない。口には出さないがショックだった。彼らは徹底していた。そのとき、エリックが床に置かれたシーツの山を見ていることに気づいた。前夜のことを思い出して悦に入っているのかと思ったら、怒りが全身を駆け巡った。まさに怒り心頭に発す、だ。

「臭いがひどくてごめんなさい」彼女は甘い声で言った。「そのシーツにスカンクがおしっこしたみたいなんです。もう使い物にならないから、燃やしてしまうつもりです」

車に乗りこむ前に、ガーヴィーがにんまりした。「ワイルダー、こんなことは言いたくないが、彼女はおまえのことをよく思っていないな」

エリックはうなった。「気づいてましたよ」彼女がぜったいにこっちを見ようとしなかったこともだが、スカンクとシーツのたわごとを聞かされたらいやでもわかる。

「それはそれとして、彼女は臭わなかった。おそらくシロだな」

「わかってます」彼女が受けたショックはほんものだ。世界一の女優でもあんなに蒼白にはなれないし、瞳孔《どうこう》の大きさまで変えることはできない。それに彼女の話は、ミセス・デウィットの話と符合していた。服を洗っていたが、それ自体は疑わしいことではない。服に血がついていれば、鑑識の検査でわかるだろう。漂白剤を使っていなかったから痕跡は残っている。黒い服に漂白剤は使わないものだと、彼女は言った。

服に血がついていたら、母親とクレアズで待ち合わせたりはしないだろう。だが、疑いが晴れたわけではない。クレアズを出たあとでブリーフケースを取りに宴会場へ戻り、キャリー・エドワーズとまた口論になって、ケバブの串で刺したのかもしれない。

だが、彼女のブリーフケースが現場にあったのはたしかで、そうなると、二度も忘れて帰ったのか？　彼女ほど几帳面《きちようめん》な人間がそんなことをするだろうか？　だが、カッとなってキャリーを殺したとすれば、自分のしたことにショックを受け、その場から逃げることしか考えなかったのかもしれない。

だが、キャリーが宴会場で一時間ほどなにもせず、誰にも見られずにぶらぶらしていなければ、この説は成り立たない。

ジャクリンが見たという、正体不明の男のこともある。ミセス・デウィットはあの場に誰かいたとは言っていなかったが、彼女はずっとオフィスにいたのだから、誰かほかの者がいた可能性はある。

これまでに集めたたくさんの証言について考えてみよう。請負業者のうちふたりは、ミズ・エドワーズともめていた。正体不明の男。キャリーの携帯電話の通話記録。無線通信事業者の記録と携帯電話の通話記録を突き合わせたところ、削除された通話はなかった。シロと断定はできないが、ジャクリンが犯人だとは思えなかった。ガーヴィーが言ったように、臭わないのだ。だが、シロと断定できないかぎり、ほかの事件とおなじように捜査しなければならない。

ふたりで寝たシーツを、彼女は燃やすつもりだと言った。金色の地に白い水玉模様のシーツには見覚えがあった。彼女は怒っていたから、ほんとうに燃やすだろう。
クソッ。彼女のことだから、二度と口をきいてくれないにちがいない。

11

マデリンは会場の反対側にいる花嫁の母親にほほえみかけた。やさしい人だ。この二週間、準備におおわらわで、ようやくいま、たえまなく注がれる酒を楽しんでいる。ダンスフロアでは、満腹になった友人たちや家族が、生バンドの上手い演奏で踊っていた。せいいっぱい着飾った人たちのなかに、ほんの数人、千鳥足の人がいた。マデリンから言わせれば、よくもあり悪くもあるというところだ。よい点は、みんなが楽しい時間を過ごしていること。悪い点は、人が酔うと不祥事を起こさないともかぎらず、怪我人《けが》や逮捕者が出かねないことだ。でも、ここまでくれば、彼女の責任ではない。いまはただ、みんなが楽しいときを過ごせることを願うばかりだ。

結婚式は無事に終わり、写真撮影もすんで披露宴は最高潮に達した。ピーチの友人のメイクの天才のおかげで、目のまわりにあざを作ったブライズメイドはほかの娘たちと変わりなく美しく、しみひとつなく見えた。いま、ブライズメイドたち――艶やかな黒のサテンをまとったブロンド美人たち――は、シャンパングラスを手にスナップ写真のためにポーズを取っていた。純白のウェディングドレスを着たブルネットの花嫁と並ぶと見事なコントラストを奏でる。ブライズメイドのひとりがほんもののブロンドでなく、花嫁の要望で染めたことを、マデリンは知っていた。見た目のインパクトが大事なのだ。

ドレスひとつとっても、見た目のインパクトは充分にあった。比較的小規模な結婚式だと、花嫁はウェディングドレスに全力を注ぎこむ。フルレングスのボールルーム・スカートは、その下に花婿ばかりか新郎付き添い人《ベストマン》も隠せそうなボリュームがあった。もっとも、試してみたのはいたずら盛りの五歳のリングボーイだけだった。渦巻く布地の山の下になにがあるのか探検に出掛けた。これには列席者全員が笑った。花嫁までも。美しくて性格のいい花嫁は、自分の結婚式の王女さまでいたかったから。

招待客二百人の披露宴は、オフホワイトの花と揺らめく蠟燭で飾られた趣きのある教会で開かれ、幻想的な雰囲気にマデリンさえも魅了された。彼女はもともとロマンチストではないし、ジャッキー・ワイルドとの結婚生活でロマンチックな夢も希望もなくしたが、それでもたまに結婚式で胸がキュンとなることがあった。会場の雰囲気よりも、花嫁と花婿に心を動かされるからだろう。この結婚式の主役ふたりはおたがいに夢中だから、その姿を見ればほほえまずにいられない。式が滞りなく終わってほんとうによかった。

二次会は場所を移してちかくのホールで開かれる。半年前でないと週末の予約を取るのは難しく、望みの日にちを押さえようと思えば一年前に予約を入れる必要がある人気スポットだった。平日の結婚式自体が珍しいが、おかげですんなり予約が取れた。これも悪くないやり方だ。

マデリンの仕事はとりあえず終わったのでひと息つける。ただし〝とりあえず〟という部分がみそだ。新婚のふたりが会場を去ってようやく、仕事が終わるのだ。ふたりの〝旅立ち〟が計画どおりにいくのを見届けなければ、無事完了にはならない。これでひとつ片付き、残るは四つ。ピーチがここにいれば、つぎに控えている結婚式やリハーサルの打ち合わせをして、料理やファッションにけちをつけたり、噂話に花を咲かせたりできるのに、今夜の式にふたりは必要なかった。残業つづきの一週間になるのだから、話し相手が欲しいからといってピーチを付き合わせるわけにはいかない。この先数日は、みんながあっぷあっぷだ。

通りすがりの給仕からシャンパンのグラスを受け取り、ひと口飲んで会場を回った。お酒はひと口だけと決めているが、グラスを持ったまま知り合いに挨拶し、結婚式の出来栄えに満足した両家の家族たちからお褒めの言葉をいただいた。彼らとのおしゃべりに時間を割くことも仕事のうちだ。ここにいる全員がつぎのクライアントになるかもしれないので――まあ、ほぼ全員だ。花嫁の九十二歳の曾祖母《そうそぼ》がプレミアのサービスを必要とするとは思えないけれど――いんちきセールスマンと思われずに好印象を与えることが肝心だ。ひとりひとりに名刺を配ることはしない。きょうの式に感動した人たちは、請け負った会社の名前を憶えているだろうし、関心を持たなかった人たちは名刺を受け取っても捨ててしまう。名刺を配らないことで、たくさんの木を伐採から守ることになる。

ジャクリンともども、自分たちにぴったりの仕事に出会えてほんとうに幸運だったと思う。ジャクリンとプレミアをはじめたことは、これまでに下した決断のうちでも最善のものだった。さんざん馬鹿なことをやってきたが――ジャッキーがいい例――プレミアをはじめたのは、天才的ひらめきの賜物《たまもの》だ。人に使われずにすんで、ジャクリンとはよい関係を保てていた。女が誰でも娘と一緒に仕事ができるわけではない。それはよくわかっている。でも、彼女と娘は一緒に仕事をしているだけでなく、とてもうまくやっていた。仕事がうまくいくようになって加わったピーチとディードラは、いまでは家族同然だ。ピーチはその前から家族同然だったが、一緒に働くことでさらに仲よくなった。

男を諦めるにはまだ若すぎると思わないでもないが、がむしゃらに働くことで気が紛れるのはたしかだった。たいていは……いつもではないが。

結婚はジェットコースターのようなものだ。のぼったりくだったり、ひねったり回ったり、たまにはでんぐり返って吐きそうになる。結婚式――ピカピカの新車に乗りこみ、安全ベルトを締め、わくわくしながらはじめてのドライブに出掛ける瞬間――に関わる仕事をすることになるとは、妙な話だ。自分の結婚は脱線し、崖《がけ》から転がり落ち、潰れて燃えたのだから。ジャッキー・ワイルドとの結婚を表現する言葉は、ほかにもいろいろある。

娘のことは大好きだった。自分の子どもだからというだけでなく、人としても心から愛していた。肉親でなかったとしても、ジャクリンはこの世でいちばん好きな人間だ。母親の結婚生活を見ていたせいで、娘は結婚に臆病《おくびょう》になり、恋愛したときの怖いほどの恍惚感に浸ることができなくなってしまった。ほんとうに申し訳ないと思っている。そのせいか、ジャクリンの結婚生活は短命に終わった。すったもんだもなくあっさり離婚してしまった。争うほどの価値も見出《みい》だせなかったのか、拍子抜けするほどさばさばしていた。

その点はジャッキーがお手本になったのだろうか。なにしろ五回も結婚して……いまさらなにを言ってもはじまらない。

娘には愛を知り、危険をものともせずに、行き先もわからないままスタートラインに並ぶピカピカの新車に乗りこんでほしかった。これからもけっしてそうはならないと思うと悲しくなる。ジャクリンが本気で恋に落ちることはないだろう。恋をするということは、相手を信頼して飛びこむことだ。相手をなによりも大事に思うことだ。いまのところ、ジャクリンは傷つくことを巧みに避けて通っている。

アトランタ地区の結婚式でよく一緒になり、親しくなったケイタラーのシャーリーが、背後からちかづいてきてマデリンの腕をつかんだ。触られたこともだが、ちかづいてきた相手が相手なので、飛びあがるほどびっくりした。披露宴のあいだ、シャーリーが厨房《ちゅうぼう》を離れることはけっしてない。つまり、厨房で大惨事が起きたのだ。

シャーリーは心配そうな顔をしていた。「おたくの娘さん、ホープウェルに住んでいたわよね？」

マデリンの心臓がドキッと脈打った。「ええ」母親の本能から警戒態勢に入った。なにかあったにちがいない。シャーリーは頬を赤らめ、目を輝かせている。「なぜ？」

「ホープウェルの宴会場で殺人事件があったの」シャーリーが声をひそめて言った。「ほら、あの大きな宴会場」

全身に寒気が走り、マデリンは絞り出すように言った。「誰が殺されたの？」白いテーブルクロスをかけたテーブルにいる新婚のふたりから離れ、シャーリーと一緒に壁際に移動した。今夜、宴会場で予定されているイベントは？　被害者になる可能性のある人は？　支配人のメリッサ？　請負業者のひとり？　よく知っている誰か？　狭い業界の誰もが被害者になりうる。頭のなかで感謝の祈りを捧《ささ》げた。ジャクリンは仕事がないからまっすぐ家に帰ると言っていた。彼女は無事だ。大好きなHGTVを観ているだろう。

「わからないのよ」シャーリーが言った。「わたしが聞いたのは、駐車場が緊急車両でいっぱいで、誰かが亡くなったということだけ」

娘が被害に遭っていたかもしれないと思うと、背筋が寒くなる。ジャクリンの声を聞きたくていてもたってもいられなくなった。それに、ジャクリンならなにか聞いているかもしれない。シャーリーよりも詳しいことを知っているかもしれない。

会場を見渡して面倒が起きていないことを確認すると、急いでトイレに向かった。歩きながらラインストーンをちりばめたイブニングバッグを開け、携帯電話をつかむ。式と披露宴のあいだはマナーモードにしている。携帯電話を開くと五本の電話がかかっていたことがわかった。

ジャクリンからではない。娘が被害者である可能性は万にひとつなのに、それでも鼓動が速くなった。トイレに入り、電話をかけた。

最初の呼び出し音でジャクリンが出た。まるで電話を待っていたように。「もしもし」

娘の声を聞いて、マデリンの膝の力が抜けた。だが、その声はか細く緊張している。「シャーリーから聞いたのだけれど――」

「お母さん！　もしかして――」

ふたりは同時にしゃべり、同時に黙りこんだ。ジャクリンが息を吐いて言った。「宴会場で事件があったこと、耳にしたのね？」

「シャーリーから聞いたわ。でも、よくわからなくて。あなたはどこまで知っているの？」

「キャリーよ」

いくつもの可能性が頭のなかでぐるぐる回り、マデリンは目をしばたたいた。「彼女が人を殺したの？　驚くことじゃないわね。あのイカレ女ならやりかねない。おやまあ《ブレス・ハー・ハート》」

「いいえ、彼女は誰も殺していない。誰かが彼女を殺したの」

マデリンはまた目をしばたたき、いま聞いたことを理解し、なにか言おうと思った。出てきた言葉がこれだった。「それも驚くことじゃないわね。あのイカレ女のことだから」

　ジャクリンはいつものフレーズがつづくと思い、黙って待ったが、つづかないので言った。

「ブレス・ハー・ハート、って言わなかったわよ」

「本気で思っていないことを神さまに知られてしまうから。嘘を言うぐらいなら、無慈悲だと思われたほうがいい。わかった、嘘を言うほうがいいわね。彼女の魂に祝福あれ《ブレス・ハー・ハート》」

　ジャクリンが笑いとしゃっくりの中間のような音を発し、うんざりした声で言った。「警察が事情聴取に来たわ。キャリーがわたしを叩いたことを、警察は知っていた。わたしがやったと思ってるのよ」

　マデリンはあらたな恐怖に襲われた。「なんですって？」悲鳴にちかかった。それから、ほかに人がいないかどうか慌てて見回した。いた。個室のドアのひとつから、センスのいい黒のパンプスが覗いている。なかにいる人はじっとしている。用を足すとか、ほかのなにか——それがなにかわからないが——をするとかはしていない。聞き耳をたてているのだ。

「ちょっと待って。場所を変えるから」

　ひとりきりになるには、混み合った式場を抜けて蒸し暑いおもてに出なければならなかった。そこまでしてもひとりきりにはなれない。喫煙者が数人たむろしていたのだ。煙草《たばこ》の先の赤い点が前後に動いて、まるで蛍のようだ。彼女は苛立って喫煙者たちを睨んだが、むろん向こうからは見えない。彼らがいるところとは反対方向に数メートル歩いた。話し声は聞こえるけれど内容まではわからないぐらい距離を置いたところで、ようやく立ち止まった。

「いいわ。ひとりになった。ほんとうなの？　警察の事情聴取を受けたって？　ホープウェルの警察は馬鹿ばっかりってこと？」

「生きている彼女を最後に見たのがわたしってことなのよ」ジャクリンが哀れな声で答えた。

「いいえ、あなたじゃないわ。彼女を殺した人物がいる」

「そうね、警察が把握している範囲で、彼女を最後に見たのがわたし。彼女がわたしを叩いてクビにしたという事実を考え合わせれば、わたしには動機があるということになる」

「彼女の性格を考えれば、アトランタの住人の半分に動機があるわ」マデリンがきつい声で言った。「それに、あなたは宴会場を出たあと、クレアズでわたしと会っているのよ。わたしがあなたのアリバイだわ」

「正確な死亡時刻を割り出すのは、テレビで観るほどかんたんじゃないのよ。そうそう……もっと悪いことに、わたし、ブリーフケースを忘れてきたの。宴会場にね。警察が見つけたそうよ。お母さんに会う前でもあとでも、彼女を殺せるってこと」

「でも、あなたはやっていない」

「もちろんやってないわよ。本気で心配なわけじゃないわ」ジャクリンはそう言ったが、マデリンはその声から不安を聞き取った。「わたしはやっていない。だから、やった証拠が出るはずがない。そうだとしても、捜査の取っ掛かりとして、わたしがいちばん疑わしいわけよ」唾を吞む音がした。「警察はわたしの服を押収していった」

「あなたの服？」マデリンは、一糸まとわぬ姿で自宅にいるジャクリンを想像した。

「仕事に着ていった服よ。帰ってから洗濯したんだけど、それもよくなかったみたい。洗濯機に入っていた服をすべて持っていかれたわ」

持っている服すべてを、ではなかった。それでも、無礼で屈辱的な扱いを受けたことに変わりはない。娘はいま母親を必要としている。「幸せなカップルをさっさと送り出せるよう手を打ってみるわ。それから大急ぎでそっちに行く。心配しないで、スウィートハート、きっと疑いは晴れるわよ、わたしがついてるもの」


ジャクリンは電話を切った。母と話をして慰められた。母が怒るのを聞いて気が楽になり、あすになればすべて解決するような気になった。警察はキャリー殺しの犯人を見つけてくれるだろう。ちょっといやな思いをしたけれど、それだけのことだ。

父に電話してみようかなんて、馬鹿なことを考えた。警察と付き合うコツを知っている人間がいるとしたら、それはジャッキーだ。

父に助言を求めようと考えるなんてまちがっている。父のことだから、夜が明けないうちにメキシコに逃げろ、と言うのが関の山だ。面倒から逃げるのが父の専売特許なのだもの。

いいえ、ここから動かずに、警察に協力すべきだ。なにがあろうと母が支えてくれるだろう。きょう宴会場にいた人たちが、彼女の証言を裏付けてくれるはずだ。すべてが片付いて、エリック・ワイルダーが何事もなかったような顔でデートを申しこんできたら、見さげ果てた情なしの裏切り者、ドブの水を飲んで死んじまえ、と言いたい気持ちをぐっと堪え——彼は仕事をしているだけなのだから——わたしたち、相性が悪いと思うの、と言ってやる。あくまでも品よくふるまう。そのほうがスカッとする。

ふいに涙が溢れた。

なにが〝スカッとする〟よ。

12

エリックは疲れていた。疲労で体が重く、尻で舗道を擦りながら歩いている気分で署に戻った。長い一日だった。それにゆうべはろくに眠っていない。眠れなかった理由は立派なのがあるが、寝不足に変わりはなかった。帰宅する前に、山ほどの証拠と書類仕事を片付けなければならない。あと数時間はベッドに潜りこめないだろう。

被害者の遺族にはすでに知らせた。それがいちばんきつい仕事だ。今回の事件では、被害者の婚約者の父親が州議員なので、彼とガーヴィーは面倒な訪問を二度行なわねばならなかった。被害者の両親には大変な痛手だったようだ。泣き崩れて質問を連発するのではなく、茫然自失だった。生き甲斐を奪われたのだからそうなるだろう。

婚約者のショーン・デニスンは、ショックのあまり表情を失った。「でも、彼女としゃべったんですよ」彼は言いつづけた。「彼女のはずがない」被害者の携帯電話を調べ、彼が電話したことはわかっていた。職場から電話した、と彼は言った。あすになれば確認が取れることだから、嘘だとしたら間抜けな嘘だ。間抜けだからと、エリックは見過ごしにはしない。

そういうことは日常茶飯事だ。犯罪者が天才とはかぎらない。

ジャクリンの事情聴取に行く前に、証拠品を記録するために一度署に戻った。いま手もとには彼女の濡れた服がある。彼女が署名した同意書もあり、これから報告書を書かなければならない——犯人を撃つ代わりにモーターオイルの缶を投げることにしたことの、いったいどこがおかしいんだ？　けさ、銃を発射していたら、いまも書類の空欄をしこしこと埋めていただろう。でも、そうせずにすんで、事件の捜査に打ちこめる……それに、報告書を書くことに。書類からも報告書からも逃れる術《すべ》はなかった。

証拠品を記録して検査に回すのも彼の仕事だが、服からジャクリンの有罪を証明できるとは思っていなかった。それよりも、彼女を容疑者リストからはずす裏付けになるだろう。ガーヴィーが言っていたように、彼女は臭わなかった。頭のなかで警報が鳴り響かなかった。刑事の勘は裁判で通用しないのだから、彼女の無罪が証明されるまでは、彼女に関係するものの取り扱いにはことさら慎重でなければならない。すべての〝i〟に点が打ってあることはもちろん、私情をはさんだと言われないように、彼女のことをじっくりと時間をかけて調べなければならない。

彼女に電話して、「なあ、おれは、きみがやったと思っていないが、規則どおりに捜査しなくちゃならないし、きみを特別扱いできないんだ」と言うこともできない。電話すること自体、規則違反だ。

不本意だが、規則には従わざるをえなかった。この事件が解決したら、あらためて彼女にアタックする。彼女は根に持つタイプではないだろう。物事を理性的に考えるタイプ、愁嘆場は演じないタイプだ。断じてドラマクイーンではない。とてもクールで自制がきいている。だから希望が持てる。それが事件をできるだけ早く解決する原動力になるはずだ。

ほんの好奇心から、ケバブの串についてインターネットで調べてみた。串にもいろいろある。竹串、ステンレスの串、装飾が施された派手な串、地味な串。これは女が使うものだ。まともな男なら、肉や野菜を串に刺して焼こうなんて思わない。オーケー、プロの料理人なら思うかもしれないが、彼から見るとあまりにも馬鹿げている。

書きかけの報告書をそっちのけで椅子にもたれかかり、デスクに足を載せた。後ろで手を組んで首筋を支え、肩の力を抜いて目を閉じる。今夜目にしたこと、耳にしたことを頭のなかで順番に組み立てていった。

なによりもまず、この殺人は第二級謀殺の範疇におさまる。死刑に相当する殺人でも第一級謀殺でもない。凶器の選び方――ケバブの串――から見て、計画性がなかったことがわかる。キャリーを殺した人間は、殺す意志を持ってあの場に行ったのではない。串が都合よく手もとにあることをあてにする奴がいるか？

あの場にいた請負業者全員、それにジャクリン、メリッサ・デウィット。彼らはみな、あそこに串があることを知っていた。刑法をよく知っている人間なら、計画性のない殺人のように装うかもしれないが、一般的な殺人犯は、罪を免れようとはしても、罪を軽くする工作はしないものだ。犯人はカッとなり、手もとにある武器、この場合はケバブの串でキャリー・エドワーズを殺したのだ。有能な弁護士なら、ケバブの串を凶器で人を殺そうとはふつう思わないので、衝動的に刺した串の一本がたまたま肋骨のあいだに滑りこんで心臓を貫通してしまった不幸な事故だった、という論陣を張るだろう。

キャリーは何本もの串で何カ所も刺されていた。犯人は串を握って闇雲《やみくも》に刺したのだろう。一本が刺さるか落ちるかしたので、べつの一本をつかんだ。つまり怒りでわれを忘れていたのだ。冷酷に、あるいは冷静に殺したのではない。あとからウェディングベールを顔にかけたのは、犯人が自分のしたことを見たくなかったからだ。

つまり、顔見知りの犯行。キャリーは犯人を知っていた。

刺さっていた串の角度から、犯人の身長を割り出すことができる。キャリーは——手帳を見る——百六十二センチだ。八センチのヒールを履いていたから合わせて百七十センチ。すべての串をこの目でたしかめたが、角度はまちまちだった。串刺し《スキユワー》——たしかにひどい言い方だが、ほかに思いつかない——にされるあいだ、彼女がじっと立っていたはずはない。抵抗し、逃げようとし、犯人につかみかかろうとさえしたかもしれない。それで斜め《スキユー》になった——クソッ、この言葉が頭から離れない。書類仕事もだが、この言葉も靴底についたガムみたいにこびりついて離れない。

「眠るなら、家に帰って眠ったらどうだ、ワイルダー？」

ガーヴィーの声だった。エリックは目を閉じたまま言った。「推理してるんだから、邪魔しないでください」

「へえ、いまじゃうたた寝をそう呼ぶのか？」

ガーヴィーがデスクの端に腰を乗せるのが気配でわかったので、エリックはため息をつき、諦めて目を開けた。少しやつれて、少し疲れた上司の顔がそこにあった。「どうしてまだいるんですか？」

ガーヴィーはかすかに笑った。「おまえとおなじ、推理してるんだよ。書類に埋もれ、おまえらを動き回らせ、へたばったおまえらに発破をかけるより、自分で事件の捜査をするほうがずっといいからな」

気持ちはわかる。エリックにも所轄警察の組織のなかで出世したい――州警察や連邦警察に移る望みを捨てたわけではないが――野心はあった。だが、そうなったら、捜査の現場を恋しいと思うだろう。州警察か連邦警察に移ったとしても、できれば捜査の現場に立ちつづけたい。だが、それはずっとあとのことだ。まずエドワーズ殺人事件が先だ。「それで、なにを推理していたんですか？」

「挿入角度を頭のなかに描いていた」ガーヴィーが言った。

エリックは鼻を鳴らした。「よしてくださいよ。セックスのことは頭から追い出して、事件に集中したらどうですか」

「よく言うよ」ガーヴィーが言い、にんまりした。

エリックはデスクから足をおろして座りなおした。「愉快だな。おれもおなじことをやってたんです」正直に言う。「おれが見たところじゃ、あらゆる角度から刺さっていた。左からも右からも、上を向いているもの、下を向いているもの。先っぽが刺さっただけで垂れさがっているのもあった。彼女は抵抗し、逃げようとしたはずです。彼女は転倒したのかもしれない。それで犯人は串をまっすぐに刺した。それが心臓に達した。あらゆる方向から刺されたように見える、と検死官に言われたら、犯人の身長を割り出すのは難しくなります」

ペンを取ってかんたんに串の絵を描《か》いた。「串の長さは五十センチはあり、ステンレス製です。大きいことは大きいけど、これで人を刺すのは大変ですよ。細すぎてうまくつかんでいられない。端についてる小さな輪を取っ掛かりにしてつかまないと、固いものを刺そうとして刺さらなかったら、手がずるっと滑りますからね」

「人を殺すのに最良の武器とは言えないな。つまり、犯人は彼女を殺すつもりであそこに行ったわけじゃない」

「そうかもしれないし、そうでないかもしれない。あの場に串があることを知っていた人間は七人います。ウェディング・プランナー、宴会場の支配人、ドレスメーカー、フラワーデザイナー、ベールデザイナー、パティシエ、それにケイタラー。肉屋とパン屋と蠟燭製造業者も除外はできません」ガーヴィーが天を仰いだので、エリックは、先走った言動は慎もうと思った。いつもそう思うのだがうまくいかない。「それはそれとして、このうち三人は事件の直前に被害者ともめています。ほかの四人だって、これまでにやり合っていたかもしれない。まわりの連中の話からして、彼女はやさしくて思いやりのある人間ではなかった。目障りな者を踏みつけにする、いやな女だった」

「十中八、九、そうだな」ガーヴィーが淡々と言う。「犯人は家族か友人。花婿が間違いに気づいて、別れ話を切り出したのかもしれん」

「そういう単純な話だといいんですがね、彼は犯人じゃありませんよ。職場から彼女に電話した、と言ってます。調べればすぐにわかることですからね。検死官が死亡推定時刻を出してくれるでしょうから、それで彼を除外できます。念力移動したんじゃないかぎりね」口に出しては言わなかったが、死亡推定時刻がわかってジャクリンも除外できることを願っていた。検死官が出す死亡推定時刻は、テレビドラマでよくあるような分刻みの正確なものではない――どっちの刑事も呼吸しているという以外、テレビドラマと実際の捜査はまるでちがう――が、かなり時間を絞ることができる。

　鑑識は串から指紋を採取できなかった。さっきも言ったように、二歳以上の人間がしっかりつかむには串は細すぎる。串を突き立てるのに端についている小さな輪を滑り止めにしたとしても、指先で摘《つ》まむのではなく掌に押しつけたはずだ。

「ミズ・ワイルドが宴会場で見たというグレーの髪の男はどうだ？」

「あなたもおれも、彼女が犯人だとは思っていないわけで、無実だとすれば、嘘をつく理由がありません」

「ミセス・デウィットは、オフィスにこもってから死体を見つけるまでのあいだ、誰も見ていない」

「誰も入ってこなかったということにはなりません。脇のドアは鍵がかかっていなかった、と彼女は認めてますからね。ミズ・ワイルドは、犯人と現場を結びつける唯一の目撃者かもしれません。法廷に出せる証拠がほかに見つからないかぎり」

それでややこしくなるかもしれない。花婿の父親の州上院議員にはまだ会っていないが、政治広告で見たことはあった。彼はグレーの髪だ。被害者の父親もグレーの髪だ。ミセス・デウィットによれば、きょうはほかに三組が宴会場を下見に来たそうで、そのうちふた組には年配の男が含まれていた。鑑識が集めた毛髪にはグレーの髪がたくさん交じっているだろう。それに、宴会場にいた人間の多くが、グレーの髪の男と接触して抜け毛が体についているだろう。ありがたいのなんの。

だが、グレーの髪の男はシルバーの車を運転してきた、とジャクリンは言っていた。ほかになにも出てこなかったら、それを突破口にするだけだ。

この事件で問題なのは、容疑者が少ないことではない。多すぎることだ。被害者と関わりのあった人間はほぼ全員が、彼女になんらかの恨みを抱いている。

ガーヴィーがあくびし、エリックのデスクから腰を浮かせた。「おたがいに睡眠が必要だな」手で顔を擦り、ジョリジョリと音をさせた。「おれの恥じらう花嫁は、さぞ怒っているだろうよ。おれが巡査部長になることを女房が望んだのは、遅くまで仕事をしなくてよくなると思ったからだ。ところがおれはまだここにいて、遅くまで仕事をしている」

ガーヴィーは十四年間連れ添った妻を、いまだに〝恥じらう花嫁〟と呼んでいる。かわい呼び名だが、エリックはガーヴィーの妻に会ったことがあり、怖くてそう呼んでいるのだろうと思った。かつてガーヴィーは『恐怖とともに生きる――でも、たまに彼女はおれを釣りに行かせてくれる』と書かれたナンバープレートを買ったことがあった。むろん冗談で買ったのだが、ミセス・ガーヴィーがこれを気に入り、車につけろと言い張った。彼はまわりのからかいにじっと耐え、車を買い替えたとき、〝うっかり〟古い車からこれをはずすのを忘れた。

言い換えれば、彼らは十四年間一緒に暮らしてきたわけで、警官が結婚生活に失敗しないためには、亭主を尻に敷くタイプを選ぶべきだということだろう。彼女のせいで、たしかにガーヴィーは品行方正だ。

エリックも席を立った。こんな時間にできることはあまりないからだ。「奥さんにおれからキスを送りますよ」彼は言った。ミセス・ガーヴィーの機嫌を取っても害はないだろうと思ったからだ。

「馬鹿言うな。直接会ってキスしろ。おまえに肝っ玉があるんならな」

13

ジャクリンは翌朝早くにベッドを出て、テレビのローカルニュースを見た――キャリー殺人事件にあらたな進展はなく、それはつまり誰も逮捕されておらず、悪夢が雲散霧消してはいないということだ。マデリンは夜中過ぎまでいて、ジャクリンを慰めつつも、宴会場で口にされたこと、行なわれたことすべてを繰り返し吟味したので、慰めるほうはいくぶん帳消しになった。ふたりがなにを考えようと、どれほど動揺していようと、ショー――この場合は、夜に予定されている結婚式のリハーサルふたつと、あすから三日間に挙げられる五つの結婚式の打ち合わせ――を休むわけにはいかず、つまり、ベッドから出てコーヒーを流しこまなければならないということだ。

キャリーの事件の容疑者として尋問されることを、ジャクリンはまだ恐れていた。正気の人間なら、恐れずにいられないでしょう？　けれど、そのためになにができる？　独自に捜査して真犯人を見つけるなんてできない。犯罪捜査のイロハも知らないのだから。それはエリックの仕事であり、その方面で彼が優秀であることを願うしかない。

彼が事情聴取したのは仕事の一環だという事実に慣れるには、まだまだ時間がかかりそうだった。

それならいっそ心の痛手を乗り越え、彼を死んだものとしてきれいさっぱり忘れようか。ひと夜を過ごしたことなど、男性にとってたいしたことではない。男性との付き合いは慎重に、のめりこみすぎてはならない、と肝に銘じてきたのに、期待しすぎている自分がいた。彼とやりなおせるかどうかもわからないのに、ぐずぐずと考えてもはじまらない。そもそも、彼はやりなおしたいと思っているのかどうか。ほんの一瞬にしても、彼女が殺したのかもしれないと疑ったとしたら、そんな女と関わりを持ちたいとは思わないだろう。もしそうなら、そんなふうに思ったことで彼を責めることはできない。逆の立場だったら、彼女だっておなじように思うだろうから。

シリアルを皿に空けずに手づかみで食べたが、まるでおが屑《くず》みたいな味がして顔をしかめ、箱を戸棚に戻した。けさはコーヒーだけにしたほうがいいのかも。胃袋も神経もピリピリしすぎて、固形物を受けつけない。

着替えをしているときに電話が鳴り、発信者番号を見もせずに受話器を取った。

「やあ、ハニー」ジャッキーの陽気な声がした。

十二時間のあいだに二度も電話してくる？　なんとしてもジャガーを借りて、あたらしい恋人に感銘を与えたいのだ。父から音沙汰がないまま数カ月が過ぎることもある。むろんこっちから連絡してみるが、ボイスメールにつながるばかりで、しかもボイスメールがいっぱいでメッセージも残せないことがよくあった。受けたくない電話を避けるために、父がよく使う手だ。

「だめよ、車は使わせないから」彼女は言った。「これ以上ごちゃごちゃ言わないで。きょうはもう手いっぱいなんだから」

「だけど、ささやかなお願いじゃないか」父はなだめすかしにかかろうとして、口をつぐんだ。彼女の声の調子が、長いこと休眠状態だった親らしさの遺伝子を目覚めさせたようだ。

「なにかあったのか？」

ジャクリンは息を吸いこんだ。父に黙っていても意味がないし、さっさと服を着替えて出勤したかった。「ゆうべ、警察の事情聴取を受けたの。お父さんと電話でしゃべったあとで」思わず言っていた。父に助けを求めるようになったら終わりだ。「クライアントのひとりを殺したんじゃないかって疑われているの」

「警察はそんなに愚かなのか？」父が即座に言った。「むろんおまえはやってない」

父の無条件の信頼に、涙がこみあげた。「警察も確証があるわけじゃないの。疑わずにいてくれてありがとう」

「一瞬たりとも疑うものか。まあ、おれが疑われるなら――」ふいに黙りこむ。隠しておくつもりだったことを、うっかり言いそうになったのだろうか。それから、またいつもの調子で会話をつづけた。「それで、誰が殺されたんだ？　おれの知ってる人か？」

「彼女の名前は、キャリー・エドワーズよ、キャリー・エドワーズだった」

「彼女が死のうが死ぬまいが、それが彼女の名前なんじゃないのか？」

「そうね……ええ、むろんそうだわ。でも、彼女は死んだんだから、過去形を使うべきでしょ」朝いちばんにする会話ではない。

「キャリー・エドワーズ、キャリー・エドワーズ」ジャッキーが考えこんだ。「知らないな——待てよ。州の上院議員で国政に打って出ようとしているデニスン……彼の息子の婚約者が殺された。彼女はおまえのクライアントだったのか？」

「ええ。きのうの午後まではね。彼女は殺される前にわたしをクビにしたわ」

ジャッキーはしばらく黙りこみ、やおら言った。「そりゃまたとんだことだな」

「あくまでも偶然の一致よ」

「心配するな」陽気に言い放つ。「警察が真相を突き止めてくれるさ」

心配するな。それがジャッキー・ワイルドの人生哲学だ。どんなに悲惨な状況にも、それで対処しようとする。「わたしもそう願っているわ。それまでは、心配するなって言われてもするわよ」彼女は時計をちらっと見た。これ以上話をつづけたら遅刻する……というより、自分が出たい時間に遅れる。人に使われないのはありがたいことだが、プレミアのような小さな会社では、成功するために、彼女もマデリンも人より長い時間働かなければならない。

「ごめんなさい、急がないと。今週はほんとうに仕事がびっしり詰まってて――」

「待ってくれ！　電話を切る前に、おれにジャガーを貸す気になったかどうか教えてくれ」

ジャクリンは受話器を耳から離し、信じられない思いでしばらく見つめていた。「もしもし、もしもし？」と父が言うのを聞いて、また受話器を耳に押し当てた。

「いいえ」きっぱり言う。「まったくそんな気はないから。殺人罪で逮捕されるかもしれないってときに、お父さんがまたべつの自堕落女にいい顔ができるかどうかなんて考えてられないわよ」

「おい！　失礼な口のきき方をするもんじゃないぞ、若いレディが。ローラは自堕落女じゃない」

「いくつなの？」

「それがなんの関係があるんだ？」父ははぐらかそうとしている。

「わたしよりも若いの？」

「女に年は尋ねない」

「答えはイエスなのね。べつに関係ないけど。たとえ彼女がお父さんにふさわしい年齢だとしても、答えはノーだから。お父さんは車でもお金でも無駄にしてばかり。わたしは車を一台しか持っていない。なくちゃ困るの」

「今夜は使わないんだろ！」

「お父さんったら！ わたしの仕事の半分は夜にあるの！ 結婚式もパーティーも、たいてい夜でしょ。今週はずっと夜も仕事が入ってるから、車がなくちゃ身動きが取れないわ。たとえ仕事がなくたって、答えはノーだから」

「わかった、おまえがそれでいいと思うんならな」父がむっつりと言った。

「そうよ」

そっけないさよならだった。ジャクリンは電話を切り、向こう数カ月は父から音沙汰がなくなるだろうと思った。ほっとする半面悲しかった。それよりも怒っていた。もっとも、父が相手だと怒りは長つづきしない。父を愛しているけれど、信頼したことはなかった。父を楽観的に見ることはとっくの昔にやめ、いまはただ、欠点も含めてありのままの父を見ていた。

怒ったせいか、自分の危うい立場を心配する気持ちが少し和らいだ。いいえ、和らいではいない。心配することに意識が向いていないだけだ。ジャッキーはそれぐらいの役にはたってくれたわけだ。

急いで身支度し、手帳をつかみ、ほんの一瞬だがブリーフケースを捜した。それから、記憶が一気によみがえった。ブリーフケースは警察にある。「ああ、そんな」意気消沈して目を閉じた。ブリーフケースがなければ仕事にならない。リハーサルと結婚式の詳細を記した紙が、ブリーフケースに入っている。まるで高潮に呑みこまれた気分だ。きょうのうちに取り戻さなければ……そんなことできるの？　取り戻せない理由を思いつかない。彼女のブリーフケースは事件とはなんの関係もないのだから。現場に落ちていたというだけで。それとも、警察は証拠とみなすの？　キャリーの血がついていたのかもしれない。

そんな。もう、ふざけないでよ！

自分のミス――ブリーフケースを忘れたこと――だと認めても状況に変わりはない。エリックの名刺はバッグに入っており、名刺の裏に携帯電話の番号が書いてある。電話したくはなかったが、もしかしたら彼はこう言ってくれるかもしれない。大丈夫、ブリーフケースは凶器じゃないから、署に取りに来ればいい。たぶん。可能性がないわけではない。彼女は容疑者だから、警察がさらなる証拠を必要とした場合、ブリーフケースは彼女が現場にいたことの証拠となる。ブリーフケースは状況証拠とみなされるかも。母と会ったあと、宴会場に戻ったことの理由になる。

こうなったら当たって砕けろだ。時計をちらっと見て、電話するには早すぎる時間だと思った。就業時間も知らない相手と会ったばかりでベッドをともにするなんて、まったく無謀にもほどがある。

ブリーフケースを取り戻せなくても、紙の情報がファイルにおさまっているし、オフィスのコンピュータにもデータが入っている。すべてのファイルにアクセスして必要な情報を引き出すのは時間がかかるが、できないことではなかった。

苛立ちを抱えたままプレミアへと車を走らせた。駐車場はがらんとして、建物に灯りはついていなかったので、コンソールから頑丈な小型懐中電灯を取り出した。これと唐辛子スプレーで武装し、裏口のドアを開けてなかに入った。灯りをつけ、ドアに鍵をかけてからコーヒーを沸かし、その日の予定を書き出すいつもの作業に取りかかった。夜には結婚式のリハーサルがふたつ入っていた。マデリンがピンク尽くしのほうを、ジャクリンがブルドッグのほうを受け持つ。

ブルドッグというのは、ジョージア大学アメフトチームのマスコット、ウガのことだ。アメフトをテーマにした結婚式ははじめてではないし、最後にもならないだろう。なにせ、ここは南部だ。

オフィスに二番乗りしたのがディードラだったのには驚いた。彼女はまだ二十四歳で多忙な社交生活を送っている。つまり、早起きの習慣はないということだ。時間に正確で、きっちり八時に出社するが、〝早出〟することはめったになかった。

ディードラはバッグとブリーフケース、スターバックスのカップと大きな蓋付きの皿を両手に抱えてやってきた。ジャクリンはその姿を見るなり席を立ち、ディードラが皿を落とす前に受け取ってやった。その大きさにしてはびっくりするぐらい重い。「なんなの?」

「食べ物ですよ。正確に言うとダブルデラックス・ブラウニー、ファッジがかかったやつ。あたしの手作りです。殺人事件の容疑者になにが必要かっていうと、チョコレートだと思ったから」ディードラはコーヒーのカップを置き、それからほかの荷物も置いた。

唾が湧《わ》いてきた。ジャクリンは皿をテーブルに置いて言った。「ダブルデラックス？」それがなにを意味するのかわからないが、チョコレートに関係するならおいしいに決まっている。「ところで、どうしてあなたが知ってるの？」

「あなたのお母さんがピーチに電話して、ピーチがあたしに電話してきたからですよ。あなたがあの女を殺したと考えるなんて馬鹿げてる。たとえ殺したとしても、あたしが鉄壁のアリバイを用意してあげます。お礼はいいですから」ディードラがダークブラウンの瞳を輝かせた。「死んだ人を悪く言いたくないけど、よく言おうにもなにも思いつかないんだから、しょうがありませんよね」

「彼女だってそれほど悪い人間じゃなかったのかも。愛してくれる家族や友人がいたんだから。わたしたちは要求が厳しい面ばかり見せられたけど、だからって死んでもいいってことにはならないわ」

「それにしみったれで意地悪でしたよ」ディードラがそっけなく言った。「そっちの面も忘れちゃだめですよ」

「わかった。彼女は要求が厳しくて、しみったれで、意地悪だった。それでも、死んでいいってことにはならない」なぜキャリーをかばうのか、ジャクリンは自分でもわからなかった。彼女を嫌いだったし、クビにされてせいせいした。ジャクリンが動転した理由は、事件が起きた場所が場所だったことと、自分が容疑者にされているからだ。キャリーの婚約者には同情するけれど、何事もなくて彼がキャリーと結婚していたら、もっと同情していただろう。

「それで、どんなふうに殺されたんですか？　撃たれた？　頭を殴られた？」

ゆうべ、エリックもガーヴィー巡査部長も、キャリーがどんなふうに殺されたか教えてくれなかったことに、いまさらながら気づいた。慌てふためいていたから、こっちから尋ねもしなかった。「それが、知らないのよ。撃たれたんじゃないかと思うけど」

「つまり、尋ねなかったんですか？」ディードラが驚いた顔をした。ジャクリンの手抜かりが信じられないと言いたげに。

「考えつかなかったもの。刑事が事情聴取に来て、すっかり動揺していたから」まだあたたかいブラウニーの匂いが漂ってきて、食欲がすごい勢いで戻ってきた。アルミホイルの蓋を持ちあげ、匂いを思いきり吸いこんだ。「これを作るのにずいぶん早起きをしたんでしょ？」

「とんでもなく早く起きましたよ。ほかの人のためだったら、ぜったいに作りません」

「あなたがきょうという日に早く出てきてくれて、どんなにうれしいか。刑事が事情聴取に来た理由のひとつは、わたしが宴会場にブリーフケースを忘れたからなの。つまり、ブリーフケースは警察が持ってるのよ。わたしじゃなく」

ディードラがぎょっとした。「ブリーフケースを忘れたことなんて、一度もなかったのに」

「それがきのうは忘れたの。しかも刑事に言われるまで気づかなかった。キャリーとやり合って、気持ちが動転していたのね」

ディードラの物問いたげな視線に、ジャクリンは深く息を吸いこんだ。いやな思いを蒸し返したくはなかったが、キャリーにぶたれるのを何人もの人が見ていたわけだから、秘密にしたくてもできない。「もういやなことの連続だったわ。グレッチェンが辞めて、エステファニも辞めそうな勢いで、わたしはキャリーにほっぺたを叩かれ、クビを言い渡された」

「まあ、なんてこと」ディードラが口をぽかんと開け、唖然とした顔でジャクリンを見つめた。

「叩かれるがまま、叩き返さなかったことが、いまから思うと悔しい」ジャクリンは正直に言った。「そうはいっても、人と争ったことがないもので。よほどぶちのめしてやろうかと思ったわ。でも、ビショップから言われたの。そんなことをしたら、彼女はわたしを訴えるだろうって。法的にも倫理的にも、わたしは有利な立場に立ったわけだけど、ほんとうはぶちのめしたかった」

「それが大人のやり方ですよ。彼女はあなたがやり返すのを見越して叩いたんですよ。そうすれば、プレミアを訴えられますもの。彼女みたいな人間を何人か知ってますけど、押しが強くて、面倒ばかり起こすのは計算ずくなんです。どこまで許されるか様子を窺って、我を押し通すことを楽しんでさえいる」

キャリーのことを的確に言い表わしている、とジャクリンは思った。「それで、彼女がほかの誰かを叩かないうちに、請負業者たちを帰さなくちゃって、それればかり考えていたわ。エステファニはカッとなっていて、いまにも殴りかかりそうだった。喧嘩になって、新聞の紙面を賑《にぎ》わしかねなかったわ。キャリーがお金を返せって要求したから、払い戻しは日割り計算だと契約書に書いてあるって言ってやった。彼女はそれが気に入らなかったけど、引きさがるしかなかった。それで、わたしは宴会場を出たの。メリッサは自分のオフィスにいたので、わたしが帰るのを見ていない。車に乗りこんだとき、男性が運転する車が駐車場に入ってきて、その男性と目が合ったわ。でも、はじめて見る顔だったから、見つけようがない。それに、彼がキャリーを殺した張本人かもしれないしね」

ディードラは息を呑んだ。「犯人を見たんですか？」

「男性を見たのよ。彼が殺したのかもしれない。わたしにはわからない」エリックもガーヴィー巡査部長も、グレーの髪の男がいたという話に感銘を受けたようには見えなかった。メリッサが彼を見ていないとしたら、彼がそこにいたことを証明する手立てはない。それに、彼が建物のなかに入るのを見たわけでもない。ほかに約束がなかったとしたら、メリッサが正面玄関のドアに鍵をかけていた可能性はある。男は玄関に回り、ドアを開けようとしても開かないため立ち去ったかもしれない。

「その男性はあなたを見たんでしょ？」

「車を隣に駐めたから、自然と目に入ったと思うわ」

ディードラは犯罪ドラマの見すぎだ。目が真ん丸になった。「その男がキャリーを殺した犯人なら」鋭い口調で言った。「現場にいたことを証言できるのは、あなただけなんですよ。あなたに見られたことに、彼は気づいている。逃げたほうがいいですよ！」

14

逃げるつもりはなかった——今週いっぱいはだめだ。仕事が詰まっているし、姿をくらましたりしたら、ホープウェル警察の心証を悪くする。だいいち、あの男がどうやってわたしの身元を突き止めるの？　宴会場の下見にやってきたぐらいのことしかわからないはずだ。それに、グレーの髪の男がキャリー殺しの犯人でなければ、こっちに興味を持つはずがない。

それでもジャクリンは落ち着かない気分だった。ブラウニーをひと切れ口に含んでから——チョコレートには気持ちを落ち着かせる作用がある——きょうの予定に関連するファイルを開き、詳細を引き出す作業に取りかかった。彼女のなかのなにかが、エリックに電話して頼むことを拒否していた。面倒でもファイルを探すほうがいい。ディードラの助けを借り、コンピュータのファイルを調べ、写真をプリントアウトし、電話番号を探し出した。

マデリンとピーチが五分ほどの間隔を置いて出勤してきた。ジャクリンはそのつど、きのうの惨憺《さんたん》たる結果になった打ち合わせや、キャリー殺人事件や、誰なら殺しえたかの憶測——リストは長く多岐にわたった——や、警察の事情聴取の一部始終を語る羽目になった。

聞き手がいちいち怒ったり心配したり、支持を表明したりするのでよけいに時間がかかった。しかもそのつどブラウニーに手が伸びるのだった。おいしいのだから仕方がない。

ジャクリンが自分のオフィスから、その晩のリハーサル後のディナーを予約してあるレストランに電話し、最後の確認をしていると、玄関のドアが開いたことを知らせるセキュリティ・システムのチャイムが鳴った。つづけてディードラの声が聞こえた。「おはようございます。ご用件を承れますか？」

「ワイルダー刑事です。マデリン・ワイルドはおられますか？」エリックの声がして、ジャクリンは体を強張らせた。なにしに来たの？　ああ、そう、さらに質問するため。彼の声を聞いただけで、胃がよじれた。よく知っている声。でも、知らなければよかったと思う。はじめてその声を聞いてから四十八時間も経っていないのに、声の響きが意識に染みついていた。彼が世間話をするのを耳にした。セックスするときのもっと深くて掠《しゃが》れた声も耳にした。殺人を犯したかどうか問い詰めるときの、淡々とした感情のこもらない声も聞いた。

ジャクリンは思わず立ちあがり、そこでためらった。本能は彼を脅威と認識しているが、現実的に考えてなにができるの？　彼が母に会うことを阻止する？　それは無理。彼は警官だ。母が娘をかばうために彼と話すことを拒否したら、警察署に連行されて質問を受けることになる。それだけはごめんだった。

ジャクリンにできるのは、彼を無視することだけだ。それがいちばん賢明だ。エリックと母がそれを許してくれれば。もし母が怒りだしたら、彼に協力して質問に答えるよう説得しよう。それ以外のことはエリック次第だ。彼がこれ以上質問しないでくれることを願っていたが、もし質問してきたら、できるだけ冷静に答えなければ。

誰が戸口まで歩いていって、彼が来たことを確認したりするものですか。強制されないかぎりしない。腰を据えて落ち着きを取り戻し、レストランの支配人に「ありがとう」と言って電話を切り、きょうの予定表の細かな点をチェックした。ぜったいに顔をあげないし、ちらっとでも戸口に目をやらない。

まるで高速道路の真ん中に裸で投げこまれたような無防備な感じがする。自分を止める間もなく立ちあがり、ドアに飛びついて力任せに叩きつけた。

バタンとドアを閉める音が、オフィスに響き渡った。エリックは光沢のある木のドアを見つめた。目に入ったのは、ドアの縁をつかもうとする細い手だけだったが、誰のオフィスか見当はつく。ジャクリンのオフィスだ。彼女はあきらかに怒っている。いまのはあなたに会いたくないという意思表示だ。

今度はにこやかな表情を引っこめてこっちを睨んでいる、若くてかわいいハーフの女にエリックは視線を戻した。

無理もない。敵陣に乗りこんできたのだから。

プレミアのオフィスは陣地には見えない。気取りのない女らしさに溢れた、古きよき時代の雰囲気を醸し出すオフィスだ。窓には分厚いカーテンがかかり、贅沢《ぜいたく》な家具が並び、メイフラワー号がこの大陸に着岸したころから少しも変わっていないように見えた。ジャクリンのタウンハウスに入ったことがあるから、彼女の趣味がオフィスにも反映されているのがわかる。家具のいくつかや工芸品、花のアレンジメントにそれが見て取れる。若い女のデスクもただのデスクではなかった。傷んだスチールのデスクではなく、艶やかなコンピュータのモニターが場ちがいなほど凝った造りのテーブルだった。

ドアを叩きつける音で、女がふたり出てきた。どちらも中年で魅力的だが、タイプはちがう。ひとりは背が低く、ぽっちゃりしていて、あかるいグリーンの目にふわふわの赤毛、目の輝きが「楽しくやりましょう」と言っている。ジャクリンの母親ではない。もうひとりのほうがそうだ。娘とは色合いがちがう――こちらの髪はブロンドで、おそらく染めているのだろう。目はブルーだが、ジャクリンのようなブラックアイリッシュ（アイルランド系で髪が黒い人たち）に特有の鮮やかなブルーとはちがう――だが、顔立ちはよく似ていた。のみで彫ったような頬骨、わずかにえらが張った顎、たっぷりとしたやわらかな唇。マデリン・ワイルドを見れば、二十五年あるいは三十年後のジャクリンの姿が想像できる。なかなかいい。

なにを考えているんだ。マデリン・ワイルドがいまどう見えるか、ジャクリンが年を取ったらどう見えるかは、この際どうでもいいことだ。「マデリン・ワイルドですか？」彼女が何者かわかっていたが、いちおう尋ねた。もう一度警察バッジを見せる。「エリック・ワイルダー刑事です。話を伺いたいのですが、よろしいですか?」

マデリンは冷ややかに彼を見つめ、美しい顔に好戦的な表情を浮かべた。「どちらの警察署にお勤めですか?」彼女が尋ねた。どこに勤めているかは先刻承知のくせに。

「ホープウェルです」エリックは答えた。

「管轄外なんじゃありませんか?」

多少のことは大目に見るつもりだった。彼もガーヴィーも、ジャクリンが犯人だとは思っていないし、この事情聴取は〝i〟の点や〝t〟の横棒を集めるようなものだが、彼の権威に疑いを挟まれたんじゃ黙っていられない。「ええ、マム、そうです。だが、あなたを逮捕しに来たわけではありません。話を伺いに来ただけです。それがいやだというなら、電話してアトランタの警官を呼びましょうか。それで気がすむのでしたら――それとも、ホープウェル警察署にお招きしましょうか。そのほうがよろしければ」

彼女が返事をする前にドアがパッと開き、ジャクリンが立っていた。怒りに青ざめた顔のなかで、輝く瞳は青い炎のようだ。「母のことはほっといて」声が喉につかえる。激しい怒りに話すこともままならないのだろうか。

これって愉快じゃないか? じっくり彼女を観察できる。こっちは無表情のままだから、感心して見ていることに彼女は気づかない。怒ったジャクリン・ワイルドは、強烈な印象を与えた。生き生きとしたその瞳もだが、いつもは冷静で自制がきいているからなおさらだ。われを忘れた彼女を眺めるのは、彼女とセックスするほどよくはないが、そのことを彼に思い出させた。もっと頻繁にわれを忘れてもらいたいものだ。だが、きょうはまずい。事件に意識を集中しなければならない。彼女を容疑者リストからはずすのは早ければ早いほどいい。「どういうことになるかはミセス・ワイルド次第です」彼は淡々とした口調で言った。「事情聴取をどこで行なおうと、こちらはかまいませんが」

だが、これは事情聴取なのだから、あくまでも淡々と行なうつもりだった。

マデリンは娘にちかづいて腕に手を置いた。「大丈夫よ」そう言いながらも動揺している様子だった。娘の動揺がうつったのだ。「自分の不利になるようなことはしないで。ただの事情聴取なのよ」

四人の女たちは外見も態度もまったくちがっているが、たがいのためなら火に飛びこむことも辞さないという印象を受けた。困難に立ち向かうときには、その昔、インディアンの襲撃に備え幌《ほろ》馬車で円陣を作ったように、防戦態勢を固めるのだろう。彼が警官でなかったら、四人がかりでドアから叩き出されていたはずだ。むろん、警官でなかったら、そもそも事情聴取に来ていない。この状況はよくもあり、悪くもある。ジャクリンの〝怒り〟のボタンを押し、彼女が燃えあがるところを見られたのはよかった。だが、いま現在、彼女を遠ざけておかなければならないのはよくない。

緊張感がビシビシ伝わってきた。人を殺せそうな視線を浴びて、エリックはいまにも火を噴きそうだった。彼は脅威であり、彼女たちはそのことに怒っている。おそらくジャクリンは彼女たちの肩に順番に顔を埋め、ボンクラの刑事に事情聴取されたうえ服まで取りあげられた——言い換えれば容疑者扱いされた——と泣き崩れたのだろう。女は結束が固いもので、この結束はとりわけ固い。

キャリーがジャクリンを張り倒したと聞いて、彼女たちはチームとして、個人としてどんな反応を示したのだろう。キャリー殺しはカッとなった末の犯行だ。口論がエスカレートして殺人に至った。そういうことだとしたら、マデリン・ワイルドをじっくり観察する必要がある。母親は娘を守ろうとするものだ。

「こちらへ」マデリンが彼を見もしないできびきびと言い、廊下の先のオフィスに案内した。磨き抜かれた硬材の床を守るために敷かれた細長い絨毯《じゅうたん》の上を、ヒールがすばやく動いてゆく。エリックはかたわらを通り過ぎるとき、ジャクリンを見ることを自分に許さなかった。怒りなら対処できる。いまみたいな彼女を見ればその気になってしまう。クソッ、最初から彼女のすべてがエリックをその気にさせていた。彼女の目のなかに憎しみを見たくなかったし、いま彼女が感じているのは憎しみだろう。

マデリンは廊下の突き当たりの右手の部屋に入った。エリックはあとにつづき、後ろ手にドアを閉め、部屋を見回した。とても女らしい部屋だった。房飾りのついたランプ、彫刻を施した額縁に入った絵、女仕様の椅子。「どうぞ」彼女が椅子のひとつを勧め、デスクの向こうの自分の椅子に腰をおろした。「お座りください」

エリックは椅子に目をやり、ひとつを選んでそっと体重をかけた。ほっとため息をつく。見た目より頑丈なようだが、彼が座るには低すぎる。膝が胸の高さまでくるので、脚を少し伸ばして調整した。顔をあげると、ほくそ笑むマデリンと目が合った。低い椅子に座ってきまりが悪いんでしょ、お見通しよ、と言いたげに。

彼はペンと手帳を取り出し、前夜にジャクリンから聞いた話を書きこんだページをめくった。「事情聴取にご協力いただきありがとうございます」彼は礼儀正しく言い、不穏な空気をいくらかでも鎮められることを願った。

彼女は鼻を鳴らした。女らしい鳴らし方だが、鳴らしたことに変わりはない。「そうするしかなかったんですからね、刑事さん」

「この状況ではそうですね、マム」

「わかったわ、お話ししましょ。質問をどうぞ」

彼は椅子の背にもたれかかり、片方の足首を膝に載せてリラックスした姿勢を取った。このボディランゲージの言わんとするところはこうだ。デスクの向こうに腰かけているのはあんたかもしれないが、この場を取り仕切るのはおれだ。「きのうの午後、なにをしていたか話していただけますか」

「いつからいつまで？」

「そうですね、三時以降」検死官はキャリーの死亡推定時刻をそれよりあとと見積もったが、そんなことは口にしない。

彼女はデスクのかたわらに置いた手帳をめくった。つぎにバッグからスマートフォンを取り出して通話記録をチェックし、その日の午後の約束と打ち合わせと通話をすべて彼に教えた。ジャクリンから電話を受けた時刻は、ジャクリンの電話に残された時刻と一致していた。彼女は確認してくれと、スマートフォンを彼に差し出した。彼は時間を手帳に控え、スマートフォンを返した。

「きちんとしてるんですね」

彼女はフフンと言った。「イベント・プランナーですからね。物事をきちんとするのが仕事です。用意万端整えなければなりません」

「なるほど。娘さんと話をしてからどうしましたか？」

「クレアズに車を飛ばしてマフィンを注文し、席についてジャクリンが来るのを待ちました」

「レシートは取ってありますか？」

「いいえ。あなたはどうかしら？　きのうの昼食のレシート、持ってらっしゃる？　クレジットカードで支払いましたから、記録は残ってます。問題になるようなら提出しますよ」

「そのあとどうしました？」

「おしゃべりしました。わたしはその晩、結婚式がありましたから、家に戻ってゆっくりする時間はありませんでした」

「ジャクリンはどんな話をしましたか？」

「キャリーに叩かれたと言いました。お聞きになりたいのはそういうことでしょ」マデリンが鋭い口調で言う。「キャリーは性悪女です。彼女の予約を受けたことを後悔してますわ。プレミアのクライアントのなかで、彼女はまちがいなく最悪でした。それは彼女が理不尽な要求をするからではありません。花嫁はいろいろと要求するものだし、たいていが理不尽な要求ですからね。気苦労が多いものだから、おかしくなるのも無理ありません。キャリーが特別なのは、その意地の悪さです。人に迷惑をかけることを楽しんでいました。人を侮辱して、動揺させることを楽しんでいたんです」

「ミズ・エドワーズに叩かれたとジャクリンから聞いて、あなたはどうしましたか？」

「実際にはなにもしていません。ジャクリンに止められましたもの。娘は思慮分別がありますからね。わたしとしては、弱い者いじめをする下劣な性悪女を追い詰めて、ぶちのめ――いえ、ひっぱたいてやりたかったですわ」

「でも、そうしなかった？」

「ええ。ジャクリンが言ったんです。自分は法的に優位に立っている、しかもそのうえ、キャリーにクビを言い渡された、彼女から解放されたんだって」

「ミズ・エドワーズが支払った手数料はどうなるんですか？」答は知っていたが、いちおう尋ねた。おなじ質問を繰り返すのがミソだ。おなじ答が返ってくるか見定める。返ってこなかったら、どこを調べ、どこをほじくり返すべきかの手掛かりになる。

「払い戻し金はそれほどの額にはなりません。当社の契約書には契約満了に関する条項があって、そのときまでの仕事量に応じ、手数料を日割りで計算することになっています。キャリーの結婚式の場合、計画と準備はほぼ終わっていました」

ジャクリンが語った話とぴったり合っているが、彼女と母親は事前に話し合っているはずだ。なにを言うか、おそらく細部まで打ち合わせただろう。「契約書を見せてもらえますか？」

「もちろん」

マデリンは抽斗《ひきだし》からモスグリーンのファイルを取り出した。「これです」ファイルをデスクに置き、彼のほうに滑らせた。エリックは身を乗り出してファイルを開いた。分厚い書類を繰り、契約書を見つけた。関連条項はすぐに見つかった。ふたりの話したとおりだった。キャリー・エドワーズの署名があり、日付は一年以上前のものだった。

「なんとまあ」彼は口を滑らせた。「結婚式の準備になんでこんなに時間がかかるんですか？」しまったと思い、顔をあげた。「失礼」

彼女は手を振って詫《わ》びの言葉を退けた。「契約書のコピーをお持ちになりますか？」

「さしつかえなければ」必要かどうかわからないが、コピーがあれば〝i〟の点をもうひとつ打てる。

彼女は契約書を手にクロゼットのドアを開けた。小さなコピー機が現われ、彼女は契約書をそっくりコピーした。彼は黙って待った。彼女はコピーし終わると紙をトントンと揃え、隅をホチキスで留め、彼に手渡した。それから契約書の原本もきちんと揃えてファイルに戻し、抽斗にしまった。

ここにいる四人の女性のいずれかが殺人を犯すとしたら、事前に調査し、計画を立ててよく練りあげるにちがいない。成り行き任せにはせず、カッとなったはずみに行なうこともなく、手掛かりはいっさい残さないだろう。しかも、うまく罪を逃れるに違いない。そう考えると、愉快でもあり、不愉快でもある。警官である以上、罪を逃れる人間がいることは許せない。

「クレアズを出たのは何時でしたか？」

「五時十五分です」

「ぴったりですか？」彼は尋ねた。明確な答がおもしろくなかった。彼の経験では、いつごろなにをしたかは憶えていても、分単位で言える人はめったにいない。

「ぴったりです」マデリンがきっぱりと言う。「時計をよく見るほうなので。わたしたちはみんなそうです。ゆうべは結婚式があったと申しあげたでしょう。会場には早めに行ってないといけませんから」

「会場はどこだったんですか？」

彼女が場所を言った。そこなら車で四十五分以上はかかるだろう。それに、ホープウェルとは反対の方角だ。「何時ごろに着きましたか？」

「六時二分。それから、ええ、教会には請負業者たちがいましたし、列席者もいましたから、わたしがその時間に着いたことを証明してくれます。なんなら名前を教えましょうか？」

「お願いします」彼は礼儀正しく言い、彼女が手帳を見ながら読みあげる名前と電話番号を書き留めた。ここの女たちは恐ろしいほどきちんとしている。マデリンは容疑者リストに含まれていなかったが、可能性がないわけではなかった。だがこれで完全に除外できる。彼女が教会に着いたのがその時間だったとすると、ホープウェルまで車を飛ばし、キャリーを殺してから教会に向かうことはできない。家に戻って服を着替えるのはむろんのことだ。

彼女の話からジャクリンのアリバイも証明された。検死官が出した死亡推定時刻は、ジャクリンが宴会場を出た直後だ――ジャクリンがキャリーを殺したあと、レストランでなに食わぬ顔で母親とマフィンを食べたとしたら、服も体も血にまみれていたはずだ。

キャリーはひどい殺され方をした。犯人は怒りに駆られ、血まみれで、おそらくパニックに陥り、慌てて現場から歩み――あるいは走り――去ったのだろう。彼は規則どおりに捜査を進め、ジャクリンの服から血液は発見されなかったという報告書が出るまで結論に飛びつくつもりはなかった。だが、ここの女たちはみなパニックに陥ったりしない。頭のなかで殺人シーンを思い浮かべてみても、ジャクリン・ワイルドが冷静さを失い、カッとなってキャリー・エドワーズを殺すさまは想像できなかった。彼女のいろんな姿が頭に浮かび、なかには彼の下で裸身を紅潮させたのもあるが、殺人者の彼女は想像できない——正式に容疑者リストからはずれるまで、彼女の裸を想像すべきではないが。

だが、どんなに客観的な行動を取っていても、心は一緒に過ごした夜に戻ろうとし、そのことではとても客観的になれなかった。

ジャクリンの潔白に一歩ちかづいたのはよいことだが、捜査は振り出しに戻ってしまった。憎まれっ子のキャリーを殺したのは誰なのか、まるで見当がつかない。

マデリンから聞き出せることはこれ以上なかった。彼女はシロだし、ジャクリンのアリバイを提供してくれたが、ジャクリンの服の検査結果が出るまではなんとも言えない。ほかの可能性を追うことに時間を注ぐべきだろう。手帳を読みなおし、見逃していることはないか考えたが、嘘偽りはなさそうだ。手帳を閉じて立ちあがった。「質問に答えていただきありがとうございます、ミセス・ワイルド。また連絡します」

彼女はふたたび不愉快そうに小さく鼻を鳴らした。女らしい鳴らし方だ。

ほかのふたりの女たちはまだ秘書室にいて、人をはねつけるような敵意剝き出しの表情を浮かべていた。ジャクリンのオフィスのドアは閉まったままだ。エリックはふたりの女たちに挨拶し、にこやかにほほえみかけるというおまけをつけた。年嵩《としかさ》の赤毛のほうは目を細め、口をへの字にした。

ジャクリンの疑いはじきに晴れるだろうが、そのときにはもう手遅れかもしれない。ゆうべ彼女に事情聴取したときに、すでに手遅れになっていたのかも。車に乗りこむときに、スカンクうんぬんのコメントを思い出して顔をしかめた。玄関を出る彼の後ろ姿を睨んでいたふたりの女たちとおなじで、ジャクリンも恨みを長く持ちつづけるかもしれない。

ふと思った。ジャクリンは母親に、自分と一夜をともにしたことを話したのだろうか？

いや。

彼女は秘密をぺらぺらしゃべるタイプではない。それに、マデリンは彼の腸を抉り出そうとはしなかった。

15

オフィスのドア越しにマデリンの声が聞こえ、口々に質問を発するピーチとディードラの声がそれにかぶさり、ジャクリンは手を止めて耳を澄ました。エリックの低い声が聞こえないので安堵のため息をつき、勢いよくドアを開けた。むろんまわりを見渡して彼が帰ったことを確認してから、問いかけた。「それで、どうだったの？」

「彼は、きのうの午後、わたしがなにをしていたか質問して、それからしきりにメモを取っていたわ」マデリンが答えた。「わたしがキャリーを殺していないことは納得したみたいだけど、どうかしらね。わたしにはクレアズでマフィンを食べてから、引き返してやることをやって、それから結婚式場に時間どおりに着くことは無理だもの」

「クレアズでマフィンを食べたの？」ピーチが尋ねた。

「きのうの午後、キャリーがわたしをクビにしたあとでね」ジャクリンは言った。

「へえ」ディードラが不満の声をあげた。「第一に、きょうのおやつの分として、マフィンを買っておいてくれてもよかったのに。ただの愚痴だから聞き流してください。第二に、彼はあなたのアリバイをたしかめに来たんですよ。マデリンがそれを証明したわけですね」

「そうね」ジャクリンは惨めな気分だった。彼がマデリンの事情聴取に来ることは予想がついたはずだ。事前にわかっていたら、ショックに対する心構えができていただろう。それができていなかったから、野火みたいに怒りがメラメラと燃え広がり、気持ちが乱れていてもたってもいられなくなった。

「よくわからないけれど」マデリンが言った。「彼はわたしに、きのうの午後の三時以降、結婚式場に着くまでのあいだなにをしていたか尋ねたわ。だから――」肩をすくめ〝お手上げ〟の仕草をする。「けさ、新聞を買った人は？　テレビのニュースでは詳しいことをなにも流さなかった。新聞には、殺人が起きた時刻が載っているかも」

誰も新聞を持っていなかった。「買ってきます」ディードラが言い、バッグと車のキーをつかむと足早に出ていった。

「コーヒーをもう一杯いただくわ」ピーチが言った。「それにブラウニーも」踵を返し、キッチンに向かった。

「どうして？」マデリンがあとを追い、ピーチの背中に向かって言う。「なんであなたは事情聴取を受けずにすんだの？」

エンプティカロリー（カロリーはあるが栄養素をあまり含んでいない食品）の心配をするより、昂ぶった神経をチョコレートで鎮めるほうが大事だと思い、ジャクリンもふたりのあとを追った。キッチンに入ると、ピーチの声が聞こえた。「だから、受けずにすんでよかったと思ってるわよ」

「どういうこと?」

「わかってるくせに、マデリン。あなた、ウエストから下は死んでるの?」ジャクリンが入ってきたので、ピーチはすまなそうな顔をした。「ごめんなさい、ハニー。でも、あなただって、お母さんにも夜の生活があることは知ってる——」

「ピーチったら!」マデリンが脅すような口調で言った。

「ええ、知ってるわ」ジャクリンはコーヒーを注ぎ、トレイからブラウニーを取った。

「ほらね、女子修道院長みたいにふるまわなくていいのよ」ピーチは〝だから言ったでしょ〟の顔をし、ブラウニーにかぶりついた。「つまりね、あの刑事はそれこそ男性ホルモンの塊だった。それに反応して、あたしはムラムラしそうになったわ——だけど、彼に腹をたてていた。そうでなけりゃ、どうなってたかわからない」

ジャクリンはコーヒーでむせそうになった。

「わたしはあの刑事よりゆうに二十歳は年上なのよ、あなたもそうでしょ、ピーチ・レイノルズ。彼の男性ホルモンには気づかなかったし、あなたも気づくべきじゃなかった」

「中年女性が若い子を追いかけるのはいまの流行《はや》りなのよ。あたしとしては、それのどこが悪いのって思ってる。耄碌《もうろく》ジジイが頭の空っぽな若い娘を追いまわしてるじゃないの。だったら、この年の女が少しぐらい楽しんだって罰は当たらないでしょ? だいいち理に適《かな》ってる。この年になると妊娠の心配はいらないもの。馬鹿な若者こそ禁欲すべきなのよ。賢い大人じゃなくね」

秘密を守るべき？　エリックを知っていることを――彼と寝たことではなくて――打ち明けるべきなの？　それとも黙っているべき？　判断がつかないけれど、母と叔母のような存在の女性が、エリックの男性ホルモンのレベルについておしゃべりするのを聞きたくなかった。「あの……」なにを言うつもりか自分でもわからないまま声を発してみたが、無駄だった。ふたりの耳には届かなかった。

マデリンは両手を腰に当てた。「わかってないみたいだから言うけど、賢い大人になってしまったら、いまさら禁欲生活もないでしょ。馬が逃げ出したあとで納屋の扉を閉めるようなものよ！」

「そこが問題なのよ！　賢い大人の女は禁欲生活をすべきじゃないの。おいしいものを追いかけるべきなの。この場合でいうと若い男ね」

「あの男は娘を取り調べたのよ、殺人の疑いで！　あなた、気はたしか？　彼が〝おいしいもの〟だろうと、〝ビーフシチュー〟だろうと〝クレームブリュレ〟だろうと関係ないわ――わたしは嫌い！」

「それはそうよ」ピーチがちょっと考えてから同意した。「あたしも彼が嫌いよ、個人的にはね。でも、正直に言うと、背が高くて黒髪の無骨な男は、昔からあたしの好みなの」

ジャクリンはブラウニーをペーパータオルに置き、いまこれを食べたら喉につかえるだろう、と思った。もしいま、エリックと……その、ちょっとあったって言ったら、気恥ずかしい思いをするのは自分だろうか、それともマデリンとピーチだろうか。つまりあれはそういうこと――ちょっとあっただけ――で、たったひと晩でちゃんとした関係なんて築けない。でも、ふたりのおしゃべりを聞いていると、その〝ちょっと〟もとても持ち出せなかった。べつに気にしているわけではない。〝ちょっと〟は終わったことだし、状況証拠だけではキャリー殺しの罪で逮捕できないだろうし、これから先も彼とのあいだになにかが起きることはない。

やはりなにも言わないことにしよう。こんな状況だから、きっとおおごとになってしまうにちがいない。殺人事件で取り調べを受けたのは、正真正銘のおおごとだ。エリックとのことは忘れて、いちばん大事なことに立ち向かわなければ。けれど、どんな対策を講じればいいのかわからない。

「仕事以外、なにも手につかないわ」母とピーチの関心を引きつけようと、大声で言った。

ふたりともこっちを向いた。「なに？」

「いまの状況。わたしの手に余るもの。悔しいけれど一歩さがって、自分でコントロールできることに集中しないと。つまり仕事にね……あっ、いやだ、彼がいるあいだに、ブリーフケースを返してもらえるかどうか訊いておけばよかった。わたしったら、怯《おび》えた子どもみたいにオフィスに隠れるなんて！」彼女は額をピシャリと叩いた。

「ディードラとふたりで、必要なファイルは抜き出したんでしょ？」ピーチが言う。

「ブルドッグのリハーサルと結婚式のはね。ええ、直近の仕事だから。ほかのもそうしておかなくちゃ」

マデリンがブラウニーの端っこを齧《かじ》り、嚙んで呑みこんでから言った。「面倒くさいけど、やれないことはないわね。資料はすっかり揃っているんだから。あとは引っ張り出して、きちんとリストにするだけでしょ」

「わかってるわ。ほかにもやるべきことはいっぱいあるのよ」

「ブラウニーを食べるとかね」ピーチがほほえんで言う。「ハニー、ストレスが溜まるのはわかるけど、すぐに解決するわよ。あなたは彼女を殺していないんだから、警察だって証明のしようがない」

「状況証拠が――」

「当てはまる人は大勢いるわよ。キャリーを恨んでた人は大勢いるんだから。警察が服を押収したのは、血がついていないか調べるためでしょ。あなたは彼女を殺していない。つまり、血はついていない。検査が終わって報告書が提出されれば、あなたの潔白が証明されるわ」

「『CSI：科学捜査班』ではそうなるって話でしょ？」

「あたしがデートした男はみんなあのドラマが大好きでね、ずいぶん観させられたわ。あのなかだと、いちばん疑わしい容疑者は犯人じゃないのよ。ほっとするでしょ。『ＣＳＩ：科学捜査班』は置いといて、血がついていないか調べるのは理に適っているわよ。服を押収する理由はそれしか考えられない。ねえ、ジャクリン、ゆうべ、手を綿棒で擦られたりしなかった？　硝煙反応を調べるために」

「いいえ、どうして？」

「つまり、彼女は撃ち殺されたんじゃない。もしそうなら、調べられたはずだもの」

「人を殺す方法はほかにもいろいろあるわよ」マデリンが言い、ちょっと考えこんだ。「絞殺でしょ、頭を殴る、刺す。突き飛ばしたらはずみで頭をなにかにぶつけた。それだと事故になるわね。毒殺という手もあるけれど、それだったらアイリーナかアンドレイを調べるわね。料理の試食品を持ちこんだのは彼らでしょ？　毒殺じゃないわ」

キャリーの殺害方法でおしゃべりの花を咲かすこともできたし、ジャクリンもおもしろい殺し方のひとつやふたつ考えつけただろうが、彼女には片付けるべき仕事があった。時計をちらっと見て、ディードラはいつになったら戻るのだろうと思った。「ダンウッディで待ち合わせしてるんだけど、その前にクリーニング店に寄らなくちゃ。新聞になにか出ていたら電話してね」

バッグと手帳、それにディードラとの共作の、あたらしいリストを挟んだファイルを取りにオフィスへ戻り――ああ、もう、ブリーフケースを返してよ――裏口から出た。

エリックが腕と足首を組んで彼女の車に寄りかかり、待っていた。慌てて立ち止まったので、コンクリートの上でヒールが滑った。怒りが混じったパニックに襲われ、胃がひっくり返り、髪の毛がいっせいに立ったような気がした。そのまま引き返そうかと思った——手はすでにドアノブをつかんでいた——が、それは臆病者のすることだ。チャンスがあったのにキャリーを殴り返さなかった自分を不甲斐なく思っていたので、その場に踏みとどまった。

彼がジャガーから体を離し、こちらに向かってきた。

臆病者のどこが悪いのよ、と彼女は思い、ドアを開けた。彼がなにを言うつもりか知らないけれど、証人がいたほうがいい。

「町を離れるなと言っておいたほうがいいと思って」彼が冷ややかな警官口調で言い、はしばみ色の目を細めた。

町を離れるな？　すでに離れている。彼女がいまいるのはホープウェルではなく、アトランタだ。「あなたの言う〝町〟はなにを指すの？　ホープウェル？　それともアトランタ全域？　ダンウッディで人と会う約束をしているの。それも町を離れることになるの？」

彼の顔を苛立たしげな表情がよぎった。「ダンウッディならかまわない。アトランタ全域を離れるな。休暇を過ごしにバハマへ行くのはまずい」

あらためて思った。彼はここでなにをしていたの？　ジャガーの隣に駐まっている彼の車に目をやる。話があるなら、どうして建物のなかまで引き返さなかったの？　それを言うなら、電話すればすむことじゃない。彼はプレミアの番号を知っているし、彼女がここにいることも知っている。携帯電話の番号も知っている。車にもたれかかって、彼女が出てくるのを何時間でも待つつもりだったのだろうか。オフィスにいることはわかっているから。

ひとつだけたしかなことがある。ディードラが新聞を買いに出たとき、彼はここにいなかったということだ。もしいたら、ディードラのことだから騒いだはずだ。つまり、彼は引き返してきたのだ。

「ここでなにをしていたの？」彼女は疑わしげに尋ねた。必要もないのに彼と話したくはなかったが、なにかおかしい。探り出さなければ。「わたしの車を調べるつもり？」

「捜索令状がなければ調べられない」彼が穏やかな口調で言った。

「あなたなら捜索令状がなくたってやるんじゃないかしら」ジャクリンは歯を食いしばり、彼を睨んだ。

「いや、マム。捜査はきまりに従ってやっている」

「わたしの車に寄りかかってたでしょ。不法捜査をするつもりがないんだったら、いったいなにをしていたの？」鋭い口調で尋ねた。われながら毒のある口調だ——冷静に穏やかにふるまうつもりだったのに、でも、かまってられない。

「きみを待っていた」

「なんのために？　なかに入ってきて言いたいことを言えばよかったじゃない。それより、どうして戻ってきたの？　電話ですむでしょうに」

「電話だと聞けないような、きみの言い逃れが聞けるかもしれないと思った」

彼女は目を怒りで輝かせ、頭をあげた。「わたしはちゃんと捜査に協力してきました。母もそう。言い逃れが聞けるかもしれないとあなたに思われるようなことはいっさいしてません」

「ああ、マム、きみは協力してくれた」彼がやわらかな口調で言った。「感謝している」

〝マム〟と呼びつづけて歯の浮く思いをさせる魂胆なのだ。「そんな理由、理屈に合わないわ、刑事さん」

「おれのメッセージをきみが受け取ったかどうか確認したかった」

「しっかり受け取りました」彼女はそっけなく言い、彼の車に目をやった。疑問がふたつほど浮かんだ。「どっちがわたしの車か、どうしてわかったの？」彼女とマデリンはおなじジャガーを運転していた。

「ナンバープレートを調べた」

すごい。自分の名前が法執行機関のなかをぐるぐる回っていたかと思うとおもしろくなかったが、打つ手はなかった。彼女が殺人事件の容疑者だということは、国家機密でもなんでもない。意見は口にせず、つぎの質問に移った。「わたしが出てくるとなぜわかったの？」

彼女が昼食に出てくるまで、車に寄りかかって待っているつもりはなかったにちがいない。答えはわかっているが、たしかめたかった。

「きみのブリーフケースを預かっている。忘れたのか？　中身にはすべて目を通した。きみの予定はわかっているから、ダンウッディで人と会うためにきみがじきに出掛けるだろうと思った」

やっぱりそうだったんだ。彼女は歯を食いしばった。彼に頼みごとをするのは気が進まないが、いまは絶好の機会だ。「ブリーフケースを返していただけませんか？」彼が断わる前に畳みかけた。「あるいは、ブリーフケースの中身だけ返していただけないかしら。ファイルが必要なの。それがだめなら、ファイルを誰かにコピーさせることはできない？」

「ブリーフケースは犯罪現場で見つかった証拠品だ」エリックが言った。彼女は大声で「ノー」と言いたかった。「だが、きみのために中身をコピーしていけない理由はないとおれは思う。彼がつづけて言った。警部補に頼んでみよう。彼が許可したら、きみがコピーを受け取れるよう手配する」

憎らしいことに、彼にお礼を言わなければならない。まるで口のなかにおが屑《くず》が詰まっているような気がしたが、なんとか言葉を押し出した。「ありがとう」

「どういたしまして」

もう、彼と話をするのは、血が止まったばかりの傷口からバンドエイドを剝《は》がすのとおなじ。その態度が気に入らなかった。怒りをぶつけたいけれど、彼に傷つけられるのも、意地悪されるのもごめんだ。

あとの祭りよ、と頭の奥で小さな声がした。エリックを家に入れたおとといの晩、この声に耳を傾けるべきだったのに。あのときもいまも、聞く耳を持とうとしない自分がいる。小さな声もエリックも消えてほしかった。なんとかしなければ。いいえ、なんとかするつもりだ。時間はかかるかもしれないけれど。

「ほかにご用は?」ジャクリンはきつい声で言った。

「いや、いまのところはない」

無表情を保ったまま彼の横を擦り抜けて車に乗りこみ、走り去った。振り向きもせずに。

これでいいんだ、とエリックは自分の車に乗りこみながら苦々しく思った。町を離れるな、と言われて、彼女がいい顔をするはずないとわかっていたが、彼女は参考人なのだからそう言うべきだった。きまりに従っただけだ。きまりどおりに動いているだけだ。彼女を特別扱いするつもりはないし、特別扱いするつもりだと思われても困る。彼女の要望を、たとえどんなに小さなものでも、叶えてやるつもりはない。そのせいで彼女から、踏みつぶしたナメクジを、はたまた靴底についたネバネバを見るような目で見られようが。

彼女を容疑者リストからはずそうと一所懸命になっているのに、このざまだ。もしきまりどおりに動かなければ、事件の担当からはずされる。署の刑事は誰でも、事件解決のために最善を尽くすだろうし、みんないい奴だが、彼ほどの熱意は持っていない。

前夜は遅くまで働き、けさも早くから働いてきた。マデリン・ワイルドの事情聴取をすませたかったから、まだ署に顔を出してもいなかった。彼女はなにもかもきちんとしすぎていた。きっと一日のスケジュールのなかに、トイレ休憩も組みこまれているのだろう——予定は手帳に暗号で記してあるから、人に見られてもばれることはない。彼女には鉄壁のアリバイがある。ジャクリンの黒い服にキャリー・エドワーズの血がべっとりついていたという検査結果が出ないかぎり、ジャクリンの疑いはじきに晴れるだろう。彼はもともと疑っていなかったが。

まったく脈がないわけではなさそうだ。エリックのことを本気で怒っているから、大目に見てやろうという気にならないだけで。

もっとも、怒りの炎を目に宿す彼女を見るのは、なかなか乙なものだった。クールなレディがわれを忘れるのは、見ていて楽しい。ベッドではわれを忘れさせた。彼女はエリックの背中に爪を立て、悲鳴をあげまいと枕《まくら》を噛んでいたが、ベッドの外でもそうさせられるとわかってうれしかった。彼女がひどいコーヒーを作るのもおなじことだ。彼女のなかにふたつの人格が同居している。本人は自覚しているのかどうか、素振りにも見せないからわからないが。そのあたりが不安と言えば不安だ。

そう思ったのはほんの一瞬で、すぐに頭を振った。いや、そんなことはない。知りたいのは、彼女と転げ回ることができるかどうか。髪がくしゃくしゃになったと彼女が文句を言わないかどうか。こっちが声を荒らげたら、ワッと泣きだしたりするのかどうか。けさの彼女を見るかぎり、まあ、その点は大丈夫だ――もっとも、彼女が一緒に転げ回るチャンスを与えてくれればの話だが。

その前に片付けることがある。彼女の潔白を証明すること。取り入るのはそれからだ。最初の任務を片付けるための第二段階は、グレッチェン・ギブソンの店、エレガント・ステッチーズを訪ねることだった。噴水を取り囲んでU字に店が配置され、三方が駐車場になっている、小規模で高級なショッピングエリアにその店はあった。比較的早い時間――九時前――なので、駐車場に車は一台もなかったが、念のため建物の裏手に回ると、エレガント・ステッチーズの裏口の前にホンダのシヴィックが駐まっていた。

彼はおもてに回ってガラスドアを叩いた。きっちり十秒後に、ぽっちゃりした小柄な中年のブロンドが現われ、〝閉店〟の札を指差した。エリックは財布を出して開き、警官バッジを見せた。女は驚いて口をOの字にし、指を一本立て、店の奥に消えた。すぐにキーホルダーを持って戻ってきた。彼女が錠を開け、チェーンをはずしてドアを開けるのを、彼はじっと待った。

「グレッチェン・ギブソンですか?」

「ええ」彼女が警戒して言う。「なんのご用ですか?」

「エリック・ワイルダー刑事です。入ってもよろしいですか?」

「ええ、どうぞ」彼女は一歩さがってドアをさらに開けた。エリックがなかに入ると、彼女はドアを閉め、錠をかけた。「キャリー・エドワーズのことですよね?」

「ミズ・エドワーズのことで二、三お訊きしたいことがあります、よろしければ」気やすい控えめな口調で言った。人に話をさせるのが、刑事の仕事の大きな部分を占める。人は相手に気を許せば、それだけ饒舌《じょうぜつ》になる。彼のほうがグレッチェン・ギブソンより三十センチ以上背が高いから、それだけでも彼女は脅威を覚えるだろう。身長はどうにもできないが、せめて感じのいい人と思われるよう意識していた。

「新聞で読みました。彼女はきのうの午後に殺されたんですよね。それに、ゆうべ、友だちふたりから電話がありましたし」ため息をつき、丸い肩を怒らせた。「わたしたちの口論のことは、ご存じなんでしょ」

「彼女は難しいクライアントだったようですね」

彼女の顔が赤くなった。「難しいですって? それって、カルト指導者のチャールズ・マンソンを〝ちょっとおかしい〟と言うようなものですわ。彼女は根性曲がりの人でなしですよ。言わせてもらえばね」

「なにがあったんですか?」エリックは先を促した。

グレッチェン・ギブソンは口を引き結んだ。「奥に淹れたてのコーヒーがあるんです。いかが？　わたしのオフィスでじっくり話してあげますわ。キャリー・エドワーズのお守りがどんなに大変だったか」

エリックは三十分後、手帳数ページをメモで埋め尽くして店を出た。これで彼の〝参考人リスト〟からもうひとり名前を消すことができた。グレッチェンが宴会場を出たとき、キャリー・エドワーズはまだぴんぴんしており、彼女が殺された時間に、グレッチェンは店であたらしいクライアントとウェディングドレスの打ち合わせと採寸をしていた。

グレッチェンからはいろいろと情報をもらった。彼女の言うとおりならば、キャリー・エドワーズを殺したいと思っていた人間の数は、そう思っていない人間の数をはるかに上回ることになる。メイド・オブ・オナーはキャリーと大喧嘩した揚げ句に、出席を取りやめたそうだ。

被害者のまわりにはたいてい、彼もしくは彼女に危害を加えてやりたいと思う人間がひとりやふたりはいるものだ。キャリー・エドワーズの場合、それがフットボール・スタジアムを埋めるほどの人数になる。

16

署に戻る途中でマクドナルドに寄り、ドライブスルーの窓口でコーヒーを買った。ミセス・ギブソンが出してくれたコーヒーは、おかしな匂いがついていないふつうのやつだったが、カップの底が見えるぐらい薄かった。カフェインを摂取する必要がある。マクドナルドのコーヒーはうまい。コンビニエンスストアで再度危険を冒したくはなかった。ドライブスルーならまず何事も起こらない、だろ？

窓口にいたのは百八十センチはあろうかというひょろっとした女の子だった。「ミルクとお砂糖は？」女の子は尋ね、最初から出ている目をさらに大きくし、カウンターのほうにその目を二度ばかり向け、声に出さずに言った。〝警察を呼んで〟

「いや、ブラックで」彼は答え、店内をざっと見回した。ふつうなら歩き回ったり、注文を取ったりしているはずの、カウンターの奥にいる人間がみんな棒立ちになっていた。彼のいるところからは店内をすっかり見渡すことはできないが、目に入る客たちもおなじだった。棒立ちだ。

またかよ。勘弁してくれ。おれってよっぽど間が悪いんだな。

「洒落た真似しやがって」彼はつぶやき、ハンドルに頭を打ちつけたい衝動と闘った。コーヒーを飲みたいだけなのに、どこかのノータリンが店内で強奪行為の真っ最中だ。たった一杯のコーヒーも落ち着いて飲めないなんて、宇宙のネジがゆるんでるんじゃないか？

強盗の姿は見えないが、いる場所は見当がつく。脇のドアのちかくに立っている。それで、そのドアを開けるとエリックの車が真ん前にあるという寸法だ。強盗が武器を持っているかどうかもわからないし、小さな子どもの頭に銃を突きつけていないともかぎらない。

さっと周囲を見回す。ほら、あった。彼の車の右側で、エンジンをかけっぱなしにしているポンコツ車が、テールパイプから排気ガスを噴出していた。運転者はいない。つまり、ノータリンは単独犯だ。

飛び出した目の女の子が、彼にコーヒーを手渡した。彼は小さくうなずき、コーヒーを飲むふりをし、それから大声で言った。「このコーヒー、出がらしじゃないか。あたらしいのを淹れなおしてもらえないか？」

女の子が申し訳なさそうにうなずいた。彼は言った。「へえ、コーヒーを淹れなおすのが面倒くさいだと。きいたふうな口叩いて。店長呼べよ。店長」彼はしゃべりながら財布を開き、警官バッジをちらっと見せた。彼女は大きく息を吸いこみ、彼に倣《なら》って小さくうなずいた。「はい、淹れますよ。淹れますけど、時間がかかります」

「おれはかまわないよ」

クソッ。つぎにどうする？　車を建物にくっつけて停めたので、運転席のドアから出ることができない。ギアを〝パーク〟に入れ、カップをカップホルダーにおさめ、シートベルトをはずし、助手席に移動してドアを開け、カップを持って外に出た。時間を無駄にはできない。もたもたしているうちに怪我人が出る。混んだ店内で銃撃戦になるのだけは避けたかった。

カップのプラスチックの蓋を取り、車の前に回り、ホルスターから銃を抜いたとたん、片手に金の入った袋、もう片方の手に拳銃を持ったでかい男がドアから飛び出してきてぶつかりそうになった。男が吠えた。「どけ、クソ野郎！」拳銃をエリックに突きつけた。

エリックは左手に持ったコーヒーをカップごと男の顔にぶちまけた。男はうなり、とっさに両手を顔に持っていった。ふたりの間隔は半歩分ほどしかなかったので、男が手をあげた拍子に拳銃がエリックの鼻を直撃しそうになった。エリックは左手を突き出して男の手首をつかみ、思いきりひねった。男はパニックに陥り、女の子みたいな甲高い悲鳴をあげて拳銃を落とした。舗道の上を滑る拳銃のスピードと音に、エリックは手を止め、信じられない思いでまじまじと見つめた。重い拳銃はあんなふうに滑らないし、あんな音はたてない。もっと軽くてプラスチックでできた——

まさか、水鉄砲？

「もうたくさんだ！」エリックは言い、男の体を回して車のボンネットに顔から叩きつけ、手錠を取り出して両手にかけた。そのあいだも、男は火傷《やけど》したとメソメソ泣きつづけていた。エリックは頭のてっぺんから湯気が立ちそうなほど怒っていた。「クソ忌々しいコーヒーなんぞ、二度と買いに寄らないからな！」

背後で、マクドナルドの店からぞろぞろ出てきた野次馬が拍手喝采《かっさい》した。

「よお、ワイルダー、ノータリンに金払って強盗に入らせてるんだろ？　ヒーローになるために」

署に引きあげたとたん、野次が飛んできた。エリックは声に出さずにうなり、自分のおんぼろデスクへ向かった。ガーヴィーがにやにやしながらやって来た。まったくもう、どいつもこいつもにやにやしやがって。「インタビューを受けた子、うまいもんだったな。むろん、おまえが二度と買いに寄らないと言ったのがどんなコーヒーなのかは、ピーッと電子音が鳴って聞こえなかったが。読唇術の心得があれば容易に見当はつく。ところで、警部補がお呼びだ」

「いまですか？」

「それぐらいしたっていいだろ」

「クソ忌々しいぐらいありがたいですよ」エリックはつぶやき、しぶしぶ上の階に向かった。

ローカルテレビ局が店の客にマイクを向けるのを、止める手立てがどこにあるんだ？　ガキの口を手で塞いで黙ってろと言うとか？　だが、コーヒーのことでわめいたとき、何人の客が聞いているかなんて意識しなかった。テレビカメラの前で、自分が映ってると目を輝かせ、Vサインを出しまくって大騒ぎしているガキどものひとりに、レポーターがマイクを向けるとは、誰が想像できる？　強盗を見てすくみあがり、ママの腕に顔を埋める内気な子どもにどうしてインタビューしないんだ？

ガキの映像は昼のニュースで繰り返し流れた。「ザバッ！」ガキは言い、エリックが男の顔にコーヒーをぶちまける様子を真似た。クリスマスがやってきたみたいな満面の笑みを浮かべて。「それから強盗から拳銃を奪って、強盗を車に叩きつけたんだよ、ガンッて、こんなふうに――」その様子も真似た。「それから言ったんだ。クソ忌々しいコーヒーなんぞ、二度と買いに寄らないからな！」

〝クソ忌々しい〟は電子音で消されていたが、ガーヴィーの言うとおりだ。ガキがなんと言ったか、かんたんに想像がつく。

ニール警部補のオフィスのドアをノックし、くぐもった「入れ」を聞いてドアを開けた。

「ご用ですか？」われながら不機嫌な声だが、どうでもよかった。

「座れ」ニールは黒革の椅子にもたれかかり、複雑な表情を浮かべた。「ワイルダー、きみはふつうのやり方で逮捕することに、不満でも抱いているのかね？」

エリックは来客用の椅子のひとつに腰をおろした。「店は客でいっぱいでした。銃弾が飛び交うのは避けたかったんです」あらためて言うことでもない。

「犯人がほんものの銃を持っていなかったことを考えると、おまえはよほど運がよかったと言うしかない。もしおまえが発砲していたら、メディアが大騒ぎしていただろう」

「運がよかったら、ああいう場面に何度も出くわしたりしませんよ」彼は苛立って言った。

「いつものことだが、市長のオフィスから電話があった。きみにインタビューさせてくれという申し込みをすでに五つ受けている。チャリティー団体が、寄付金集めのための〝独身男オークション〟にきみを出してくれと言ってきているし――」

「冗談じゃない！」エリックは大声を出し、慌てて自分を抑えた。「すみません」

ニールはにやりとした。「わたしもそう思う。きみに代わって断わっておいた」にやにやしたまま、頭の後ろで腕を組んだ。「だが、インタビューのほうは、救ってやれるかどうか。きみは二日つづけて、型破りな方法で悪人を捕まえたんだからな。おおいに宣伝になると、市長は考えている」

「おれには宣伝している暇はありません」エリックは顔をゴシゴシ擦った。「殺人事件の捜査中で、容疑者はゴロゴロいるのに、そのいずれもが殺人を犯すようには見えません。それなのに、この騒ぎで午前中いっぱい無駄になりましたからね」

「そうだな。なんとかうまい口実を設けて、おまえの笑顔にスポットライトが当たらないようにしてやろう。代役をたてて。だが、市長からおまえに御指名があれば、インタビューを受けざるをえんぞ」

「はい、サー」エリックは苛立ちを抱えこんで立ちあがり、山積みの書類が待っている自分のデスクに戻った。あとからついてくる同僚たちのにやにや笑いも、助けにはならない。手に余る仕事量に四苦八苦しているときにかぎって、やたらと時間を食う出来事が起きる。

デスクの上の報告書や書類の山を睨みつけた。テレビの刑事ものを観て頭にくるのがそこだ。ほんものの警官が毎日、毎事件ごと悩まされる書類の山が、テレビには出てこない。報告書を書いてファイルして、依頼書を書いてファイルして、どんな小さな証拠品も記録しておかなければならない。

椅子にドスンと腰をおろし、報告書の山をパラッとめくってどれに最初に目を通すか考えた。ジャクリンの服の検査結果はまだ出ていないはずだ。ゆうべ検査に回したばかりだから、鑑識技術者は取りかかってもいないだろう。それに服は濡れているから、まず乾かさなければならない。

鑑識があげてきた証拠物の予備調査報告書があった。分析結果はまだだ。時間がかかる。だが、現場になにがあったかを知ることで、正しい方向に向かうことができる。なにが重要で、なにがそうでないかを見極めるには時間がかかるが、これが取っ掛かりになる。

マニラ封筒から報告書を引き出し、読みはじめた。最初に目に入ったのは毛髪についての事項だ――それも大量の毛髪について。人間の髪の色とみなされる色はすべて揃っていた。もっともホットピンクのが二本あり、面食らった。

ガーヴィーが隣の椅子に腰をおろした。エリックは巡査部長に目をやった。「これ、読みましたか？」

「ああ」

「グレーの髪」

「だが、誰の髪かわからない。公共の場だからな」

そのことが問題をやたらと大きくしているが、あるいはそうではないのかもしれない。複雑に見えることを掘りさげていくうち、出てきた答は単純なものだったということはままある。

「けさ、ジャクリン・ワイルドの母親の事情聴取をしました。すごくきちんとした人で、あれに比べたらスイスの銀行もめちゃくちゃに見える。分単位で自分の行動を記録してるんですよ。彼女とジャクリンはきのうの午後、クレアズでマフィンを食べた。その時間からいって、ジャクリンがホシだとすると、涼しい顔で現場をあとにし、まっすぐ店へ行って母親と午後のお茶をしたことになる」

「返り血を浴びていたらそりゃ無理な話だ」

「そうです」

「彼女にそういうことができるとは思えないしな。彼女を容疑者リストから完全にはずすわけにはいかんが、彼女に張りついて時間を無駄にすることはない」

巡査部長がそう言うのを聞いて、エリックはほっとした。ガーヴィーは部下たちを信頼しているので、彼らが勘に従って動くのを黙って見ていることが多い。それでも、捜査の焦点を変えることに上司の承認が得られたことはうれしかった。

検死官が出した死亡推定時刻から推《お》して、ジャクリンの証言にあった、彼女と入れちがいに宴会場にやってきたというグレーの髪の男を調べ出す必要がある。被害者のまわりにいるグレーの髪の男を徹底的に洗うのだ。すでにふたり、グレーの髪の男がいることはわかっている。被害者の父親と婚約者の父親だ。女が殺された場合、悲しいことに犯人はたいてい身近な男だ。

「あの子はとっても美しかったわ」コリーン・エドワーズは言った。あまりにも悲しげでか細い声に、はたして娘の死を乗り越えられるだろうか、とエリックは心配になった。どうやって乗り越えればいいんだ？　いずれは乗り越えていくものだし、人は自分で思っている以上に強いものだとわかってはいても、悲しみの真っ最中の人は胸が張り裂けそうになっていて、修復不可能に見える。

「ええ、そうでしたね」エリックはやさしく同意した。キャリー・エドワーズは性格の面で美しかったとは言えなくても、親にとってはかわいい娘だ。彼とガーヴィーはエドワーズ家のリビングルームで、肩を並べて座っていた。家は十八世紀風の煉瓦造りだが、庭は手入れが行き届き、家のなかも古びてはいるが塵《ちり》ひとつ落ちていない。ここを訪ねたときガレージの扉は開いており、車が二台駐めてあるのが見えた。赤いフォードと青いフォードのピックアップ・トラックだ。私道にも車が並び――そのうちの一台がグレーだったので、エリックはすかさずナンバーを書き留めたが、八十三歳の老女のものだとあとからわかった――友人や親戚たちが遺族に付き添い、代わりに電話を受けたり、玄関のベルが鳴ると応対に出たりしていた。料理を届けにくる人も多いのだろう、リビングルームとアーチ形のドアのない出入口で通じているダイニングルームのテーブルは、料理の重みで傾きそうだった。八十三歳の老女はコリーンの叔母で、小柄な体の弱々しいことといったら、煙のようにいまにも消えてしまいそうだ。彼女に人を殺せるはずがない。

隣人だと自己紹介した見るからにやり手の女が、弔問客たちを奥のキッチンへと追いたて、誰にも邪魔されずエドワーズ夫妻が刑事たちと話ができるよう取り計らってくれた。

キャリーの父親のハワードは、妻のかたわらに座ってうなだれていた。夫妻は手を握り合い、たがいを支えている。そうでもしないとふたりとも崩れ落ちてしまいそうだ。エリックが前夜にキャリーの死を告げに訪れたときから、ふたりは一気に年老いたように見える。ハワードの髪はグレーというより白髪にちかい。ほっそりとして手足が長く、ピアニストのような優雅な手をしていた。

「誰がわたしたちの娘にあんなことをしたんですか？」ハワードが尋ねたが最後のほうは声が震え、涙がとめどなく頬を伝った。

「まだわかりません」エリックは言った。「犯人逮捕の手掛かりになるようなことをなにかご存じないかと思いまして。娘さんはきのうの午後、宴会場で請負業者たちと打ち合わせをしたあと、なにか予定があると言ってませんでしたか？」

「いいえ」コリーンが答えた。目は泣き腫《は》らし、顔にはまったく血の気がなかった。あまりにも泣きすぎて、肌の色が赤や斑《まだら》になる力すら失ってしまったかのようだ。「あの子はウェディングドレスが気に入らなかったようです。理由はわかりません。まるで王女さまみたいに見えるのに。でも、キャリーは好みがやかましくて。完璧な結婚式にしたかったんですわ。完璧な男性と結婚するのだから、なにもかも完璧でなければならない、と言っていました」

それがほかの人たちをうんざりさせる原因だったのだ。だが、エリックは意見を差し控えた。

「娘は今夜、わたしたちと食事をする予定でした」ハワードが言った。「木曜ですから。毎週木曜は、わたしたちと食事をしていたんです」もう二度と娘と木曜の夕食をともにすることはないと思ったのだろう。彼は薄い胸を大きく上下させた。

「誰かと言い争いになったとか、誰かの恨みを買ったという話を、娘さんから聞いたことはありませんか？」

「わかりません」コリーンが大儀そうに言った。「まわりが困った人たちばかりだけれど、ちゃんと面倒を見てあげている、とキャリーは言ってました。なにもかもちゃんとやりたいんだって、そればっかり」

「ドレスメーカーのグレッチェン・ギブソンによれば、ブライズメイドと口論になったようですね？」

「テイト・ボインでしょ。ええ、彼女はキャリーの親友でした。仲直りしたってキャリーは言ってましたから、そうなんでしょう。ふたりはずっと仲のよい友だちでした」

「ミズ・ボインは式への参加を辞退しました。べつのメイド・オブ・オナーを探さなければならず、キャリーにとって重荷になっていたのでは？」

「まあ、そんなことはありませんわ。べつの人に電話していましたから。テイトが辞退したのは、ドレスを買うお金がなかったからだと、キャリーは言ってました。テイトはお金の問題で気まずくなって、それで辞めたそうですわ」

ふたりが激しく言い争うのを見たというミセス・ギブソンの話とは食いちがうが、エリックは口を挟まなかった。彼の仕事は人に話をさせることであって、反論して人に口を閉ざさせてしまうことではない。

「キャリーには心配ごとがあるようでしたか？」

「まあ、けっして。彼女は幸福の絶頂にあったんですのよ。会うたびに、結婚式の話題でそれはもう盛りあがりました。今年いちばんの盛大な結婚式になる、みんなが話題にして真似するような結婚式になる、と言いましてね。あの子は、まわりに真似されることが大好きでした。自分の結婚式は、きっと雑誌に特集されるだろうと思っていたんですよ」

「婚約者やその家族とはうまくいっていたんですか？」

ハワードがパッと顔をあげ、背筋をやや強張らせた。「ショーンがやったと思ってるんですか？」彼の目に生気がよみがえり、怒りとなって燃えあがった。自分が受けた苦しみを人のせいにしたい――する必要があるのだ。

「いえ、そんなことはありません」エリックは言った。たしかにそうだった。ショーン・デニスンは、彼女が死ぬ直前に携帯電話から彼女に電話をしている。その時間、彼は職場にいて、彼女の死亡推定時刻の一時間以上あとまで職場にとどまっていた――かんたんに裏が取れる鉄壁のアリバイだ。「被害者にちかい人間から調べるのが捜査の常道ですからね。そこから少しずつ捜査の輪を広げていくんです。おわかりでしょう？」それはたわごとであり、核心を突いてもいる。ただ、ちかい人間からさらに輪を広げていくことはめったにないだけだ。

ハワードの肩がまた落ちた。「わたしの知るかぎり、彼の家族の誰ともめてはいなかった。ショーンの友人となると、わたしはよく知らないのです。彼の両親にはむろんお目にかかったが、たったの二度だけです」

「いい人たちのように見えましたわ」コリーンが言ったが、声は尻すぼみになり、気が抜けたようにじっと床を見つめた。

「時間を割いていただきありがとうございます」エリックはやさしく言った。ふたりから聞き出せることはこれ以上ないし、憔悴《しょうすい》しきっている人にこれ以上質問するのは酷だ。「また連絡します」

車に向かうあいだ、ガーヴィーは両手をポケットに突っこみ、小銭をジャラジャラいわせた。「なにも出てこないな」

「ええ。デニスン家の人たちのほうが脈がありそうです」

デニスン一家はバックヘッドに住んでいる。つまり管轄外だが、事前に電話を入れて話を聞かせてくれと頼んであった。デニスン州上院議員もミセス・デニスンも在宅のはずだ。彼らが事件に関与しているとしたら警戒させてはまずいので、通り一遍の捜査だと言ってあった。

堂々たる門構えが、デニスン家の、というよりミセス・デニスンの実家の財力を物語っていた。高い石造りの塀越しに見ただけでは、屋敷がどこにあるのかわからない。門の右側にキーパッドと防犯カメラが設置されてあった。エリックは車の窓を開け、キーパッドの横のアラート・ボタンを押した。スピーカーからはきはきした女の声が聞こえた。「はい」

「ガーヴィー巡査部長とワイルダー刑事です。州上院議員とミセス・デニスンにお目にかかりたい」

しばらく間が空いたのは、リストの名前と照らし合わせているからだろう。やがて門がするすると開いた。エリックはガーヴィーと目を見交わし、門を抜けた。背後で門がするすると閉まるのが、バックミラー越しに見えた。

鬱蒼《うっそう》たる木立のあいだを走る型押しコンクリートの私道は、ゆるやかに右にカーブしていた。木立を抜けると左手のべつの木立の奥に屋敷が現われた。まるで旅行カタログに掲載された写真のような景色だ。金色の石造りのどっしりとした屋敷は三階建てで、バルコニーとポーチコがあり、五台収容できるガレージがついている。ガレージの扉はいずれもおりたままで、なかの車を見ることはできなかった。ガーヴィーはうなり、携帯電話を取り出した。車を見る必要はないが、目の保養になっただろう。自動車局の記録を調べれば、州上院議員の名前でどんな車両が登録されているかわかる。

エリックは玄関先に車を駐めた。ゆうに三メートルはある両開きのドアに向かって、ふたり並んで歩いた。エリックが玄関のベルを押すと、低い呼び鈴が鳴り響くのがドアのこちら側にまで聞こえた。「こいつはなんだ、神殿か?」エリックはつぶやいた。

「だったらおまえはインディ・ジョーンズだな」ガーヴィーが言った。

エリックは玄関先で待たされるのが嫌いなので、腕時計の秒針の動きを目で追った。十五秒経過したところでもう一度ベルに指を当てようとしたそのとき、左側のドアが開き、年齢不詳の女が現われた。これほど地味なビジネススーツも珍しい。「わたくしはノーラ・フランクス、ミセス・デニスンのアシスタントです」感情のかけらも感じさせない声だ。「どうぞお入りください」

ふたりはなかに入った。エリックは少なからず警戒して女を見つめた。ノーラ・フランクスだって？ どこが〝フランク〟なんだ？ 本名はダンヴァースだろう。『レベッカ』に出てくる家政婦の名前だ。どこかそのへんをレベッカの亡霊がスーッと通り過ぎていきそうだ。もっとも、レベッカが亡霊だったのかどうか憶えていない。あの小説を読んだのは高校時代で、文学のクラスの単位を取るために無理やり読まされ、最初から最後までまるっきりおもしろくなかった。あるいは『マクベス』とごっちゃになっているのかもしれない。

「こちらです」大理石の床で飾り気のないパンプスがコツコツと音をたてる。左と右に分かれた二連式の豪勢な階段は踊り場でひとつになり、最後の五段をのぼって二階に着く。二階の広間には彼の背丈ほどもあるクリスタルのシャンデリアがさがり、まるで巨大な切り子の涙のようだ。シャンデリアの下、広間のちょうど真ん中に象嵌《ぞうがん》細工のテーブルが置かれ、切りたての花々が盛大に活《い》けてあった。アジサイは実家の庭にあったからわかるが、ほかの花の名前はまるでわからなかった。だが、香りはすばらしい。

ミセス・ダンヴァース――おっと、ミセス・フランクスだ、ちゃんと憶えておかないとうっかりちがう名で呼びそうだ――は、左手の閉じたドアの横で立ち止まり、軽くノックしてドアのほうに頭を傾けた。エリックの耳には届かなかったが、返事があったらしく、彼女はドアを開けた。

「旦那《だんな》さま、奥さま……ガーヴィー巡査部長とワイルダー刑事です」彼女はそう言うと後ろにさがり、部屋に入るふたりに軽く会釈してドアを閉めた。エリックたちは名前を名乗っていなかったのだから、インターコムで話した相手が彼女だったのだろう。

そこは書斎で、壁一面が造りつけの本棚になっており、あらゆる大きさの本がぎっしりと並んでいた。書斎に並ぶ本はたいていお飾りだが、ここの本は実際に読まれているようだ。だいいち、本が大きさや色別に並べられていない。ハードカバーの本のあいだにペーパーバックが突っこんであるかと思えば、横にして積みあげてある本や表紙を見せて立てかけられた本もあった。装飾品もあちこちに置かれている。スナップ写真もある。観光地の安い土産物に紛れて高価そうな彫像が無造作に置いてあった。

いい部屋だとエリックは思い、そう思う自分に驚いた。なんであれデニスン家のものに惹かれるとは思ってもいなかったからだ。夫妻のどちらかが犯人かもしれず、刑事の勘を働かせるために先入観は排除するよう努めていたが、個人的な好き嫌いはそれとはべつだ。

だが、深々とした茶色の革張りの椅子から立ちあがり、本を脇に置いた女を……彼はひと目で好きになった。

「フェア・デニスンです」彼女は気さくな態度で言い、ちかづいてきて手を差し出し、ふたりと握手を交わした。エリックは彼女の握手の仕方も気に入った。冷たくてグニャッとした手をただ差し出すのではなく、しっかり握り返してきた。大柄ではない。中背でほっそりとしたしなやかな体つきは、一日レタス一枚のダイエットの賜物ではなく、運動でカロリーを燃やした結果だろう。

そのうえ、人目を引く美人だ。まさに政治家の妻にふさわしい女。ダグラス・デニスンはこれ以上ない選択をしたものだ。肩までのプラチナブロンドをすっきりと後ろに流し、うなじでまとめて黒いヘアクリップで留めている。切り揃えた前髪やおくれ毛で印象をやわらげてはいなかった。顔立ちそのものがくっきりと女らしいからだ。小さな窪《くぼ》みのある顎、まっすぐな黒い眉、プラチナブロンドとの対比でよけいに黒く見える目。口調はきびきびとしていて、眼差しは親しげでありながら鋭い。白いパンツに黒いトップ、黒いフラットシューズという普段着だが、彼女が着ると高価に見える。六十歳にちかいとエリックはあたりをつけたが、それはさりげなくまとった威厳のせいで、肌のしわのせいではない。事実、しわはほとんどなかった。

彼女の背後でデニスン州上院議員が立ちあがった。写真と実物が大ちがいという人は多いが、彼は写真写りもよく、実物もそのままだった。身長は妻より十五センチほど高く、引き締まった体つきで肩の筋肉も落ちていない。日焼けした肌の色はスプレーを吹きつけたのではなく、ほんもののようだ。白髪交じりの髪に気さくな笑顔、あたたかみのあるブルーの目。妻とはちがって外出用のズボンとシャツ姿だが、上着とネクタイは取り、シャツの袖をまくりあげていた。

エリックはさりげなくダグラス・デニスンを観察した。見た目は感じがいい――物やわらかで知的だが、野心満々だ。妻の金に頼ることを潔しとせず、自分で商売をはじめて成功し、それから政界に打って出てここまでのしあがってきた。

夫婦ともリラックスしているように見えて、じつは緊張していた。息子の婚約者が殺されたのだ。いまはまだ脇役だが、じきに話題の中心に据えられる。人目にさらされ、マスコミから質問攻めにされ、息子を慰め、一カ月後にはショーンの義理の両親になるはずだった遺族を支えてやらねばならない。いまは台風の目のなかにいて比較的静かだが、それも一時のことだ。

「どうぞお座りになって」フェアが言い、男性用に造られた大きな革張りのソファーを勧めた。「なにかお飲みになりますか？　アルコールがだめなのはわかっていますが、コーヒーでもいかがです？　それともアイスティーかソフトドリンクかしら」デニスン夫妻のかたわらには白ワインのグラスがあった。

「いいえ、けっこうです、マム」エリックは言い、腰をおろした。豪華な革がちょうどいい感じに尻を包みこむので、思わずどっかりと座りそうになった。だが、そうはせずに身を乗り出し、手帳を膝に置いた。

彼女はエリックの様子を眺め、ゆっくりと笑みを浮かべた。「やっぱりそうね。お昼のニュースを観ましたよ。二度とコーヒーは飲まないことにしたんでしょ」

ガーヴィーが鼻を鳴らす。エリックは顔が赤らむのを感じた。「あの、謝ります」

「あなたが謝る必要はないわ。ゆうべ、キャリーのことを知ってからずっと塞いでいた気持ちが、おかげで少し楽になりました。あの男の子はかわいらしかったわね。自分の子どもでなくてよかったと思ったけれど。いかにも腕白そうだったもの。あなたはとっても勇敢だったわ。だから少しぐらい悪態をついたって罰は当たりませんよ」

「そんなに勇敢じゃありません」頬の熱が首筋を伝いおりるような気がして、エリックはシャツの襟もとを引っ張った。「あの男が持っていたのは水鉄砲でしたからね」

「あなたは知らなかったのでしょう。ほんものの拳銃だと思った」

「ええ、まあ」

「そのニュースは見ていないな」ダグラスが順番にふたりを見て言った。「なんの話をしてるんだ？」

「あとで話してあげますわ。夜のニュースでも流れるでしょうから、そのとき見ればいいわ」

「よっぽど卑猥な言葉だったんだな」ダグラスは言い、ほほえんだ。「よし、待つとしよう」

「それで」フェアはエリックからガーヴィーへと視線を移した。「わたしたちのどちらかがキャリーを殺したのかどうか、尋ねるためにいらしたのね」

「フェア！」ダグラスが驚いて言った。

「ええ、マム」エリックは勘に従ってそう言った。彼女にたわごとは通用しない。生まれながらに嘘発見器を備えている。「それがふつうですから」

「そうね。まず家族を調べろ、だわ。わたしは彼女のことを好きではなかったけれど、ショーンのためにうまくやろうとしていました」

「きみはキャリーを気に入っていたんじゃないのか！」ダグラスが言った。驚きから困惑へと感情のジェットコースターで一気に滑りおり、鞭《むち》打ち症にもなりかねない様子だ。

「彼女を気に入っていたですって？　いいえ。でも、ショーンが幸せならそれでいいと思ったの。キャリーとわたしのあいだには暗黙の了解ができていたわ。彼女がわたしの立場を脅かさず、ショーンを幸せにしてくれるなら、わたしはなにも言わない。それに、彼女は婚姻前契約に文句を言わずに署名したから、ほんとうにショーンを愛していたんでしょうね。彼を利用するつもりはなかったんだと思うわ」

「彼女がご子息を利用するかもしれないと思われたのはどうしてですか？」ガーヴィーが尋ねた。彼はたいてい後ろに控えて質問はもっぱらエリックに任せているが、フェア・デニスンには人を引っ張り出す力のようなものがあった。それがなんなのかエリックにはわからないが、彼女と話をするだけで、ここに来た理由も自分の仕事も忘れてしまいそうになった。それがカリスマ性だ。フェア・デニスンにはカリスマ性がある。人を自分のほうに引きつけて、殻から引きずり出す力が。彼女と話をしていると、子どもに戻ってクリスマスの贈り物を開けているような心持ちになった。

なんてことだ。十代の少年みたいに彼女に夢中になっていた。母親ほどの年なのに。きょうは魅力的な中年女性に出会う運命の日なのだろう。最初がマデリン・ワイルド、つぎがフエア・デニスン。まったくちがうタイプだが、直感的に好ましいと思い、もっと一緒にいたいと思う相手だった——しかも、ジャクリンの母親は彼に魅力を振りまくどころか、ひどく腹をたてていたというのに。

「直感よ」フェアは少し考えてから言った。「キャリーは人を利用する人間だったわ。わたしの前ではそういう素振りは見せなかったし、ショーンにはいつもやさしかった。でも、ほかの人たちにどういう態度を取るか知っていました。なにがどうとは言えないけれど、わたしたちの前では感じよくふるまおうとしているのがわかったわ。たとえばレストランで、ほんのささいなことでも気に食わないと、彼女は信じられないほど冷たくて意地悪な表情を浮かべるの。ほんの一瞬のことで、すぐに甘い笑顔に戻るんだけれど、なんだか歯が浮くような気がしたものだわ」

「婚姻前契約があったとおっしゃいましたね？」

「ええ。わたしたち、ショーンが甘ったれの馬鹿息子にならないよう育て方には気を遣ってきました。仕事も親から与えられるのではなく、自分で社会に出ていってつかんできたし、生活費はすべて自分の稼ぎで賄っています。ほんとうにいい息子に育って、親としては運がよかったと思っていますわ。息子の唯一の欠点は、まあ、敢《あ》えてあげるとすれば、人のよい面ばかりを見ようとすることです」彼女は自慢げに小さな笑みを浮かべた。「でも、ショーンは利口だし、わたしたちもそのへんは抜かりなく、デニスン家の財産について取り決めておくことにしたんです。ショーンが相続する財産に対し、いっさいの権利を放棄するという婚姻前契約に、キャリーは署名しました。それだけのことですわ。ショーンが自分で稼いだお金を契約条項に加えるかどうかは、本人の判断に任せました。ショーンは加えなかった。それでも、キャリーはなにひとつ文句を言わずに署名したんです」

「彼女はご子息を愛していたのかもしれませんね」

「そうね。そういうこともあるかもしれない」その口調から本心からは思っていないことが窺えたが、キャリーが死んだいまとなっては、彼女に有利に解釈することにしたのだろう。

「キャリーとうまくいっていなかった人をご存じありませんか？　彼女の手に負えなくなるほど激しい諍《いさか》いをした相手を」

「キャリーは誰とでも口論になりましたよ――わたしたち夫婦とショーン以外なら誰とでも」ダグラスが言い、ため息をついた。「ショーンが彼女と結婚することに、わたしは危惧《きぐ》を覚えていた。だが、キャリーはいつだって──息子が彼女のいいところを引き出したんでしょうね。おわかりいただけるかどうか。キャリーは息子といるとまるで別人のようだった」

「とくに目立った喧嘩はありましたか？」

「テイト・ボインとの喧嘩ぐらいかしら」フェアが言う。「あの人たちは親友だったのにね。テイトはメイド・オブ・オナーを務めるはずだったけれど、わたしが聞いた話では、ひどい喧嘩になってテイトが役をおりたようです」メイド・オブ・オナーがおりるのは、教会が焼け落ちるのとおなじレベルの大惨事だと言いたげな口調だった。

メイド・オブ・オナーの話が出たのはこれで二度めだ。問題は彼女がグレーの髪の男ではなく、宴会場で彼女の姿を見た者がいないことだ。

「仲直りしたんじゃないのか」ダグラスが言い、肩をすくめた。「よくは知らないが。ショーンとキャリーが話しているのを聞いて、そんな印象を受けた」

「そうかもしれないわね」フェアも肩をすくめた。「結婚式の準備にはドラマがつきものだし、いちいち耳を傾けていられないもの」彼女が手がければ、きっとなんの問題も起きないのだろう。決断を下し、それを守り、細かな部分はそれぞれの専門家に任せ、なにかあっても臨機応変に解決していく。

「質問があります」エリックは言った。「きのうはどちらにいましたか？　午後三時から六時のあいだ」

彼女はまったく気分を害さなかった。それどころか思いやりを示してくれた。「ここにいました。チャリティー舞踏会実行委員会のメンバー四人と案を練っていましたわ。最後までいたのがシドニー・フィリップスで……たしか五時半ごろに帰ったかしら。それにもちろん、ノーラが——ミセス・フランクスが——いました」

「わたしは仕事だった」ダグラスが言った。「いつもより遅くまで仕事をして、オフィスを出たのが五時十五分だったかな。家に帰ったのが……何時だった？　六時ごろか？　もう少し前だったかもしれない」

調べればわかることだが、ふたりのアリバイは鉄壁なようだ。エリックはミセス・デニスンが言う委員会メンバーの名前を書き留め、ダグラスから関連情報を聞き出したが、かんたんに裏が取れるものばかりだから嘘をつくのは時間の無駄だ。つまり、ジャクリンが見たというグレーの髪の男のことでは手掛かりなしだった。

彼とガーヴィーが立ちあがると、ダグラスも一緒に席を立った。「玄関まで送ろう」大理石の広間を横切りながら、彼が尋ねた。「キャリーの遺体はいつごろ両親のもとに返されるのかね？」

「おそらくあすには」ガーヴィーが答えた。

ダグラスはうなずき、考えこむ表情になった。「だったら葬式の手配はあすの午後ということになるな。フェアもわたしも、ショーンやキャリーの両親のために時間を空けておかないと。相談に乗ってやる必要があるだろうから。ショーンは打ちひしがれてしまっていてね。じつはここにいるんだ。上で寝ている。ゆうべは一睡もしていないからね。疲労困憊《こんぱい》して崩れるようにベッドに入った」彼は玄関のドアを開け、ふたりと一緒におもてへ出た。

そこで立ち止まり、両手をポケットに突っこんでうつむいた。

その様子や顔をよぎる疾しげな表情を見て、エリックは足を止めた。ガーヴィーが振り返り、やはり立ち止まった。少しずつ距離を置いて、三人は立っていた。

エリックはダグラスの顔に浮かぶ表情の変化を見逃さなかった。

「じつは、仕事をしていたというのは嘘なんだ」彼が低い声で打ち明けた。

この話がどこへ向かうか、エリックにはぴんときた。「実際にはどちらにおられたのか、話していただけますか?」

「わたしには——その、愛人がいてね。彼女と一緒だった」

ビンゴ! 思ったとおりだ。フェア・デニスンみたいな女を裏切るとは、なんて馬鹿な奴なんだ? ああ、まったく——馬鹿にもほどがある。そんな思いは胸にしまい、エリックは言った。「名前と住所と電話番号を教えてください」

ダグラスはうなずいた。「オフィスを早めに出てね、彼女と時間を過ごすために。彼女の仕事は時間の融通がきくものだから、一緒に過ごす機会を持てる」

「名前は？」エリックは催促した。

ダグラスが惨めな表情を浮かべた。「わたしは――いや、言い訳はよそう。テイト・ボインだ」

問題のメイド・オブ・オナーか。これはこれは、おもしろくなってきたぞ、とエリックは思った。

17

「このまま事情聴取に向かうつもりか?」車に乗りこむやガーヴィーが尋ねた。すでにテイト・ボインの電話番号を押している。

「もちろん」すでに五時を回り、午後の熱い日差しが触れるものすべてを焼き尽くしているが、警官の仕事は九時五時で区切れるわけではない。八時五時でもない。暇な日でもせいぜい七時六時だ。エアコンを強にした。

ガーヴィーが電話を切り、言わずもがなのことを言う。「出ない」州上院議員が教えてくれたべつの番号を押し、一分ほどして言った。「ミズ・ボイン、こちらはホープウェル警察のエリック・ワイルダー刑事です」

「これはどうも」エリックはぼそっと言った。たしかにこれは彼の事件だし、巡査部長は彼に任せるつもりでいる。

「キャリー・エドワーズのことでお聞きしたいことがあります」ガーヴィーがすらすらと言った。「電話をいただきたいのですが……」そこで考え、エリックの携帯電話の番号を告げた。

テイト・ボインがバイヤーとして勤務する高級ブティックは、そろそろ閉店の時間だが、彼女がどれぐらい店に詰めているのか見当がつかなかった。携帯電話には出ず、自宅に電話しても応答がない。居留守を使っているのかもしれないが、きょうのところは他に打つ手がなかった。彼女が折り返し電話をくれるとも思えない。

ガーヴィーもそう考えたらしく、あくびをしながら言った。「おれがまともな時間に帰宅したら、おれの恥じらう花嫁はさぞ喜ぶだろう」

「それってつまり、まともな時間に帰宅したら、恥じらう花嫁にキンタマをちょん切られて食わされずにすむからうれしいってことでしょ」

「まあそんなとこだ」ガーヴィーは言い、ちょっとほほえんだ。妻の話をするといつもそうだった。「キンタマシチューは噛み応《ごた》えがありすぎる」エリックはべつに巡査部長を羨ましいとは思わないが――あの奥さんだぜ、まさか！――夫婦の関係は羨ましいと思った。何年経ってもほほえみながら語れるような女と、いつか結婚したい。そう思ったらジャクリンが頭に浮かんだ。彼女との関係はのっけから心臓に一撃を食らったような感じだった――べつに彼女との結婚を考えているわけではない。ただ彼女とは馬が合いそうな気がしていた。

「州上院議員はいったいなにを考えてるんでしょうね」結婚からいま会ってきた夫婦を連想するのは自然なことだ。「ああいう女を裏切るなんて、よっぽどの馬鹿ですよ」

「おれもおなじことを考えていた。頭がよくて見目麗しくて、性格がよくて金持ち――男としてそれ以上望むことがあるか？」

ふたりのあいだに、他人には窺い知れないことがあるのかもしれないが、上っ面だけ見れば、ダグラス・デニスンはとんでもない馬鹿野郎だ。政治家とはそんなものなのかもしれない。政治家に浮気はつきものだが、エリックはひと目でミセス・デニスンを好きになったから、彼女を裏切るなんて、州上院議員は極めつきの大馬鹿野郎だ。

署に戻るとメッセージをチェックし、報告書に目を通した。署内はハチの巣をつついたような大騒ぎとはいかないが、それなりに騒がしかった。残っている連中の半分は、けさのコーヒー事件を話題にしている。まあいいさ。コーヒーといえばジャクリンだ。ブリーフケースの中身をコピーして渡すと彼女に約束したことを思い出し、頭のなかで自分の額をぴしゃりと打った。

ガーヴィーは自分のデスクに直行した。エリックが、恩を売ったことのある証拠品係に電話をしながらメッセージをチェックしていると、ガーヴィーが声をかけてきた。

「自動車局からおもしろい報告書があがってきたぞ。シルバーのメルセデスを誰が所有しているか当ててみろ」

メルセデスは大きな手掛かりだ。「ダグラス・デニスンですか？」エリックは言った。「ほんとに？」

「ほんとだ。難しいことになってきたぞ」裕福な政治家に手を出すのは容易なことではない。

ふたりともわかっていた。

「つまり、第一容疑者が第一目撃者になるということだ」それもまた面倒だ。捜査の方向が見えてきたのだから、州上院議員を含めグレーの髪をした男の写真を何枚かジャクリンに見せればいい。だが、そこが面倒なところだ。彼の政治広告は年じゅうテレビで流れているから、彼女も見覚えがあるだろう。エリックとしては逮捕までこぎつけたいが、誤認逮捕だけはぜったいに避けなければならない。

いまのところ、車の捜索令状を取れるだけの証拠が集まっていない。これでは判事に耳を傾けてもらうことすら無理だ。それに、ダグラス・デニスンには愛人と一緒だったというアリバイがある。向かうべき方向がわかったのだから、地道に捜査するだけだ。アリバイは崩せる。それを言うなら、夫に愛人がいることがばれれば、フェア・デニスンが黙っているはずがなかった。

「ジャクリン・ワイルドに再度事情聴取をしたほうがいいな」ガーヴィーが言う。「彼女が見たという男の詳しい人相がわかるかもしれん」

彼女のブリーフケースに詳しい予定表が入っていた。今週いっぱい、彼女がいつどこに出掛けるかわかっている。きちんとしているのはありがたいことだ。

「これから行ってきます」エリックは言った。

出ていこうとする彼にガーヴィーが声をかけた。「ワイルダー」

エリックは振り返り、問いかけるように眉を吊りあげた。

「あすの朝、コーヒーを買いにどこかへ立ち寄る場合、頼むから……わかってるな？」

担当するイベントに立ち会うとき、顔をあげていられないほど気分が悪かったこともあったが、マデリンは仕事に穴をあけたことはない。頭痛だろうが、生理痛だろうが――ありがたいことにようやく解放された――ウィルス性胃腸炎だろうが、弱音は吐かなかった。もっともウィルス性胃腸炎の場合は、花嫁にうつして新婚旅行中に発病したらおおごとだから、なるべく接触しないように注意する。ほかに代役を頼めないときは、病気を押してでも立ち会ってきた。その晩のリハーサルはまさにそんな感じで、〝矢でも鉄砲でも飛んでこい〟という気分だった。ほかにどうしようもないでしょ？　キャリー・エドワーズが殺されたからといって、ほかの花嫁たちの時間も止まったわけではない。人生はつづいていくし、プレミアも立ち止まってはいられない。

心を鬼にしてリハーサルに立ち会い、あすはにこやかに結婚式に立ち会う。悲運を嘆くイベント・プランナーなんて誰も見たくないだろう。でも、今夜はリハーサルに合わせて気分を盛りあげるのが難しかった。

花嫁はかわいらしい女性だが、ピンク色に病的なまでの愛を抱いているものだから、結婚式は風船ガムが破裂したみたいな様相を呈することになった。ピンクの花にピンクの招待状、どこまでもつづくピンクのリボン。ブライズメイドのドレスもピンクなら蠟燭もピンク、新郎付き添い人のカマーバンドまでピンクだった。ウェディングケーキはピンク色の糖衣がかかったイチゴのケーキだ。もっとも飾られているのはピンクではなく白いバラだった――ピンクの糖衣にピンクのバラでは目立たないと指摘され、花嫁がそこだけは折れたからだ。

リハーサルも例外ではなかった。花嫁はピンクのドレス姿で、花婿はお揃いのネクタイをつけている。ブライズメイドも色合いこそさまざまだがピンクのドレスを着ていた。彼女たちの美しい――カラフルな――ドレスは、パステルピンクからホットピンク、ラズベリーピンクまで、ありとあらゆるピンクが揃っていた。花嫁の母親はすてきなシャンパン色のスーツに、大きすぎる鮮やかなピンクのバッグを合わせてきた。花婿の母親の流れるようなロングスカートは、大きなピンクの花模様だ。

ピーチの花柄のブラウスにさえも、淡いピンクが使われていた。

濃い青緑色のスーツを着たマデリンは、まるでピンクの海を泳ぐ魚みたいだ。服の色だけではない。内に溜めこんだ怒りと苛立ちも、彼女を場ちがいな気分にさせていた。でも、それをおもてに出してこの場の雰囲気を壊すことだけは、ぜったいにしてはならなかった。

いかにもキャリー・エドワーズらしい、とマデリンは思った。よりによっていちばん忙しい週に殺されなくたっていいんじゃない？　死んだあとまで人に厄介をかけつづけるなんて。

ピーチがマデリンの耳もとでささやいた。「ピンクだらけで気分が悪くなってきたわ」

マデリンはピーチのブラウスのピンクに意味深長な視線を送ってから、友人をじろっと睨んだ。でも、それも長くはつづかなかった。ピーチの愉快な表情に、少しばかり心が和んだからだ。リハーサルの出席者は誰もこっちを見てはいないが、何食わぬ表情を装う。ふたりは離れた場所に立っているから、出席者にささやき声を聞かれる恐れはなかった。

「偶然だったのよ」ピーチはささやき、袖の小さなピンクの花をそっと摘まんだ。「それとも金縛りにでもあったのかしら。そりゃあ結婚式はピンク一色だって知ってたけど、リハーサルまでこれってどうよ？」

五歳のリングボーイが通路を進んでくるときに、ちょっとした騒ぎが起きた。三歳のフラワーガールが、自分が先だと駄々をこねたのだ。あたしは〝女の子〟で、〝女の子はいつだって先に行く〟ものだ、と。マデリンが出ていってふわふわの髪の小悪魔に説明した。ほんとうに大事な人は最後に歩くものなのよ、その証拠に花嫁の入場は最後でしょ、と。少女はしばらく考えこみ、くだらないパレードには参加しないことに決めた。

おやおや、おもしろくなってきた。

プレミアがこれまで扱ったなかで、バブルガム・ウェディングはけっして最悪ではなく、それどころかワーストテンにも含まれない。もっと機嫌のよいときなら、マデリンもピンク尽くしを無邪気でかわいらしいと思っただろう。なんといっても花嫁にとって特別な日になるよう、望みをすべて叶えてあげて、あとはうまくいくように願うのが彼女の仕事なのだから。この花嫁はピンクを欲しがった。それもたくさん。だからピンクを与えてあげた。布地から花からケーキ、ナプキンにテーブルクロス、ブライズメイドから花嫁への贈り物に至るまで、プレミアが揃えた。ピンクといっても濃いのや薄いのがあるから、うまく調和するよう時間をかけ、下調べを怠らなかった。あすは目にするものすべてがピンクだが、隅々まで調和が取れている。釣り合いの悪い色は許されない。結果は悪くないものになった。

ピンク一色ということを除けば、この結婚式は楽なほうだった。どちらの側の親族もいい人たちばかりだし、フラワーガール以外にドラマクイーンはいなかった。花嫁と花婿はとても愛し合っている。目に星を浮かべて見つめ合う愛すべきすてきなカップルだ。扱う結婚式を円滑に進めるのに役立つと言われれば、ピンクのワードローブにお金を注ぎこむこともやぶさかではなかった。プレミアの全員がお揃いのピンクのスーツを着て、名刺もピンクにする。それにホットピンクのジャガー。ジャクリンのゾッとした顔が見えるようだ。

長い一日のうちで、そのときはじめてマデリンの口もとにほんものの笑みが浮かんだ。

リハーサルは滞りなく終わった。花嫁の前を歩くあなたこそきょうの主役よ、と言われてフラワーガールは納得した。花嫁の母がピーチとマデリンをディナーに招いてくれた。このあたりではいちばんおいしいシーフードを出すと評判のレストランだ。べつの日だったら喜んで招待を受けただろうが、きょうは長い一日だった。正直に言って〝よそいき〟の顔をしつづけることに疲れた。すべてうまくいっているという顔をすることに疲れた。マデリンはにこやかに辞退し、翌日の夜の集合時間を再度確認した。

駐車場に出ると、ピーチは自分の車に向かわず、マデリンについてきた。「ジャクリンはどう？　〝元気よ〟なんていうおざなりな返事は聞きたくないから。かなり上手に自分を抑えているように見えたけど、あなたは母親なんだから、彼女が無理をしているのか、ほんとうに心穏やかなのかわかるでしょ」

「わたしがあの子の立場だったら、あんなふうにうまく対処できなかったでしょうね」マデリンは、仕事と、娘を心配する親心を切り離そうと必死だったが、心配が消えることはなかった。だが一日が終わる頃になると、心配は募る怒りの下に葬り去られた。怒っているほうが、心配するより楽だ。怒りをぶつける相手をひとりに絞ればいいのに、たくさんいすぎて決められなかった。

キャリー・エドワーズに怒りをぶつけるべき？　極めつきの性悪のおかげでこんなことになったのだから。それともエリック・ワイルダーにする？　ジャクリンを犯罪人扱いするなんて言語道断だ。それよりいまは、まわりの人と物すべてに怒りをぶつけるほうが楽だった。

「殺人事件そのものはひどいことだけれど、あの子がほんの一瞬でも疑われたと思うだけで頭にくるわ。エリック・ワイルダーと部屋でふたりきりになる機会があったら――」

「あたしが彼と部屋でふたりきりになったら、なにをするかもう決めてあるわよ」ピーチがつぶやき、ウフンと甘い声を出してから、気を取りなおして言った。「お尻をピシャリと叩いてやる」そこで口をへの字にした。「あら、それじゃお仕置きにならないかもね」マデリンはため息をついた。「なるかもよ。訓練を積んだ刑事のくせに、目は節穴なの？ジャクリンに人殺しなんてできるわけが——」

ピーチがいつになく真面目な口調で言った。「それはどうかしら。あたしたちみんな、心の奥底にそういうものを隠し持ってるんじゃない？　いい機会があって、正しい動機があったとしたら？　だからって、ジャクリンがキャリー・エドワーズを殺したとは思ってないわよ」慌てて言い添える。「一瞬たりとも思わなかった。でも、愛する人を守るためなら、あなただって人を殺せると思わない？　あたしはできると思う。キャリーを殺した犯人だって、まわりからは、とても暴力をふるうような人とは思われていないかもしれない」

「そうね」マデリンは静かに言った。ピーチは理性的であろうとしている。マデリンは理性的にふるまいたくなかった。彼女は母親で、娘が疑われているのだ。怒りにまた火がついた。「これだけは言っておくわ。ジャクリンがキャリー・エドワーズを殺すと決めたら、自分に疑いがかかるような方法は取らないわ。信頼のおける証人が何人もいるところで、顔をひっぱたかれてクビを言い渡された直後に、言い渡した女を殺すほどあの子は馬鹿じゃない」ジャクリンがキャリー・エドワーズを殺すと決めたら——あくまでも仮定の話だ——死体はけっして発見されないだろう。そのことには露ほどの疑いも持っていない。自分だってそうするだろうから。娘は母によく似ている。

リハーサル・ディナーに向かう人たちの車が、つぎつぎに教会の駐車場をあとにしていく。彼女とピーチはほほえんで手を振り、あかるくさよならを言った。

マデリンはどうしても娘と話がしたかった。いつもあなたのそばにいるわ、必要なものがあったらなんでも言ってね、と言うだけにしても。だが、ジャクリンが担当しているリハーサルはバブルガム・リハーサルよりはじまるのが一時間遅いので、いまは電話できなかった。ジャクリンが電話してくるのを待つしかない。

殺人と疑惑に取り巻かれ、ぶつける相手のいない怒りは募るばかりだ。こんなときはひとりでいたくなかった。マデリンは友人に向かって小首を傾《かし》げて言った。「夕食はどうするの？」

「リーン・クイジーン（ダイエット食品）は候補になる？」ピーチが皮肉を言う。

「いいえ、入らない。冷凍庫にラザニアが入ってるの。うちで一緒に食べない？ レンジでチンして、赤ワインと一緒に。靴を脱いでリラックスして。先週末のデートの話、まだ詳しく聞いてないわよ。本音を言えば、ちょっとのあいだ、気晴らしがしたいの」

ピーチはため息をついた。「口が達者なんだから。あたしをラザニアで釣るとはね」

ピーチとおしゃべりして、ワインを二杯ほど飲めば緊張もほぐれるだろうが、ぐっすり眠れるとは思っていなかった。娘の潔白が証明されないかぎり安心できない。

プレミアはこれまでにもブルドッグ・ウェディングを請け負ったことがあるが、この結婚式の参加者たちほど過激なファンはいなかった。真夏の式だから、リハーサルには花婿も付き添い人たちも、ひいきのフットボール・チームのジャージを着てきた。フットボールを象《かたど》った赤と黒のリボンで飾られた通路を、指輪をボールに見立ててパスして回そうと誰も言いださなかったことのほうが意外だ。言いだしたら、むろん断固反対していた。経験からいって、結婚式でなにかを投げるのはいいアイディアとは言えない。

南部では、大学フットボールは宗教にちかい。それでも、花嫁がチームのテーマカラーを選んだときには、やはり驚いた。花嫁の要望に応えるのがプレミアの仕事だとはいえ、ジョージア・ブルドッグの赤とおなじ色調の布地とリボンと花を用意するのは大変だった。

準備段階から式の当日に至るまで、ディードラには緘口令《かんこうれい》を敷いた。ジョージア工科大学のファンだなんて、口が裂けても言ってはならない、と。もっとささいなことでもクビになることがあるのだ。イベント・プランナーの会議では、大学フットボールがよく話題にのぼり、激しい対抗意識と忠誠心にどう向き合うかが議論される。たとえばアラバマでは、オーバーンとアラバマの試合がある日に結婚式を挙げるのは狂気の沙汰だ。親族以外、誰も列席しないだろうし、出席した人たちも試合を見逃したせいで不機嫌だから、和気あいあいの式になるはずがない。

ディードラはあすの結婚式を手伝ってくれる予定だが、リハーサルはジャクリンひとりで取り仕切れる。ディードラが手伝いたいと言うならべつだが、本人にその気はなかった。むろん、頼めば今夜のリハーサルを代わってもらえただろう――なんといってもボスはジャクリンだ――が、忙しくしていたかった。亡くなった花嫁やうるさい警官のことを考えないためには、忙しくしている必要があった。

そう、うるさい警官のことは考えないようにしていた。死に馬に鞭打っても無駄なのに、鞭打つことをやめられない自分に苛立ちは募るばかりだ。怒るならまだしも。怒るほうが健康的だ。傷つくなんて愚かだし、非理性的だ。自分に当てはめたくないふたつの言葉、それが〝愚か〟と〝非理性的〟。朝からずっと、あんな男、忘れてしまえ、と自分に言い聞かせてきて、わずかだが成功をおさめた。……いいえ、これっぽっちも成功していない。

花婿が吠えたので、彼女ははっとわれに返った。喜びや興奮や満足を表わすブルドッグ・ファン独特の喚声だ。ジャクリンは無表情を保つよう努めた。これが花婿の歓《よろこ》びの表現なの？　セックスの最中もこんなふうに吠えるの？　信じられない。花嫁が笑っているのだからいいのだろう。でも、数人の男たちで声を合わせて吠えるのはいただけない。

長い夜になりそうだ。ジャクリンは吠え声についていける気分ではなかった。

花嫁の幼い姪《めい》と甥《おい》が通路を走り回っていた。本人たちにだけわかる遊びなのだろうが、甲高い悲鳴とクスクス笑いが吠え声と見事に溶け合っている。ふたりが退屈しないならそれでいいし、それほどやかましくない——問題にするほどやかましくはない——ので、列席者たちも勝手にさせていた。家族は騒ぎに慣れているのだろう。ジャクリンが口を挟むことではない。式の手順を説明したら脇に引っこみ、リハーサルを見守るだけだ。通路を進む行列の邪魔にならないなら、誰も文句は言わない。それぐらい陽気で幸せな気分のリハーサルだった。

なにひとつ問題なくリハーサルが終わると思うのは望みすぎだろう。花嫁の甥——四歳ぐらい——が全力疾走で信徒席の外側に回りこんだそのとき、足を滑らせて顔から床に突っこんだ。ジャクリンの目の前で起きた出来事だった。心臓が止まるかと思うほど長いあいだ、男の子は声ひとつあげなかった。

心臓が喉にせりあがったまま、ジャクリンは男の子に駆け寄り怪我の具合を調べた。まさか、気を失ったの？　男の子がふいに泣きだしたので恐怖は消えた。泣き声は音量と高さを増してゆき、まるで汽笛だ。彼女は男の子のかたわらに膝を突いて、背中に手を当てた。この体からよくもこれだけの声が出るものだ。列席者たちが集まってくるあいだも、その汽笛は鳴りつづけた。

「さあ、いい子だから起きてみて。頭のどこをぶつけたか見せてちょうだい」血が出ていないことを願いつつ、ジャクリンは言った。それほど心配していたわけではないが、それでも——膝で体を支えて男の子を仰向けにし、起きあがらせた。その顔を見て、彼女は大きな安堵のため息をついた。顔は涙と鼻水でぐちゃぐちゃだが、血は出ていなかった。

「大丈夫だからね」ジャクリンはやさしく言い、額にこぶができていないか髪を掻きあげてみた。

泣き声を聞きつけて助けに来たのが母親でも祖母でもない赤の他人だったことに気づくと、男の子は泣き声をさらに大きくした。

こういう子をひとりかふたり、ほんとうに欲しいと思う？ ジャクリンはそんなことを思いながら母親に席を譲った。さすがに母親は絶叫にも動じない。ジャクリンは小さな子どもと無縁の生活を送ってきた。ひとりっ子だから姪も甥もいない。こんなことになるのなら、アレチネズミでも飼ったほうがましかも。それとも魚がいいだろうか。

あまりにも悲しい考え方だ。子どもが泣きわめこうがなにをしようが、寂しい人生は送りたくない。

母親は子どもの口と鼻と頭を調べた。もう何百回もそうしてきたような慣れた手つきだ。おそらくそれぐらいしてきたのだろう。ポケットからティッシュペーパーを出して、鼻水を拭ってやった。泣きわめく子どもに、やさしくシーッと応えている。母親が心配していないのなら、ジャクリンが心配することはない。

そのとき、背後で聞き慣れた声がした。「みんなでなにしてるんだ？ 子どもの皮を剝いでるのか？」

体が固まった。うなじの毛が恐怖に逆立つ。そんなまさか、彼はここでなにしてるの？　クライアントの前で事情聴取するつもり？　それとも逮捕しに来たの？　だとしたら……殺してやる。そうすれば、わたしに手錠をかける正当な理由ができるでしょ？。

彼女の手首をつかんで手錠をかける代わりに、彼はかたわらを通り過ぎた。通路は人で混み合っていたので、彼女は一歩さがらずをえなかったが、それでも彼の匂いを嗅ぎ、体温を感じた。彼は絶叫する男の子のそばにひざまずき、上着をうしろに払って大きな黒い拳銃とベルトに留めた警察バッジを見せ、男の子の髪を大きな手でくしゃくしゃにした。「足から血が出てるみたいだな」

男の子は見知らぬ大男に気を取られ、とりあえず泣きやんだ。拳銃とバッジを見て目を真ん丸にし、盛大にはなをすすってうなずいた。母親は値踏みするようにエリックを見ると、一瞬にして決断を下し、彼に場所を譲った。彼女はただの母親だ。ほんものの拳銃と輝くバッジにどうやったら太刀打ちできるの？

「それ、ほんもの？」男の子は拳銃を指差した。

「そうだよ。バッジもほんものさ」

「バッド・ボーイズ、バッド・ボーイズ」男の子は歌いだした。へたではない。たった四歳なのに、音をはずさなかった。男の子の唇が震えだし、目にまた涙が溢れた。

「ぼくを捕まえに来たの？」悲しげな口調で尋ねた。母親は口に手を当てて笑いを抑えた。

「いや、悪い人を捕まえに来たんだよ。おれの見るところ、きみはいい子のようだ」エリックはまた男の子の髪をくしゃくしゃにした。「それに、勇敢だ。頭にたんこぶを作ったみたいだな。荒っぽい遊びをするなら、身を守ることを覚えないと」

「でも、どうやって?」

エリックは立ちあがり、男の子の小さな肩に手を置いた。「そうだな」みんなが聞こえるような大きな声で言う。「家族にフットボールのファンがいるだろう」

男たちの何人かがそれに応えて吠えた。男の子はうなずき、エリックと一緒に祭壇のほうに目をやった。十数人の男たちがそこに立ってリハーサルが再開されるのを待っていた。

「そのうちのひとりが、きみの頭に合うヘルメットを喜んで買ってくれるさ。つぎに頭から突っこむときには、ちゃんと守れる。大きくなったらフットボールの選手になるんだろう?」

男の子は大きくうなずいた。

「ああ、やっぱり。きみはタフだからな。ランニングバックあたりを狙《ねら》うんだろう、タフなポジションだからな」

「クォーターバックだよ!」男の子が憤慨して言う。

「冗談だろ? 本気でクォーターバックをやるつもりか? そりゃあほんとうにタフだ。だったらぜったいにヘルメットが必要だな」

小さな胸が誇りで膨らみ、涙は止まり、唇の震えもおさまった。まるで火傷したみたいに絶叫していた男の子が、いまや上機嫌だ。

彼に感謝するつもりはなかった。たしかにエリックはうまく男の子の気を逸《そ》らしてくれたが、べつにそれほど悲惨な状況ではなかった。

花婿は男の子にフットボールのヘルメットを買ってやると約束し、あすの結婚式にかぶって出てもいいと言った。ジャクリンが思い描く優雅な結婚式とはほど遠いが、彼女の結婚式ではない、彼らのだ。ふたりが幸せならそれでよかった。彼らが望むなら、子ども全員にヘルメットを用意してもいい。

「なにかあったんですか？」花嫁の母親が心配そうにエリックに尋ねた。

「いえ、すべてうまくいってます。おれはジャクリンの友人なんです」

あら、そうなの？　思わず言い返しそうになり、ジャクリンは歯を食いしばった。花嫁の母はジャクリンからエリックへと視線を移し、ちょっとほほえんでその場を離れていった。

参列者たちは手近な問題、つまりリハーサルに意識を戻した。はしゃぎすぎてすでに時間は押していた。ペースを速めなければリハーサル・ディナーに間に合わないだろう。

ジャクリンは前に出てみなを正しい順番に並ばせ、リハーサルをつづけさせた。エリックがちかづいてきて、右後ろに岩のように立つのを感じた。まるで彼に拳銃で狙われてでもいるように、肩甲骨のあいだがザワザワする。目の前に悪夢のような光景が浮かんだ。まさかここで事情聴取をするつもり？　それとも、クライアントの見ている前で逮捕するの？

彼はただそこに立ち、冷静に穏やかにリハーサルを眺めていた。牧師が上手に進行してくれたので、ジャクリンにはすることがなくなった。なにかあれば出ていけばいい。いたずらっ子ふたりは母の言いつけで信徒席の二列目に座り、おしゃべりしながら足をぶらぶらさせていた。

ジャクリンはついにこれ以上我慢しきれなくなった。「ここになにしに来たの？」ささやき声で尋ねた。憤慨していた。

「助けを呼ぶ声が聞こえたら、調べるのが仕事なものでね。奉仕し、守る。それが使命だ」

彼女の言いたかったのはそういうことではない。それは彼にもわかっているはずだ。

彼は手錠も手帳も取り出さなかったので、ジャクリンは少しほっとした。質問があるとしても、彼女にばつの悪い思いをさせないため、リハーサルが終わるまで待つつもりなのだろう。逮捕しに来たのなら、待ったりはしない。おそらく。

もう、なにも悪いことはしていないのに、こんな目に遭うなんて！　そりゃあたしかに、尋ねられればこう言うだろう。キャリー・エドワーズがいなくなって、世の中は少しましになると思う、と。だからって、彼女が殺されていいはずはない。それにいまは、キャリーにほんの数分でも生き返ってほしかった。そうすれば、本音をぶつけることができる。彼女と関わり合った数カ月間で、溜まりに溜まった思いを。

リハーサルが終わると、振り返りもせず、ひと言も口をきかないままエリックから離れた。花嫁と母親にはさよならを言い、念のためあすの晩の集合時間を告げた。リハーサル・ディナーは最初から断わるつもりで理由も言ってあった。花嫁とその友だちがエリックをチラチラ見る様子から、ディナーを断わるほんとうの理由は彼だと思っているのがわかる。

どうぞお好きに想像してちょうだい。

参列者が引きあげていくなか、ジャクリンはエリックの様子が気になって振り返った。土曜の朝の漫画に出てくる悪党みたいに、腕まくりして立っているのだろうか。彼はいなかった。ショックであたりを見回したがどこにも姿はなかった。馬鹿みたいにクラッとして、安堵と失望が綯い交ぜになった気分だ。失望を押し出して安堵に意識を向けたが、それでも、彼がそもそもなぜここにやってきたのか疑問は残る。

彼女が先に出ると、牧師が教会の扉に鍵をかけた。牧師は戸締まりを確認して裏口から出るのだろう。車は裏手に駐めてあった。ジャクリンは階段の上に立ち、ざっとあたりを見渡した。

駐車場にはまだ数台の車があり、通りに出ていく車も何台かあった。幸せなカップルは、ブルドッグのステッカーや旗で埋め尽くされた赤いピックアップ・トラックに乗りこむところだった。変わったところはなにもない。車数台分のスペースの先に、ブライズメイドのひとりのトヨタがあった。彼女が運転席で口紅を塗りなおすあいだ、助手席に座るべつのブライズメイドがぺちゃくちゃしゃべっていた。お気楽な人たちだこと。それに運のいい人たちだ。彼らのフットボール熱が、度を越すほどではなくてよかった。いままでのところは問題ない。人生を楽しむのはおおいにけっこう。人を傷つけさえしなければ。そうして、あしたの披露宴でおおいに盛りあがればいい。

牧師の車はまだあり、それにむろん彼女のジャガーも——その隣にエリックの車が駐まっていたが、彼は車内にいなかった。そう、彼女のジャガーにもたれかかっていた。朝もそうだったが、ゆったりとくつろいで、手には丸めた紙の束を持って。

ジャクリンは深呼吸してから背筋を伸ばし、心臓をドキドキさせながら自分の車に向かった。彼を怒鳴りつけたかった。食ってかかりたかった。きょう一日で溜まりに溜まった苛立ちと怒りを、彼にぶつけたかった。でも、できない。彼はただのエリック・ワイルダーではない。ひと夜の過ちの相手ではない。彼はエリック・ワイルダー刑事だ。食ってかかったら刑務所行きだ。

べつのときだったら、食ってかかって満足感を得られれば、それで帳消しになっただろう。でも、今週はだめだ。予定がびっしり詰まっている。

ジャクリンは手にキーを持って、彼の前で立ち止まった。「まだなにかご質問でも、刑事さん？」

彼はため息をついた。〝刑事さん〟と呼ばれたせいか、彼女とおなじように疲れているせいか。「ああ、ある。きのうの午後、きみと入れちがいに宴会場にやってきたグレーの髪の男のことだ。人相を詳しく教えてくれないか？　車の型式は？　なにか思い出したことは？」

「いいえ」彼女はそっけなく言った。「グレーの髪の男、シルバーの車。それだけ。さんざんな一日だったから、駐車場にいる人をいちいち憶えていられなかったわ。仕事中のわたしをいじめる正当な理由はないでしょう、刑事さん。あなたの電話番号はわかっているから、なにか思い出したら連絡します」

「きみをいじめてはいない」

「意見の相違ね」彼女がこれみよがしにキーをジャラジャラいわせても、彼は動こうとせず、彼女が車に乗るのを邪魔しつづけた。わざとそこにいるのだ。力ずくで彼をどかしたりせず――そうしたいのはやまやまだけれど――必死の形相で運転席のドアを開けて無様な格好でコンソールをまたいだりもせず、その場に踏みとどまった。

ひどい人。彼を見ていると、気持ちはどうしてもあの晩に引き戻される。彼は何年も感じたことのない気分にさせてくれた。彼のおかげで声をあげて笑い、大声を出し、女であること以外のすべてを忘れることができた。彼はひと夜の逃避、ひと夜の過ちだ。それなのに……きみにはキャリーを殺すこともほかの誰を殺すこともできない、きみを信じている、きみを守るためなら断固闘う、と彼が言ってくれるなら、なにを犠牲にしてもいいと思うなんて。

ああ、もう、こんなことしてなんになるの？

しばしの沈黙のあと、彼が言った。「きみに頼まれたものをコピーしてきた」

「まあ」

ほんとうに、ひどい人。彼にこんなに腹をたてているときに、そんなやさしいことをしてくれるなんて。「まあ」だけでは充分とは言えない。ちゃんとお礼を言わなければ。またしても。

「ありがとう」ぎこちなく言い、差し出された紙の束を受け取った。

「あす、署に来て写真を見てほしい――」

あす？　あすの仕事のことを考えたら恐ろしくなって――もっとも忙しくて、もっとも大変で、正気の沙汰とは思えない一日――一瞬、頭のなかが真っ白になり、聞こえるのは雑音だけになった。つぎに自分の口が動くのを意識し、その口から出た言葉を耳にした。「いいこと、自己中の偽善者の唐変木、逮捕するならしなさいよ、そうじゃないならほっといて！」

18

「いまおれをなんて呼んだ？」エリックが尋ねた。笑いを堪えている。

ジャクリンは口を手で押さえた。まあ、どうしよう、声にだして言ってしまったんだわ！きっと夢を見ているのであって、数分後に目を覚ませばベッドでぬくぬくしているにちがいない。エリック・ワイルダーと一緒にがらんとした駐車場にいて、ジージーといやな音をたてる防犯灯の薄気味悪い黄色の光に照らされているのではない。まるでヴァンパイアが出てきそう。だから悪い夢を見たんだわ。そうにちがいない。

「自己中で偽善者の唐変木？」彼が言う。

ああ、穴があったら入りたい、掘ってでも入りたい。口を開く前に、一瞬でも声が出なくなればよかったのに。エリック・ワイルダーが百キロ離れた場所の警官だったら、市庁舎でぶつかったりしなかったのに。

「警察官に対する侮辱罪で逮捕されても仕方ない」笑いを堪えてしゃべるから言葉がはっきりしない。

「だったらなぜ逮捕しないの?」彼女はいきまいた。もう自分を抑えきれない。怒り心頭に発しているから、手首を揃えて両手を突き出した。「手錠をかけて刑務所に引きずっていったらいいじゃない、どう? やってみなさいよ! あなたを自己中の偽善者の唐変木と呼んだ憎むべき罪で起訴して、裁判所で思いっきり笑い物になるといいわ、威張り腐った警察官どの」見ず知らずの馬鹿女が彼女の体と口を乗っ取った。おなじ馬鹿女が刑事を肩でぐいぐい押した。「やってみたら! わたしを逮捕しなさいよ!」それから肩をさげてもう一度、思いきり彼を押した。

「ジャクリン」まるで喉を絞められたような声で彼が言った。それから、吠えはじめた。文字どおり吠えた。〝月に吠える〟の吠え方ではなく、フットボールのファンみたいなだみ声の吠え方でもなく、体をふたつ折りにして顔を真っ赤にして大笑いしながら吠えている。

暴行罪で逮捕されない保証があるなら、彼を思いっきり蹴飛ばしているところだ。「どいてよ!」彼女は怒鳴った。「あなたになんて会わなきゃよかった! 壊血病になって歯が全部抜け落ちるといい! 骨軟化症になっちまえ! 脚気《かっけ》になれ!」

「脚気がどういう病気か知らないくせに」彼はなんとかそう言い、また笑いだした。

「人をアンポンタンのげす野郎に変える恐ろしい病気よ!」これほど逆上したことはなかったので、自分の非力が悔やまれる。力さえあれば彼を抱えあげ、車の窓ガラスに叩きつけてぶち破ることができたのに。さぞスカッとするだろう。彼を撃つことも刺すこともできない。

撃つための武器も刺すための武器も持っていないからだ。蹴飛ばすこともできない。爪先の開いたパンプスを履いているから、自分が怪我をするだけだ。丸めた紙で叩くこともできない。ハエを叩き潰すほどの威力しかないからだ。彼女にできるのは、いまだ馬鹿女に乗っ取られたままの口で怒鳴ることぐらいだった。

「ミス・ワイルド？」数メートル先から、牧師がおずおずと声をかけてきた。教会の脇の出入口から出てきて、彼女がヒステリーを起こしているのを目撃したのだろう。「大丈夫ですか？」

「いいえ、大丈夫じゃないわ！」足を踏み鳴らし、キーを地面に放った。その上で両足跳びをするのは、すんでのところで踏みとどまった。ロックを解除するリモコンを壊したらとんでもないことになる。だから全身の筋肉に力を入れて、言葉にならない怒りの声をあげた。

エリックは笑いが止まらずに両手を膝に突き、彼女の車にもたれかかってバランスを取っていた。ヒーヒー言いながらもなんとかかがみこみ、彼女のキーを拾おうとしたがうまくいかず、三度めでやっと拾いあげた。

「なにかわたしでお役にたてることはありますか？」牧師が重ねて言った。すっかり動転しているようだ。彼女が誰かに脅されたと思ったのか、いや、それより、しとやかなジャクリン・ワイルドが怒れる鬼と化すのを目の当たりにしたせいだろう。

「あるわ！」彼女は怒鳴り、エリックを指差した。「鼻に一発見舞ってやって！　彼を思いっきり殴ってくれたら、わたしの気分がよくなるから」

「そんなことはできません」牧師がぎょっとして言った。

「だったら、しゃしゃり出てこないでよ！」ジャクリンはエリックの手からキーをひったくり、リモコンのボタンを押してドアのロックを解除した。怒りの靄《もや》がかかった頭に正気の光が戻ってきて、なにかの罪で逮捕されるより前に、ここを出たほうがいいと教えてくれた。逮捕されるとしたら、治安を乱した罪でだ。それはたしかに乱した。

エリックは笑いすぎてヒーヒー、ゼーゼー言いながら彼女の車のドアに手を突き、彼女に開けさせまいとした。「ジャクリン……やめろ」肩を大きく上下させながらなんとか言った。

彼女は顔を突き出し、がなった。「やってみれば」

「なんてこと」彼はとぎれとぎれに息を吸いこみ、牧師を見て言った。「申し訳ない、牧師さん」

「かまいませんよ」牧師は言い、ちょっとほほえんだ。「わかりますよ」

「あす、あなたにお目にかかるころには、彼女も冷静さを取り戻しているでしょうから、これは夢だったと思われるかもしれません」

「それはどうでしょう。ですが、そう思うよう努力しますよ。それで、どうなんでしょう、彼女をあなたとふたりきりにして大丈夫でしょうか？」

「彼女は大丈夫です。おれが無事でいられるかどうかはわかりませんが」彼はまたクスクス笑いだした。

「クスクス笑うのはやめて」ジャクリンはすかさず言った。第三者の登場で息を整える間が持てた。わずかだが。でも、怒りがおさまるまでには至らなかった。こんなふうにわれを忘れたことはなかったが、そもそも、これほど彼女を怒らせる人にいままで出会ったことがなかった。キャリーにひっぱたかれたときだって、ここまで逆上しなかった。

エリックが手で顔を擦った。「警官はクスクス笑わない。おれは警官だ。よっておれはクスクス笑わない」笑いすぎて目に涙を浮かべ、顔を赤らめ、息を切らしている。牧師はふたりに向かってにっこりし――どんな想像をしてるのよ？――自分の車に向かった。

つづく深い静寂のなか、ジャクリンは自分の激しい息遣いを耳にした。いまの五分間が現実のこととは思えないまま、冷ややかな理性の声がまた聞こえはじめた。二度とあんなふるまいをしてはならない。人前ではとくに。いま感じるのは気恥ずかしさを通り越して、恐怖と屈辱がいっしょくたになったものだ。彼女はその場に立ちすくんだ。ついカッとなって子どもじみたふるまいをしてしまった。自分を抑えられなかった。

耳鳴りがする。ちゃんと息をしていないからだ。でも、本音を言えば、このまま息が止まればいい。気を失って倒れているあいだに、エリックがいなくなってくれないだろうか。問題は、そんなことになったら、彼はいなくならないことだ。たぶん上着を脱いで彼女の頭の下に押しこみ、九一一に電話するだろう。このままでいるのは不愉快だけれど、ほかにどうしようもない。大きく息を吸いこんだ。「ごめんなさい」言葉を絞り出すのに咳払いする必要があった。それでも声は掠れ、虚ろだった。まるで自分の声ではないみたいだ。

「いいんだ」彼は気だるそうに言い、また彼女の車にもたれた。

あれだけのことを言ったのだから、ただ〝ごめんなさい〟だけでは充分でないのだろう。顔がカッと火照る。声が掠れているうえに刺々《とげとげ》しい口調で、彼女は言った。「ちっともよくないわ。ひどいふるまいをしたもの。あなたにばつの悪い思いを――」

「ばつの悪い思いなんてしてない。おおいに楽しんだよ。これまでに見たうちで最高の癇癪玉だった。極めて独創的だった。おふくろが小麦粉の缶で親父《おやじ》の頭を殴ったのを凌《しの》ぐほどだった。おふくろは先に手が出るタイプだからね。とてもじゃないが、脚気なんて思いつけない」彼は腕を組み、ほほえんだ。その瞬間、またしても化学反応だか、ホルモンだか、乱心だかのせいで、彼のほうにぐいっと引き寄せられた。はじめて会ったときもそうだった。そんなふうに引きずりこまれることは、理性を失うこととおなじぐらい恐ろしかった。謝罪の言葉を述べる前に、まず彼から視線を引き剝がさなければ。

決意をこめて言った。「だったら、わたしはばつの悪い思いをしたわ。ほんとうに、ごめんなさい、心からそう思っています」

「ジャクリン」彼の低い声がまとわりつく。「きみが大変なストレスにさらされていることはわかっている。さらにストレスを与えるのは気が進まないんだが、きみに写真を見てもらいたいんだ」

彼女のストレスレベルがどの程度か、彼はわかっているつもりでいる。「あしたは結婚式とリハーサルがひとつずつあって、わたしひとりでこなさなければならない。母も結婚式とリハーサルをひとつずつ抱えているから。一日じゅう、あっちに行ったり、こっちに行ったりしなきゃならないの。あなたには強制力があるから、わたしに無理やり写真を見させることができるんだろうけど――」

「殺人は結婚式に優先する」

「生活費を稼ぐことも優先順位は高いわ」またしても自制がきかなくなりそうだ。「それに、たとえいまあの男性が隣に立っていても、わたしは気づかないかもしれない」

「やってみなければわからない」彼は言い、ジャクリンの車から体を離し、ドアを開けてくれた。「さあ、家に帰ってゆっくりするといい。また連絡する」

彼女は丸めた紙を握ったまま車に乗りこんだ。別れ際のその言葉から、あすの彼女のスケジュールを、彼が思いきり乱すつもりなのがわかった。

金曜の朝早く、エリックは半日を潰される強盗事件に遭遇することなく、署に着くことができた。解決策は単純なものだった。家でコーヒーを淹れ、家じゅう引っ掻き回して探し出した魔法瓶に入れて持っていく。マクドナルドのドライブスルーでも安心してコーヒーを買えないことがわかったので、べつの策を講じるときが来たのだ。これからは自前のコーヒーを持参する。ほかのやり方ではおいしいコーヒーにありつけないのだから、仕方がない。

遠目からでもデスクにマニラ紙のフォルダーが載っているのがわかった。前日の午後、ガーヴィーと署に戻ったときには置いてなかった。それがいまは書類の山の上に載っている。鑑識の連中はこんなに朝早くから仕事をしないから、前夜に置いていったのだろう。

待ちかねていた報告書だ。ジャクリンと別れてから署に戻ればよかった。だが、教会の駐車場から出ていく彼女の車を見送ると、やたらとむしゃくしゃしてまっすぐ帰宅した。ベッドに寝転んで数時間、悶々と時を過ごした。

むしゃくしゃの原因は彼女の逆上にあったわけではない。事件に縛られていて、逆上する彼女を前に手も足も出なかったからだ——ほんとうはそうしたかったのに。なんとしてもそうしたかった。彼女を抱きしめてキスして、ふたりして倒れるほどキスしまくって、さらにもっとキスしたかった。そういう衝動を、彼は必死に堪えたのだった。逆上されるとムラムラするってどういうことだ？　逆上そのものではない。ジャクリンのせいだ——いつもはしとやかな彼女が、落ち着きを失ったせいだ。それでも……完全に失ったわけではなかった。

卑猥な言葉はひと言も口にしなかった。足を踏み鳴らし、キーを放り投げ、独創的で愉快な言葉を叫んだ……いやはや、あれを悪態と呼んでいいものかどうか。脚気になれというのは悪態ではない。人に対する好意の欠如とでも言おうか。彼女は肩から体当たりしてきた

——二度——厳密に法解釈をすれば、公務執行妨害で彼女を逮捕することもできたが、そんなことをすれば自分が馬鹿に見える。こっちは彼女よりゆうに四十キロ、へたすると四十五キロは体重で上回っている。それに、彼女は突かなかったし、殴らなかったし、嚙みつこうともしなかった。暴力のふるい方を知らないのだろう。危うくキャリー・エドワーズを殴るところだったとは言っていたが、最初に相手が手を出したのだから今回とは事情がちがう。ジャクリン・ワイルドを逆上させることが、いまや彼のいちばん好きなことになってしまった。

そんなわけで、帰宅しても、あれこれ考えて眠れなかった。彼女のなかに身を沈める。彼女のあそこはすっかり濡れて粘ついて腫れていて、あの見事な脚を絡ませてきて、頭をのけぞらせ、絶頂を迎えて声をあげ——ああ、眠れるわけがない。おかげでぐったり疲れていた。一日がはじまったばかりだというのに。ゆうべは、なんとか眠るために奥の手を使った。大昔から男が使ってきた手だ。親指夫人とその四人の妹たちにお出ましを願ったのだが、それでいくらか緊張はほぐれたものの、ジャクリンから得られる満足の一万分の一にも満たなかった。

椅子にドスンと腰かけ、フォルダーを取りあげ、頭に始終浮かぶ成人向き妄想から意識を引き剝がした。

フォルダーの中身は見当がついているが、開くのに少し躊躇《ちゅうちょ》した。検査でジャクリンの無実が証明されるだろう。これまでに多少の疑いを抱いていたにせよ、ゆうべのことで完全に容疑は晴れた。彼の勘も脳みそも、彼女にキャリー・エドワーズは殺せないと言っていた。だから、躊躇したことに不安を覚えた。

確信しすぎているせいだろう。それとも、己のルールを破り、感情が思考を曇らせるのを許してしまったせいか。それとも――なんてこった！――守りの隙《すき》をついて彼女が心に入りこんできたせいで、恋に落ちかかっているのか？ ひと目で恋に落ちる愚かなガキみたいに。ひと夜のすばらしいセックスが思考に影響するほど若くはない。大人の分別はわきまえている……というか、それほど分別があるわけではないのかもしれない。げんに影響されているのだから。

そんなふうに彼女にまいるわけにはいかない。独身生活を諦める心の準備ができていない。

ひとり暮らしが気に入っていた。

でも……ああ。ジャクリン。長い脚、上品さ、人の意表をつくとんでもないおもしろさ。まだ試してもいないのに、彼女に背中を向けて諦められるのか？

まさか、とんでもない。全身に決意を漲らせて彼女のあとを追いかけてやる。母親がよく言うように、こうと決めたら雨が降ろうが槍《やり》が降ろうが梃子《てこ》でも動かないのが彼の身上だ。チャンスをくれるよう彼女を説得するためなら、山だってのぼる。挑戦は得意だ。それに、山はそれほど高くないかもしれない。彼女にまったくその気がないなら、あんなふうにカッカしないだろう。

この考えに深い満足を覚え、魔法瓶のコーヒーをカップに注いでひと口飲み、ファイルを開き、椅子にもたれて読んだ。

テレビの刑事ドラマだと、人は部屋に入るなり、有罪の証拠となる皮膚細胞をあたりにばらまいていることになるが、現実はそうかんたんにはいかない。報告書の一ページめには、現場で採取された証拠物の詳細が記されていた。鑑識は無数の絨毯繊維を発見していた。靴の底に付着して宴会場に運ばれてきたものだ。ほかにも泥や草、正体不明の繊維に、毛……それもいやになるぐらい大量の毛が採取されていた。動物の毛と人間の毛の両方だ。愛猫や愛犬をこっそり連れてきた連中がいたということだが、べつに驚きはしない。猫と犬の毛が見つかるのは当然だろう。もっともそれが山羊などの家畜の毛となると、どういう経緯で持ちこまれたのか首を傾げざるをえない。

グレーの毛髪も採取されていた。出所が七つの頭というのは、意外なほど少ない。宴会場にはつねに大勢の人が出入りする。イベントが終わるごとに掃除されるだろうが、清掃人だって髪の毛を一本一本拾って歩くわけではない。つまり、比較するためのサンプルがあってもDNA鑑定はできない。

報告書は数ページにおよんでおり、一ページめ以降は飛ばして、もっとも関心のある特定の証拠――あるいはその欠如――が記されているページを探した。四ページめにそれは記されていた。

ジャクリンが水曜日に着ていた衣類から、血痕は見つからなかった。

安堵の波が押し寄せてきた。たとえその証拠が、殺人事件で彼自身の潔白を証明するものであったとしても、これほどの安堵は覚えなかっただろう。ガーヴィー巡査部長とニール警部補も、ジャクリンはシロだという感触を持っていたようだが、これで彼女を容疑者リストから完全にはずすことができる。ジャクリンに知らせてやらなければ——

ちょっと待てよ。

彼女はこの知らせを聞いて喜ぶだろうが、エリックと一緒に祝うつもりはないに決まっている。それどころか、自分を疑ったという理由で、彼を懲らしめるだろう。エリックは最初から疑ってはいなかったが、彼女はそんなふうに受け止めてくれない。だから言ったでしょ、とばかり、彼を責めまくるにちがいなかった。

だが、嫌疑が晴れたいま、ジャクリンにそうちょくちょくは会いに行けない。彼女はにこやかに接してくれないだろう——ゆうべだって、にこやかに接してくれたわけではないが、あれはあれですごく愉快だったから許せる。ジャクリンなら、エリックに地獄の苦しみを味わわせることができるし、きっとそのつもりでいるにちがいない。あとはできるだけたくさんの写真を用意して、彼女に見てもらうだけだ。

それがすめば、わたしのことはほっといて、とジャクリンは言うだろう。そう言われれば手も足も出ない。もしまだ事情聴取をするつもりなら、べつの捜査官をよこしてくれ、と彼女は言いだすかもしれない。これからはガーヴィーか、休暇から戻ったフランクリンが彼女の担当になるわけだ。

いや。そんなことはさせるものか。

口もとにゆっくりと笑みが浮かんだ。なにもいますぐ知らせる必要はない。彼女の怒りが鎮まるまで二、三日待っても罰は当たらないだろう。そのあいだに、なんとかまた彼女を振り向かせてみせる。

報告書を読み終えた。詳細なものだがあまり役にはたたなかった。現場となった宴会場にはあまりにも多くの人が出入りし、踊ったりもしているから、前に行ったことがある、と容疑者は容易に言い逃れができる。誰でも入れる場所なのだから。被害者の爪の下から皮膚片は発見されず、体にも証拠となるものは付着していなかった。つまり、振り出しに戻ったわけだ。ジャクリンを容疑者リストからはずせただけでよしとしよう。

シルバーの車を運転してきたグレーの髪の男は、デニスン州上院議員かもしれないし、そうでないかもしれない。ジャクリンが彼の写真を選び出したとしても、優秀な弁護士なら、テレビの政治広告で彼の顔を見たからだと反論するにちがいない。

犯人につながる手掛かりは血痕だ。キャリーをめった刺しにした犯人が、まっさらな服のまま現場から逃げ出せたはずはない。犯人が激怒した業者だろうが、秘密の恋人だろうが、州上院議員だろうが、血に飢えたブライズメイドだろうが、正体不明の誰かだろうが、血痕が重要な証拠となる。犯人が犯行時に着ていた服を始末したとしても、車に残る血痕はどんなに掃除しようがかならず残っているもので——犯人の靴の底についた血でできた絨毯の小さなしみとか——それが決め手になる。

州上院議員が犯人だとしよう。エリックの勘はそうだと言っている。彼が浮気をしているからそう思うのかもしれないが、おかしな点がないかじっくり捜査してみるつもりだ。州上院議員が車を乗り換えていたら、それはそれで怪しい。五台収容のガレージのなかのほかの車に乗り換えても、シルバーの車はまだ処分していないだろう。それなら血痕はいまも残っていて、発見されるのを待っている。

だが、州上院議員の車を調べる捜索令状を発行してくれと判事を説得するには、まだ材料が足りない。犯行時に着ていた服は……すでに二日が経過しようとしている。犯人には証拠品を始末する時間がたっぷりあった。燃やすか、郊外に持っていって埋めるか、目立つ血だけをざっと拭《ふ》き取って、どこかのホームレスの収容施設に寄付したかもしれない。そうなると、よほど運に恵まれていなければ見つけ出せない。車がいちばん確実だ。彼に不利な証拠を集めなければ。

ガーヴィーがぶらぶらとやってきてコーヒーポットに向かった。「けさはコーヒーを買うのに冒険抜きか？」

「家から持ってきました」

「それがいい。悪運に祟《たた》られてたからな。きょうあたり、おれがやられるかと思っていた」

巡査部長は言い、気に入りのマグカップにコーヒーを注いだ。

「きょうは忙しくなりますよ」エリックは言った。「鑑識から報告書が届きました」マニラ紙のフォルダーを振ってみせる。

「かいつまんで教えてくれ」ガーヴィーはエリックのデスクの端に尻を乗せ、コーヒーをぐいっと飲んだ。

「ジャクリン・ワイルドの服から血痕は見つかりませんでした」

ガーヴィーは顔をしかめ、マグカップを覗きこんだ。「当直の連中が淹れた残りか？」

「ええ。おれのを飲みますか？」

「ああ」ガーヴィーは休憩室に行って出がらしのコーヒーを捨て、戻ってくるとエリックの魔法瓶のコーヒーをマグカップに注いだ。「オーケー、それじゃ州上院議員の愛人を訪ねて、なにが出てくるか見てみようじゃないか」

「そうこなくちゃ」

　ゆうべは意外にも熟睡することができた。特大の癇癪玉を破裂させて体力を使い果たしたせいだ。まあ、完全にわれを忘れたわけではない。地面に寝転んで足をバタバタさせなかったし、唾を吐きもしなかった。ほんものの癇癪持ちからすれば、あんなのは序の口だろうが、ジャクリンにとっては全力勝負だった。まさにバタンキューだった。充分な休養が取れたとは言えないけれど、くたびれて使い物にならないわけではなかった。

スケジュールは半分消化した。きょうは金曜日だ。きょうとあすをなんとか切り抜ければ、この〝結婚式マラソン〟もくだり坂にさしかかる。日曜に大きな結婚式があり、最大限の力で臨まなければならないが、母と一緒だし、ピーチやディードラに助《すけ》っ人《と》を頼むこともできるから人手は足りている。

けさもまた、朝食抜きで飛び出し、オフィスにきのうのブラウニーが残っているだろう、と思いながら車を走らせた。チョコレートを摂取する必要がある。ブラウニーにコーヒーがあれば文句なしだ。

プレミアの駐車場に車を入れ、驚きに目をしばたたいた。彼女も早出をしたが、ほかの三人はすでに来ている。めったにないことだ。

ディードラが玄関で待ちかまえていた。目を輝かせている。「聞きました？」興奮で声がうわずっていた。

「聞いたってなにを？」

ディードラは声をひそめた。オフィスの誰に聞かれてもかまわないだろうに。たった四人の所帯なのだから。「キャリーがどうやって殺されたか」

ジャクリンの胃がよじれた。ほんとうに知りたいの？　死んだものは死んだもの。どんなふうに死んだかは関係ないだろう。それでも、さんざん事情聴取された身としては興味がある。「なにも聞いてないわ。あなたはどこから聞きこんだの？」

「彼女、串刺しにされたんですよ」

えっ、やだ！　ジャクリンが最初に思ったのは、銃よりナイフのほうがひどい、だった。ナイフのほうが犯人との距離がちかいし、個人的な恨みが強い気がする。どうりでエリックが服の血痕を調べたはずだ。

「文字どおりの串刺しです」ディードラがつづけて言った。「テーブルに置きっぱなしにされたケバブの串で。それも一度でなく何度も。メリッサ・デウィットが死体を発見して、友だちのシャロンにしゃべったんです。ぜったいに内緒よって言ってね。口外しちゃいけないことだったから。でも、シャロンがグレッチェンに話して、グレッチェンがビショップ・ディレイニーに話したんです。ビショップの耳に入ったら最後、みんなが知ることになります」

ケバブの串？　よけいにいやだ！　あの場には串がたくさんあった。ケバブの串を体じゅうに突き立てられたキャリーの姿が脳裏に浮かぶ。なんて恐ろしい。

湯気をあげるコーヒーのカップを手に、ピーチがおしゃべりに加わった。「どうしてケータラーをすぐに事情聴取しなかったのかしらね。警察は容疑者リストを作るとき、凶器を問題にするはずなのに」

「それで、もし彼女が糖衣を喉に押しこまれて死んだのなら、パティシエのもとに飛んでいくわけですね」ディードラが言い、考えこんだ。

「そういうこと」ピーチが応える。「あそこにフラワーピックが百本刺さってたら、フラワーデザイナー」

「白いサテンで首を絞められてたら、ドレスメーカー」

「ミートボールを鼻の穴と口に詰めこんであったら、これまたケータラー。考えれば考えるほどケータラーが怪しい」ピーチが言った。

「ウェディングケーキに飾る小さな花嫁と花婿が押しこまれてたら――」

「もうやめて！」ジャクリンはそう言ったものの、笑いを堪えきれなかった。「ひどいわ。キャリーはそりゃあたしかに――ああだったけど――でも、亡くなったのよ」

「そうなってくれてよかった」ディードラが言う。「あたしはやってないですけど」

「彼女がああなることを願っていた業者がたくさんいなかったとは言えない」ピーチがにっこりして言った。「みんなそうなってくれと願っていたけど、そのうちのひとりが実際に手を下したのかも」

「糖衣やフラワーピックは使わなかったのよ、やれやれ！」ジャクリンは母のオフィスに向かった。自分がよく知っている人、一緒に働いてきた人が、厄介な花嫁を串刺しにしたかもしれないという考えは、頭から追い払おうとした。「死者を悪く言ってはならないって、昔から言うでしょ」ふたりに向かって言った。

ディードラが即座に応じる。「正直は最上の策、とも言いますよ。この場合は、ふたつの格言が相容れないだけで」

それは言えている。

ホープウェル警察から電話があったことに、テイト・ボインは苛立っていたが、予想はしていた。ダグがパニックに陥り電話をよこしたので、落ち着いて、こっちでなんとかするから、と彼をなだめた。ほかにもっとすることはあるけれど、さしあたりうまく立ち回らなければ。つまるところ、捜査官たちを怒らせないことは自分のためにもなるのだから。

前夜、エリック・ワイルダー刑事が携帯電話と自宅の電話の両方にかけてきたが、彼女は出なかった。よく考えて冷静に対処するには時間が必要だったからだ。その朝早くに、彼がまた電話してきたときには腹を括《くく》っていたので、会う時間を決めた。職場ではなく自宅を会う場所に指定したのは、バイヤーとして勤めるブティックを警官にうろちょろされたくなかったからだ。時間が自由になって出張の多い理想の職場だ。州上院議員と過ごす時間をたっぷり取れるし、彼はたっぷり時間をかけるのが好きだ。

玄関のベルが鳴った。覚悟はできていた。役を演じるようなものよ、と彼女は思った。表情や口調を役に合わせ、演じ切るだけ。彼女がうまく辻褄《つじつま》を合わせられるかどうかにすべてがかかっている。

ダグが買ってくれた、二百六十平方メートルの湖畔の家のドアを開けた。私有の湖で、周囲には家が八軒しか立っておらず、三軒はまだ空き屋だ。土地が広く隣家とは充分な距離があるので、人の出入りを見られる心配はなかった。ダグはいつも三台収容のガレージに車を入れ、そこで車を降りるようにしていた。彼は庭いじりが好きなわけでもない。家は彼女の名義だし、公共料金も彼女の名前で彼女の口座から支払っていた。詮索《せんさく》好きのレポーターがよほど深く掘りさげるか、よほど運がよくないかぎり、ここととダグを結びつけるものはなかった。

それがいまや危険にさらされている。キャリーが業突《ごうつ》く張《ば》りだったせいだ。

穏やかだが悲しげな表情を浮かべ、ふたりの警官――ワイルダーとガーヴィー――を書斎に通した。フレンチドアの向こうには水が日射しを照り返すプールがあり、その二十五メートル先に湖があって、雲ひとつない青空が湖面に映っていた。ふたりの警官は書斎を見回して細かなところにまで目を光らせている――彼女がクロゼットの奥から引っ張り出してきて飾った、キャリーと顔を寄せ合って笑っている写真もそのひとつだ。どんな芝居にも、雰囲気を盛りあげる小道具が必要だ。彼女が醸し出そうとしている雰囲気は、愛する者を失った悲しみ、それもヒステリックではないほどほどの悲しみだ。

「コーヒーはいかがですか、それともアイスティー？」腰をおろしたふたりに、彼女は言った。

「いいえ、けっこうです」ワイルダーがふたりを代表して答えた。彼女はほっとした。飲み物を出して長居をされたらたまらない。ダグと出会う前なら、もっとおちかづきになってもいいタイプの男性だわ、とテイトは頭の奥のほうで冷静に判断していた。きっと楽しい時間を過ごせただろう。でも、快楽に身をゆだねるために危険を冒すわけにはいかない。

ふたりが腰かけたソファーと向き合う椅子に、彼女も腰をおろした。服選びにも計算を働かせた。着心地はいいけれどくだけすぎない膝丈の黒いスカートに、きりっとした白いブラウス。メイクも薄めにした。やつれては見えないが、元気はつらつにも見えない。アイシャドウをほんの少し入れて、目の下にかすかな隈《くま》を作った。バイヤーという職業柄、〝できる女〟に見せる必要があるので、だらしない格好はけっしてしなかった。十センチのハイヒールは、洗練されたバイヤーが仕事のときに履くシャープで粋《いき》なスタイルだ。事実、彼らが帰ったらすぐに仕事に行くつもりだった。現実味を少し添えることがミソだ。

「お会いいただき感謝します、ミズ・ボイン」ワイルダー刑事が言った。「われわれはキャリー・エドワーズ殺人事件の捜査をしています。彼女のことでなにかご存じではありませんか？」

なんと大まかな質問だろう。彼女にしゃべらせるための質問、自分が思っている以上のことをしゃべらせる質問だ。

「あたしたち、親友でした」それだけ言い、最後のほうは少し声を震わせた。なかなかいい感じだ。

それから数分間、彼は無意味な質問をぶつけてきた。いつごろからの友だちか、どこで出会ったのか、最後に彼女に会ったのはいつだったか、などなど。テイトは正直に答えた。彼らが裏を取るのはわかっている。必要もないのに嘘をついてどうなるの？　可能なかぎり真実を言っておけば、嘘をつかざるをえなくなっても、相手は信じようとするものだ。

「水曜の午後、三時から六時のあいだ、どこにいましたか？」

「ここに」

「おひとりで？」

テイトは大きく息を吸って吐いた。「いいえ」目を伏せて両手を見つめ、指を組み合わせた。「ダグが――デニスン州上院議員が――一緒でした。あたしはその前の日に、二週間のロンドン出張から戻ったばかりで、彼は早めに職場を出てここで一緒の時間を過ごしました」

「出張から戻られた日に、彼は訪ねてこなかったのですか？」

「ええ。あたしの時差ボケがひどかったんで」

それも事実だ。ロンドン出張と時差ボケの部分は。

「彼は何時にこちらに？」

テイトは額を揉《も》んだ。人は嘘をつくとき、ついどっちを見るんだっけ？ 左だった？ それとも右？ 思い出せないので目を閉じた。瞼《まぶた》の裏に答が見えるとでも言うように。「彼が来たのは……三時過ぎです」

「帰ったのは？」

「ここに三時間ほどいましたから……六時ごろです」

「その時刻にまちがいありませんか？」

まっすぐに見つめてくるワイルダーの鋭い視線を受け止める。「あたしたち、よく時計を見ますから、刑事さん。そうしなきゃならないので」どう受け取るかは彼の勝手だ。謝るつもりはないし、気恥ずかしいふりもしない。どっちも嘘になるから。

ついにワイルダーが核心に迫る質問をぶつけてきた。「あなたとキャリーは、最近になって仲たがいしたそうですね」

彼女はため息をついた。「それはちがいます」

「ちがう？ あなたは彼女の結婚式でメイド・オブ・オナーを務めるはずだったのに、出席を取りやめたそうじゃありませんか」

「あたし……あたしたち――」そこで大きく息を吸う。「あたしをダグに紹介してくれたのは、キャリーだったんです。彼の選挙キャンペーンの資金集めのパーティーで。こういうことになるなんて――その、あたしは思ってもいなかったし、彼もそうだったんでしょうけど、こういうことになってしまった」

「そのことをキャリーに知られたんですね」

テイトは顔をあげ、ちょっと驚いた表情を浮かべた。「彼女は最初から知っていました」

ふたりの警官は視線を交わした。「喧嘩の原因はなんだったんですか？」

「ほんものの喧嘩じゃなかったんです。キャリーにメイド・オブ・オナーになってくれって頼まれたころには、ダグのことはなにも知りませんでした。そういう関係になって、それで、あたし、思ったんです、彼女とダグの息子の結婚式に、あたしが列席するのはどうかって。だって、彼は奥さんと一緒なわけだし。そんな場にはいたくありません。でも、もっともな理由もなくあたしがおりたら、変に思われるでしょう。それで、キャリーと喧嘩をするふりをしたんです」

「彼女はあなたと州上院議員の関係を受け入れていたんですか？」

「いいえ。キャリーはあたしのことを心配していました。彼の奥さんがそうかんたんに引きさがるわけないって言ってました。そのとおりでした」急いで息を継ぐ。「それはそれで仕方がないと思っています」ダグが妻と離婚しようとしまいと、テイトは自分が損をすることはないと踏んでいた。たとえ浮気がばれて、金持ちの嫌み女のミセス・デニスンが、浮気な夫を叩き出したとしても、ダグの政治生命まで断たれることはない。首都ワシントンで石を投げたら、妻を裏切っている政治家に当たらないほうがおかしい。浮気がばれたらしばらくおとなしくしていて、ほとぼりが冷めたらやりなおせばいい。

ダグが離婚したら……テイトなら州上院議員の妻として立派にやっていける。離婚しなかったら、いまのままの生活も悪くない。いずれにせよ、全力でダグに食らいついていくつもりだった。彼はもっとよい生活を送るための切り札だ。手放すわけにはいかなかった。

「キャリーとあたしは親友でした」彼女は言い、涙に潤んだ目をしばたたいた。涙を流すのは無理だが、ここで泣くのもわざとらしい。「ずっと友だちでした。先週も、彼女はここを訪ねてきました。結婚式の準備で気苦労が絶えなくて、愚痴をこぼしたかったんです。そりゃあ、彼女はときどき扱いにくくなるけど、あたしにとってはよい友だちでした。悲しいです」さあ、どう？　大きな嘘にちょっとした真実をちりばめる。それがミソ。

署に戻るとエリックは自分の椅子に腰かけ、両手で後頭部を支えて天井を見あげた。頭のなかで事件の詳細が渦を巻いていた。デスクの上には報告書やメモが散らばっているが、それらはそっくり頭に入っていて、いずれすべてがそこでつながる。

証人がみな結婚式の請負業者たちぐらい優秀だとこっちも苦労はしない。水曜の午後に宴会場に居合わせた彼らは、一様におなじ話をした。証人はあてにならないのがふつうだが、彼らはたとえ小さなことにでも、まわりで起きていることには気を配るのが習い性になっている。彼らの話は一致していた――ぴったりとまではいかないが、おおまかな部分では一致していた。細かな点まで一致しているとなると、証言する前に示し合わせた可能性が出てくる。彼らは、ジャクリンとキャリー・エドワーズの諍いをそれぞれの言い方で語った。言葉の選び方や事件の経緯に多少のずれはある。だが、彼らの話は筋が通っており、信じられる。

上っ面だけを見れば、ジャクリンには動機があるが、それを支える証拠がなかった。実行可能な容疑者ではない。

州上院議員は……彼ならやれるが、愛人が彼のアリバイを証明している。彼の車から物的証拠が見つかれば話はべつだが、そこに持っていくにはアリバイを崩さなければならない。テイト・ボインはよくわからない。複数の人間が、彼女とキャリーが言い争ったと証言している。ふたりの派手なやり合いを見ていた者は、みな本気で喧嘩したと思った。あれが芝居だったのなら、ふたりはよほどの演技派だ。テイトがうまい女優なら、きょうの態度も演技ということになる。

彼女は涙ぐみ、ほんとうに悲しそうだった。これみよがしではなく、州上院議員との関係を恥ずかしがるふりもしなかった。タフな女だ。

彼女とキャリーの喧嘩が芝居だったというのは、どうもしっくりこない。州上院議員と週に二、三度セックスしているくせに、息子の結婚式で彼が奥さんと一緒のところを見るのは耐えられないだって？　そんな言い訳は通用しない。

ガーヴィーがいつものようにマグカップ片手にやってきて、エリックのデスクに尻をひょいと乗せた。「興味深い話じゃないか。キャリーをよく言う唯一の人間が、彼女の未来の舅《しゅうと》と付き合っているっていうのは。まるでメロドラマを観てるみたいだ。これに腹黒い双子の片割れと、私生児の赤ん坊が登場したら言うことない。どうぞチャンネルはそのままで、だな」

エリックはにやりとした。「まったくめちゃくちゃですね」

「だからどうした？」ガーヴィーは言い、それから気持ちをこめて言い足した。「ああ、おれはこの仕事が大好きだ。フランクリンがもう一週間休暇を延ばしてくれないかな。現場は楽しい」

ふだんのエリックなら、ガーヴィーに賛同していただろう。彼もこの仕事が大好きだった。手もとにはパズルのピースがごたまぜになっており、それを丁寧につなげていってひとつの絵を作りあげるのが彼らの仕事だ。いまもそれをやっていた。いつか誰かが過ちを犯す。彼がすべきことは、それが誰なのか、どんな過ちなのかを見極めることだ。

あくびをし、午後の日差しが降り注ぐ窓の外に目をやると椅子を引いて立ちあがった。彼もガーヴィーも朝が早かったから、すでに長時間働いている。午後も遅い。いま帰っても誰も文句は言わないだろう。この数時間は事情聴取と書類の整理、検査依頼書と報告書作成でびっちり働いた。ぐったりしていたが、もう一カ所寄るところがある。

今度はひとりで行くつもりだった。

19

どう考えても長つづきしそうにない結婚もある。

ジャクリンは深呼吸し、思いを顔に出さないよう努めた。この結婚式の写真を、プレミアの宣伝用パンフレットに載せることはけっしてないだろう。この結婚式にプレミアが関わったことも、知られたくないと思っているぐらいだ。

ふつうならイベント・プランナーに頼むような類《たぐ》いの式ではないのに、花嫁の計画に怖気《おぞけ》をふるった花婿の母親が、なんとか体面を守ろうと土壇場でプレミアに依頼してきたのだ。引き受けるべきではなかった、とジャクリンはいまさらながら思った。予定がいっぱいだからではない。哀れな母親が自暴自棄になっているからだ——無理もない話だけれど。困ったことに、ジャクリンには打つ手がほとんどなかった。母親は金をドブに捨てたようなもので、結婚式は大失敗に終わるだろう。なにかの祟《たた》りとしか思えなかった。

今夜は結婚式がふたつにリハーサルもふたつ入っている。忙しさもピークを迎え、今夜をなんとか切り抜けられれば、あすはなんとかなるだろう。結婚式がふたつとリハーサルがひとつだけだから。日曜に六つめの結婚式が終われば、やっとまともな——というか、それほどめちゃくちゃではない——スケジュールに戻れる。もしまた母がこういう殺人的スケジュールを組んだりしたら、ジャクリンは休暇を取り、すべてが片付くまで戻ってこないつもりだ。ぜったいに。

ふだんなら、ジャクリンが結婚式を担当し、ピーチとディードラにリハーサルを任せるのだが、きょう、彼女がこの場にいるのは、花嫁の家族を前にしてカッとならず、大声で笑いださずにすむ者は、プレミアに彼女ひとりしかいないからだ。好きか嫌いかは置いといて、このリハーサルとあすの結婚式は彼女が責任を負わなければならない。それでも、リハーサルを通常より早めに行なうことに家族が同意してくれたので、ジャクリンはここからブルドッグ・ウェディングに直行できる。それに、ディードラが先に行ってくれているので安心だ。もうひとつのリハーサル——社内では〝ファミリー・ドラマ〟と呼んでいる——と、ピンク・ウェディングはマデリンとピーチの担当だ。

ジャクリンが担当するこの結婚式は、はなから見込みがなかったが、なんとか花嫁を説得し、NASCAR——米国自動車レース協会——をテーマにしたウェディングケーキだけは思いとどまらせた。こっちが一点リードだ。でも、花嫁はまだ諦めきれないらしく、ウェディングケーキにステッカーをいっぱい貼ったモデルカーから降りてくる花嫁と花婿のフィギュアを飾ったら、そりゃあもうキュートだったのに、と言いつづけていた。それもデイル・

アンハート・ジュニアの車とそっくりなモデルカー。ジャクリンはカーレースのファンではないが、デイル・アンハート・ジュニアが絶大な人気を誇るNASCARドライバーだということぐらいは知っていた。でも、彼の車は鮮やかなブルーではなかったはずだ。というより、問題はステッカーのほうだ。

さらに、花嫁の母親も説得し、結婚式場となる納屋に色とりどりのクリスマスライトを飾るのを――「キラキラしてきれいなのに！」――なんとか思い留まらせた。音楽も選びなおしたので、花嫁がウィリー・ネルソンやブラッド・ペイズリーのカントリーミュージックに乗って、〝通路〟を歩いてくることはなくなった。やはり結婚行進曲でしょう。ウィリーもブラッドもまだ現役だけれど、花嫁の入場のあいだは静かにしてもらわないと。あす、納屋を飾るのはほんものの花だ。花嫁は、新居に飾れるから――それに、戦没将兵記念日に父親のお墓に飾ることもできて一石三鳥――造花を希望していたのだが。しかもその造花もシルクで作られたものではなく、どぎつい色合いのプラスチック製――生花とはその優雅さで比べ物にならない。

あまりの趣味の悪さに茫然となっていなければ、プラスチックの造花とキラキラのクリスマスライトは、それはそれでよく似合っていると思ったかもしれない。自棄《やけ》気味にではあるが。なにもクリスマスライトが悪いと言っているのではない。彼女だって大好きだ……クリスマスに飾るのなら。プラスチックの造花は、季節を問わずいただけない。

午後も遅い時間に納屋でリハーサルをすると充分な灯りが確保できないので、リハーサルと披露宴は〝牧師〟がオーナーのレストランバーで開かれる。もっともそのレストランバーというのがポーキーズＢＢＱで、料理を自慢するネオンサインがチカチカと賑やかなことこのうえなかった。いちばん目につくのが「ぜったい気に入るうちの豚の肩肉《バット》（尻の意味もある）」。つぎが「町いちばんのバット」だ。

　牧師がほんものの牧師かどうかわからなかったが、ジャクリンが心配することではない。この結婚が正式に認められなくても、花婿にとって、怪我の功名ということになるかもしれないのだから。

　にわか作りの祭壇の上でバドワイザーのネオンサインがチカチカしているのはあんまりだから、ジャクリンはそう言って消してもらった。できることならネオンサインごと取り去りたかったが、例の〝バット〟のネオンサインと同様、板張りの壁に固定されているのでそうもいかない。消えたネオンサインの下のテーブルには、極彩色のプラスチックの造花――ジャクリンが結婚式から一掃したのと同類の造花――が飾ってあり、それが赤白チェックのテーブルクロスと不調和なこと。テーブルは円いのや四角いのやまちまちだが、テーブルクロスはすべて四角だった。

　テーブルクロスもプラスチックの造花もまだ許せる。時間と金と許しが得られるなら、テコ入れしたかったのは結婚式のテーマそのものだった。白いデイジーの花に赤と白の皿とグラスを揃え、優雅なピクニックをテーマにした結婚式を演出できたのに。現実には、大失敗を防ぐのでせいいっぱいだ。

それも防げるかどうか。

中年未亡人の花婿の母親は青ざめていたが、必死で笑顔を作っていた。なんとも心もとない笑顔だから、かわいそうに歯を食いしばっているにちがいない。同情したくなる。これだけたくさんのマレット（八〇年代に流行した前髪は短く襟足だけ伸ばし、側頭部を刈りあげにした髪型）が一堂に会するのを見たのははじめてだ。出席者の服装はくだけすぎ――こういう場にふさわしい服装をしているのはジャクリンと花婿の母と姉妹たちだけだった。つまり、ジーンズにスローガンが書かれたTシャツを着ていないのは、彼女たちだけだ。それに、牧師――その称号はインターネットで入手したにちがいない――ときたら。ジャクリンが望むことはただひとつ。あしたは少しは身ぎれいにして、できたらネクタイを締めてほしい。彼はカイゼルひげの大男で、禿《は》げ頭に赤いバンダナを巻き、褪《あ》せたジーンズにハーレーダビッドソンのTシャツ姿で、しかも両袖を破り取って、肩から手首までぴっちり入れた色鮮やかなタトゥーを剝き出しにしていた。

べつの見方をすれば、いま、ここでこそ彼女の能力が生かされる。誰がどこに立てばいいのか、式はどう進行していけばいいのか、知っている者はひとりもいないのだから。彼女がいなかったら、花嫁の母はブラッド・ペイズリーの歌に合わせて席につくことになっていただろうが、ありがたいことに、正しいタイミングで正しい位置につくことができる。

もっともそれも、あす、すべてが計画どおりにいけば、だ。花嫁かその母親が今夜逮捕されなければ、あるいは、牧師が対立する暴走族に殺されなければ。

不確定要素が多すぎるから、あすの結婚式が無事に終わる可能性は低い。

その前に、今夜を乗り切らなければならない。

ジャクリンが結婚式に使うことをやんわり禁止したクリスマスライトが、今夜は大威張りで飾られていた。ありとあらゆるところからそれがぶらさがり、絡まり合って楽しげにチカチカ光っていた。まったくもう。それでも、花嫁の友人たちが、バーの奥にある生ビールの栓から長いカウンターに置かれたパンに至るまで、手当たり次第にそれを巻きつけようとするのだけは阻止した。

てんやわんやのリハーサルのおかげで、キャリー・エドワーズやエリック・ワイルダーのことを考えずにすんだのはありがたかった。正直に言えば、エリックのことを考えるほどはキャリーのことを考えていなかった。それはそれで悲しいことだ。だからといって、彼女に申し訳ないとは思わない。

でも、エリックは……彼ほど頭にくる男性には会ったことがなかった。彼のことを考えまいとすればするほど、頭の真ん中にしゃしゃり出てくる。彼のおかげでいい恥をさらしてしまった。今夜、ブルドッグ・ウェディングで牧師に会ったら、どんな顔をすればいいのかわからない。記憶喪失に陥ってなにも憶えていないふりをしようかしら。

リハーサルに立ち会っているあいだは、エリックのことを頭から追い出すことができた。まるで野生の豚を囲いに追いこんで、尻尾《しっぽ》にリボンをつけるようなものだ。リボンは役にたたず、豚は手に負えない。リハーサルはわりあいうまくいった。花婿の母親の顔にいくらか血の気が戻った——それも牧師が歓声をあげ、みんなをバーに集めてホットウィングとビールを、つぎにバナナプディングとブラウニーをふるまうまでだった。

彼女の顔からまた血の気が引いた。ジャクリンはそれより前に、ブラウニーの横に置かれた糖衣の缶と、デザートに振りかけるどぎつい色の粒状のチョコレートを目にし、いやな予感がしていた。花婿の母は、ちゃんとしたリハーサル・ディナーを用意しようと必死になっていた。彼女が手を出せそうなのはそれだけだったのに、幸せなカップルは、ここでおいしい料理を出してくれるのだから、わざわざよそに行って食べる意味がないと主張して譲らなかった。ようするにごり押ししたのだ。

彼女が娘のひとりにささやくのが、ジャクリンの耳に入った。きっとあの子は産院でよその赤ちゃんと取りちがえられたんだわ。母親にこんな仕打ちをする子を産んだ覚えはないもの、と。

花嫁のマレット頭の弟がジャクリンににじり寄ってきて、いやらしい目で彼女を見つめ、うなずいて言った。「あんたみたいな美人がひとりなんて信じらんないぜ。あんたのような女は相手がいなくちゃだめなんだ」

「仕事中ですから」ジャクリンは冷ややかに言った。

二十歳そこそこの青二才が、これで察するわけがない。さらにちかづいてきて、ビールとすえた息の臭いをさせ、彼女の領域を侵そうとする。ああ、いやだ、虫歯がちらっと見えた。笑わないでよ、もう。ぜったいに笑うな。ジャクリンは一歩さがった。ちょっとでも触れたら、叩きのめしてやる。この二日で彼女の忍耐は底をつきかけていた。これ以上迫られたら、今度こそためらわずに反撃する。

それってすごくない？　キャリー・エドワーズを殺した容疑をかけられているときに、そこまでやるって。でも、ときには代償を払ってでもやるべきことがある。

「家まで送ってってやるよ、かわい子ちゃん」

彼女はマレット頭に〝興味ないから〟の一瞥をくれ、顔をそむけた。

幸いなことに、ここでの仕事は終わった。誰にも絡まれずに車まで行けたとしても、まだブルドッグ・ウェディング――エリックのおかげで、リングボーイはフットボールのヘルメットをかぶってくるだろう――が残っているけれど、ディードラがいてくれる。あすは長い一日になるだろうから、それに備えて体を休ませておく必要がある。ベッドに横になって上掛けをかぶって寝よう。雇い主の女性に挨拶しようと思ったとき、レストランの扉が開いた。

花嫁の母親が煙草で嗄《か》れた声で言った。「きょうは貸し切りなのよ。〝閉店〟の看板が見えなかった、オタンコナス？」

みんながいっせいに振り向き、ジャクリンの目が恐怖で見開かれた。長身で筋肉質の男性が、鋭い視線を店内に走らせた。花嫁の母に氷のような視線を向け、警察バッジを光らせた。

「オタンコナス刑事だ」

店内がシーンとなった。リハーサルがはじまってはじめて、ピンが落ちる音さえ聞こえそうだ。花嫁の母親が観念した口調で言った。「オタンコナスは言いすぎたよ。さあ、入って」

〝困る人がいるかもしれないけど〟は口にされなかった。

事実、客のうちふたりがぎょっとした顔をした。自分を逮捕しに警官が来たと思った人が、何人ぐらいいるのだろう、とジャクリンは思った。ほかの日だったらそう思って正解だが、今夜はちがう。ワイルダー刑事の目当てはジャクリンだ。

顎を突き出し、目を光らせて彼に向かっていった。仕事中に邪魔されるのはこれで二度めだ。一度でも充分なのに、二度となると腹がたつ。

「二、三質問がある」彼が言った。背後ではパーティーが再開されたが、客たちにさっきほどの勢いはなく、何組かの目が新参者に向けられていた。視線は双方向だった。エリックは彼女を見ず、背後に目を光らせた。

「あすまで待てないことなの？」彼にだけ聞こえるよう抑えた声で言った。

「ああ、今夜のうちに話しておきたかった」彼は店内を見回し、作り笑いを浮かべた。「ところで、いい仕事ぶりだ。とくにクリスマスライトが気に入った。パッとあかるくなる」

「よく言うわ《バイト・ミー》」

彼は視線をジャクリンに向け、目を細めた。「いつでも噛《バイト》んでやるよ。どこでもね」

彼女は青くなり、よろっと一歩さがった。よしてよ。彼にだけは信じてほしいと思ったときには掌を返したように冷たい態度を取ったくせに、また誘いかけるような態度を取るってどういうこと？「わたしに向かってそういう口のきき方はしないで」冷ややかに言った。「いまは。これからも」誤解されるような言葉を口にしたのはこっちだから、また謝らなければならない。彼を見たとたん逆方向に走りだしたくなるのが、なんだか習性になりそうだ――それとも、空欄を設けた謝罪状を何枚かコピーしておいて、失言するたびに彼に渡すことにしようか。

ジャクリンがなにか言う前に、エリックが視線を彼女の口もとにさげて言った。「いや、する」

頭のなかが真っ白になり、口を開いたが言葉は出てこなかった。彼女が落ち着きを取り戻す前に、彼がまた作り笑いをして牧師を顎でしゃくった。「彼に対抗して、ウェディング・プランナー特注バンダナをしたらいいのに」

謝ろうという気持ちは雲散霧消し、バナナプディングが載った大きなトレイを彼の頭に叩きつけたくなった。前夜、自制心を失って恥ずかしい思いをしたばかりだから、意志の力を総動員してそんな考えを押しつぶした。彼にからかわれてカッとなったりしない。ぜったいにしない。なにがなんでも正気を失わない。「あすのために取ってあるのよ」ジャクリンは歯ぎしりしながら言った。言い訳や説明が塊となって喉を詰まらせる。彼女が雇われなかったら、この結婚式はもっと悪くなっていただろうと彼に言いたかった。納屋やプラスチックの造花やブラッド・ペイズリーのカントリーソングを例にあげて説明したかった。でも、エリック・ワイルダーには、なにを言っても無駄だ。

肩をぐっと引き、まっすぐに彼を見つめた。「質問があるならさっさとして。ほかに仕事があって、一時間以内に向こうに着いてないといけないの。いったいなにを聞きたいの？」

「水曜の午後のことをもう一度尋ねたい。きみが見たという男のことでなにか思い出さなかったか、あるいは、キャリーが言ったことでなにか思い出さなかったか――」

「いいかげんにして、刑事さん」そっけなく言った。「思い出したことはすべて話したわ。いったい何度おなじことを繰り返すつもり？」

「何度でも」彼が厳しい目でジャクリンを見つめた。さっきまではおもしろがっていたのに。

「なにもいまじゃなくても――」

「巡査さんよ」牧師の声にふたりは同時に振り返り、カウンターの向こうに立つひげの大男に目をやった。「ビールと熱々のホットウィングはどうかね？」

エリックは牧師の間違いを指摘しなかった。巡査ではなく刑事だとは言わなかった。こういう連中には、言ったところでなんにもならない。巡査は巡査だ。「ビールはけっこう。だが、ホットウィングはいただこうかな。それにスウィートティーのトールグラス」彼はジャクリンの横を通ってカウンターに向かった。

「はいよ」大男が言う。「ブラウニーもあるぜ。もうちっと早く来てればバナナプディングもあったんだが、みんなはけちまった」

エリックの頭にバナナプディングが載った大きなトレイを叩きつける計画は、あっけなく潰《つい》えた。ジャクリンはくるっと回ってエリックのあとを追った。憤慨していたから、まるでヴィクトリア女王時代のメロドラマの登場人物になった気分だった。彼を指差して、あなたって人は！　と怒りの声をあげたい。いったいここでなにをしているの？　ここはわたしの世界、わたしの仕事、わたしの人生なのに、しつこくつきまとって、わたしがテロでもおこすと思ってるの？　テロ行為で現行犯逮捕するつもり？　まったく営業妨害だ。一度なら職務逸脱で言い訳がたつけれど、二度めよ。あすもまた現われたら？　プレミアがなんだか変だ、という噂が駆け巡り、そういうことを気にする人たちがほかのイベント企画会社に頼むようになる。

彼が戸口から離れたとたん、まだ食事中だったカップルがおなじテーブルの人たちに慌ててさよならを言い、こっそり店を抜け出した。それを潮にべつの男が静かに立ちあがって出ていき、マレット頭もすかさずあとにつづいた。そのすばやいこと。ふだん相手にしているクライアントたちとは別世界に生きる連中だとわかってはいたが、目の前でこういうことが起きるとゾッとする。

「何人出ていった？」ジャクリンがかたわらに行くと、エリックが尋ねた。

「四人」

彼はうなった。「五人は消えると思っていたけどな」

話につられるべきではないとわかっていた。彼の質問には答えず、できるだけ早く店を出るべきだとわかっていた。でも、好奇心には抗えずに尋ねてしまった。「五人めってどの人？」

彼はさりげなく振り返って、問題の人物を探し当てた。「赤のタンクトップから胸をはみ出させてる女」

ちょっと、よしてよ。花嫁じゃないの。

彼女がショックから立ちなおれないでいると、彼が隣のスツールを叩いた。「さあ、座って。話をしよう」

もうたくさん。ここを出ないと。彼がそれを気に入らないのなら残念だ。カウンターの奥で誇らしげにまたたくネオンサインを指差した。

「勝手にしやがれ《キス・マイ・バット》」

ジャクリンがエリックに背を向け、女性三人が座るテーブルに向かった。この店で唯一胸を見せびらかしていない女性三人は、まるで凶暴なエイリアンに取り囲まれでもしているように身を寄せ合っていた。年配の女性の惨めな表情から、エリックはあれが花婿の母親だと見当をつけた。見回すと花婿当人が目に入った。かなり酔っているがラリってはいないようだ。

麻薬の取り締まりをするつもりはなかった。誰がマリファナを持っていようと、逮捕する正当な理由があろうと関係なかった。駐車場で不法にメタンフェタミン（覚醒作用、幻覚作用、麻薬作用を持つ非常に危険な合成麻薬）を作っているのを見つけたら——店に入る前に慎重に匂いを嗅いでみた——ただじゃすまさないが、それ以外なら大目に見るつもりだった。今夜の標的は彼らではないのだから。

そう、今夜の標的は、石がたくさん入ったボウルのなかのひと粒のダイヤモンドのようにひときわ輝いていた。ジャクリンには品格と美と根性が備わっている。泣き叫んだり、取り乱したりして当然の事態なのに、冷静さを失わなかった。その歩き方が彼を翻弄《ほんろう》する。色っぽくゆったりと心をそそる。カチッとした濃紺のビジネススーツは、ぴたりと体に合ってウエストのくびれをきれいに見せ、スカートは膝ぎりぎりの長さだから見事な脚を堪能できる。その視線が彼を切り裂くが、それは彼女が意図したのとはちがう意味でだ。

恐怖におののくレディ三人になにか言ってほほえみかけると、ジャクリンは振り返らずに店を出ていった。エリックはスツールから滑りおりてあとを追った。彼が出ていくのを見ても誰も残念には思わないし、ホットウィングをふた口、それにアイスティーをひと口飲んだだけだと文句を言う者もいない。さよならも言われなかったことに、彼は心が傷つきそうになった。

駐車場でジャクリンにすぐに追いついた。彼女の脚は長いが、ぴったりしたスカートとハイヒールのせいで、本人が思うほど速く歩けなかったからだ。

「マジで話があるんだ」ジャガーにたどり着いた彼女に、エリックは声をかけた。

「また事情聴取をするつもりなら、弁護士を呼んで」

「クソッ、ジャクリン、聞いてくれ」苛立ちが募り、強い口調になる。

「ミズ・ワイルドと呼んでください」彼女は吐き捨てるように言い、車のドアを開け、バッグを助手席に放った。つぎに運転席に乗りこんだが、ドアを閉めることはできなかった。彼がドアをつかんだからだ。

「きみが見たというグレーの髪の男だが、もしかして――」

駐車場のあまりあかるくない照明のもとでも、彼女の顔に信じられないという表情が浮かぶのが見えた。「どう言ったらあなたに理解してもらえるのかしら？」彼女は怪訝な面持ちで尋ねた。「その人の顔には注意を払わなかったし、シルバーのセダンだったという以外、車の特徴を言うこともできません。車には詳しくないから。トラックやSUVではなかったということしかわからないわ。色はシャンパン色がかっていたかもしれないけれど、シルバーだったことはたしかよ。それ以外のことはわかりません。キャリーと——生きている彼女と——別れたとき、わたしは動揺していたし、怒っていたから、駐車場にいた見ず知らずの人間の特徴を記憶しようなんて思いもしなかった。これでいいかしら？　仕事があるので、そこをどいてもらえない？」彼女がドアをぐいっと引っ張ったので、エリックは仕方なく手を離した。さもないと指を挟んでいた。

ジャクリンは彼をちらっと見ることもせずにエンジンをかけ、砂利の上でタイヤをスピンさせる勢いで駐車場をあとにした。できることならスピンさせたかったのだろう。

想像していたとおりの展開になった。有益な情報はなにも得られなかったが、彼女と親しい間柄に戻る第一歩は踏み出せた。彼女を怒らせもしたが、絆はまだ残っていた。彼女がどんなに怒ろうと、自分から認めるのを拒否しようと、絆はちゃんとそこにあった。

彼女の車のテールライトが遠ざかるのを眺めながら、あとを追おうかどうしようかと考えた。でも、追ってどうなる？　結婚式は、どんちゃん騒ぎのリハーサル・ディナーとはちがう。彼女は忙しいだろうから、彼の姿をまた見たらますます不機嫌になるだろう。今夜はこのへんで解放してやろう。頭を冷やしてよく考える時間を与えてやろう。彼女が見たという男のことを言い訳に使いたくなかった。人はときとして、自分が思っている以上のことを記憶しているものだ。あとは思い起こして、その記憶が表面に出てくるのを待てばいい。彼女はああ言ったが、それ以上のことを見ているはずだ。

あすになったら連絡を入れよう。時間はたっぷりある。そのころには彼女も冷静になって、殴ってやりたい、という顔でこっちを見ることもないだろう。

20

ポーキーズBBQでのリハーサルと比べるからかもしれないが、ブルドッグ・ウェディングは滞りなくというより、びっくりするぐらい楽しく進行した。考えごとをする暇もなく動き回ったのがよかったのだろう。そうでなければ、帰宅してもエリックのことでカッカして眠ることも、食べることもHGTVを楽しむことすらできないだろう。忙しいのはいいことだ。考えごとをする暇もないぐらい忙しいのはもっといい。

参列者たちは伝統的とは言いがたいテーマの結婚式をおおいに楽しみ、タキシードにヘルメット姿のリングボーイが真面目腐った顔で通路を歩いてくると、ドッと笑いが起きた。幸せな人たちが集う、幸せな雰囲気の結婚式だった。あやかりたいものだ、とジャクリンは思った。このところ悪運に祟られてばかりだったから。

広い敷地に立つ教会には別棟がいくつかあり、そのひとつが広い宴会場になっているから、参列者たちは披露宴会場に歩いて移動することができる。天気まで味方をしてくれた。蒸し暑さが和らいで、そよ風が心地よい。空には銀色の月が浮かび、その光を浴びた小さな雲が流れていく。

式は滞りなく進み、すべてがクライアントの要望にぴったりと合って、文句はひとつも出なかった。仕事として見れば、成功だったと言えるだろう。ジャクリン個人としては、自分がどこにいて、なにを感じるべきなのかわからなかった。出会ったばかりのエリックとベッドをともにするという常軌を逸した行動にはじまって、この数日のあいだにいろんなことが起こった。恍惚から怒りまで、ありとあらゆる感情にもみくちゃにされた感じだ。恐怖も悲しみも、恨みも罪の意識もそこには含まれる。物事を理性的に考えることが、いまはもうできなかった。一瞬一瞬をひたすら持ち堪えるだけ、嵐のような一週間が終わったら精神的安定を取り戻せることを願うだけだった。

真夜中に新婚夫婦は旅立ち、招待客も去っていった。ディードラは早くから来ていたのでよい場所に車を駐めていた。そこまで一緒に歩き、ジャクリンはひとりになった。教会の駐車場がいっぱいだったので、路上駐車をせざるをえなかった。芝地を四つ横切って、さらに半ブロック歩いた。最後まで残っていた夫婦がいたので、ジャクリンは夜道にひとりではなかったが、夫婦の車は彼女の車より二十メートルほど手前にあった。夫婦にさよならを言うと、おつかれさま、大成功でしたね、とねぎらいの言葉をかけてくれた。ジャクリンは礼を言い、さらに歩いた。舗道にハイヒールの音が響く。

アトランタでも治安のよいアッパーミドルクラスの住宅街だから、この時間はしんと静まり返っていた。青々と茂る街路樹が深い影を作り、ちかくの庭からは甘い花の香りが漂ってくる。自宅の狭いパティオに花を植えたいとふと思った。庭仕事をする暇などないくせに。それにしてもすばらしい夜だった。訂正。後半はすばらしかった。

ジャガーのドアのロックを解除し、深呼吸をしながら、長かった一日、やり残したことはなかったか頭のなかでチェックした。きょうで山を越した。家に戻ったら母に電話して、ファミリー・ドラマのリハーサルとピンク・ウェディングが無事に終わったかどうか確認しよう。でも、電話が入っていないから、大惨事には至らなかったのだろう。ちょっとした事故はあっても、大惨事は起きていない。たいしたものだ。

日曜の盛大な結婚式は、プレミアにとって一日仕事だが、ほかになにも入っていないから大丈夫。それが終わればひと息入れられる。数日はのんびりして英気を養うのだ。月曜は休めるかもしれない。母とプレミアを起こしてからずっと働きづめだった。一度だけ一週間の休暇を取り——三年前——二度ほど病気で休んだことはあったが、それ以外は毎日出社してきた。一日ぐらい休んでも罰は当たらないだろう。

エンジンをかけてギアを入れたが、ブレーキを踏んだまま振り返り、車がやってこないか確認した。

後方の交差点にちかいあたりから、ちょうど一台の車が発進したところだった。猛スピードを出し、車体を揺らしながらちかづいてくる。ジャクリンはハッとし、スピードを増す車を目で追いながら通り過ぎるのを待った。まっすぐに走れないところを見ると、運転者は酔っぱらっているのだろう。披露宴の出席者ではありませんように。むろんお酒を飲んだ人たちもいたが、度を過ごすことはなかった。彼女が夫婦と一緒に通りを歩いてきたとき、前方に人の姿はなかったが、あるいは早くに会場を出た人が、車のなかで酔いを醒ましていたのかもしれない。それとも、キーが見つからずにもたもたしていたとか。

すぐに車を出さなくてよかった。馬鹿な運転者が車体を擦らずに通過してくれたらそれでいい。ところが、バックミラーで見ると、擦られる可能性が高まっているのがわかった。彼女の車めがけて走ってくるように見える。あと二秒でぶつかってしまう──時間がとてつもなく長く感じられた。ハンドルを握り締め、目を閉じて祈った。

車が脇に並び、車体がぐらっと揺れてタイヤがきしり、速度が遅くなった。ジャクリンは目を開けて顔を横に向けたが、街灯に照らし出された運転者の顔は黒いシルエットになっていた。目に入ったのは光を反射する金属のようなもので、それがこっちに向けられていた。なんだろうと思った直後、金属の正体がわかった。拳銃だ。

ガシャンと大きな音がして、横の窓が割れ、ガラスの破片が降ってきた。熱い空気の震動に顔を叩かれた気がした。反射的に頭をさげ、横に身を投げた。また銃声が轟《とどろ》いた。ガラスが割れてなくなったので、音が大きく聞こえる。またしても熱い空気に叩かれ、シートの滑らかな革に顔を押しつけた。そうすれば、弾に当たらずにすむ気がして。悲鳴が聞こえ、それが人の悲鳴だとぼんやり気づいた。

どうしよう、格好の標的じゃないの！　でも、センター・コンソールをまたぎ越し、車から降りるためには顔をあげなければならず、狙撃者《そげき》にここを狙ってと言うようなものだ。それにもし狙撃者が車を降りて、割れた窓にちかづいてきていたらどうするの？　袋のネズミ。なにもできない。どこにも行けない。このままでは、馬鹿げた走行中の車からの狙撃で命を落とすことになる。後悔の念が襲ってきて吐きそうだ。エリックに打ち明けないまま——。

「ジャクリン！」ディードラの声だ。彼女の名を呼ぶ叫び声が、彼女自身の悲鳴を圧して高く、鋭く響き渡った。ほかにも音が聞こえた。男性の叫び声、ドアを叩きつける音——覚悟していた三発めの発射音の代わりに、タイヤのきしる音がして、殺人未遂犯が逃げたのがわかった。

時間が経つのがあまりにもゆっくりだった。耳の奥で耳障りな音がして、鼓動のひとつひとつがはっきりと感じられた。革の匂いが鼻腔《びこう》を塞ぎ、それに甘い花の香りと火薬のツンとする臭いが混じる。

一瞬にして七十ほど年を取ったようだ。ゆっくりと上体を持ちあげ、あたりを見回した。驚いたことに、狙撃者の車はタイヤで地面を捉えようと後部を左右に振りながら、教会のあたりでもたもたしていた。数分経ったと思っていたのに、実際には数秒だったのだ。ぼんやりして妙に現実味がないながらも、車のナンバーを一部でも読み取ろうとしたが、ナンバープレートがそもそもなかった。運転者はようやく車をまっすぐにして、交差点でまたタイヤをきしらせて左折し、視界から消えた。

ディードラが通りを横切ってくる。ジャクリンの名前を叫び、携帯電話のボタンを押しながら。教会の駐車場に残っていた夫婦が、ディードラの後ろから走ってきた。ジャクリンの前を歩いていた夫婦は車を出したあとだったが、銃声を聞いて車を停め、それから路肩に寄せた。いま、夫婦はこっちに走ってくるところだ。道路沿いの家々に灯りがともり、ドアが開いて住人たちが出てきた。

「大丈夫ですか？」夫婦の夫のほうが叫ぶのを聞いて、ジャクリンは妙な気持ちになった。大丈夫でなかったら、返事はできないでしょうに。

唇の感覚がなかったが、なんとか車のドアを押し開けて外に出た。まるで水中にいて、速い流れに抵抗しているような感じだ。ショックで鳥肌が立っている。ああ、危うく死ぬところだった。

アトランタは大都会だ。無差別に撃たれることもありうる。それとも、人ちがいで撃たれたのだろうか。でも、ジャガーはどこにでもある車ではない。悪ふざけとか、ギャングの肝試しの標的にされたのだろうか。

現場に着いたときにも、エリックの心臓は激しく打っていた。電話を受けると裸でベッドから飛び出し、片手にキーを、もう片方の手に拳銃を持ってドアを出ようとして、服を着ていないことに気づいた。悪態をつきベッドルームに取って返した——最初につかんだ服を着たのだが、それは前日に着たズボンと、運動したときに着たダークグレーのTシャツだった。下着までは気が回らず、靴下も履いていないからまるで特殊部隊だ。それでも、バッジを留めるベルトは締めていたし、ホルスターも持って出た。

アトランタに向かって車を飛ばすあいだに、アトランタ市警察時代の仲間に電話して情報を得た。だから、エリックが駆けつけることは現場にいる警官に伝わっていたし、ジャクリンが無事なことを彼は知っていた。そのふたつがもっとも肝心だ。現場にちかづくと、車のスピードをほどほどにまでゆるめたし、頭に血がのぼったうえに武装した男を見ても、アトランタの警官は警戒しなかった。現場に集まった男たちの多くとは、アトランタ市警察時代からの顔馴染みだったが、彼らが知っているのは、髪を撫でつけてちゃんと服を着たエリックだ。前もって知らせていなければ、新人警官に撃たれていたかもしれない。

念のためにブルーのライトを点滅させ、現場にちかづいた。すでにそこは動物園の様相を呈していた。車を降りるとあたりを見回し、教会の駐車場にいるジャクリンを見つけた。母親や友人たち、彼の知らない民間人たち、制服と私服の警官数人に取り囲まれている。遠くからでも、彼らがいっせいにしゃべっているのがわかった。マデリンは娘の肩に腕を回し、ほかのふたりの女は並んで立って、心と体の両面から彼女を力づけていた。彼女の車はすぐにわかった。ずっと先の路肩に駐めてあり、警官がまわりを囲んでいた。運転席側の窓ガラスが粉々に割れている。

四人の女たちのなかでは、ジャクリンがいちばん落ち着いており、アトランタの刑事に話をしていた。だが、遠目でも顔が青ざめているのが見て取れた。急いで駐めた車の列を縫って、彼女のところへ向かった。走るな、と自分に言い聞かせた。彼女は撃たれたが、無事だった。

彼女がパッと顔をこちらに向けた。彼の存在を探知するレーダーを体内に備えてでもいるのか。「ここでなにしてるの？」敵意剝き出しだ。

「ご挨拶だな。きみが面倒に巻きこまれたと聞いたんだ」

「誰から聞いたの？」彼女が疑念に満ちた顔で尋ねた。話をしていた刑事を睨む。「あなたが連絡したの？　どうして知って――」

ピーチがため息をついた。「あたしが電話したのよ。もう心配で心配で、そうするのがいいことに思えたの」

「どうしてそんなことを思ったりしたの？」マデリンが驚きと憤りが綯い交ぜになった表情でピーチを問い詰めた。

「だったら、なぜジャクリンは狙われたの？　キャリーを殺した犯人の仕業にちがいないわ。ふたつの事件が関係ないと思うほうがどうかしてる」

彼女の言うとおりだ。エリックはグレーの髪の男が怪しいと睨んでいた。ジャクリンに顔を見られたと思っているのだ。

「彼の番号を知ってたのはどうして？」マデリンの声がどんどん大きくなる。ナンセンスとしか思えないことを、なんとか理解しようとしていた。

ピーチは〝どうか助け舟を出して〟の表情でエリックを見た。「彼の名刺がバッグに入っていたから——」

「名刺なんてどこで手に入れたの？」マデリンがわめき、両腕をあげた。

「あなたのゴミ箱よ」ピーチは恥じることなく白状した。「名刺がいちばん上にあって、無駄にするなんてあんまりだと思えたのよ」

そう、おれの名刺を捨てるなんてもってのほかだ。熟女ふたりが、声を低めて言い争うあいだ、エリックはジャクリンと視線を合わせた。彼女は疲れ、怯えている。思わず一歩前に出て彼女を抱きしめそうになった。もたれかかってくる彼女を抱きしめてやれたら。まあ、彼女がおとなしくもたれかかってくるはずもないが。だから尋ねるだけにした。「大丈夫か？」

彼女はうなずいたが、大丈夫なわけがない。撃たれなかったが、大丈夫なわけがない。

エリックはアトランタの刑事に名前を名乗り、脇に連れていって、ジャクリンがホープウエルの殺人事件の目撃者であることを説明した。アトランタの刑事は言った。「あとは任せる。なにを見たのか彼女から聞き出そうとしたんだが、いささか曖昧《あいまい》でね、かんたんに言うと。飲んでないのはふたり、ミズ・ワイルドとミズ・ケリーだけだが、いちばん怖い思いをしたふたりだからな。あんたがふたりから話を聞くあいだ、おれはほかの目撃者の事情聴取をする」

〝曖昧〟とはまた控えめな言い方だ。ジャクリンとディードラはときどき確認し合いながら、事の顚末《てんまつ》を話してくれた。長い話ではなく、大事な部分でふたりの話は一致していた。ジャクリンが帰ろうとすると、何者かが通りすがりに二発撃った。ディードラとほかにも数人の目撃者が、ジャクリンの言ったことを裏付けた。

彼女が標的にされたと思うと、エリックは心臓が喉もとまでせりあがってくる気がした。

「車を見たと言ったね」懇願する口調になっていることに、自分でも気づいた。警官のひとりが恨めしそうに頭を振るのを見て、どんな答が出てくるか見当がついた。

「乗用車です」ディードラが言った。「トラックでもSUVでもなく。色は黒」

「いいえ、ブルーにちかい色だったと思うわ」ジャクリンが言う。

警官のひとりが言った。「ほかの目撃者によれば、遠すぎて、銃撃があったこと以外、はっきりしたことは言えないということだ。問題の車両はグリーンだったかもしれない」

「どこのメーカーの車？」エリックが期待をこめて尋ねた。ジャクリンには答えられないにしても、ほかの目撃者があるいは——

警官がまた頭を振った。

信じられない。「車について、なんでもいいから思い出してみてくれないかな」エリックはジャクリンとディードラを交互に見ながら言った。どうして揃いも揃って車音痴なんだ？

ジャクリンは肩をすくめただけで、答えたのはディードラだった。「そうね、マスタングじゃなかった。マスタングならわかるもの。わかると思います」

「それだけ？　マスタングじゃない？」

「中型車はみんなおなじに見えるわ」ジャクリンがか細い声で言った。かすかに震えている。

「それで充分なんじゃない？　中型車だった。大型車でもミニ・クーパーでもなかった」

「これで指名手配をしろっていうのか」彼はつぶやいた。「マスタングでもミニ・クーパーでもない。それ以外の全車種を集めて仕分ける。ナンバーを見てはいないよな？」

「ナンバープレートはなかったわ」ジャクリンが言った。「ナンバーを見なければばって思ったの」

エリックはゾッとした。彼女を撃ったのは衝動的な犯行ではなかった。計画的で、目撃者がいる場合に備え、ナンバープレートをはずしていた。「運転者については？」

ジャクリンは肩をすくめた。母親が彼女の肩に腕を回して、ぎゅっと抱きしめた。しばらくすると、ジャクリンは深呼吸して背筋を伸ばした。自分を元気づけるように。「顔になにかかぶっていたわ。スキーマスクかフードみたいなもの。顔はまるで見えなかった。こっちを狙う銃が見えただけ。右利きだったわ。黒っぽい袖だった。あっ……手袋もしていたわ」

ディードラがうなずいた。「あたしもそう思います。車が目の前を通り過ぎたとき、ふつうなら顔がぼうっと白く見えるものだけど、見えなかったもの。だから、フードをかぶっていたにちがいありません。でも──」彼女は目を細め、考えこんだ。「考えてみると、運転者は大柄じゃなかった。小柄な男。女かもしれない。車に座っている人を見分けるのは難しいけど、大柄な人っていう印象は受けませんでした」

ジャクリンも考えこんだ。「あなたの言うとおり。窓越しに見たとき、自分のほうが少し背が高い感じがしたもの」

ふたりの口からマスタングとミニ・クーパー以外の車名は出てこなかったが、人間の細かな身体的特徴をとらえる感覚は鋭いようだ。この線は追ってみる価値がある。

「狙撃者は右手で拳銃を撃ったんだな？」

「そうよ。背後で車が発進して、わたしはその動きをバックミラーで見守って、横を通り過ぎたら車を出そうと思っていたの。やってくる車が左右に揺れていたから、運転者は酔っているのかもしれないと思った。それから、彼──あるいは彼女──は、わたしの横で車を停めて、右腕をこんなふうに伸ばして」──やって見せる──「二度撃った」

エリックは彼女を残し、車を調べに行った。運転席側の窓は撃ち抜かれ、車内にはガラスの破片が散乱していた。薬莢《やっきょう》が見つからなかったことは聞いて知っていたが、それで凶器がリボルバーだと断定はできない。オートマチックの可能性もあり、排出された薬莢は狙撃者の車のなかに落ちたのだろう。運がよければ、シートの詰め物に埋まった薬莢がひとつ、あるいはふたつとも見つかるかもしれない。

彼女の車は運転可能だが、証拠品として押収し検査に回さなければならない。というより、彼の指示でアトランタ市警察が押収する。そういう手配は迅速にはなされない。犯罪捜査は念には念を入れて行なうものだ。時間が過ぎていった。一時半を回り、二時を回った。ようやく収束に向かったのは三時ちかかった。エリックはジャクリンから目を離さなかった。彼女の顔色はますます青ざめていた。

車を取りあげられるのはおもしろくないだろうが、彼女は文句を言わなかった。何者かに撃たれたのだ。彼女の関心は犯人を突き止めることだ。「車の修理ができるまで、レンタカーを借りるわ」彼女は言い、悲しげな笑みを浮かべた。「これでジャッキーから、車を貸せってせっつかれずにすむわ」

「ジャッキーって誰だ？」エリックは思わず尋ね、嫉妬した自分に腹をたてた。ジャクリンは、どうしてそんな馬鹿な質問をするのか理由がわからない、という顔で彼を見た。

マデリンが顔をしかめた。「ジャクリンの父親よ」木で鼻を括ったような言い方が、それ以上の質問は許さないわよ、と言っていた。

はいはい、わかりました。それでジャクリンの名前の由来がわかった。ジャックとマデリンを足して二で割ったのだ。

マデリンは娘に視線を戻し、やさしく腕に触れた。「もう帰ってもいいか訊いてくるわね。疲労困憊してるでしょうから」

「ありがとう、お母さん」

「おれが彼女を家まで送ります」エリックがきっぱりと言った。

「ありがとう。でもその必要はないわ」ジャクリンが冷ややかに言った。彼女はこれまでうまく対応してきたが、夜はまだ明けておらず、アドレナリンの分泌による影響はまだ出ていない。そうなれば、疲労がどっと押し寄せて動くこともできなくなる。

「まだ訊きたいことがある」彼はとっさに嘘をついた。いや、嘘ではない。ほんとうに訊きたいことがあるのだが、すでにした質問を言い方を変えて繰り返すだけだ。表現のちがいが記憶を目覚めさせるきっかけになることもある。「ホープウェルに戻る車のなかで訊くか、べつべつの車で家まで行って、それから話をするかだ」

「わかったわ」ジャクリンはうんざりした声で言った。「早く終わらせてしまいたいの」彼女は母親の頬にキスした。「そばにいてくれてありがとう。あすの朝、会いましょう。車の手配があるから遅れるかもしれないけど、かならず行くわ」

「あすは休むべきよ」マデリンが言うと、ジャクリンは即座に頭を振った。

「いいえ、仕事場にいたほうがいいの。気が紛れるから。それに、あすも大忙しの一日でしょう。今夜のリハーサルは思い出してもゾッとするわ。もう大変だったんだから。じっくり話してあげたい」

エリックはリハーサルの場にいたから、彼女の言うことに全面的に賛成だったが、口に出しては言わなかった。

マデリンは口を引き結んだ。「家に着いたら電話してね」

「わかった」ジャクリンはほかの人たちに礼を言った。アトランタの警官たちや目撃者たちにも礼を言い、近隣の住民に騒ぎになったことを謝罪した。ジャクリンがいまにも倒れそうなのを察し、エリックは彼女の肘に手をあてがって自分の車へと連れていった。

ジャクリンが少し足をもつれさせたので、エリックは支える手に力を込めた。彼女が言う。

「あなたがどんな質問をするつもりかわからないけれど、すでに話したこと以外なにも知らないのよ。キャリーのことでも、今夜のことでも」

「話しているうちに、なにか思い出すかもしれない」

「そうは思えない」

「だったら、車の話をしよう」エリックは言い、助手席のドアを開けて彼女を乗せた。彼女がシートベルトを締めようと手探りするので、エリックはかがみこんで締めてやった。車を回りこんで運転席に乗りこみ、自分もシートベルトを締める。「約束する。一件落着したら、モーターショーに連れていってやる」

「一件落着したら、あなたに会うことは二度とないわ」

「女だって、フォードとトヨタとキャデラックのちがいを知っているべきだ」

「タイヤが四本にハンドルが一本。それ以外のことを誰が気にするの？」

「きみがそのほうがよければ、ディードラも連れていこう。ミニ・クーパーでもなかった、だって。よく言うぜ」

21

硬くてあたたかな腕に抱き寄せられ、岩のような肩に頭が触れた。ジャクリンはまどろみながらため息をつき、体を寄せた。なぜって彼はとてもあたたかくて安心できるから、それにもうわたしはくたくただったから。「着いたぞ」彼がつぶやき、彼女の顎に指をあてがって上向かせた。軽いキスがだんだん深くなり、舌が入ってくる。その熱が疲労感を追い払ってくれた。

ええ、家に着いた。ぼんやりと思った。もう一度ため息をつき、手を彼の首に回す。ああ、いい匂い。熱と汗と夜気が混じった男の匂い。おなじ肌なのに、どうして男は女とちがう匂いがするの？　理由はともあれ、ちがうものはちがう。それに、彼の匂いには、彼女を仔猫のようにゴロゴロいわせるなにかがあった。

彼の左手が乳房まで滑りおりてきてまさぐり、服の上から乳首を探り当て、指でつまんで軽く引っ張ったものだから、乳首がツンと立った。歓びが寄せる波のようにゆっくりと高まり、ジャクリンをさらってさらに高い波へといざなった。疲労が押し出されていく。それでも体はくたくたのままだ。体が彼を知っていた。その重みを、熱を、動きを、どうすれば彼をうならせるかを知っていた。絶頂に達したとき彼があげる声を、体が知っていた。彼にキスしてはいけなかった。彼にこんなふうに触れさせてはいけなかった。でも、疲れていたし、殺されかけたし、だから、はじめてのときよりももっともっと彼が欲しかった。

はじめてのときもこれで失敗した。よく見ないで飛びこんで、心がめちゃくちゃになった。思い切ったことをするのは柄ではなかった——そう、めったにそんなことはしない。エリックが彼女を居心地のいい領域から引きずり出し、駆り立て、ふだんの彼女にあるまじきことを言ったりさせたりする。居心地のいい領域とは、つまり、ぬくぬくしていられる場所で、そこから出るとそうはいかない。

頭の奥のほうで警報が鳴りだした。ここでやめなければ、つぎに気づいたときには彼にスカートをめくられて下着をおろされているだろう。そうなったらもう止められない。またそういうことになりたくなかった。これ以上傷つくような目に遭いたくなかった。

頭を彼の肩にもたせたまま無理に唇を離し、顔をそむけた。「だめ。ごめんなさい。半分眠っていたからそれで……だめ」

エリックはじっとしていた。そしてゆっくりと息を吐き、彼女から離れて背筋を伸ばし、左腕をハンドルにかけた。「わかった」彼女の拒絶に腹をたてたのかどうか、その声からはわからなかった。彼は感情を隠すのが上手だ。

車から降りるべきだ。疲れていて、睡眠が必要だった。あすに備え、ほんの数時間でも眠っておく必要がある。暗い場所で彼と並んで座っているのは厄介ごとのもとだ。ジャクリンは車のなかでうとうとしてしまい、彼はあんなにしたがっていた質問ができなかった。それに、彼を家に招き入れるつもりはなかった。車のなかのほうがまだましだ。

「眠ってしまってごめんなさい」くたくただけれど、せいいっぱい歯切れのよい口調で言った。「あなたがどうしても訊きたかったことってなんなの？　思い出せることはすべて話したわ。でたらめを言わないかぎり、わたしの話が変わることはないわよ」

彼はしばらく無言で、ハンドルを指で叩いていた。なにをぐずぐずしているのかしら。さっさと言ってくれれば、知らないと答えて家に入って眠れるのに。「きみの服の検査結果が出た」彼がようやく言った。「血痕は見つからなかった」

「あたりまえでしょ」彼女は苛立って応えた。「最初からわかっていたわ」疲れているせいだろうか、腑《ふ》に落ちるまでに時間がかかった。ムラムラと湧きあがった怒りが、疲労を焼き尽くし、全身の筋肉を震わせた。抑えるのに苦労するほどだ。前夜のように感情を剝き出しにしてはならない。自己嫌悪に陥るだけで、なにもいいことはない。だから踏ん張って耐えた。

「ああ、そういうことね」声が張り詰めていた。「わたしがキャリーを殺していない——少なくとも、あの服を着て殺してはいない——ことを証明する検査結果が出たから、キスぐらいしてもいいだろうと思ったわけね？　いまはわたしを信じているの？　いいえ、そうじゃない。あなたは信じていない。あなたが信じているのは検査結果よ。この人でなし」彼を張り飛ばしてやりたくて、手がむずむずする。衝動を抑えようと指を握り締め、腕を脇に押しつけた。「いいこと？　キスするならべつのところにして。おといおいで《キス・マイ・アス》」

「いつでも」エリックが言った。低い声から怒りが感じ取れる。「きみの尻《アス》は好きだからな。参考までに言っておくと、最初からきみを信じていた。ガーヴィー巡査部長もきみを信じていた」

「おもしろいやり方でそれを示すのね」ジャクリンは言い返した。「電話一本かければすむことでしょ。電話でそう言ってくれれば——もう、いい。あなたは電話をよこさなかった。そういうことよ」

「いや、そういうことじゃない。きみの潔白が証明されないかぎり、つまり、潔白を証明する証拠があがらないかぎり、おれはきまりどおりにやるしかなかった。ほかの容疑者とおなじようにきみを扱わなければならなかった。いや、きみに対してはもっと客観的になる必要があった。さもないと捜査に支障をきたす。いま、警察は人手不足でね。だから、おれがこの事件を担当することが許されたんだ。だが、そうでなくてもおれは担当したかった。ほかのどの刑事よりも、事件を深く掘りさげる必要がおれにはあったからだ。掘りさげてなにが出てくるかわからなかった。きみに不利な状況証拠がどれだけ出てくるかわからなかったが、それをじっくり検討する立場にいたいと思った。おれなら、きみの潔白を証明するカギになれると思ったんだ」

「それはどうもありがとう」彼女は皮肉をこめて言った。

「傷ついた感情はひとまず置いて、おれの話を聞いてくれ」彼の口調も表情も硬かった。口を引き結び、ダッシュボードのライトが荒削りな顔に影を落としいっそう厳めしくしていた。

「きみのために事件をねじ曲げたと、巡査部長や警部補に――それを言うなら地区検事に――思わせるような言質《げんち》を与えるようなことは、ぜったいにできなかった。きみにこっそり慰めの電話をかけることもできなかった。ばれる可能性がある。きみのために、おれはあくまでも公明正大でなければならなかった。自分の仕事をしたことで謝るつもりはさらさらない」

「あなたの言うことに耳を傾けるべきだったんでしょうね。だって、あなたは警官だから、わたしは協力しなければならない。さもないと困ったことになる。でも、そんなことでわたしを言いくるめられると思ったら大間違いだわ。なぜだかわかる？　なぜなら、わたしがキャリーを殺していないと信じていたのなら、検査の結果、服から血痕が見つからないことはわかっていたはずでしょ。あなたがきまりどおりにやるというのは理解できるわ。わたしもきまりをきっちり守る人間だから。たった一本の電話で、証拠がどうかなることはないでしょうけど、たった一本の電話は、わたしにとって大きなちがいをもたらすの。あなたはその電話をくれなかった」

「つまりきみは、おれがやるべき仕事をやったせいでヘソを曲げて、なにもかも投げ捨てようとしているのか？　せっかくすばらしいものが生まれるかもしれないのに」

「あなたがそうさせたのよ」彼にぶつけた怒りをそっくり投げ返されて頭にきて、ジャクリンは言った。「わたしがヘソを曲げていると言うなら、あなただってそうじゃない。そもそもあなたがわたしを信じてくれなかったから、わたしもあなたを信じられなくなった。わたしたちはもう修復不可能なところまで来てしまっているのよ。だから、もう手も口も出さないでちょうだい。わたしとしては、二度と会わなくたってちっともかまわないんだから」

「ほら、そこがきみの悪いところだ」エリックが怖い顔で言う。「忘れているかもしれないから言っておくが、今夜、何者かがきみを殺そうとした。ピーチが言ったとおりだ。キャリー・エドワーズ殺人事件と結びつけて考えないわけにはいかない。きみが見た男がおそらくミズ・エドワーズ殺しの犯人で、そいつはきみに見られたことに気づいていた。だが、そいつには鉄壁のアリバイがあるし、いまのところ、捜索令状を取るに値する理由が見つかっていない。きみが名指しできれば、すべてが変わってくる」

「わたしにはできない」彼女はがっかりして言った。「注意を払っていなかったもの。たくさんのなかからこの人だって名指しはできない。犯人はそのことを知らないのよね」

「そういうことだ。きみが名指しできると、犯人は思っている。でも、きみが何者か突き止めるのに手間取ったのだろうが、調べるのはそう難しくない。問題は、きみの今夜の居場所を、奴がどうやって知ったかだ」

ジャクリンは思い当たることがあり、エリックを見つめた。「彼にはアリバイがあると言ったわね。つまり、正体がわかっているんでしょ」

「見当はついている。ただ、証拠がない」

「誰なの？」

「情報を洩らすことはできない」彼は言った。忍耐が底を尽きかけていた。「捜査は進展しているんだ」

「わたしに正体を知られたと考えた犯人が、わたしを殺そうとした。それが何者か知っているほうが、わたしは安全なんじゃないの？　だって……また彼に会ったときに、あなたに電話できるわ。ほら、彼がここにいる、捕まえに来て、ってね」

彼は頭を振った。「おれが誰を犯人だと思っているか、きみに言うわけにはいかない。先入観を持たせることになるから。ただ写真を見せて、きみが彼を指差したとしたら、それはきみが宴会場で彼を見たからだ。おれからなにか言われたからではない」

理屈はわかる。でも、実際問題、頭にくる。「あなたの事件を汚させないために、わたしの命を危険にさらすわけね」

「ちがう。おれは犯人の正体を知っている。だから、こうしてきみのそばにいるんじゃないか。奴に手出しをさせないために」彼が苦笑した。「犯人にはきみが何者かわかっているから、きみの住所も調べ出せるし、すでにそうしているかもしれない。いいかい、きみがどう思おうと、きみはまだおれを捨て去ることはできないんだ」

いま目の前にある問題として、ジャクリンは自分の家で眠れないということだ。恐怖の一夜はまだ明けていないということだ。エリックが先に入って家じゅうを調べ、それから彼女をなかに入れた。それも荷物をスーツケースに詰めるためだ。ジャクリンは文句を言わなかった。寝る場所ひとつのことで自分の命を危険にさらすほど愚かではなかった。それでも、エリックが自分の家に連れていこうとしたら、蹴るなり悲鳴をあげるなりして抵抗する覚悟は決めていた。彼の家に行くことだけはできない。

エリックもわかっているのだろう。誘わなかったから。彼が向かったのは長期滞在型ホテルだった。ジャクリンは、リビング兼キッチンとベッドルームがあるスイートルームを選んだ。わが家ではないが、悪くもない。彼は慎重を期して自分の名前で部屋を取り、自分のクレジットカードで決済した。

「でも、仕事はどうなるの?」リビングルームの真ん中に立ち、不安を募らせながら、彼女は尋ねた。「仕事場を突き止められたら、母もピーチもディードラも、みんな危険にさらされるわ」

「きょうは土曜だ。仕事場にいたほうが気が紛れる、ときみはお母さんに言っていたが、つまり、きょうはオフィスにいるつもりだったのか？」

疲れすぎてまともにものを考えられなかったが、なんとか質問に意識を集中した。「出たり入ったりね。きょうはオフィスでクライアントに会う予定は入れていないわ。今週はスケジュールがぎっしり詰まっていたから。きょうは結婚式がふたつとリハーサルがひとつ。だから、仕事をしていたほうが気が紛れるという意味だったの」

「だったら、今週末はみんな安全だろう。月曜までに事件が解決しなければ、そのときは、そうだな、きみは休暇を取るべきだ」

おなじことを考えていたなんて皮肉な偶然だ。理由はまったくべつだけれど。殺人者から逃れるためだと思うと、休暇を取ることがそれほど魅力的とは思えなくなる。ゆっくりとくつろぐというより隠れる感じ。事実そうなのだ。

「きみの会社のウェブサイトには、どのイベントを誰が担当するか掲載してあるのか？」彼の頭はまだ仕事モードで、細かなことに気を配っている。彼女とおなじで、疲れ切っているだろうに。目の下に隈ができ、髪はくしゃくしゃで、無精ひげが生えていた。裸足にランニングシューズをつっかけて、しわくちゃのズボンと、筋肉質の体の線が剝き出しのよれよれのTシャツを着ていても、彼はすごく男っぽくてセクシーだった。見ているだけで爪先が丸まる。エリックのように体が反応してしまう男性に、いままで会ったことがなかった。そう気づいて悲しくなり、彼の言うことに意識を向けるのが難しかった。

「いいえ、そういう情報は載せていないわ。クライアントのなかには——実際のところ、大半がそうなんだけど——自分たちのフェイスブックに情報を載せる人がいるけれど、その場合、情報の出所を知って、その人の友だちリストに入れてもらわないといけないから、そうやって情報を引き出すのは無理だわ」

「そうだな。だが、犯人は今夜、きみを見つけ出した。どうやって突き止めたかがわかれば、犯人に結びつく手掛かりになる」

じきに夜が明けるから、二時間眠ればいいほうだ。エリックはこれから家に戻らなければならないので、もっと少ない。彼が去ると、ジャクリンはドアに鍵をかけてチェーンをかけ、服を脱いでハンガーに吊るし、そのままベッドに潜りこんだ。携帯電話のアラームをセットするのは忘れなかった——それから冷たいシーツのあいだで体を丸めて泣いた。ここで死ぬんだ、と思ったとき、頭に浮かんだのはエリックだったから。愛していると彼に言う機会は持てないのだ、と思ったから。

そんな思いがどこから生まれたのか、自分でもわからなかった。彼を愛するなんてできないはずなのに。彼のことをなにも知らないから、愛せるはずはないのに。でも、愛せる可能性はあった。それを失ったことが悲しかった。悲しみの強さが、心にぽっかりと穴をあけた。心がズキズキと痛んだ。

22

七時半にアラームが鳴ると、ジャクリンは上掛けの下から腕を伸ばして携帯電話をつかみ、アラーム音を止めた。携帯電話を手にして、ゆうべ母に電話をしなかったことを思い出した。目をしばたたいてボタンに焦点を合わせ、急いで母の番号を押した。

「どうなった？」それが母の挨拶だった。

「いまホテルにいるわ」ジャクリンは言い、あくびをした。「居場所を知られなければそれだけ安全だからって、ワイルダー刑事が考えたの。それで荷物をまとめて、彼にここまで送ってもらったわ。チェックインしたのが四時半。彼が帰ってすぐにベッドに潜りこんだの」

「それだけ安全？」つまり娘は安全ではないと、母は直感でわかったのだ。

「わたしを撃った犯人から隠れられて安全ということ」ジャクリンはベッドの上で起きあがり、目を擦った。「よい知らせがあるのよ。わたしは正式に容疑者リストからはずされた。それから悪い知らせ。宴会場でわたしが見た男が、おそらくキャリー殺しの犯人だろうって。それで、わたしがその男を見たらそうだとわかるって、ワイルダー刑事は思っているの」

「まあ、そんな」

「ほかにもよい知らせと悪い知らせがあるの。よいほうは、犯人の目星がついている、と刑事が言ったこと。悪いほうは、捜索令状を取るには証拠が不十分なので、彼が持ってくる写真を見て、『この人です』とわたしが指差せることを、彼は願っているの。それはできない。だって、ちゃんと注意を払っていなかったもの」惨めな気持ちで言った。男の顔に記憶に焼きつくような目立った特徴があれば、一件落着にできたのに。

「でも……あなたもディードラも、あなたを撃とうとしたのは女だったかもしれない、と言っていたでしょ」

「あるいは小柄な男ね」ジャクリンは言い、目を閉じて、宴会場の駐車場で見た男について考えた。顔に特徴はなかったけれど、体格についての記憶はある。車の高さや大きさとの対比から、男の背格好は見当がつく。彼女が見た男は小柄ではなかった。百八十センチ以上はあるだろう。「宴会場で見た男と同一人物ではないと思うわ」

「おかしいじゃない」

「人を雇ってやらせたのよ」彼女は言ったが、自信はなかった。「それとも、狙撃とキャリーの事件とは関係がないのかも」

「その可能性は万分の一もないわよ。わたしはピーチの意見に賛成だわ。関係があるにちがいない」

「あるいは、わたしが扱ったほかの結婚式の関係者とか。花嫁は手当たり次第に人を憎むものだから」

沈黙ののち、マデリンが言った。「あら、どうしよう」不安そうな口調だ。「きのう、電話があったの……あなたを撃ったのが女だったとすると、ゆうべのあなたの居場所を教えたのはわたしだわ」

「なんですって?」

「きのう、オフィスに電話があって、ディードラが出て、わたしに回してきたの。女の声で、あなたの大学時代の友だちだと名乗り、最近連絡を取り合って、仕事のあとで一杯飲もうということになったけれど、待ち合わせの時間を忘れてしまった、と言うのよ。相手は早口で名前を言ったけれど、きのうはてんてこ舞いだったからメモを取るのを忘れてしまった。それで、彼女に言ったのよ。あなたはリハーサルに立ち会ってから直接、結婚式場に向かうことになっているって。それで、式場の場所を教えてあげて、それから、終わるのは遅い時間だから日にちを間違えたんじゃありませんか、って言ったの。あなたの携帯電話の番号を教えて、電話して約束をしなおしたらいかがですかって、そう言ったわ。彼女から電話があった?」マデリンが期待をこめて尋ねた。

ジャクリンは眉間《みけん》をつまんだ。「いいえ、誰からもかかってこなかった。それに、大学時代の友だちと連絡を取り合ってもいないわよ」

「わたしったら、あなたを殺すところだったのね」マデリンは恐怖に息を呑み、声を震わせてつづけた。「相手の電話番号を調べれば、誰がかけてきたのかわかる——」

「そうね。どうかしら。ワイルダー刑事に電話してみるわ。お母さん、泣かないで。お母さんのせいじゃないから。わたしを撃った人間が悪いのよ、お母さんじゃないわ」母に泣かれたらたまらない。ジャクリンの目にも涙が浮かんだ。「お願いだから泣かないで。わたしもつられてワンワン泣いちゃうじゃないの。そしたらふたりとも目を腫らせることになるのよ」

「ああ、ごめんなさいね」

母をなだめるのに数分かかり、そのあいだふたりとも泣いていた。ジャクリンは電話を切ると、バッグからエリックの名刺を取り出して電話した。

「ジャクリン。なにかあったのか？」

彼女は驚いて携帯電話を耳から離し、それがエイリアンに乗っ取られたかのようにじっと見つめた。さっき母が電話に出るなり質問をぶつけてきたのはわかる。ジャクリンの名前が表示されたのだろうから。でも、エリックに電話するのははじめてだ。おそるおそる携帯電話を耳に当てた。「どうしてわたしだとわかったの？」

「番号でわかった」

「あなたに電話するのははじめてよ」

「いや、こっちからかけたことがある。憶えているだろう？　きみの背中がマットレスに当たる前に、きみのなかに入っていた」

熱い波が全身を洗う。だって、もちろん憶えていた。忘れたいと思っても、体の記憶が強烈すぎて、硬くて熱いものが深く押し入ってくる感覚が鮮やかに甦った。体に回された腕、乳首を擦る胸毛の硬さ、突くたびにヒップをつかんで持ちあげていた掌。全身の筋肉が張り詰めて、彼をまた抱きしめているような気がした。いきそうになって彼を締めつけたときの感覚がよみがえった。乳首が勝手にツンと立ち、彼に吸われているかのように、赤らんで硬くなる。

「わたし――」先がつづかなかった。なにも言えない。言い返せなかった。起きたことは起きたこと。目をぎゅっと閉じて、脚もぎゅっと閉じて、疼《うず》きを追い払おうとした。

「ああ」彼が乱暴に言う。きっと彼も、あの瞬間を思い出したのだろう。「で、どうしたんだ？」

震えながら息を吸いこんだ。いまのいままで、テレフォンセックスのよさを理解できなかった。でも、なにもこんなときに理解できなくてもいいのに。「ええと……ある人が、女が、きのう、母に電話してきて、それが大学時代の友人で、一杯飲む約束をしてたと――」支離滅裂だ。深呼吸する。「それはいいとして、母がその女に、ゆうべのわたしの居場所を教えたの。それから、わたしは、大学時代の友人と飲む約束はしていないわ」

「発信者番号は？」彼が鋭い口調で尋ねた。歓びから仕事へ、彼女よりも楽々と頭を切り替えている。

「わからないわ。オフィスの電話だから。電話番号を調べればいいって、母は言っていた。オフィスの電話に発信者番号通知サービスはつけていないの」

彼がなにかぶつぶつ言った。お世辞でないことはたしかだ。「オーケー。電話が何時ごろかかってきたかわかれば、こっちから電話会社に連絡して調べさせる」

「女だったって。そうだとすると、グレーの髪の男がわたしを殺そうとしたというあなたの説と、食い違わない？」

「いや、そんなことはない。こうなったら、なんとしてもきみに写真を見てもらわないと。きみがこっちに来られないなら、きみの居場所を教えてくれ。こっちから写真を持って訪ねていく」

〝こっち〟という言葉に警戒心が湧いた。まさか彼は——

「あの……いまどこにいるの？」

「職場」

彼がさっき言ったことを思い出し、彼女の顔が熱くなった。誰かに聞かれたんじゃないの？

「心配するな。おれの声が聞こえる場所には誰もいない」彼がおもしろがるように言った。

「いまからこっちに来られるか《カム》?」

魔が差したとしか言いようがない。「わたし、いきそう《カム》」彼女はつぶやき、耳を澄ました。

彼がびっくりして携帯電話を落とし、悪態をつくのが聞こえた。やったね。


ガーヴィーが書類を手に現われた。「州上院議員のアリバイは崩しようがない」むっつりと言う。「夫人同伴で資金集めのパーティーに出席している。パーティー会場はサヴァナで夜中ちかくまでつづいたそうだ。同時に二カ所にはいられないだろう」

「直接手を下さなくても、彼の仕業ですよ」エリックはうなるように言った。「やっこさん、尻尾を出しましたね。知らん顔をしていれば、証拠不十分で捜索令状は取られないのに、ジャクリンに姿を見られたと思ってあたふたしてるんですよ。例の愛人のほうを徹底的に調べてみましょう。たったいま、ジャクリンから電話がありました。きのう、彼女の古い友人を名乗る女からオフィスに電話があり、彼女の母親が出て、ジャクリンの居場所を教えたそうです。ジャクリンが特定の時間にどこにいるか、犯人がどうやって知ったのかが謎《なぞ》だったんですが、答はかんたんでした」

「愛人だな」

「ええ」エリックはコンピュータから情報を取り出した。「アトランタ市警察から弾道検査が回ってきました。ジャガーのシートの詰め物から一発見つかったそうです。もう一発は助手席のドアを貫通してました。弾は九ミリ。ミズ・テイト・ボインはグロック26の所有者登録をしていて、それがサブコンパクトの九ミリです」

「彼女が利口なら、拳銃はいまごろラニエ湖の湖底に沈んでるだろう」

「彼女は自分がほかの誰よりも利口だと思いこんでいるところが問題ですね。そういう奴は馬鹿なミスを犯す。プレミアにかかってきた電話を調べてみます。なにが出るか。彼女は自分の携帯電話からかけたかもしれません」

「それだって捨てた可能性がある。盗まれたとか言って」

「拳銃と携帯電話の両方をなくした？ それこそ不審なふるまいってやつですよ。まあ、公衆電話を使うぐらいの知恵はあるのかもしれません。でも、アトランタ市警察によると、ゆうべの現場から薬莢は見つかっていないそうです。つまり、犯人の車のなかに残っている可能性がある。それに焼け焦げが残っているだろうし、手が触れたハンドルから硝煙反応が出るかもしれない。いずれにしても、彼女にゆうべのアリバイがあるかどうか、調べるのが楽しみですね」

ガーヴィーは両手を揉み合わせた。「細かな証拠がぴたりとはまったときの気分はたまらんからな」楽しそうに言う。

「ジャクリンがこっちに向かってます。写真を見るために」

「デニスンを選んだとしてもたいした役にはたたん。毎日テレビをつければ彼の顔にお目にかかるからな。十五分おきに広告を打ってるんじゃないのか」

「べつの角度から調べてみるつもりです。ジャクリンは車に詳しくない。車のことはまるっきりなにも知りません。彼女が区別できるのは、セダンかピックアップ・トラックかSUVか、その程度です。でも、細かな点を記憶する力は並大抵じゃありませんよ。どこのメーカーの車かはわからなくても、なにか特徴に気づいているかもしれません」彼は早くにやってきて、車の写真をたくさん集めた。州上院議員が運転している車と、テイト・ボインが運転している車の両方ともだ。州上院議員の車には目立つ特徴があるので、ジャクリンがそれを指摘する可能性がある。

グレーの髪の男の写真も集めてあり、州上院議員の横顔の写真も右側から見たものと左側から見たものを一枚ずつ揃えた。彼女がどっちの角度から見たのかわからないし、おなじ横顔といっても右と左では驚くほどちがうものだ。彼女がその写真を選び出したらめっけもの。広告で見て知っているからだ、と弁護士が反論したらしたで、それは地区検事が心配すればいい。肝心なのは、車の捜索令状を判事に出してもらえるよう充分な証拠を集めることだ。

九時を少し過ぎたころ、ジャクリンがやってきた。同僚たちの頭が彼女のほうに向くのを、エリックは眺めた。彼女が美人だからではない。客観的に言って、魅力的、というのがおおかたの意見だろう。たしかにエリックは彼女の魅力にまいっていた。だが、彼女が抜きん出て見えるのは、長い脚をごく自然に動かす颯爽《さっそう》とした歩き方と、ダイナマイト級の見事な脚、それに身に備わった品格のせいだろう。ジャクリンはどう頑張っても安っぽく見せることはできない。あらゆる点においてきちんとしているが、凝りすぎてはいない。エリックはジャラジャラと飾り立てた女が大嫌いだった。ジャクリンは耳もとの金のピアスから右足首の細い金の鎖まで、控えめで品がある。そういう彼女の魅力をめちゃくちゃにして喜んでいるのだからおもしろい。彼女の服を脱がせて髪をおろさせ、爪を背中に立てさせることが挑戦だからだろうか。ああ、そういうことだ。

エリックは立ちあがって彼女を迎え、デスクのかたわらの椅子を勧めた。ゆうべ、もうひと押ししたらベッドで一緒に朝を迎えていただろうが、彼が欲しいのはセックスだけではなかった。ジャクリンからも求めてほしかった。よく考えた末にちゃんと機会を与えてほしかった。いまのままだと、彼女は片足をドアの外に出しているような感じがする。エリックが間違ったことをしたら、すぐに逃げ出す構えで。

エリックが用意しておいた写真を見せようと体をひねったとき、ガーヴィーがちかづいてきて、彼女に言った。「無事でよかった。ゆうべは危ないところでしたね」

「ありがとうございます、ガーヴィー巡査部長。ええ、ほんとうに。あんな怖い思いをしたのははじめてです」

「捜査は進展しています。うまくいけば、じきに解決しますよ」ガーヴィーは椅子を引っ張ってきて腰をおろした——自分も参加するつもりだ。

「そう願っています」彼女は時計をちらっと見て、エリックに言った。「では、どうぞ」

まず顔写真を見せた。彼女は写真一枚につき二秒ほどじっと見て、頭を振り、デスクに置いた。「わかりません。でも、間を置いてからもう一度見てみます。見た印象を頭のなかでことこと煮こむ必要があるので」

「時間をかけてかまいませんから」

彼女は小さな笑みを浮かべた。「きょう、わたしにないものは時間だというのに？」

つぎに、車の写真をおなじように見ていったが、顔写真のときのようにデスクに置く代わりに、ちょっと眉をひそめながら最初からもう一度見た。今度は小首を傾げ、ゆっくりと時間をかけた。

エリックとガーヴィーは黙って見守った。エリックは息を詰めていた。彼女の細部に向ける注意力に大きな信頼を寄せていた。車のことは知らないが、形は知っている。

彼女が写真の一枚を引き抜いてデスクに置いた。「これです。これに似た車でした」

彼は写真を見た。満足の笑みを浮かべたかったが、うっかり彼女に影響を与えることがないよう無表情を崩さなかった。「たしかに？」

「ええ。ボンネットからおなじマークが突き出ていましたから」

エリックは写真を手に取った。彼女が選び出した車はメルセデスＳクラスのＳ６００で、登録台数は十五万台だ。メルセデスの車のなかで、ボンネットの先にエンブレムが突き出ているのはSクラスだけだ。ほかのモデルでは、エンブレムはラジエーターグリルに組みこまれている。

　デニスン州上院議員はシルバーのS600に乗っていた。

　彼はほかの写真も見せた。夜間に撮影したさまざまなメーカーのさまざまなモデルのテールライトの写真だから、見分けるのが難しい。「あなたがゆうべ見た車のテールライトに似ているものはありますか？」

「注文が多いんですね。わたしは恐怖にすくみあがっていたんですよ。ナンバーを見なくちゃと思うだけでせいいっぱいでした。それだけでも褒めてもらいたいぐらいです」

「ピンとくるものがあるかもしれないから、見るだけ見てもらえませんか」

　彼女はまた丹念に写真を見ていったが、最後の一枚まできて頭を振った。「ごめんなさい。ここにはありません」

　最初からそれほど期待していなかった。それでも、彼女が提供してくれた情報で判事を動かせるかもしれない。州上院議員に見覚えはなかったが、車には見覚えがあったのだから。

　彼女は顔写真をもう一度眺め、最後に頭を振った。「見覚えのある顔はありませんでした」

　エリックは写真を受け取った。「いいんです。わざわざ来てくれてありがとうございました」

　彼女は立ちあがり、怪訝な表情で彼を見つめた。「それだけ？　ボンネットのマークに意味があるのかどうか、教えてくれないんですか?」

彼はほほえんだ。「いろいろと意味がありますよ」彼女のにこやかな態度にもおおいに意味があった。ガーヴィーの前だから、敵意を見せないよう隠しているのだ。

「よかったわ。やるべきことが山ほどあるのに、無駄足だったらたまらないですもの。急がなきゃ。ごきげんよう」

去っていく彼女を、部屋にいる全員が見送った。ガーヴィーがため息をつく。「うちに恥じらう花嫁がいなけりゃ、彼女を取り合っておまえと一戦交えているところだ」

エリックは鼻を鳴らした。「恥じらう花嫁に、あそこをちょん切られますよ」

「わかってる。おれもいまそう思ったところさ」

23

「メモしとかないと」ビショップ・ディレイニーが上機嫌で言った。「備忘録その一、写真を撮っておくこと。そうでないと、こんなドン臭い結婚式の花を、このぼくがやったなんて誰も信じないから」

「シーッ」ジャクリンはこっそり言って、まわりに鋭い視線を配った。式の関係者や招待客に聞かれたら大変だ。でも、ちかくには誰もいなかった。まわりに人がいなくなってから意見を述べるだけの良識を、彼は備えていた。ジャクリンが心配したのは、人の気持ちを傷つけることではなく、誰か――会場にいる半数の人は当てはまる――が腹をたててポケットナイフを抜くことだった。ジャクリンにはポケットナイフに応戦する手段がない。バッグに小さなナイフが入っているが、それではとても太刀打ちできない。刃傷沙汰におよびそうな結婚式のランキングをつけるとしたら、この結婚式はぶっちぎりの第一位だ。

彼女とビショップは花婿側の最後尾に座っていた。納屋に折り畳み椅子を並べた結婚式場は人でぎっしりとまではいかず、前の二列には誰も座っていなかった。息子の妻選びから結婚式のやり方に至るまで驚きの連続で、いまだに放心状態の花婿の母親が、いましも――ガース・ブルックスの『フレンズ・イン・ロウ・プレイシズ』に合わせて――案内役の先導で席につくところだった。もっとも、花嫁のマレット頭の弟を指して、〝案内役〟というのはいささか褒めすぎだが、少なくとも彼はネクタイだけは締めていた。上着はなしでズボンはカーキだが、ネクタイはしている。

　ジャクリンはなんとか気分をパーティーモードに持っていこうとし、それなりに楽しんではいた。花婿の母親とふたりの姉妹をのぞく全員が、どんちゃん騒ぎを繰り広げているのだから。カラーコーディネイトをしなくても楽しめるし、クラシック音楽がかかっていなくても楽しめる。だが、リラックスするところまではいかなかった。この連中が考える〝楽しいこと〟と、〝まとも〟とのあいだにはかなりの開きがあるので、どうしても違和感を覚えてしまうのだ。これまでにも招待客や親族のなかに、酔っぱらいやマリファナを吸う人がいたことがあったが、彼女はうまく対処してきた。でも、この連中はもっと過激だ。クラックやクリスタルメス（前述のメタンフエタミンの俗称）や、逮捕状という言葉が現実味を帯びる犯罪に手を染めていないともかぎらない。

　この結婚式は危ない綱渡りだということが彼女にはわかっていた。いまのところ、みんな努めて神妙にしているが、いつぼろが出ないともわからない。この結婚式を〝ドン臭い〟と呼ぶのは、〝ドン臭い〟に対して失礼だ。

結婚式場になった納屋は、プレミアのオフィスから車でゆうに四十分はかかる畑の真ん中に立っている。この土地は花嫁の祖父のもので、農場はとっくに閉鎖されているが、いまだに親族が集う場所になっていた。納屋に行き着くためには舗装道路をはずれなければならない。道案内にはこう記されていた。『ポウポウ家の私道を入って母屋の裏手に回り、畑の左側を走るトラクター専用道を行くと納屋に着く』トラクター専用道は泥道とはいえ、かつてはちゃんとした道だったのだろうが、いまや草ぼうぼうで、深い轍《わだち》がレンタカーの車底を擦らないかと、ジャクリンはひやひやした。

泥と草の道を進んだ先にはこれまた草ぼうぼうの畑があって、そこに車を駐めさせられた。好天でよかった、とジャクリンは天に感謝した。事前に業者に連絡し、戸外で催される披露宴のために頑丈なテントを手配しておいたが、ぬかるんだ畑から納屋まで歩くあいだ靴がドロドロになるのはどうしようもない。

納屋の内部は、開け放した窓と無数のクリスマスライト、それにオフホワイトの蠟燭であかるく照らされている。それに白とオフホワイトの花が、古風な趣を醸すことにほぼ成功していた――〝ほぼ〟というところがミソだ。花嫁が〝ほんものっぽい〟からそのままにして、と譲らなかったので、床には古い藁《わら》が敷かれ、家畜の姿はないものの、昔の住人たちの臭いはまだ少し残っていた。ジャクリンが手配して取り付けさせたファンは静かで効果的だったが、空気を掻き回しすぎるのはどうだろう。もっともファンがなければ、汗の海のなかを泳ぐことになる。この夏いちばんの暑さではないにしても、気温は三十度を超えていた。花嫁側の参列者の多くがジーンズとTシャツ一枚だ。クロゼットの奥にしまいこんだドレスやスーツでおめかしするとか、せめてドレッシーなジーンズにするなどとは考えもしない連中だ。もっとも、彼らが履いているランニングシューズは役にたちそうだけれど。

花婿の親戚は頑張ってめかしこんでいた。ジャクリンは手持ちのうちでいちばん薄手のビジネススーツを着てきた。ビショップはむろんいつもどおりの完璧な装いだった。ファッショナブルで涼しげで……ほんとうに涼しげ。この人、汗腺《かんせん》がないんじゃないの？

「どうして居残ってるの？」ジャクリンはささやき声で尋ねた。ブーケもコサージュも会場を飾る花もすべて、花婿の母親が代金を支払い、ビショップの指示どおりに飾られていた。彼が結婚式まで居残ることはめったにない。

「ハニー、ワセリンを塗ったバールで誘惑したって、ぼくをここから引っ張り出せないからね」彼が声をひそめて言った。

たいへんな数日を過ごしてきても、ジャクリンの顔に笑みが浮かんだ。流血騒ぎが起こらないかぎり、彼女だって楽しむことにやぶさかではない。楽しめるうちに楽しんでおこう。披露宴ではなにが起こるかわからないのだから。

「『じゃじゃ馬億万長者』（六十年代に流行ったコメディードラマ）と『爆笑！デューク』（八十年代に流行ったコメディードラマ）に、哀れなジューン・クリーヴァー（五十年代に流行ったファミリードラマ『ビーバーちゃん』の母親）が紛れこんだようなもんだね」

ビショップが懐かしそうに言った。「こんなの見たことない。こんな仕事を引き受けるなんて、あんた、なに考えてたの？」

結婚式とはどういうものか知っている人が、花嫁の親戚にはひとりもいないのよ、という花婿の母親の訴えにほだされ、少しは手助けができるだろうと思ってしまったのだ。結婚するふたりに、ささやかながら手本を示せるかもしれない、と。ところが、花嫁もその母親も、ジャクリンが出した案のほとんどを却下した。受け入れられたものもいくつかはあったが。

誰がどっちの親族か、座る場所を左右に分けなくても一目瞭然《りょうぜん》だ。こういう場にそぐわない服装と、マレット頭やスキンヘッド、プリズンタトゥーはすべて花嫁側、カルチャーショックで茫然としているのが花婿側だ。花婿の母親など、かわいそうにいつ卒倒してもおかしくなかった。姉妹とその家族も一様にショックを受けているが、姉妹の夫のひとりだけが、おもしろがっているのを必死に隠そうとしていた。

「わたしたちがいなかったら、この結婚式がどうなっていたか想像してみてよ」彼女はビショップに言った。

「聴衆も参加できる自由なコンサート。それもカントリーミュージックの」

おなじ列の向こう側から人が入ってきたのが影でわかった。端の椅子に座るのかと思ったら、ジャクリンのほうに向かってきた。驚いて見あげると、エリックが隣の椅子に腰をおろした。反射的に体が強張る。朝、警察署ではうまく対処できたと思った。緊張も怒りも混乱も、彼のことを思っただけで感じる心の痛みも、彼に気取られずにすんだ。彼の前に出ると、痛みはますます激しくなった。でも、ここは彼女の領分だ。勝手に踏みこまれては迷惑だ。

ビショップが横で身を乗り出し、ほれぼれとエリックを眺めた。「あらあら、掃き溜めに鶴《つる》ね」ジーンズにブーツ、襟なしのシャツに薄手の上着を羽織ったエリックは、まわりにうまく溶けこんでいながら、ひときわセクシーに見える。

エリックは左腕を彼女の椅子の背もたれに置き、ビショップのほうに身を乗り出して言った。「ウェディング・プランナーに話があってね」

「わかってるよ」ビショップは言い、ウィンクして座りなおした。ふたりが知り合いだということに気づき、ジャクリンは軽いショックを覚えた。まあ、知り合いというほどではないにしても、彼女がキャリーとやり合った現場にいた業者すべてに、エリックが事情聴取するのはあたりまえの話だ。

「ここでなにしてるの？」彼女はささやき声で、けれども語気荒く尋ねた。

「きみの護衛だよ」彼がささやき返す。

衝撃を受けて体が震えた。まさか、ここは危険だと思ってるんじゃないでしょうね？　ゆうべあんなことがあったあとだから、マデリンが――ピーチやディードラも――彼女の居場所を人に話すはずがない。ここにいれば安全だ。集まった人の半数はなんらかの武器を所持しているような場所が、どの程度安全なのかは置いておくとして。

エリックの心遣いや努力には感謝している。それでも、彼が隣にいて腕が背中にあって、長い脚の片方が脚に触れていては、とてもじっとなんてしていられない。脚の位置をビショップのほうにずらした。どうしておもてで待っていられなかったの？　なかに入ってくる必要がある？

出ていってと言い張るべきなのだろうが、それがどれほど虚《むな》しいかは肝に銘じてあるので、息の無駄遣いはやめた。彼は頑固だし、こっちの気持ちを少しも慮《おもんぱか》ろうとしない。それに、彼女も馬鹿ではなかった。好むと好まざるとにかかわらず、彼といれば安全だとわかっている。彼から安全でいられるかどうかはわからないけれど、それは自分自身の弱さの問題だ。そう思ったらチクリと心が痛んだ。

この格好だとまるでエリックに抱かれているみたい。ほんの一瞬、視線が合った。彼は感情をおもてに出さない警官の無表情を通していた。おおむね。エリックがふっと目を伏せて、視線を彼女の体のほうに向け、しばらくそこにとどめた。体にまた緊張が走る。見つめられて、肌が熱く張り詰めた。

それから、彼は視線を祭壇に向け、思わず噴き出しそうになって肩をすくめた。牧師というかポーキーズBBQのオーナー、禿《はげ》の大男は、色褪せたレナード・スキナード（七〇年代に活躍したサザンロックの代表的なグループ）のTシャツに、額の位置に白い十字架が描かれた黒いバンダナを巻いていた。結婚式で彼が果たす役割がこれでわかる。

さすがに花婿はちゃんとした格好をしていた。いかにも場ちがいだが、黒のスーツ姿だった。ベビーフェイスに散髪したてで、ひどく緊張している。いまにも逃げだしそうとまではいかないが、それでも……緊張している。まあ多少でも分別があれば、とっくに逃げだしているだろう。

つまり頭が空っぽなのだ。

結婚式では花嫁側について、通路を歩くタイミングや歩幅や前との間隔に目を光らせるのがふつうだが、今回は、花婿の母親がプレミアを雇ったことに腹をたてた花嫁の叔母がしゃしゃり出てきて、自分が取り仕切るから助けは必要ない、と言い張った。ようするに、あなたは引っこんでて、と言いたいのだ。できることをやり、できないことは潔く認めて後ろに控えるのがジャクリンの仕事だ。

つぎに花嫁の母親が席についた。自分で選んだガース・ブルックスの曲に合わせて。着ているドレスはあきらかにワンサイズ小さめだし、丈が短すぎる。スパゲッティ・ストライプは、ジャクリンならぜったいにこういう場では着ない。

おつぎがチュールで飾った赤い四輪車に乗った花嫁の十一カ月になる娘で、白いひだ飾りの服を着て、ほとんど毛がない頭にベイビーブルーのリボンをテープで留めてあった。花嫁が身につけると幸せになれるという、なにかあたらしいものとなにか青いものが、べつの男の赤ん坊という形で現われるとは誰が想像するだろう?

わたしが心配することじゃないけれど、とジャクリンは思った。そう思うのはこれがはじめてではない。彼女の仕事は結婚式のお膳立《ぜんだ》てで、人生のお膳立てではない。

赤ん坊は機嫌が悪かった。四輪車を引っ張る六歳のいとこが乱暴だからだ。赤ん坊は泣きながら登場し、泣き声をますます大きくしながら通路の端に到着し、そこで祖母を見つけた。「ママママママママ」泣きながらぽっちゃりした小さな腕を差し出す。赤ん坊が赤い四輪車におとなしく座り、かわいらしく見えることを期待していたのなら、花嫁はさぞがっかりしただろう。赤ん坊はいますぐ四輪車から降りたいのだ。

「ラクウェル、静かに」祖母が言った。赤ん坊には静かにする気がないことに、納屋にいるすべての人が気づいたので、彼女はため息をついて赤ん坊を抱きあげた。

赤ん坊はストリッパーネーム(日本で言う源氏名のような名前)をつけられていた。まあこの名前なら、大きくなって自分の名前の由来をオンライン検索する必要はないだろう。

つぎにブライズメイドとベストマンの列がつづき、音楽もシャナイア・トゥエインの曲に変わった。列席者が通路でラインダンスをするというのが、花嫁のもともとの案だった。YouTubeで見て気に入ったのだ。ジャクリンの経験から言って、聞くとやるとではおおちがい、という場合が多い。これもそのひとつで、ありがたいことに花嫁は思いとどまってくれた。

ベストマンのひとりが噛み煙草をくちゃくちゃくちゃやり――もっと前に気づいていたら、とジャクリンは思った——ときどき腰を揺すったが、それ以外は何事もなく進んだ。

音楽がやみ、まったくべつの音楽が納屋を満たした。花嫁はカントリーソングを希望したのだが、ジャクリンはメンデルスゾーンの『結婚行進曲』を強く推した。伝統とはかけ離れた結婚式に、伝統的な趣を差し色で加えるのもいいものだ。

参列者全員が立ちあがり、通路に顔を向けた。花嫁がまとうくるぶし丈の純白のドレスは、ジャクリンが指示したのより胸もとが大きく開いており——せっかく持ってるんだから見せびらかさなくてどうするのよ、というのが花嫁の人生哲学だから——腰のあたりがピチピチだった。ジャクリンはバッグに裁縫道具を忍ばせていた。その出番がきょうはありませんようにと祈っていたが、縫い目が裂ける危険はおおいにあった。髪はこれまた例のひとりよがりの叔母の仕業だ。なにしろでっかい。逆毛立てまくりだ。でも、ジャクリンの助言でやりなおしたおかげで、メイクは趣味のいいものになっていたし、ビショップ作のブーケは優雅で結婚式にぴったりだ。よいもののおかげで悪いものがそれほど目立たない。これぐらいでよしとしなければ、とジャクリンは思った。

花嫁が通り過ぎると、ビショップが身を乗り出してささやいた。「あのふたり、いとこ同士じゃないよね?」答える気にもならず、ジャクリンが黙っていると、ビショップはつづけて言った。「だったらほんものの愛なのね」

あるいは、一時的に正気を失ったかだわ。

エリックが笑いを堪えようと肩を揺すった。

式は滞りなく終わった。心の平穏を保つため、ジャクリンはそのあいだずっとエリックに触れないよう体をずらしていたが、彼はなにしろ大柄なのでひとり分以上の場所を占めていた。

最後に伝統とはかけ離れた牧師が言った。「彼女にキスしていいぞ」キスが終わった新婚カップルが参列者のほうに顔を向けると、牧師は太い声で叫んだ。「ああ、食うとしよう！たっぷりの食いもんがおもてで待ってるぜ」

「食いもんだって」ビショップが歯切れよく言った。「ご馳走《ちそう》って言いなさいよ」

24

日が沈むと暑さもいくらか和らいだが、バーベキュー披露宴は延々とつづいていた。ビールが流れてゆく——体のうちにもそとにも。納屋の裏手の人目につかない場所に置かれた二台の移動トイレに、通う人の数の多さといったら。意外にもパーティーは、まあまあ許せる範囲にとどまっていた。いまのところ殴り合いは起きておらず、ナイフを抜いた者もいない。

花嫁と花婿はどこにも行く気配を見せず、ジャクリンは帰るに帰れなかった。花嫁の母親も叔母も、披露宴を仕切ることに興味を示さなかった。幸せなカップルは、慌てて新婚旅行に出掛けるつもりはないようだ。花婿は上着もネクタイも取り去り、シャツの上のほうのボタンをはずして袖をまくりあげ、ダンスを楽しむ気合満々だ。花嫁とブライズメイドたちは納屋に消え、三十分後に軽薄なミニスカートで現われダンスに加わった。なかのふたりは——はいはい、なかの数人は——〝軽薄〟を通り越して〝自堕落〟の部類に入るが、彼女たちがここで小遣い稼ぎをしたとしても、ジャクリンの知ったことではない。

ジーンズにTシャツ姿の五人の中年男からなる生バンドの演奏は、そう悪くなかった。うまいというほどではないが、これで充分なのだろう。クラシックロックからいま流行りのカントリーミュージックまで、レパートリーは驚くほど広く、列席者たちは飽きることなく踊りつづけた。踊りのうまさより熱意という連中だ。踊れても踊れなくてもかまわないのだろう。楽しめればそれでいいのだ。

会場の片隅に巨大なテントが張られ、その横に〝ステージ〟が造られ、もう一方の隅には前夜とおなじメニューが並ぶ長い折り畳み式テーブルが置かれ、クーラーボックスにはビールのボトルがぎっしり詰まっていた。これまた折り畳み式のカードテーブルとプラスチックのデッキチェアが、巨大テントの下に並べられている。それぞれのカードテーブルにはテーブルクロスがかかり、真ん中にはデイジーを盛った色とりどりの水差しが置いてある。ジャクリンの努力の賜物だ。あたりが暗くなると、テントを縁取るクリスマスライトがともり、その効果はジャクリンも認めざるをえない。素朴だが心が解放される魅力があった。テーブルの上では電池式の灯明が光を投げかけていた。ほんものの蠟燭のほうが優雅だが、この灯明なら、テーブルが蹴り倒されてもテントが燃える心配はない。ビールの消費量を考えれば、いつ喧嘩が起きてもおかしくなかった。

ビショップはただ居残っているのではなかった。パーティーの雰囲気にすっかり同化していた。まず花婿の母親——名前はエヴリン——を言葉巧みに誘ってビールを飲ませた。おかげで緊張がほぐれた彼女は、きょうはじめて笑みを浮かべた。つぎの一本が半分空くころには、彼女を口説いてダンスフロアへと連れ出そうとした。ダンスフロアといっても地面に板を敷いて、ずれないように釘を打っただけのものだ。

「まあ、そんな無理ですわ！」彼女は驚いた顔で叫んだ。

「できるさ」ビショップが丸めこみにかかる。「ラインダンスの踊り方、ぼくが教えてあげるから」

「ラインダンスって？」

「腰をフリフリするんじゃなくって、『高慢と偏見』でみんなが踊っていたようなやつ。両側に分かれて並んで、ステップを踏んで――」

「でも、わたし、ステップなんて知りませんもの」彼女は頬を染め、不安だけれど憧《あこが》れてもいるような視線をダンスフロアに向けた。

ビショップは彼女の両手を取り、立ちあがるよう促した。「すぐに覚えられるよ。お手本を見せてあげるから。さあ、おもしろいよ！」

ジャクリンはほほえんで眺めた。ビショップに感謝しないと。居残ってくれたばかりか、かわいそうな女性に気を遣い、笑わせてくれた。彼女は花嫁に不満を持っているだろうし、息子の結婚も二週間とつづかないかもしれないが、あとから思い返したとき、惨めなだけの結婚式ではなかったと思うだろう。

ビショップは、クルクル回るほかの踊り手に邪魔されない場所に彼女を連れてゆき、ステップの手ほどきをはじめた。彼女は三回繰り返すとコツをつかみ、いつ手を叩いていつ蹴るか、タイミングがわかるようになった。頬を染め、目を輝かせて笑っている。バンドは客の気持ちに無頓着ではなかった。ブルックス&ダンの曲『ブーツ・スクーティン・ブギ』がスピーカーから流れだすと、女性ふたりがキャーキャー言い、数人がビショップとエヴリンを挟んで列を作り、足を鳴らしさっと横に動いて手を叩いた。ビショップはいつもの皮肉っぽい表情はどこへやら、楽しそうに笑い、エヴリンはステップを間違えるたびに声をあげて笑った。

「ありがとう」花婿がジャクリンのかたわらにやってきて、冷えたビールのボトルを差し出した。

自然と手を伸ばした。「なんのお礼かしら?」

花婿は踊っていたので汗をかき、髪が額に垂れ、目は輝き、頬を紅潮させていた。母親を顎でしゃくる。「おふくろを笑わせてくれたお礼」

家族をひどく動揺させたことに、気づいていなかったわけではないのだ。彼がすべてを呑みこんだうえで結婚生活を送るなら、うまくやっていけないこともないだろう。ただし、花嫁にいま付き合っている友だちと手を切らせる必要がある。あるいは、ジャクリンが思っている以上に、彼はそういう友だちにうまく溶けこんでいるのかもしれない。そうだとすると、これからエヴリンは、心配で眠れぬ夜を過ごすことになるだろう。人というのはわからないものだ。わからないからおもしろいのだろうし、わかっていてもどうにもできないことはある。ジャクリンはほほえんでビールを飲んだ。「わたしにお礼を言うのはお門違いですわ。ビショップに言ってくださいな。彼がラインダンスを知っているなんて、思ってもいなかった」

「彼は何者なんだい？　あんたの恋人？　恋人は警官のほうだと思っていた」

知らない人が結婚式に紛れこんで飲んだり食べたりしていることに、うろたえてはいないらしい。「いいえ、ビショップはあなたたちの花を手掛けたフラワーデザイナーです。いつもは準備が終わったら引きあげるのに、珍しく居残っていたんですよ。ごめんなさい。許可を取るべきでした」許可を取らねばと考えつきもしなかったことが、いつもの彼女とちがっていることの証だ。

彼は手を振ってジャクリンの謝罪を退けた。「かまわないさ。ぼくは気にならない。だったら、警官があんたの恋人ってわけ？」

いいえ、と言おうとして気づいた。ここで打ち消すと、エリックがいる理由を説明できなくなる。そうなると複雑な事情をすっかり打ち明けるしかないが、それはしたくないのだから、自分が担当する結婚式に友だちを呼ぶのが習慣になっていると思われても仕方がない。そのほうが事実を話すよりもっと悪い。でも、彼は仕事で来ている――そうなんでしょ？ちがうの？――と告げたら、参列者の半分が逃げ出してパーティーが台無しになりかねない。

エリックは彼女とデートしに来たと思えば、彼らも警戒しないだろう。「そのようなものです」彼女はそう言って逃げた。「だと思った」花婿は彼女のボトルに自分のボトルを打ちつけ、ウィンクし、その場を離れて新婦を捜しに行った。

ジャクリンは手のなかのボトルを見つめた。飲まずにおくべきだ。お酒は飲むほうではないし、仕事中はけっして飲まなかった。この仕事に関して、彼女はまとめ役というより第三者で、すでにするべきことは終え、あとは新婚カップルを車に押しこむだけ――ああ、早くそうなりますように――それに、暑いし喉が渇いていた。ビールは冷たくて喉を潤してくれる。ビールが大好きではないけれど、かまわない。ボトルを傾け、少し飲んだ。

一本が空になりかかったとき、ウエストに腕が回され、顔をあげると驚いたことにマレット頭がほほえんでいた。「さあ、かわい子ちゃん、踊ろうぜ!」そう言うと、彼はジャクリンをダンスフロアに引きずっていった。

ジャクリンは仕事中なのだから邪魔してはならない。そう思ったからエリックは彼女と距離を取り、テントの奥の料理が載ったテーブルのちかくに立っていた。ここからなら彼女が見える。この場所は二重の意味で都合がよかった。ビールとバーベキューを勧められたが、ビールは断わり、バーベキューとポテトサラダとコールスローをもらった。子ども用にソフトドリンクやジュースの類いがあったので、それで我慢するしかない。冷たいビールは頭から閉め出した。バーベキューはすこぶるうまかった。牧師が言うには、バーベキューのグリルのなかに缶ビールの栓を抜いたものを入れておいて、肉を焼くあいだグリルに蓋をするのだそうだ。熱せられたビールの蒸気が染みこんで、肉がやわらかくなるのだろう。たしかに肉は絶品だった。

公共の場でジャクリンが安全な場所があるとしたら、おそらくここだ。第一に、彼女がここにいることを知っているのは、プレミアで働く三人の女たち以外はほとんどいない。ビショップ・ディレイニーも知っている。ディレイニーがキャリー・エドワーズ殺しやジャクリンの襲撃に関わっているとは思えないが、彼女の居場所がディレイニーから洩れないともかぎらない。結婚関連産業の仕組みがエリックにもわかるようになってきた。クライアントに頼む業者のあてがない場合、イベント・プランナーは仲よくしている業者を推薦することが多く、いきおい一緒に仕事をする業者はかぎられてくる。ディレイニーが、誰それの結婚式の仕事を請け負うことになり、プラニングを請け負っているのは誰それだ、と人に話したとし、聞いた人がべつの誰かに話し、それが巡り巡って犯人の耳に入ることもありうる。

だが、この会場はわかりづらい場所にある。道路から納屋は見えなかった。個人の所有地で、ここまでは農道が一本通っているだけだ。ジャクリンのスケジュールを知っておらず、GPSもなかったら、とてもたどり着けなかった。

それにだいいち、いま彼女のまわりにいるのは、ここで誰かが撃たれてせっかくの楽しみが中断されたら、おとなしく引きさがっているような連中ではない。ここに駐車している車両を捜索したら、全体の四分の三から火器が見つかるだろう。ピックアップ・トラックなら、リアウィンドウのブラケットにショットガンやライフルがかけてあるだろう。乗用車ならコンソールかグローブボックスかシートの下に拳銃が隠してある。ショットガンもライフルも所持するのは違法ではないし、いずれにせよ車はすべて個人の所有地のなかにある。エリックが制服警官で、彼らを交通違反で取り調べることになれば、かなりの人数を現行犯逮捕することになるだろう。

署に電話して応援を頼むこともできる。一斉検挙を行なえば、やはりかなりの人数をしょっぴく結果になるはずだが、彼が見るかぎり法を破っている者はいない。警官も個人的判断を下さざるをえないときがある。比較的軽い犯罪だし――〝比較的〟というのは便利な言葉だ――警察が予算と人員を注ぎこむべき悪質な犯罪はほかにいくらでもある。いちいちカッカしてはいられない。

ここでゆうべも目にした痩せっぽち、マレット史上最悪のマレット頭をした奴が現われ、ジャクリンをダンスフロアに引っ張っていった。彼女が抵抗して腕を振りほどこうとしているのにおかまいなしだ。これはカッカせずにいられない――おおいにカッカする。

気がつけばクソ野郎に向かって歩いていた。まわりの連中がこっちをひと目見て道を空けてくれたところを見ると、浮かんでいる表情はかなり敵意剝き出しだったようだ。ジャクリンはいつもながら、騒ぎを起こすまいとして自分を抑えていた。できるものならあの野郎のケツの皮をひん剝いてやりたいのだろう――抵抗はしていても大声をあげないようにしている。事を荒立てたくないのだ。それじゃ相手の思う壺じゃないか、とエリックはますます腹をたてた。

彼女が抵抗し、エリック自身の動きがすばやかったこともあり、クソ野郎が彼女をダンスフロアに引きずり出したところで追いついた。板に乗ってクソ野郎の肩をつかんだ。投げ飛ばしはしない――やろうと思えばできるが、騒ぎを起こせばジャクリンのためにならない。だから、肩をつかむ手に力をこめ、肩関節に指を埋めて相手の動きを止めた。

「きのうも言ったろ。彼女はおれのものだ」エリックは吠えた。

クソ野郎は、うるせえ、とかなんとか言おうとして思いとどまった。エリックが警官だということを思い出したのか、彼の表情に気勢をそがれたのだろう。

「彼女と踊りたかっただけだ」むっつりと言う。

「そうかい、彼女は踊りたがっていないがね」

「あんたになにが――」

「いいかい、おれにおまえのケツを撃たせないでくれよ」エリックは助言を与えた。

「まさか、そんなこと――」

「ああ」彼は平然と言った。「やるよ。始末書を書くのが大変だが、やる甲斐はある」彼は嘘をついた。たぶん。すぐ腕力に訴えるような警官は好きではないが、クソ野郎がジャクリンをつかんで引きずり回すのを見たら頭に血がのぼった。おっと、ジャクリンのことを忘れていた。彼女とこの〝女たらし〟の邪魔に入ってから、一度も彼女を見ていなかった。これをどう受け止めたか、敢えてたしかめる気はない。彼が騒ぎを起こしたので面食らっているだろう。

最悪だ。

「勝手にしくされ」クソ野郎が怒鳴った。「たいした女じゃないし」踵を返し、集まってきた野次馬を押しのけた。

「おれの意見はちがうな」エリックは言い返し、覚悟を決めた。彼女に怒りを浴びせられるのは覚悟のうえだ。

ところが、ジャクリンは真っ青な顔で震えていた。彼は思わずその体に腕を回した。「もう大丈夫」彼女の髪に顔を寄せて香りを吸いこんだ。彼女がビクリとして体を擦り寄せてきた。まるで隠れたいというように。ヒールを履いているから百七十五センチ以上はあるだろうが、腕のなかの彼女は弱々しかった。ほっそりした体が震えている。すくみあがる、という言葉が強すぎるかもしれないが、怯えていることはたしかだ。また怒りがこみあげた。「ごめんなさい」彼の肩に向かってジャクリンが言った。彼女は腕をエリックの上着のなかに差しこんで、シャツの背中を握り締めていた。縫い目がほつれそうなほどの強さで。

「いいんだ。あの馬鹿が、馬鹿なだけで踏みとどまらず、不埒《ふらち》なことをしようとしたからで、きみが悪いんじゃない」両手で彼女の背中をやさしく撫でた。

「そうじゃなくて」彼女の声はくぐもって聞こえたが、バンドの元気な音に掻き消されることはなかった。

彼女の言いたいことはわかる気がした。どんなに怖くても彼にしがみつくのはまずいと思っている。だから謝ったのだ。彼女は堅苦しく考えるところがある。ふたりの関係は終わったと言っておきながら、こんなふうに彼に抱かれるのは約束違反だと思っているのだ。

堅苦しくたってかまうものか。だからこそ自制心をなくしたときがおもしろい。いまみたいに意外性があるからだ。こんなふうに体を預けてくるとは思ってもいないから、不意をつかれて熱い魔法の虜《とりこ》になる。はじめて会ったときに火がついた熱い魔法。もたれかかる彼女の体の感触や匂いに、頭がクラクラして股間が熱く疼いた。

やがて彼女が落ち着きを取り戻すのがわかった。じきに彼女は体を引くだろう。そうさせたくなかった。ジャクリンにちかづくには、うろたえさせればいいと、ふいにひらめいた。

彼女に話す暇を与えず手を取り、その腰に手を当ててくるっと回した。「踊ろう」エリックはにやりと笑い、彼女がわれに返る前に、ビショップ・ディレイニーのラインダンスの列の真ん中に入りこんだ。

踊るぐらいなら歯を抜かれるほうがましだと思っていたが、バーをはしごした若いころ、〝ワイルダー〟がただの名前だけではなかったころ、女にもてたい一心で踊りまくったものだ。ジャクリンが逃げないよう腰に当てた腕に力を入れると、ディレイニーが歓声をあげ、バンドが『ブーツ・スクーティン・ブギ』をまた演奏しはじめた。今夜いちばんうけた曲で、これが四度めの演奏だった。

彼女のブルーの目が驚きに見開かれているのは無視し、エリックは言った。「おれのやるとおりにやればいい」

彼女の表情が変わった。首を傾げ、目に闘志が浮かぶ。「よろしくね」尊大に言い放つと、スカートを膝の上まで引きあげ、せいいっぱい横に動いて足を蹴りあげた。男殺しの脚の動きに、彼の心臓が止まった。彼女はショーガール――それとも、ダンスフロアに入り浸《びた》りの女――も真っ青の流れるような動きで腰を振り、手を叩き、脚を踏み鳴らした。まわりの人たちと一緒に、彼女も歌っていた。そんな振りはないのに、花婿の母親と腰の当てっこまでしてみせて、ゲラゲラ笑いながら列に戻った。エリックは彼女を引き戻して抱き寄せ、リズムに合わせて動いた。見あげる彼女の目は輝いていた。ビールに感謝。ブルックス・アンド・ダンに感謝だ。

つぎは踊り手が息を整えられるように、スローなナンバーだった。エリックはここぞとばかり彼女を抱き寄せる手に力を入れ、膝から肩まで密着させてゆったりと揺れはじめた。

むろんジャクリンは下腹を突くものの存在に気づいているだろうが、無視しようとした。いかにも彼女らしい。「踊り、お上手なのね、刑事さん」息をはずませ、彼女が言った。回転しながら脚を彼女の脚のあいだに滑りこませ、手を腰へとおろして彼女を誘導し、くるっと回った。「きみのほうこそ、ミズ・ワイルド。ビールは飲むし、ラインダンスはするし……大学でなにを習ったか、お母さんは知ってるのか?」

「一部はね」彼女がほほえむと、目がキラキラ輝いた。

「こっそり教えてくれないか?」

「とんでもない」

エリックは笑って回りつづけた。彼女が流れるような動きで合わせる。脚が横に動いて腰が彼の腰にすっぽりとおさまる。スーツの上着越しでも乳首が硬くなるのがわかった。ふたりの体から熱が立ちのぼってきて、踊ってあたたまった彼女の肌は甘い香りがより強くなっていた。どうしたら彼女とふたりきりになれるだろう。ふたりきりになったら、彼女に考えなおす時間を与えずに彼女のなかに入っているだろう。五分あれば。額と額を合わせながら、彼は思った。五分あれば、彼女は悲鳴を堪えようと彼のシャツを噛むだろう。どうせなら裸になって胸を噛んでほしいが、もう一度彼女と愛し合うという目的が達成できることに変わりはない。

ふいに歓声があがって音楽が途切れた。ハッとなって体を離すと、荷物を積んだ改造ピックアップ・トラックが見えた。シェービングクリームと白い靴墨と、卑猥な言葉で飾り立てられ、ガチャガチャとアルミ缶の尻尾を引きずったピックアップ・トラックが、農道を走り去ってゆく。ジャクリンは口をぽかんと開けてトラックを眺めた。「わたし抜きで行ってしまった」

エリックは彼女を見つめた。「一緒に行くつもりだったのか？」彼は怪訝な顔で尋ねた。「まさか！　ただその――それもわたしの仕事だから……」声が尻すぼみになり、彼女は手を振り、目をぎゅっと閉じた。「無事に旅立ったことを見届けるのが仕事だから」

「それぐらい自分たちでできるだろう。ウェディング・プランナーという商売は、まったく常軌を逸してるな」

彼女が笑った。ちょっと喉に引っかかるような笑いだが、笑いは笑いだ。「わたしの言いたいこと、わかるでしょ。花嫁が忘れ物をしていないか目を配るのが仕事なの――でも、プレミアが請け負った結婚式のなかでも、これほど予定どおりにいかなかったのもないから、べつに驚かないけれどね」

ディレイニーがかたわらに現われ、彼女の頬にキスした。「こっそり出ていった」彼が慰めるように言う。「ふたりが去ったことに、エヴリンも気づかなかったぐらい。息子への怒りが再燃したってわけ。彼女を誘ってもう少し踊るよ。気を逸らせるためにね。きょうは一日がかりの仕事だったんでしょ。帰って寝たら？　あした、もうひと仕事片付けたら、このイカれたマラソンもゴールにたどり着く」

いい考えだ、とエリックは思った。彼女が居残る理由を考え出す前に、レンタカーまで送っていった。「ホテルまであとをついていく。尾行されていないことをたしかめるためにな」矛盾したことを言ったと思い、にやりとした。「つまり、ほかの誰かに」

彼女は憂い顔でほほえんだ。上着の内ポケットから車のキーを出し、トランクにしまっておいたバッグを取り出した。ついてくる必要はない、と彼女が言いだす前に、エリックはその場をあとにしていた。


アトランタまでの道々、ジャクリンは、あとをつけてくるエリックの車のヘッドライトをチラチラと見ていた。気が散っていたので、自宅に向かう道に曲がりそうになった。そこでハッとなり、そのまま車を進めた。

考えがまとまらなかった。結婚式も含め、きょう一日はなにもかもが計画どおりにいかなかった。常識はずれの噴飯ものの結婚式だと思っていたけれど、意外にも楽しかった。ビショップは思いがけずやんちゃな一面を見せてくれた。それに深い思いやりも。郵便局に貼り出される、お尋ね者のポスターに載っていてもおかしくない参列者たちは、驚くほど礼儀正しかった。踊ること以外の下心がみえみえのイカレポンチには、怖い思いをさせられた。そして、エリックに救い出されて、彼の踊りは、まるで……まるで……そう、シングルズ・バーにたむろして、女を引っかけることに多くの時間を費やしてきた人の踊りみたいだった。

でも、興奮した。あんなふうにエリックに抱かれて、体を合わせたまま揺れて、彼がその気になっていることがわかって、彼の視線が重く張り詰めて。動きのひとつひとつに興奮が高まってゆき、あとひと押しされたらいってしまいそうだった。新婚カップルがこっそり抜け出したことに驚いていなかったら……どうなっていたかわからない。

彼の体から切り離されたいま、満たされないままの疼きを封じこめようと、脚をぎゅっと閉じている。彼とダンスすべきじゃなかった。ビールを飲むべきじゃなかった。

ビールのせいにはできない。たった一本のビールのせいには。二本空けておけばよかった。そうすれば言い訳が立つ。

ホテルに通じる道を曲がり、彼が取ってくれた部屋のある棟の二台分の駐車スペースの片方に車を入れた。脇の道を歩いていると、彼が空いているスペースに車を駐めて出てきた。ジャクリンは唾を呑みこみ、彼を追い払う言葉を口にしようとした。彼は黙ってそばに来て、彼女の手からカードキーを取った。

ふたりは部屋に入った。ジャクリンがすぐにスイッチを入れたので、ランプがついた。ドアが閉まったとたん、腕を回されて唇が重なった。エリックは大きな体で彼女を押してベッドルームに向かった——ジャクリンは抗わなかった。抗うどころか、エリックの首に腕を回し、片脚を彼の腰に絡めていた。

乱暴に服を引っ張られ、縫い目が裂ける音がした。べつにかまわなかった。ベッドに横になると彼がおおいかぶさってきた。無我夢中の数秒が経って、スカートはあがり、下着はさがっていた。硬い筋肉質の腿が脚のあいだに入ってきて、開かされた。屹立した熱いものが滑りこんでくると、彼女は悲鳴をあげた。すぐさま絶頂に達したからだ。彼の肩に顔を埋めると悲鳴が喉に絡まった。彼が喉の奥で彼女の名前を呼ぶ。曲げた腕に彼女の脚を絡め、急《せ》きたてていく。

エリックは泊まっていかなかった。真夜中過ぎに目を覚ますと、彼はいなくなっていた。彼女の良識もなくなっていた。じっと横になったまま、痛いほどの悲しみに浸っていた。エリックに触れられるのは、まるで雷に打たれるようなものだ。雷は破壊する。輝かしく美しいけれど、あとに残るのは焼け焦げた大地だけだ。

25

「この結婚式に出るのは見合わせたほうがよくないかな」デニスン州上院議員が着替えをしながら、妻のフェアに言った。声に不安が出ている。「だってほら、ショーンはまだあんなだし、今夜は葬儀があるし――」

「馬鹿言わないで」フェアがきつい声で言った。「わたしたちのどちらかでもキャリーを気に入っていたのならちがっていたでしょうけれど、いまさら取り繕うこともないわ。ショーンに対してだって。あの子のために彼女を受け入れたのだと、あの子も知っているわ。でも、それだけのこと。彼女が亡くなったからって、好きだったふりはしないわ。そんな偽善者みたいなこと」

フェアの目は澄んで揺るぎない。州上院議員はため息をついた。フェアは生きることに悩んだり、立ちどまったりしない。いつだって自分が何者で、どんな人間で、なにをすべきかわかっていた――そして、言い訳はいっさいしない。冷酷ではないが、一緒にいて心が安らぐことはなかった。ダグラスは人間だ。間違いも犯す。人生という道をとぼとぼ歩いている。

どんなに最善を尽くそうと、フェアの基準に達することはないと気づいていた。だが、なによりたまらないのは、彼女もそのことに気づいていることだ。口には出さなくても、思っていることは伝わってくる。フェアがいなければなにもできない。

そして、テイトを愛している。一緒にいるとくつろげるから、本気で愛していた。完璧な女ではないが、だからこっちも完璧でいる必要がなかった。彼女に対しては、主導権を握れる。フェアと一緒だと、彼はつねに、妻のおかげで出世できた夫だ。いまの社会的地位は、彼女の実家の金が与えてくれたものだ。彼女のビジネスセンスのおかげで収入は安定しており、彼女のコネのおかげで物事がすんなり運ぶ。

困ったことに、彼は妻も愛していた。愛しながら恐れていた。どっちの感情がより強いか、ときどきわからなくなる。

フェアが行くというのだから、結婚式に出席せざるをえない。彼はネクタイを結び終えた。

これだけたいへんな目に遭ったのだから、日曜の午後の結婚式を休んだところで誰もなにも言わないだろう、とジャクリンが気づいたのは教会に着いてからだった。プレミアの誰ひとり、彼女がいなくてもうろたえたりしない。三人で協力し合ってちゃんと取り仕切ってくれるだろう。だが、一週間で六つの結婚式のうち、これがいちばん大がかりだった。プレミアで働く四人ともが、きょうの結婚式と披露宴に関わってきて、自分たちの仕事ぶりを心から誇りに思っていた。事情聴取や襲撃でストレスにさらされ、フットボールとマレットと家族の反目の日々をくぐり抜けたあとだからこそ、こういう結婚式に携わる必要があるのだ。正気を保つために、ここにいる必要があった。

それに、仕事をしているほうが気が紛れる。ひとりでいればよけいなことを考え、自分の意気地のなさに気づかざるをえない。

ここにいるほうがいい。六つめの結婚式は、もっとも伝統的で、もっとも華々しいものになるだろう。どちらの家族も仕事で成功していたから——片方は音楽業界、もう一方は音楽業界に比べれば地味だが儲かる建築機械の業界だ——金に糸目はつけなかった。花嫁の母親がジョージア州の名家の出なので、この結婚式の注目度は百倍にも跳ねあがった。つまり、出席すべき結婚式、日曜の午後にいるべき場所というわけだ。

教会は白や淡いピンクのバラとユリと、無数の揺らめく蠟燭で飾られていた。費用は度外視だ。参列者を迎えるのも、婚礼の行列のバックに流れるのも、三挺《ちょう》のヴィオラの生演奏で、奏でられるのはむろんクラシック音楽だ。参列者はこの場にふさわしい服装で、きょうのよき日にふさわしく神妙な面持ちだった。フラワーガールとリングボーイも、かわいらしくてお行儀がよかった。うるさい音を出す人もいない。涙も感情の爆発もなく、通路に吐く人もいなかった。大成功と言っていいだろう。

ブライズメイドたちは、淡いサーモンピンクのドレスがよく似合って華やかだ。この結婚式に参加できて喜んでいるのがわかる。〝万年ブライズメイド症候群〟に悩んでいる人がいたとしても、うまく隠していた。すっきりと優雅なドレスは、ガレージセールに出されたり燃やされたりせず、きっとまた日の目を見るにちがいない。

花嫁が選んだのは裾が広がった伝統的なドレスで、花婿のタキシードは体にぴたりと合っていた。誂《あつら》えたのだろう——もっとも、この階層の人たちはみな、オーダーメイドのタキシードぐらいは持っている。教会のなかは花と蠟燭と、かすかに香水の匂いがした。暑い日だったが、風通しのよい内部は涼しくてありがたい。いましも、新郎新婦が誓いの言葉を述べたところだ。世はすべてこともなし。

ジャクリンはまわりをちらっと見て、頭のなかで、自分と母親の背中を叩き、ディードラとピーチとは無言で手を動かさずにハイタッチをした。新郎新婦にとって、自分たちがその中心にいたすばらしい一日として、長く思い出に残るだろう。ジャクリンたちにとっても忘れがたい日になる。おかしなことばかりのこの世界にも、こんな瞬間がまだ存在することにほっとする。

まわりを見たりしなければよかった。教会の入口ちかくの物陰に、じっと立っている長身で筋肉質の男が目に留まったからだ。彼は招待されていないが、警察バッジと武器が招待状の代わりだ。彼が到着したとき、両家の父親が勇敢にも出ていって話をしたあとうなずいた。つまり、エリックはここにいる許可を得たのだ。彼は邪魔にならないよう隅にいたが、ジャクリンはその存在を一瞬たりとも忘れなかった。見なくても、彼がどこにいるのか当てることができた。

彼と出会った瞬間から、彼女の人生はめちゃくちゃになった。一週間にも満たないあいだに、生来の慎重さを捨て去って一夜かぎりの関係を持ち、クライアントに叩かれてクビを言い渡され、そのクライアント殺しの容疑をかけられ、事情聴取された——それも一夜かぎりの関係を持った相手から。そうそう、忘れてはいけない。殺人未遂事件の被害者になった。おそらくキャリー・エドワーズを殺した人間の仕業だ。車を押収されたうえホテル住まいだ。自宅にいては危険だから。自分は強い人間だと思っていたが、この苦難をひとりで乗り越えられるほど強くはない。エリックがここにいてくれてよかった。彼にそんなことは言えないけれど、自分には嘘をつかない。

キャリーが殺されなかったら、ジャクリンはいまも彼のことを思っていただろう。デートに誘う気があるのかしらと不安になりながら、彼からの電話を待っていただろう。六つの結婚式という大忙しの一週間がすんだら、とエリックに伝えた。最初の夜に意味があったのなら、あの晩に戻って一からやりなおせるかもしれない。出会ったときに探し求めていたものよりもっとすばらしいものを、見つけ出せるかもしれない。愛は唐突に、思いがけずはじまるものだと聞いたことがある。でも、話をおおげさにしているだけだと思っていた。

ところが、キャリーが殺されてしまい、ジャクリンは犯人ではないかと疑われ、エリックに事情聴取され、血痕を調べるため服を押収された。彼を見るたびに血も体も沸き立つのに、どうして知らん顔ができるの？

そこで臆病さが頭をもたげる。知らん顔をしようとする。踏ん切りがつかないのは怖いからだ。ひとりでいることに疲れた。ほかの人が幸せになるのを端で眺めることに疲れた。話し相手は母と友人だけだ。彼女たちは大事な存在だし、感謝もしている。でも、それだけでは満たされないこともあった。ほかの女性たちがしていることをしたい。手を伸ばして幸福をつかみ取りたい。まえに一度、目の前で幸福が崩れ去るのをただ眺めていたことがある。結婚生活がだめになったのは、夫と真正面から向き合おうとせず、一歩引いたところから眺め、彼が期待にそむくのを待っていたからではないのか？　むろん彼はすぐに期待にそむいた。予言は的中したわけだ。

いまもちょっと引いて眺めている。チャンスをつかんで男性を愛することを怖がっている。快適な居場所から彼女を引っ張り出そうとしたのは、エリック・ワイルダーがはじめてだった。そして彼女は、事情が事情だからと彼を閉め出そうとした――立ち入り禁止にした。彼に疑われたことにいつまでこだわってるの、と何度も自分を叱ったけれど、心の奥のほうで、自分が思っている以上にこだわっていたのだ。

エリックは、ジャクリンの恋人で通そうとはしなかった。ここに集う人たちには、そういう言い訳は必要ないし、いま彼女はひとりではない。母親とプレミアの社員ふたりがいる。もし彼がジャクリンの恋人面をしたら、三人に首を引っこ抜かれるだろう。その点はいずれなんとかしなければならない。教会に集まった人たちに目を光らせながら、そんなことを考えていた。

自分の仕事と彼女の警護を同時にこなすのは、そうかんたんなことではなかった。文字どおり二役をこなしているのだ。ガーヴィーはジャクリンの警護に制服警官をつけてくれたが、四六時中ではなかった。エリックだってシャワーを浴びればヒゲも剃る。食べたり眠ったりするし、仕事もしなければならない。ジャクリンを殺そうとした人間がキャリー殺しの犯人だという説を、ガーヴィーが支持してくれたおかげで、警部補はこの任務を許可してくれたのだ。もし許可してもらえなくても、彼はやるつもりだった。上司がどう思おうと知ったことか。おそらくガーヴィーにそれがわかっていたから、ニール警部補に口添えしてくれたのだろう。

あすになれば、少しは楽になる。フランクリンが休暇から戻ってくるからだ。必要とあらば、エドワーズ殺人事件を彼に任せて、ジャクリンの警護に専念してもいい。これまでの事情がわかっている彼が捜査をつづけるほうがいいに決まっているが、フランクリンがいれば、ガーヴィーは巡査部長のデスクに戻ることができ、みんなもひと息つけるだろう。

だが、きょうが正念場だ。州上院議員夫妻も結婚式に招待されていた。ダグラス・デニスンがジャクリンを見たとき、あるいは彼女がダグラス・デニスンを見たときなにが起きるか、エリックには見当がつかないが、いまはなにも起きていなかった。教会は広く、プレミアの女性たちは忙しく働いており、デニスン夫妻は前の席に座っている。どこからでも祭壇が見えるよう、座席はスタジアムのような配列になっているが、前の席に座っている人たちからは、後ろのほうでなにが起きているのかわからない。ジャクリンをうまく誘導して州上院議員の顔を見せたかった——彼女にはなにも知らせずに——もう一度彼の顔を見れば記憶のスイッチが入って思い出すかもしれない。ただし、ダグラス・デニスンが彼女に気づかないようにしなければならない。

ありがたいことに、デニスン夫妻のような社会的地位の高い連中は、まわりで物事がどう動いているかには関心を払わないものだ。彼らが気づくのは、物事がなされたか、なされていないかだけだ。

いまジャクリンは、披露宴会場の入口で招待客を出迎える新郎新婦に最後の指示を与えていた。ディードラとピーチは料理の配膳を監督し、マデリンはバンドの指揮者と打ち合わせをしていた。大勢の招待客が披露宴会場に入るのを待っているから、いまのところジャクリンは安全だ。

ホープウェルの宴会場もなかなかだが、バックヘッドの宴会場にはおよびもつかない。いちばん広い部屋は、キャリー・エドワーズが殺された部屋の倍以上あった。駐車場も三倍の広さがあって、暑い夏にはぐるりと囲む木立が木陰を提供してくれる。正面から見ると、宴会場というより南北戦争前の大邸宅だ。古きよき南部と世襲財産をイメージして造られたのだとしたら、どちらもちゃんと伝わってくる。披露宴会場は結婚式場とおなじ色で飾られていた。エリックの趣味からするといささか気取りすぎだ。個人的にはきのうの納屋のバーベキューのほうがいいが、ジャクリンにそんなことは言えない。だが、これも悪くない。気取ったところが。

新郎新婦はまだカメラマンに捕まったままだ。スナップ写真をそんなに何枚も撮ってどうする気だ？ そういうわけで、披露宴会場は人がまばらだった。じきに扉が開け放たれ、気取った披露宴の幕開けだ。それまでの数分間はほっとできる。披露宴会場にいるのは両家の親族と数人の従業員だけで、いまのところ何事も起きていなかった。披露宴もたけなわとなると、プレミアの連中はもっと忙しくなるのだろうから、いまが彼女たちの敵意を和らげる絶好の機会だ。

マデリンが指揮者と握手して体の向きを変えた。大きく息をつき、厳しいが満足げでもある目で室内をぐるっと見回した。エリックも息をつき——対決に備え気を引き締める必要があった——彼女のほうに向かっていった。こちらを見るマデリンの視線は厳しいばかりで、満足感など消えていた。

「なにもかもすばらしいですね」堅苦しさをほぐそうと、彼は言った。「オレンジ色が好きなんですよ」

マデリンは顎を突き出した。凍りつくような視線だ。「ピーチとサーモンピンクです。オレンジ色ではありませんわ」まるで犬の糞《ふん》をつかんで差し出す人間に対するような物言いだった。

オーケー、ピーチもサーモンピンクも、彼から見ればオレンジ色だ。藪《やぶ》をつついてもいいことはなにもないし、マデリン・ワイルドを相手に世間話は通用しないことがわかった。こうなったら当たって砕けろだ。「おれはお嬢さんが好きです」単刀直入に言った。「事件が解決したら、彼女と付き合いたいと思っています」

マデリンが口をぽかんと開けた。「あなた、気はたしかなの？」鋭く切り返してきた。「どうでしょう。自分ではたしかだと思ってますが」

まさかマデリンの顔におもしろがる表情が浮かぶとは思ってもいなかったが、いま目にしているのはまさにそれだ。驚いたつぎはおもしろがっている。「あんな扱いを受けたあとで、ジャクリンがあなたと付き合うと思うの？」

エリックは怒りをぐっと堪えた。ジャクリンの母親に腹をたててもいいことはなにもない。そうはいっても……もう、どうとでもなれだ。「あんな扱い？　彼女の容疑を晴らし、彼女を守ることにしゃかりきになってきたというのに？　悪い状況でも最善を尽くしてきたつもりです。なぜならおれたちは一度デートして、それで――」

マデリンがパッと顔をあげた。「デート？　いったいなんの話をしているの？　デートしたなら、ジャクリンがわたしに話さないはずがないわ」不治の病にかかったことを、娘が打ち明けないはずがない、と言うときにも、きっとこういう口調なのだろう。あれはデートとは言えないふたりで過ごした夜のことを、ジャクリンは秘密にしたのだ。マデリンに言うのはまずいだろうし、彼女は口が軽いタイプではない――だったら彼の口からマデリンに言うのはまずいだろう。「おれたちは会ったばかりでした。でも、ジャクリンを個人的に知っていたからこそ、彼女に対して客観的にならざるをえなかった。さもないと捜査でへまをしかねない。署は人手不足だし、おれはやるべきことをやっただけです。だからといって、思いが変わるわけではありません。おれは彼女に興味があります――いや、好きです――それで、相棒があす、休暇から戻ったら、場合によっては、エドワーズ殺人事件の捜査からはずしてもらうつもりです。犯人が捕まるまで、ジャクリンの警護に専念できるように」

マデリンの目の表情が和らいだように見えるのは錯覚だろうか？　彼女はわかりやすい。娘とちがって、感情がおもてに出やすい。「ホープウェル警察は、そういう特別任務を許可してくれるの？」

「許可してくれなければ、休暇を取って独自に警護に当たります」本気だった。口に出して言うまでは、そうと気づいていなかったが。それだけジャクリンが大切な存在になっていたのだ。

マデリンにもそれがわかったのだろう。口もとの緊張がほぐれ、目がちょっと悲しげになった。「わかったわ」彼女は言い、もう一度、もっときっぱり言った。「わかりました。あなたを信じるわ。やってみるといい。ただ、ジャクリンは人間不信に陥っていることを知っておいてほしいの」

こみあげる怒りにエリックの背筋が強張った。彼の住む世界では、〝人間不信〟と虐待は表裏一体だ。「元亭主のせいですか？」

マデリンはため息をつき、頭を振った。「そんなおおげさなものではないの。だめな父親のせいよ。ジャクリンが赤ん坊のころに、わたしがジャッキーと離婚していればよかったのかもしれない。そのころからわかっていたの。ジャッキー・ワイルドはまさに〝歩く感情の嵐〟よ。本人にその自覚はないの——自分がいちばん大事という人だから——でも、まわりの人間はたまらない。ジャクリンは幼いころから、父親に約束を反故《ほご》にされてばかりだった。子どもにとって辛いことだわ。大人になってもその思い出を乗り越えることができないの。それに、あの子の結婚生活はすぐだめになったし……男性もだけれど、自分自身を信じるのが怖いのね」

ジャクリンの目には、エリックが自分を信じてくれていないと映った。信用できない人間に映った。実際にはその逆だが、だからといって彼には、事態をちがったふうに扱うことはできなかった。だが、いまエリックは自分がもっと安全な立場にある気がしていた。これからどういうことに直面するか理解できただけでなく、いまや味方ができたからだ。マデリンに受け入れてもらえなければ、彼に見込みはないが、彼女の理解と支持が得られれば、三度めはしくじらないだろう。

カメラマンが撮影を終えるころ、ジャクリンはエリックが母と話しているのを見て、耳鳴りがするほどの激しいパニックに襲われた。馬鹿みたいだと自分でもわかっているのに。きっとわたしのことを話題にしているのだと思うと、まるでシャワーを浴びているところに踏みこまれたような、まったくの無防備になった気がした。なんてありがたいのかしら。母が彼を睨みつけていてくれるほうがずっとよかった。だが、マデリンの表情はみるみる変化し、やわらかくなった。

すごい。

そのとき、扉が開いて招待客が入ってきた。着席スタイルではなくビュッフェスタイルで、艶やかな硬材のダンスフロアのまわりに八人掛けのテーブルが用意されていた。双方の友人や家族が入り交じって親睦《しんぼく》を深められるからという理由で、花嫁がくだけたスタイルを希望したのだ。くだけたスタイルといっても、普段着で出席していいわけではない。前夜の披露宴とつい比べてしまい、思わず笑みがこぼれた。彼女は、ビショップ曰く〝ドン臭い結婚式〟の話をして、プレミアのみんなをおおいに笑わせたが、けっきょくは彼女も楽しんだことを認めざるをえない。

しばらくは忙しくしていたので、エリック・ワイルダーのことを考えずにすんだ……ほとんど考えずに。振り返るたびにエリックがすぐ後ろか、ほんの数歩離れた場所にいて、じっとこっちを見ていた。彼の警戒ぶりに、ジャクリンは不安になった。こっちが知らないなにかを、彼は知っているのではないだろうか。彼が話してくれないのは、いまにはじまったことではない。

混んだ室内をざっと見回し、いやな驚きを感じた。有力者たちは群れるものだから、キャリーの結婚式のブライズメイドふたりがこの場にいてもおかしくはない。彼女たちがここにいるのなら——今夜はキャリーの通夜だったことを思い出し、ゾッとする——ほかにもキャリーとつながりのあった人たちが大勢いるにちがいない。キャリー殺しの犯人は、つながりのあった人だろうからますますゾッとする。

ふいにまた無防備になった気がした。でも、今度はほんものの危険が迫っている感じだ。首を回して顔を順繰りに見ていくうち、ひと息入れないと緊張のあまり叫びだしてしまいそうになった。披露宴はなごやかに進んでおり、人びとがまだ新郎新婦のまわりに集まって祝辞を述べていた。ケーキカットまで、彼女の仕事はなかった。ノンアルコールのパンチを飲み、静かな隅に引っこんでひと息ついた。ここなら背中に銃を突きつけられているような気分にはならない。昂ぶった神経をなだめるために、少しのあいだひとりきりになりたかった――エリックがそういう贅沢を許してくれるはずもない。

彼はちかづいてくると、かたわらの壁にもたれかかった。「話がある」声をひそめて言った。言い方はちがったけれど、おなじことを何度言えば気がすむのだろう。

「なにかあるのね?」彼女は不安になって尋ねた。

「ああ」

ハッと息を呑んだ。「わかったわ。わたしはどうすればいいの?」

「披露宴会場に入ってくる人の列に目を光らせるんだ。それだけだ。ピンとくる奴がいたら、おれに知らせてくれ」

彼女は青ざめた。やっぱりそうだ。殺人者がここにいる――犯人だと、エリックが思っている人間がここにいる。彼がそう思っているというだけで、彼女を震えあがらせるのには充分だった。

「ここにずっと立っているなんてできない」しばらくして、ジャクリンは言った。「トイレに行きたいの」

「わかった」彼の表情は読めないが、がっかりしているらしい。ジャクリンが気づくと――正確に言えばグレーの髪の男に気づくと――彼は期待していたのだろうが、見分けられたのはふたりのブライズメイドだけだった。グレーの髪の男性だけでなく、招待客全員に目を光らせたが、見覚えのある人はいなかった。

「ごめんなさい」優秀な目撃者でなくて申し訳ないと、彼女は思っていた。自分の不甲斐なさは自分がいちばんよくわかっている！「役にたてなくて」

「首実検をして、きみがあいつだと言ってくれることをたしかに期待している。だが、確信できなければ、ぜったいに言ってほしくない。いたずらに捜査を混乱させるだけだ。それに、犯人でない者を除外していくことも、含めていくこととおなじぐらい大事なんだ。除外して残った人物を調べればいいわけだからね」

道理に適っている。彼は理屈を述べたつもりはないのだろうが、なるほどとジャクリンは思った。

彼女は披露宴会場をあとにしようと、人ごみをかき分けて入口に向かった。彼があとにつづいて、見守ってくれた。

州上院議員夫妻の横を通り過ぎた。すぐちかくを通ったわけではなかったが、ミセス・デニスンが彼女に気づいた。イベント・プランナーのひとりだとわかったのだろう。そういうことには目ざとい人であるにちがいない。州上院議員は背中を見せていた。彼はジャクリンを見なかったし、ジャクリンも彼を見なかった。エリックは息を詰めた。ジャクリンがこのまま通り過ぎてくれることを願った。彼女に州上院議員を見てほしかったが、逆はぜったいにに避けたかった。とくにこんなに接近した場所では。

ミセス・デニスンがパッと笑みを浮かべ、手を伸ばしてジャクリンの腕をつかんだ。エリックは足を速め、人ごみをかき分けた。デニスン州上院議員はほかの男と話をつづけていた。ジャクリンは無事に通過しそうだとエリックが思った瞬間、ミセス・デニスンが夫の腕をつかみ、彼女に紹介しようとした。

エリックからはまだ距離があったので、なにを話しているのかはわからないが、州上院議員の顔からすっかり血の気が引くのは見て取れた。ジャクリンはほほえんでいた。その優雅で落ち着いた素振りからは、死ぬほど怖がっている気配はまったく感じ取れなかった。ジャクリンはしばらくおしゃべりしてから断わりを言ってその場を離れ、トイレへと向かった。デニスン州上院議員は彫像のような冷たい無表情で、彼女の背中を見つめていた。

金曜の夜に失敗して以来、つぎの機会をつかめないでいた。ジャクリンは自宅に戻らなかった。昼間の居場所を調べ出して、あとをつけることもできなかった。彼女がなんのイベントを担当しているのか、誰も知らないようだし、教えてもくれなかった。ところが、いま、ここに彼女がいる。ここからあとをつければ、かんたんに居場所がわかる。

もう一度襲うにしても、ある程度時間を置いてからのほうがいいに決まっている。彼女の居場所を把握するのは大変だから、いまは滞在先を突き止めるだけにし、しばらく様子を見よう。そのうち警官も警戒をゆるめる。ジャクリンのことはしばらくそっとしておこう。そのうち自宅に戻るだろう。だが、水曜の午後に目にしたことを、ジャクリンが憶えていたとしたら？　なにかのきっかけで——目で見たものとか匂いとか、夢とか——記憶がよみがえったら？　警察は催眠術をかけたりもするかもしれない。そうなったらおしまいだ。あとの祭だ。猫が袋から出てしまったら、また押しこむことはできない。

きょう、片をつけなければ。好むと好まざるとにかかわらず、事態が紛糾しようとどうしようと、ジャクリン・ワイルドにはきょう死んでもらわねばならない。

26

巨大な教会と宴会場とは通りを挟んだ木陰に借りた車を駐め、テイトは待っていた。背後の赤煉瓦の建物に入っている店はどれも、日曜の午後は休みなので、駐車場をひとり占めだ。通りの向こうの建物を見つめたまま、待っていた。ずっと待っていた。ジャクリン・ワイルドがあそこにいることを突き止めるのは、金曜の夜の彼女の居場所を突き止めるのとおなじで、それほどの手間はかからなかった。キャリーの結婚式が流れたいま、今夜の結婚式がこの夏いちばんの呼びものと言えるだろう。花嫁が殺されたのでは、結婚式は中止にせざるをえない。それはそれとして、ブティックに来る客の多くは、買い物をしながら自分の予定を口にする。それで、この結婚式をプレミアが請け負ったことを知った。つまり、ジャクリンがここにいるということだ。

こういうことになって以来はじめて、彼女は不安になっていた。きのうの朝、ホープウェル警察から電話があってからずっとだ。留守番電話にはワイルダー刑事のメッセージが三つ、ガーヴィー巡査部長のメッセージがひとつ残されていた。どうしてまた電話してきたのだろう？　金曜の夜のことは知らないはずなのに。慎重にやったのだから。でも、不安が忍びこんできて、自分にも自分の計画にも疑いを抱くようになった。ダグは勝手なものだ。自分は資金集めのパーティーに出て、完璧なアリバイを作った。大勢の人に姿を見られているから彼は大丈夫でも、彼女のアリバイを証明することはできない。彼がおたおたして大パニックに陥ったときにはアリバイを提供してあげたのに、こっちのことは見殺しにする気？　そのとおりだ。しかもすべては彼の愚かさのせい、自制心のなさが招いたことだ。ダグには弱点がある――男はみんなそうだ。彼が追い詰められるとあんなに暴力的になるとは思ってもいなかった。事前にひと言相談してくれていたら、こっちでなんとかしたのに。ふたりで計画を練ることができたのに。それができなかったから、こっちが臨機応変に立ち回るしかなくなった。危険な綱渡りだ。

テイトはきのうの午後から自宅に戻っていなかった。数時間前に携帯電話の電源を切った。着信音を耳にし、ディスプレイにおなじ番号が浮かぶのを見ることに耐えられなくなったからだ。電話のつぎは自宅に訪ねてくるにちがいない。警察がやってきたとき、自宅にいるわけにはいかない。こちらから電話を返すまえに、辻褄の合った話を作りあげておく必要がある。ほんとうらしく聞こえるように、心の準備をしておかなければ。何本か電話を入れ、何人かに頼みごとをすれば……うまく切り抜けられるだろう。行き先はシカゴがいい。年に何度か行っているので知り合いがいるし、彼女に貸しのある相手もいる。問題は車で行かなければならないことだ。飛行機で行って、乗客員名簿に名前が載るのは困る。そうなると、車で行くことのもっともな理由をでっちあげなければならない。

あるいは、ジャクリン・ワイルドが死んでくれればいい。彼女がいなくなれば、ダグに不利な要素は消えてなくなる。テイトは彼の車を洗車に出す手配までした。宴会場に車を駐めるなんて、彼はほんとうに馬鹿だ。人に見られたうえに考えなしに行動して、テイトが懸命に築きあげたものすべてを危険にさらした。彼の愛人になったことは、思った以上にうまみがあった。彼の急所をつかんでいて、そのことはおたがいに承知している。あの馬鹿は本気で彼女に惚れて、欲しいものをなんでも与えてくれた。それをすべて失うかもしれないのだ。うまく尻拭いしてきたと思っている。ジャクリンが彼を見たと言いださないかぎり、判事だって、確たる証拠もないのに未来の上院議員に捜索令状を発行して敵に回そうとは思わないだろう。

テイトが考える解決策は単純なものだった。ジャクリンを消すこと。キャリーが殺されたときダグが宴会場にいたことを証言できる唯一の人間を消してしまえば、テイトの人生は安泰だ。

人を雇ってやらせれば、テイトは事件への関与を否定できるが、携帯電話の短縮ダイヤルには〝殺し屋〟の番号は入っていない。それに、殺し屋が信用できるという保証があるの？そういう仕事をやる人間は、信用できないと相場が決まっている。人を雇って殺させた事件がよく新聞に載っているし、殺人を依頼しようとしたらおとり捜査員だった、という馬鹿みたいな話も聞いたことがある。雇った殺し屋を始末するというべつの問題も生じる。物事を確実にやりとげたいと思ったら、自分で手を下すしかないのだ。

ダグにはまったく頭にくる。こんなことになったのは、すべて彼のせいだ。キャリーの挑発に乗って逆上するなんて、ほんとうに馬鹿だ。ケバブの串を使うとは、まったく。キャリーを始末したいなら、ほかにやり方はいくらでもあっただろうに。あそこまで馬鹿げたやり方ではなく、彼に直接結びつかないようなやり方が。始末する方法を一緒に考えてあげたのに。キャリーはどこに消えたのだろう、と人々が不思議がるような方法を。結婚が急にいやになって逃げ出したのだろう、とまわりが考えて、やがては捜すこともやめてしまうような方法を。キャリーがいなくなって寂しがるのは両親ぐらいだろうが、彼らだって、キャリーがいなくなって人生がずっと楽なものになったと気づくのに、そう時間はかからないはずだ。彼女はほんとうに性根の腐った女だった。掌を返したように愛嬌《あいきょう》をふりまいて人を騙す手管は、たいしたものだった。

ところがダグは入念な計画を練る代わりに、カッとなってあんなことをしでかした。彼の尻拭いをしないことには、テイト自身の人生も崩壊しかねない。ダグがいなくなったら、いまの家には住めないし、ライフスタイルも変えざるをえない。彼が嫌みな妻と別れて、彼女と再婚するという夢もはかなく消えてしまう。

彼には貸しができた。それも大きな貸しが。一件落着したら、山ほどのダイヤモンドに海辺の家ぐらい買ってもらわないと割に合わない。海辺の家はぜったいにはずせない。

これがうまくいったら、つぎはミセス・気取り屋・デニスンを始末する番だ。ジャクリン殺しがうまくいかないのは、準備に時間をかけられなかったせいだ。つぎはもっとちゃんと計画を立てよう。

フェア・デニスンの場合、いなくなって、はい終わり、というわけにはいかない。大騒動になるだろうから、入念に計画を立てる必要がある。

ダグひとり、涼しい顔をさせておくことはできない。彼がへまをやったのだから、後始末を手伝うべきだ。金曜の夜以降、ナンバープレートなしの車を乗り回すことはできないし、ジャクリンの死に場所のちかくで、テイト自身の車が目撃されるのはぜったいにごめんだった。だから、借りた車を運転してきた。ダグが提供してくれた車――ミセス・デニスン所有のBMWのセダンだ。これは愉快だ。目撃されたいと――彼女の姿をではなく、車を――思ったぐらいだ。そうすれば、お高くとまったミセス・デニスンが、きょうの午後どこにいたか、警察に問い詰められる。アリバイがなかったら愉快じゃない？　ミセス・デニスンがキャリーを家族にしたくないから殺したと、警察が考えはじめたら？

目撃者が車のナンバーをメモするかもしれない。テイトは手袋をしているから指紋がつく心配はないし、帽子とサングラスで顔を隠しているから遠目には誰だかわからないだろう。

あとは一発でうまく命中させ、姿をくらまして車をどこかに隠す。いずれは見つかるだろうが、肝心なのはテイトに結びつく証拠がなにもないことだ。

夏だから夕刻でもまだあかるいうちに、新郎新婦が旅立った。ようやく！　車に長いこと座っていたので体が凝っていたし、手袋と帽子のせいで手と頭に汗をかいていた。新郎新婦を送り出すと、招待客たちもそれぞれの車に乗りこんで去っていった。駐車場からつぎつぎに車が出てきて、てんでの方向に向かってゆく。通りの向かいに駐めてある車に気づく人はいない。念のため駐車場の奥の木陰に車を駐めたから、誰かがこっちをちらっと見たとしても車は空だと思うだろう。

ダグといけすかない妻も去っていった。しめしめ。ジャクリン・ワイルドがほかの場所で殺されたとき、ミセス・デニスンを教会で見たと言う人はこれでいなくなる。ダグは妻に不利な証言をすることになっているし、彼女を示す証拠もある。うまい解決法だ。

最後にジャクリン・ワイルドが横の出口から出てきた。あたりはだいぶ暗くなっている。彼女はひとりではなかった。たまにはひとりになったらどうよ。年配の女ふたりと、美しい褐色の肌の娘が一緒だ。ハグし合って言葉をかけ合ってから散っていった。女のひとりはジャクリンの車とそっくりなジャガーに向かった。駐車場であの車を見たときには、ジャクリンの車の修理が早く終わって戻ってきたのかと思った。そんなはずはないが、それでも動揺する。これでわけがわかりすっきりした。

案の定、ワイルダー刑事がジャクリンのあとから駐車場に出てきた。テイトはなんだかうれしくなった。ジャクリンひとりのほうが、片付けるのは楽だが、彼がいてもかまわない。できることなら一石二鳥を狙いたいが、一度にひとりずつ片付けるのが最善の方法だろう。最初がジャクリンでつぎがワイルダー。だが、どうなるかはやってみないとわからない。それに、警官殺しは並大抵のことではない。警察は威信をかけて犯人を捕らえようとする。でも、テイトには覚悟ができていた。チャンスがあればつかむだけのことだ。あの刑事にはずいぶんいやな思いをさせられた。

「今夜はどこに泊まるつもり、ジャクリン？」テイトはささやいた。ウェディング・プランナーと警官は一台の車で来たのだろうか。そうなると、やりやすくなるのか、それとも難しくなるのか。どっちでもいい。これからは成り行き任せでやるしかない。機会が巡ってきたら行動に移すだけのことだ。

ジャクリンはトヨタに乗りこんだ。テイトはにやりとした。おやおや、ジャガーとはえらいちがいじゃないの？　ワイルダー刑事はそのまま歩いてゆく。いまはがらんとした駐車場のいちばん奥に、彼の車があった。つまりべつべつの車。かえって都合がいい。あとはジャクリン・ワイルドがひとりきりのときを狙うだけだ。ほんの数秒で事足りる。

ホテルに戻って、ひとりでベッドに潜りこみたい、とジャクリンは言った。本心はちがうだろう、とエリックは思ったが、彼女にとってそれがいちばんいいのだろう。彼女が距離を置こうとすることが、エリックには癪に障ったが、そのわけがわかったいまは理解できる。だが、諦めるつもりはなかった。ふたりのあいだにはいいものがある。少なく見積もっても、いいものになりそうななにかがある。彼女もそれは認めざるをえないだろう。

「まっすぐホテルに戻るわ」ジャクリンは言った。「ホテルまでついてきて、わたしを閉じこめる必要はないわよ」

「いや、そうするつもりだ」

彼女は怒った顔をしたが、それからちらっと教会を振り返り身震いした。「大丈夫だ」エリックはやさしく言った。少なくともいまのところは。彼が見張っているかぎり、なにも起きない。万が一にも起きてしまったら、エリックは自分を許せないだろう。金曜の夜の襲撃は、まさに危機一髪だった。彼女が銃弾を受けていたかもしれないと思うと、いまでも彼の血は凍りつく。

ジャクリンは疲れた顔でうなずき、車のロックを解除してバッグを助手席に放った。「すぐ後ろから行くから」エリックは言い、自分の車に向かった。

駐車場から出る車がまだあったので、彼が駐車場の奥まで歩いていって車を出しても、彼女が車を出すのに間に合った。彼女は制限速度を守り、走行車線を走った。おれを苛立たせるためにわざとそうしているのか、と思いにやりとした。警官が制限速度以上で走ることは、誰でも知っている。仕事上やむをえないことだ。

道はすいていたので、エリックは考える時間がたっぷり持てた。それは自分に正直になる時間でもあった。彼女が欲しい。一夜をともにするとか、一、二度デートに誘うとかいうのではない。ベッドでの彼女はたしかにすばらしいし、それを否定するつもりはなかった。つまり、まずいコーヒーも人間不信もなにもかもひっくるめて、彼女が欲しいのだ。これほど誰かを、なにかを欲しいと思ったことはついぞなかった。彼女に食ってかかられることも、いまみたいに慎重すぎる運転ぶりも好きだ。これが彼女のふつうの走り方だとしたら、スピード違反の切符を切られることはなかったはずだ。

彼の視線は車のテールライトに、意識はよそに向けられていたので、赤信号に不意をつかれた。そうでなければ、彼女の車にぴったりついていたはずだ。ジャクリンは黄色信号で突っ切った。おれをまくつもりなのか？　怒らせるために？　行く先はわかっているのだから心配はいらない。彼女が黄色信号で突っ切ったのは、彼とおなじように物思いに耽っていたからなのか？　それもおなじ理由で？　ゆうべのことを、先週のことを、それとも今夜これからどうなるかと考えていたのかもしれない。あるいは、来週、来年どうなっているか考えていたのかもしれない。

背後から車が来ていないか調べ、信号が変わるのを待たずに赤で突っ切ろうかと思ったとき、ぴっちりしたスポーツウェア姿の女性が、急に横断歩道に飛び出してきた。ポニーテールを躍らせながら目の前を走ってゆく。彼は喉の奥でうなった。こんなにノロノロ走るジョガーは見たことがない。

背後からヘッドライトが迫ってきた。あかるい色のBMWが、左側を走り抜け、信号を無視して突っこんでいった。あわや轢《ひ》かれそうになったジョガーが、飛びのいた拍子にエリックの車のラジエーターグリルに当たった。ジョガーは自分を轢きかけた車のテールライトに向かって罵声を浴びせ、中指を突き立てた。

前方で道は四車線から、右折車線を挟む二車線に変わっていて、対向車が無謀なBMWにクラクションを鳴らした。BMWは道をそれそうになったが、すぐにジャクリンの車の背後についた。クソッ、ちかづきすぎだ。

たった一台を追い越すのに、どうして赤信号を突っ切るような危険を冒すんだ？　得るもののほうが少ないじゃないか。ただし――

「しまった！」

ダッシュボードに赤いライトを載せてスイッチを入れ、窓を開け、まだ車の前に立って、BMWに中指を突きつけているジョガーに向かって叫んだ。「おい、そこをどけ！」

女はくるっと振り向き、怒りを剝き出しにした。彼に食ってかかり、中指の一本も立てるつもりだったのだろうが、点滅する赤いライトを目にするとおとなしく引きさがった。通り過ぎがてらちらっと見ると、女はしたり顔をし、〝ざまあみろ〟と言いたげに道の先を睨んでいた。ジャクリンともう一台の車ははるか先まで行っていた。彼女からどんどん引き離されてゆく。パニックが氷のかけらとなって血管を駆け巡る。おそらく間に合わないだろう。彼にはわかった。目の前で起きるであろうことを阻止する手立てがなかった。悪いことは重なるもので、交差点を突っ切ろうとしたら、べつの車が右折してきて、スピードを落とさないわけにはいかなかった。赤いライトが見えないのか、対向車も前の車も平気でそのまま走っている。

無線をつかんでがなりながら、前の車を追い越しにかかったが、相手はかたくなに道を譲ろうとしなかった。クソッ、違反切符を切られたって知らないからな。

エリックが赤信号につかまったことに、ジャクリンが気づいたときには遅かった。信号が変わったら追いついてこられるよう、スピードを少しゆるめた。わざと置き去りにした、と彼は思っているだろうが、そうではなかった。彼のせいで動揺してはいても、彼をまくような愚かな真似はしない。こっちの行き先を知られているのだから、まくなんて大馬鹿者のすることだ。

バックミラーで彼の位置を確認しようとしたら、赤信号を突っ切ってくる車が目に飛びこんできた。一瞬にして危険を察知した。猛スピードで迫ってくる車、前方で二車線になっている道路、対向車。路肩に車を寄せて背後の車をかわそうにもスペースがないから、後ろに車が入れるよう慌ててスピードをあげて距離を取った。できればかわしたい。無謀な運転者に後ろにつかれるよりは、先に行かせたほうがいいに決まっている。

無謀な運転者は背後にぴたりとつくと、さらにスピードをあげてリアバンパーにぶつかってきた。レンタカーのトヨタがガクンとなってわずかに横滑りしたのち、体勢を立てなおした。ジャクリンは悲鳴をあげたが、無理にハンドルを切らないほうがいいことはわかっていた。そのための自動制御装置だ。ハンドルを切りたいのはやまやまだけれど、車が自動的に体勢を立てなおすのを待ったほうがいい。

背後の馬鹿はどうしたっていうの？　最初の答は〝飲酒運転〟で、つぎの答が頭に浮かんだとき、心臓が止まった。このまえ飲酒運転だと思った相手は彼女を殺そうとした。あのときとおなじ車ではない。目撃者たちが口にした車の色はそれぞれだったが、黒っぽい色ということでは共通していた。この車はあかるい色だ。黄褐色のような色。車を特定するために、エンブレムとか車種とかを憶えておく必要がある。エリックはそれを望んでいるはずだ。でも、また追突され――前よりも激しくて体が前後に揺れ、車は横滑りした――前方を見るだけでせいいっぱいだ。ああ、よかった！　ちらっとバックミラーに目をやると、遠くに点滅するライトが見えた。エリックが追いかけてきている。

背後の車が左折車線に入り、スピードをあげて並んできた。ジャクリンは運転者の顔を見た。広いつばの帽子をかぶっているので顔の大半は隠れているし、夕闇が迫っていたが、対向車のヘッドライトとダッシュボードのライトのおかげで誰だかわかった。テイト・ボイン、キャリーに〝くたばっちまえ〟と啖呵《たんか》を切ったメイド・オブ・オナーだ。歯を剥き出しにして、グロテスクな笑みを浮かべている。助手席の窓がさがる。テイトの手に握られた拳銃がくっきりと見えた。ジャクリンはとっさにブレーキを踏んだ。

弾は大きく逸れたが、運転席の窓とフロントガラスを粉々に砕いた。背後の車に衝突したはずみで、レンタカーは縁石に乗りあげた。すさまじい衝撃に全身がガクガクして前方に飛ばされ、シートベルトに当たって後方に飛ばされ、まるで予想のつかない動きをするジェットコースターに乗っているみたいだった。銃弾をよけながら車が揺れるのを必死で堪えた。心臓がバクバクいい、全身の筋肉が振動でグズグズになってゆく。エリックが追ってきているという事実にしがみついて、なんとか正気を保った。

背後からぶつかってきた車がガクガクいいながら停まり、運転者が飛び出してきた。「馬鹿野郎!」運転者はジャクリンに怒鳴った。「なにやってんだ?」顔を真っ赤にして拳を振りまわしながら、彼女の車に向かってきた。

前方では、テイトが大きくUターンした。ジャクリンはパニックに陥ってまわりを見回し、ライトを見てエリックが数秒のうちにやってくることを知った。だが、テイトのほうがちかい。数秒が命取りになる。袋のネズミだ。車から出なければ。

「伏せて！」突進してくる怒れる運転者に向かって叫んだ。「撃たれる！」叫びながらシートベルトを手探りした。なんとかはずして逃げ出さなければいけないのに、バックルがはずれない。男はぐるっと見回して点滅するライトと、突っこんでくる車と、粉々の窓ガラスに気づき、悪態をつきながら道路脇へとよけ、自分の車の背後に回りこんで地面に伏せ、両手で頭をおおった。

ジャクリンは迫ってくる車を見つめた。もうだめだ。ここから出られない。シートベルトのせいで身動きできなかった。いいえ、ベルトのせいじゃない。手がいけないのだ。激しく震えていてバックルをはずせない。あと三秒。

バックルを押すとシートベルトがカチャッとはずれた。二秒。

体を横に投げ出して助手席のドアから出ようとした。遅すぎる、もうだめ。一秒。テイトがそこにいる。車が横に並ぶ。

そのとき、エリックの車がライトを点滅させて突っこんできて、テイトの車をよける代わりに、正面衝突した。

エアバッグは史上最高の発明品のひとつだ。エリックは朦朧《もうろう》とする意識のなかで思った。衝撃でめまいがする。それに、クソッ、怪我もしている。野球のバットで顔を殴られたような気分だ。あすには痛みが最高潮に達するだろう。だが、自分がどこにいるかわかっているし、なにが起きたかもわかっている。

二秒もすれば車から出られる。ジャクリンがやってきて、なんとかドアを開けようと取っ手を必死に引っ張り、叫んでいた。エリックは顔をあげた。割れたフロントガラス越しに、車の前部がペチャンコになっているのが見えた。廃車にするしかない。クソッ。書類を書くのに十日はかかるだろう。

「エリック！」ジャクリンが絶叫している。まるで井戸の底から響いてくるように遠くに聞こえるが、それがだんだんはっきりしてきた。

「なんだ？」やっとのことでそれだけ言った。われながら不機嫌な声だ。いやはや。車内にはエアバッグの煙に似た白いガスが充満し、まるで火災が起きたようだが、そうでないことはわかっていた。テレビドラマとちがって、現実の世界では車はそうかんたんに燃えない。

「気がふれたの？」ジャクリンが叫びながらドアを引っ張っていた。ふと彼女は右のほうを向いて、吠えるように言った。「さっさと出てきて手伝ったらどう、このトンチキ！」

「そうかもしれない」エリックは彼女の質問に答えた。「少しばかり」オーケー、なんとか正気に戻った。まったくすごい衝撃だった。

前の車が赤信号を突っ切ったとき、無線連絡していたので、パトカーがつぎつぎに現場に到着し、運転者の退路を塞いだ――車が動ける状態とも思えないが。彼女の車のエアバッグも作動していた――残念ながら――が、彼が見るかぎり、彼女はまだ動けないでいた。またサイレンがちかづいてきて、パトカーが到着した。

「テイト・ボインか？」エリックは尋ねた。

ジャクリンがうなずいた。「撃とうとしたとき、ちゃんと顔を見たわ——今度は」彼女が目に涙を浮かべてドアを開けようとするので、エリックは作動したエアバッグを押しやり、手を伸ばしてジャクリンの手を握った。彼女はされるままになっていた。「泣くな、ジャクリン。彼女がきみを襲うことは二度とない。終わったんだ」

ジャクリンは手の甲で顔を拭い、握られていた手を引き抜いた。「泣いてるのはそのせいじゃないわ、あなたったら……大馬鹿のコンコンチキなんだから！」

ああ。彼女はおれのために泣いているんだ。それならいい。「大丈夫だよ」彼は言い、笑わないようにした。ジャクリンのことだ、笑ったりしたら怒るに決まっている。

彼女のブルーの目が光った。涙も怒りを和らげはしないのだ。「正面から突っこんでいくなんて。死ぬところだったのよ！」

ジャクリンの顔は青ざめ、マスカラが頬に筋を引いていた。エリックはもうジャクリンの手を握っていなかったが、彼女が震えているのがわかった。

「警官は頑丈にできてるんだ。タンク並みに」その言葉に、彼女は納得しなかったようだ。なおもドアを開けようとする。男——彼女に〝このトンチキ〟と言われた男にちがいない——が現われ、一緒にドアを引っ張った。エリックはため息をついてロックを解除した——

窓ガラスが割れてなくなっているんだから、外から手を伸ばしてロックを解除すればいいぐらいのことは、少し考えればわかるだろうに——すると男がドアをこじ開け、エリックがシートベルトをはずして抜け出すだけのスペースを作ってくれた。足がちょっとふらつく。わかった、ちょっとではない、だいぶだが、そうこうするうち足もとが安定してきた。顔にもシャツにも血がついている。鼻血と額の傷から出る血だ。鼻の感覚がなかった。折れていないといいのだが、折れていてもべつにかまわない。はじめてのことじゃないし。いや、鼻血は出ていても呼吸できるから、なんとか大丈夫だろう。

ジャクリンが両腕を回して支えてくれた。もう支えは必要なかったが、いまはまだ教える気はない。彼女にもたれかかるのはいい気分だ。

彼女に寄り添われたまま、アトランタ市警察の連中がテイトを車から助け出すのを眺めた。犯人は武装している、と無線で知らせてあったので、彼女は武装した凶悪犯扱いだ。つまり丁寧な扱いは受けないということだ。テイトも鼻血を出していた。いい気味だ。エリックの見立てが間違っていなければ、鼻が折れている。曲がったまま骨がくっつけばいい。

この手でぶちのめしてやりたいが、そうはしなかった。そんなことをして彼女に民事訴訟を起こすチャンスを与えるつもりはないし、いまはジャクリンのそばにいたかった。それに、ぶちのめしたら書類書きで死ぬ思いをする。車をオシャカにしただけでも大変だ。

テイトは鼻血を拭い、両腕を後ろでねじあげられているのに肩を怒らせて言った。「取引したいの！　証言するわ。キャリーを殺した男を教えてあげる！」

「そうこなくっちゃ」エリックはにんまりした。

顔が痛くても、エリックはにんまりせずにいられなかった。今度ばかりは、デニスン州上院議員も年貢の納めどきだ。キャリー・エドワーズを殺した日に彼の運転していた車の捜索令状がすでに発行されていたし、テイト・ボインはぺらぺらとよくしゃべった。彼女は司法取引をしたから執行猶予がつくと思っている。だが、じきに彼女は誤解していたことに気づくだろう。車から見つかった血痕だけで、地区検事は裁判を維持できる。彼女の証言は必要ない。

州上院議員は、取調室の座り心地の悪い椅子の上でそわそわしていた。まだ弁護士を呼んでいないが、じきにそうするだろう。とりあえず州上院議員の気が落ち着くよう、エリックは最善を尽くしていた。なにか言ってやるべきかもしれない。

ためいきをついて頭を振った。「どうしてこういうことになったか、理解できる気がしますよ」声に同情をにじませる。「聞いたところによると、キャリー・エドワーズは扱いにくい人間だったようですね」

「ああ」ダグラスが不安げに言った。「そうだ」閉じたドアをちらっと見た。「妻はおもてにいるのか？　彼女は来る必要がなかったのに、きみが訪ねてきたとき、彼女はどうしてもと

「……」

「ガーヴィー巡査部長が奥さんの相手をしていますよ。ご安心ください」かわいそうに。彼女にとっては青天の霹靂《へきれき》だっただろう。夫が浮気していることには気づいていたかもしれないが、まさか人を殺せるとは思っていなかったにちがいない。もっとも彼女は気丈だから、打ちのめされはしないだろう。「キャリーがなにをしたんですか？　あなたは冷酷に人を殺せるタイプではない」

「むろんちがうとも！」ダグラスはふんぞり返った。

「あなたを怒らせるようなことを、彼女がしたんでしょう？　あなたがカッとなって、一瞬われを忘れるようなことを」

ダグラスは顔色を失った。「いったいなんの話をしているのかね？」

「ミズ・ボインの話の裏を取っているだけです。彼女はその場にいなかった。いたのはあなただ」

ダグラスの顔色はこれ以上白くなりようがない、とエリックは思っていたが、さらに白くなった。「テイトがなにを話したか知らないが、彼女も友人とおなじで情緒不安定だからね。彼女の言うことは信用しないほうがいい」

いや、州上院議員の車から見つかった血痕は信用できる。何者かが車をきれいに掃除していたが、充分ではなかった。テイトは漂白剤を使えと指示しなかったにちがいない――たとえ漂白剤を使ったとしても、血痕は見つかる。検査に手間がかかるが、不可能ではない。だが、掃除を請け負った業者は、高価な革に漂白剤は使わないものだ。

エリックは穏やかに言った。「彼女がなにをしたんですか？　脅迫ですか？　どんどん要求が厳しくなったんじゃありませんか？」

ダグラスはエリックの表情から彼が確信していることを読み取ったにちがいない。つぎの言葉で事情聴取に終止符が打たれた。「弁護士を呼んでくれたまえ」

ダグラスはため息をつき、うなずいた。「電話を持ってこさせましょう」自白が取れればそれに越したことはなかったが、かならずしも必要なかった。証拠は揃っているし、テイトの自白もある。ほかにもぺらぺらしゃべる人間が出てくるだろうが、デニスンは政治家だ。弁護士に任せればいいとわかっている。これもまた、テレビのようにはうまくいかないことのひとつだ。

弁護士に電話するまでのあいだ、ダグラスには気を揉ませておいて、エリックは取調室を出た。取り乱したフェア・デニスンと話をするガーヴィーの姿が見えた。こんなことで彼女が傷つくのを見たくはなかった。彼女はなにがあっても夫の味方をするような女ではない——精神的に強すぎるし、現実的すぎる——が、それでも傷つくだろう。

エリックがちかづいていくと、ミセス・デニスンがパッと顔をあげ、傷だらけの彼の顔を見つめた。「ほんとうなんですか？」

エリックはうなずいた。それで充分だった。ミセス・デニスンはさまざまな感情の波に揉まれてきたのだろう。顔にはっきりと出ていた。不信、苦痛、受容、そして怒り。かつては夫を愛していた。いまもまだ愛しているのかもしれないが、現実的な考えが愛を上回った。

「ご存じだったんですか?」

「彼がキャリーを殺したこと? いいえ。彼にそんなことができるなんて、いまだに信じられません」心はさぞ痛んでいるだろうに、彼女は威厳を失っていなかった。「テイトのことは……彼に女がいるとは思ってました。ずいぶん前から、夫婦関係は破綻《はたん》していましたから。でも、彼があんなに若い人と付き合うとは思っていなかった。息子より若いんですよ」

「弁護士を呼んでほしいそうです」エリックは言った。

「まいったな」ガーヴィーが声に出さずに言った。

フェアは落ち着きを取り戻したらしく、顎を突き出した。「わたしも電話をかけなければ。ダグラスがわたしの弁護士を使ったり、わたしの実家のお金で自分の弁護士費用を払ったり、テイトの弁護士費用を払ったりするのは阻止しないと。夫はたいした資産を持っていませんのよ。わたしに経済的に頼りきっていましたからね。自分で弁護士費用を払って、お金のありがたみを知ればいいんだわ。刑務所に入るころには、文無しになっているでしょうよ」

やっぱり、なにがあっても夫の味方をする女ではない。

事情聴取と事務手続きを終えて、ジャクリンはようやくわが家に戻ることができた。家じゅうが真っ暗だったので、部屋から部屋へと電気をつけて回った。就寝時間はとっくに過ぎていた。二日留守にしていただけなのに、わが家のありがたみが身に染みた。自分のソファー、自分の椅子、自分のキッチン。自分のバスルーム。自分のベッド。わが家。自分を殺そうとした女が捕まったのだから、ありがたみもひとしおだ。久しぶりにリラックスできる。

ガーヴィーが事故現場に迎えに来て、彼女とエリックをホープウェルに連れ帰ってくれた。エリックは代わりの車をなんとか手に入れることができた。彼はむろん病院で検査を受けることを拒んだが、ガーヴィーの鶴の一声で——市の保険で受けるきまりになっている——しぶしぶ出掛けた。ガーヴィーは彼女のためにレンタカーを手配してもいいし、あすにはジャガーの修理が終わるから、それまで喜んで彼女の運転手を務めると言ってくれた。レンタカーの手配は断わった。誰を欺く必要があるの？　もう逃げも隠れもする必要はないのだ。

キッチンの戸棚からディキャフの袋を取り出した。もう夜中だし長い一日だったが、ベッドに入る気にはなれなかった。疲れすぎていて眠れそうにない。ただ座っていたかった。わが家にいるだけでよかった。終わったのだ。

コーヒーを量ってフィルターに入れたとき、玄関のベルが鳴った。母だと思った。もちろん母には連絡して、一部始終を話してあった。でも、覗き穴の向こうに見えたのは母ではなかった。ドアを開け、脇によけてエリックを通した。彼はシャツを着替え、額と鼻梁《びりょう》に絆創《ばんそう》膏《こう》を貼っていた。彼の瞳ははしばみ色だ。これほど美しいものを見たことがない。

黙って腕を回すと、彼が抱きしめてくれた。心が彼に向かってほぐれてゆき、恐怖が薄らぎ、呪縛《じゅばく》が解けてゆく。市庁舎で彼とぶつかったときからずっと闘ってきたけれど、もうこれ以上は闘わない。ふたりの関係はほんものだ。それがどういうものなのか、ふたりをどこへ導いてくれるのか、ちゃんと見届けたいと思った。あんなはじまり方をしたけれど、彼は命を救ってくれた。ためらうことなくテイトの車に突っこんでゆき、体を張ってわたしを救ってくれた。これ以上たしかなことがあるだろうか？　彼は善良な人だ。わたしの勇敢な騎馬警官。あとは白い帽子さえあればいい。

体を離して考えようとした。うまく説明するのはとてもむずかしかった。何日も、彼を遠ざけてきた。彼に惹かれ、彼を頼りにしながらも、自立した人生が損なわれるというように彼を遠ざけた。もう、そういうことはしたくなかった。いまが大事なとき、人生のターニングポイントだから、だめにしたくなかった。こういうことには計画もないし、図面も、〝やるべきことのリスト〟もない。

「あなた、ちょっといびきをかくわね」ようやく口にした言葉がこれだ。「慣れるのに時間がかかりそうだけれど、試してみるつもりよ」

彼の眉が吊りあがった。少し。「きみの淹れるコーヒーほどまずい代物は飲んだことがないが、我慢するだけの価値はある」

ジャクリンはパッと顔をあげた。「そんなことないわ！」

エリックが彼女のウエストに腕を回した。「いや、そうだ。思わず吐き出した。いったいあれはなんなんだ？」

「ヘーゼルナッツ・ラズベリーよ。わたしのお気に入りのひとつ」それはちょっとおおげさだった。飲めないことはないという程度で、そのとき手もとにあるのを淹れていた。まあ、いずれ彼にもわかるだろう。でも、フレーバーコーヒーは好きだ。ヘーゼルナッツ・ラズベリーはそれほどでもないけれど。

思わず顔がほころんだ。「わたし、働く時間がまちまちなの、夜遅くなることもあるし」

「おれもだ」

「週末も仕事が多いわ」

「おれもだ」

彼の胸に顔をもたせかけて、規則正しい鼓動に耳を澄ました。彼はぎゅっと抱きしめてくれているが、いつもとちがう。ほんの少し体の位置をずらしている。もうすでに、彼のことはびっくりするぐらいよくわかっていた。

「痛むの？」

「少しね」彼はしぶしぶ認めた。男ってこれだから。衝突事故で体がボロボロなのに口に出しては言わないのだ。

そこが欠点だけれど、それぐらい受け入れられる。「かわいそうに。熱いお風呂に浸《つ》かったらどうかしら？」

ああ、このため息が好き。体の奥底から出てきて、感じ入っていることを無言で教えてくれるため息。「きみが一緒に入ってくれるなら」

ジャクリンはほほえみ、爪先立って彼にキスした。「いいわね」


まともなコーヒーが飲みたいだけだった。チョコレートやヘーゼルナッツや、それに——まったく信じられないが——クレームブリュレの味がしないやつ。コーヒーと一緒に出てくればうまいデザートだが、コーヒーと混じっているのを味わいたいとは思わない。それでも、思っていたほどひどいことにはならなかった。最初に飲まされた罰当たりな液体は、たまたまあっただけのものだった。

テイト・ボインが逮捕され、州上院議員のことをぺらぺらしゃべってから二週間が経った。パズルのピースがひとつひとつおさまるべきところにおさまり、事件はきれいに解決した。むろん、そのあとの報告書やら事務手続きやらでエリックは多忙を極めたが、それも片付いていつもの生活に戻った。

ジャクリンとは半同棲していた。つまり、歯ブラシと着替えを彼女の家に置いているし、夜はたいてい泊まっていく。彼女の好きなＨＧＴＶを一緒に観せられているが、ありがたいことに、テレビの前で過ごす時間はそう多くはない。いずれきちんとけじめをつけなければならない――じきにそうなるとわかっているし、待ちわびてもいる。秋か、遅くともクリスマスまでには結婚することになるだろう。結婚式や披露宴の段取りはすべてジャクリンに任せるつもりだ。

ふたりの暮らしはほぼ完璧だった。ただし、彼女のコーヒーを没収し、彼女のコーヒーポットを占領するだけの勇気がまだ出なかった。きっと彼もそのうち、朝はチョコレート味のコーヒーでないと、と言うようになると、彼女はいまだに考えているし、そんな彼女の気持ちを傷つけたくはなかった。彼女を愛している。すごく。だが、彼女のコーヒーについては、いずれ腹を割って話し合わなければならない。コーヒーポットをべつにすればいいのだ。戸棚にレギュラーコーヒーの缶を置くことを、彼女も許してくれるだろう。

だが、さしあたり、どこかに寄ってテイクアウトのコーヒーを買っても大丈夫かどうかわからない。わざわざ試す気にはならないが、不運つづきの日々は過去のことだ。それでも、マクドナルドのドライブスルーと、ガソリンスタンド兼コンビニエンスストアにはちかづきたくなかった。ジャクリンからクレアズのコーヒーのうまさはさんざん聞かされているし、一石二鳥でもある。ジャクリンへのお土産用のマフィンと、自分用にまともなコーヒーを買う。マフィンで彼女にごまをするのだ。

クレアズのような店にはドライブスルーはないから、店内に入らなければならない。なかなかいい雰囲気の店だ。観葉植物――ほんものだろうが、偽物だったらよくできている。小さな円テーブルに座り心地の悪そうな椅子。見えないように設置されたスピーカーから、やさしく控えめな音楽が流れていた。なにがいいって、上品な服を着た中年の人たち――大半が女性――が、コーヒーを飲み、マフィンをつまんでいることだ。カップルが話しながら食べている。女たちはもっぱらおしゃべりしている。ひとりで来ている女は本を読み、べつのひとりはテーブルにノートパソコンを置いていた。これ以上安全な場所があるか？　ここなら、モーターオイル缶の山の陰に身を伏せる必要はない。

エリックはコーヒーとマフィンを六個注文した。ジャクリンの好みがわからないので、何種類も頼んだ。ひとかけずつ彼女に食べさせるさまを想像してみる。カウンターの向こうの女からコーヒーを受け取ったとき――マフィンはまだだ――ドアのチャイムが鳴って、客が入ってきたことを告げた。彼にコーヒーカップを渡したばかりの女が、真っ青になって一歩さがり、コーヒーメーカーにぶつかった。

怒声が静寂を切り裂いた。「クソ女！　ここにいるってわかってたんだ！」

エリックは振り返り、目を閉じてガクンと頭を垂れた。「もう、勘弁してくれよ！」

訳者あとがき

ジャクリン・ワイルドは、ウェディング・プランナーとして順風満帆な人生を歩んでいた。母と一緒にはじめたイベント企画会社、プレミアは軌道に乗り、最後に休暇をとったのがいつだったか思い出せないほど仕事ひと筋で突っ走ってきた。仕事には満足している。愛し合ったふたりの門出を華やかに彩る仕事。なんの心配もなく新婚生活をスタートできるようお手伝いする仕事。言いかえれば人間関係を潤滑にする仕事だ。それなのに、自分自身の人間関係を築くための時間はとれなかった。

交通違反の罰金を払いに寄った市庁舎の廊下で、彼女はエリック・ワイルダー刑事にぶつかる。セックスアピールと男らしさと力強さがひとつに混じり合った、曰く言いがたい魅力を備えた男に。体が勝手に反応していた。そんなふうに男に惹かれることなんて、ひさしぶりだった。頭と心を置いてけぼりにしたまま体が暴走して、ジャクリンはその晩、エリックとベッドをともにする。一夜かぎりの相手だもの忘れるのがいちばん、と頭ではふっ切るつもりだったのに、そうはいかない事態が起こった。クライアントが殺され、彼女は容疑者となり、事件の捜査を担当するのがワイルダー刑事で……

被害者のキャリー・エドワーズは、〝ブライジーラ〟のなかでも最悪の〝ブライジーラ〟だった。結婚式の準備が自分の思いどおりにいかないと癇癪を起こしてゴジラのように暴れまくる花嫁を、花嫁（ブライド）とゴジラをくっつけて〝ブライジーラ〟と呼ぶそうだ。花嫁が癇癪を起こすのは、アメリカの結婚式事情を考えればある意味しかたのないことだ。あちらではホテルも結婚式場も提供してくれるのは〝スペース〟だけで、ほかはすべて花嫁が手配しなければならない。ジャクリンのようなウェディング・プランナーを雇ったとしても、ウェディング・ドレスもブーケも式場を飾るお花も、ブライズメイドのドレスも、招待状も食事も流す音楽も決めるのは花嫁自身だ。癇癪を起こしたくもなるだろう。でも、キャリーは度が過ぎていた。人に無理難題を押しつけて、相手が困るのを見て内心でほくそ笑むような、極めつけの性悪女だった。しかも、キャリーは結婚式の打ち合わせの最中、ほかの業者たちのいる前で、ジャクリンの頬を平手打ちにし、首を言い渡した。その直後に殺されたのだから、ジャクリンに容疑がかかるのも無理はなかった。

アメリカでは、結婚式と披露宴の準備は一年前からはじめるのがふつうで、そのために仕事をやめる花嫁もいるそうだ。そんな結婚までのすったもんだを描いた映画をふたつご紹介しておこう。結婚式の裏側がわかって興味深い。

一本目は、友だちの結婚式で二十七回もブライズメイドを務めた女性が、ついに幸せを射とめるお話、『幸せになるための27のドレス』。本書にもブライズメイドのドレスを作り直すの直さないのでキャリーとジャクリンがもめる場面があるが、ブライズメイドはドレス代を自分で払わなければならない。二度と着ることのないドレスに何百ドルも払うわけだ。この映画のヒロインは、そういうドレスを二十七着も持っていて、すべてクロゼットにしまってある。これがインドのサリー風あり、テキサスのカウガール風あり、キモノ風あり、まるでコスプレ。

ちなみに、結婚式のリハーサルのあとで、出席者を食事に招く〝リハーサル・ディナー〟で、花嫁は、自腹を切ってくれたお礼に、ブライズメイドにプレゼントをするのがおきまりだそうだ。

もう一本の映画は『ウェディング・プランナー』だ。ジェニファー・ロペス扮するヒロインがウェディング・プランナーで、偶然に出会って一目ぼれした相手がクライアントの花婿だったという、掟破りのお話。ジャクリンの仕事がどんなに大変か、この映画を観るとよくわかる。

そんな面倒なことはやりたくないというカップルには、市庁舎で結婚するという手もある。事前に市庁舎の窓口で金を払い結婚許可証を手に入れておき、市庁舎内のチャペルで判事とこんなやり取りをする。「あなたは、この女性を妻として認めますか」「はい、認めます」

「あなたはこの男性を夫として認めますか」「はい、認めます」「では指輪を交換してください」これでおしまい。なんだか味気ない。

本書にはいくつかの結婚式が描かれていてそれぞれにおもしろいが、なかでも印象に残るのが農場の納屋で挙げられる〝カントリー結婚式〟だろう。ブルックス＆ダンの曲「ブーツ・スクーティン・ブギ」に合わせてみんなで踊るラインダンスの楽しそうなこと。ワイルダー刑事に誘われてジャクリンも踊る。スカートを膝のうえまで引きあげて、〝男殺し〟の見事な脚で彼をメロメロにする。

ダンスフロアーに一列に並び、カントリーミュージックに合わせておなじステップを踏むラインダンス、見ているだけでも楽しくなるから、踊ったらさぞ楽しいだろう。インターネットの検索サイトで〝*line dance*〟と打ち込むと、ＹｏｕＴｕｂｅで実際の踊りを観ることができる。ぜひご覧になってください。

さて次回作は舞台をモンタナの山奥に移し、人食い熊も登場するスリル満点のサバイバル・ストーリーだ。どうぞお楽しみに。

二〇一二年一月

ザ・ミステリ・コレクション

夜《よ》風《かぜ》のベールに包《つつ》まれて

著者　リンダ・ハワード
訳者　加《か》藤《とう》洋《よう》子《こ》

発行所　株式会社 二見書房
東京都千代田区三崎町2-18-11
電話 03(3515)2311［営業］
03(3515)2313［編集］
振替 00170-4-2639

印刷　株式会社 堀内印刷所
製本　合資会社 村上製本所

落丁・乱丁本はお取り替えいたします。
定価は、カバーに表示してあります。

ISBN978-4-576-12016-4
http://www.futami.co.jp/

チアガールブルース
リンダ・ハワード
加藤洋子［訳］

殺人事件の目撃者として、命を狙われるはめになったブロンド美女ブレア。しかも担当刑事が、かつて振られた因縁の相手だなんて…!? 抱腹絶倒の話題作!

ゴージャスナイト
リンダ・ハワード
加藤洋子［訳］

絵に描いたようなブロンド美女だが、外見より賢く計算高くて芯の強いブレア。結婚式を控えた彼女にふたたび危険が迫る! 待望の「チアガールブルース」続編

未来からの恋人
リンダ・ハワード
加藤洋子［訳］

二十年前に埋められたタイムカプセルが盗まれた夜、弁護士が何者かに殺され、運命の男と女がめぐり逢う。時を超えたふたりの愛のゆくえは?! 女王リンダ・ハワードの新境地

くちづけは眠りの中で
リンダ・ハワード
加藤洋子［訳］

パリで起きた元CIAエージェントの一家殺害事件。復讐に燃える女暗殺者と、彼女を追う凄腕のスパイ。危険なゲームの先に待ち受ける致命的な誤算とは!?

悲しみにさようなら
リンダ・ハワード
加藤洋子［訳］

十年前メキシコで起きた赤ん坊誘拐事件。たったひとりわが子を追い続けるミラがついにつかんだ切り札、それは冷酷な殺し屋と噂される危険な男だった…

一度しか死ねない
リンダ・ハワード
加藤洋子［訳］

彼女はボディガード、そして美しき女執事——不可解な連続殺人を追う刑事と汚名を着せられた女。事件の裏で渦巻く狂気と燃えあがる愛のゆくえは!?

見知らぬあなた
リンダ・ハワード
林 啓恵［訳］

一夜の恋で運命が一変するとしたら…。平穏な生活を〝見知らぬあなた〟に変えられた女性たちを華麗な筆致で紡ぐ、三編のスリリングな傑作オムニバス。

パーティーガール
リンダ・ハワード
加藤洋子［訳］

すべてが地味でさえない図書館司書デイジー。34歳にしてクールな女に変身したのはいいが、夜遊びデビュー早々ひょんなことから殺人事件に巻き込まれ…

あの日を探して
リンダ・ハワード
林 啓恵［訳］

叶わぬ恋と知りながら、想いを寄せた男に町を追われたフェイス。12年後、引き金となった失踪事件を追う彼女の行く手には、甘く危険な駆け引きと予想外の結末が…

夜を忘れたい
リンダ・ハワード
林 啓恵［訳］

かつて他人の心を感知する特殊能力を持っていたマーリーの脳裏に、何者かが女性を殺害するシーンが映る。そして彼女の不安どおり、事件は現実と化し…

Mr.パーフェクト
リンダ・ハワード
加藤洋子［訳］

金曜の晩のジェインの楽しみは、同僚たちとバーでおしゃべりすること。そんな冗談半分で作った「完璧な男」の条件リストが世間に知れたとき、恐ろしい惨劇の幕が…！

夢のなかの騎士
リンダ・ハワード
林 啓恵［訳］

古文書の専門家グレースの夫と兄が殺された。犯人は、目下彼女が翻訳中の14世紀古文書を狙う考古学財団の理事長。いったい古文書にはどんな秘密が？

二見文庫 ザ・ミステリ・コレクション

青い瞳の狼

リンダ・ハワード
加藤洋子［訳］

CIAの美しい職員ニエマと再会した男は、彼女の亡夫のかつての上司だった。伝説のスパイと呼ばれる彼の使命は武器商人の秘密を探り、ニエマと偽りの愛を演じること…

心閉ざされて

リンダ・ハワード
林　啓恵［訳］

名家の末裔ロアンナは、殺人容疑をかけられ屋敷を追われた又従兄弟に想いを寄せていた。10年後、歪んだ殺意が忍び寄っているとも知らず彼と再会するが…

石の都に眠れ

リンダ・ハワード
加藤洋子［訳］

亡父の説を立証するため、考古学者となりアマゾン奥地へ旅立ったジリアン。が、彼女を待ち受けていたのは、死の危機と情熱の炎に翻弄される運命だった。

二度殺せるなら

リンダ・ハワード
林　啓恵［訳］

長年行方を絶っていた父親が何者かに射殺された。父の死に涙するカレンは、刑事マークに慰められるが、射殺事件の黒幕が次に狙うのはカレンだった…

ラブソングをあなたに

ジェニファー・アシュリー
米山裕子［訳］

酔っぱらって見知らぬ青年と一夜をともにしたラジオDJのブレンダ。それを機に内気な性格からセクシーな女性へ大変身。ところが、偶然再会した彼はライバル局のDJだった…

Mr.ダーシーに恋して

グウィン・クレディ
木下淳子［訳］

ロマンス小説を愛する鳥類学者のフリップは、自分の好きな本のストーリーを体験できるという謎のセラピーを受けることになり…。RITA賞パラノーマル部門受賞の話題作！

そのドアの向こうで

シャノン・マッケナ
中西和美［訳］
〔マクラウド兄弟シリーズ〕

亡き父のため十七年前の謎の真相究明を誓う女と、最愛の弟を殺されすべてを捨て去った男。復讐という名の赤い糸が激しくも狂おしい愛を呼ぶ…衝撃の話題作！

影のなかの恋人

シャノン・マッケナ
中西和美［訳］
〔マクラウド兄弟シリーズ〕

サディスティックな殺人者が演じる、狂った恋のキューピッド。愛する者を守るため、燃え尽きた元ＦＢＩ捜査官コナーは危険な賭に出る！絶賛ラブサスペンス

運命に導かれて

シャノン・マッケナ
中西和美［訳］
〔マクラウド兄弟シリーズ〕

殺人の濡れ衣を着せられ、過去を捨てたマーゴットは、彼女に惚れ、力になろうとする私立探偵デイビーと激しい愛に溺れる。しかしそれをじっと見つめる狂気の眼が…

真夜中を過ぎても

シャノン・マッケナ
松井里弥［訳］
〔マクラウド兄弟シリーズ〕

十五年ぶりに帰郷したリヴの書店が何者かに放火され、そのうえ車に時限爆弾が。執拗に命を狙う犯人の目的は？彼女の身を守るためショーンは謎の男との戦いを誓う…！

過ちの夜の果てに

シャノン・マッケナ
松井里弥［訳］
〔マクラウド兄弟シリーズ〕

傷心のベッカが恋したのは孤独な元ＦＢＩ捜査官ニック。狂おしいほど求めあうふたりに卑劣な罠が……この愛は本物か、偽物か。息をつく間もないラブ＆サスペンス！

危険な涙がかわく朝

シャノン・マッケナ
松井里弥［訳］
〔マクラウド兄弟シリーズ〕

あらゆる手段で闇の世界を生き抜いてきたタマラ。幼女を引き取ることになったのを機に生き方を変えた彼女の前に謎の男が現われる。追っ手だと悟るも互いに心奪われ…

二見文庫　ザ・ミステリ・コレクション